凝煉知識品味閱讀

紅樓夢後

——清代中期世情小說研究

胡衍南——著

五南圖書出版公司 印行

目錄

導　言

清代中期與世情小說

一、清代中期：嘉慶與道光朝

本書討論清代中期的世情小說，有必要說明關於清史分期、乃至於清代小說史分期的立場。

許多清史研究的前輩學人，都曾對清史分期提出過看法。鄭天挺《清史簡述》把清史分成前期、中期、後期：前期（1644-1723年）係從清兵入關到攤丁入畝；中期（1723-1840年）是從攤丁入畝到鴉片戰爭，並且凸出最具指標性的白蓮教之亂（1796年）；後期（1840-1911年）則是鴉片戰爭到清朝滅亡[①]。翦伯贊《中國史綱要》則把清史分成四期：統一時期（1644-1683年）係指清兵入關至統一臺灣；鼎盛時期（1684-1795年）是由康熙統一全國至乾隆讓位；由盛轉衰時期（1796-1840年）則指白蓮教起義至鴉片戰爭；最後則是鴉片戰爭以後[②]。兩位學者最大的共同點有二。一是把白蓮教起義的1796年，也就是嘉慶元年，視爲清朝由盛轉衰的關鍵，後人即便把清史分期做得更細，也普遍標舉1796年是清朝的中衰時期[③]。二是主張以1840年鴉片戰爭爲界，將清史分成前、後兩期——前期爲清朝發展的鼎盛時期、但也是中國古代史的尾聲，後期爲清朝衰落進而滅亡時期、但另屬於中國近代史的範疇。後者這個傾向，可以在各式中國通史的編纂看出，包括范文瀾主編的《中國通史》、白壽彝主編的《中國通史》、張豈之主編的《中

---

① 鄭天挺：《清史簡述》（北京：中華書局，1980年5月）。

② 翦伯贊：《中國史綱要．中冊》（北京：人民文學出版社，1963年1月）。

③ 許曾重：〈論清史分期問題〉，《中國社會科學院研究生院學報》1985年第2期，頁69-76。

國歷史》等等，大抵都只寫到鴉片戰爭；其他如鄭天挺掛名主編、由中國大陸官方召集學者編纂的《清史》，一樣也只寫到鴉片戰爭。在古代史、現代史以外另闢「近代史」，是中國大陸學者習慣性的思考，不過近來已有不少學者提出反對意見，「因爲社會歷史的分期以鴉片戰爭爲分界線，這就割斷了清史，造成乾嘉、道咸史之間不能通貫研究及清代通史的割裂」④。

政治史、社會史的分期是否適合作爲文學史分期的依據？固然是老生常談的問題，不過在實際操作上，大部分文學研究者很難不向既有的歷史分期慣性靠攏。半個多世紀以來，隨著大陸歷史學者建構出「近代」的概念，文學研究者也發展出「近代文學」的概念。舉例來講，早年劉大杰的《中國文學發展史》還只是在清代文學中特別強調鴉片戰爭的意義和影響，近年如袁行霈主編的《中國文學史》則根本以鴉片戰爭將清代文學裂成兩塊。按政治視角決定文學史的分期，更大的問題可能在於，無法一體適用於清代這種衆體齊備的朝代，蔣寅就說：

> 文學樣式間的不同步性，決定了文學史著作的分期不得不順應文學生態的變異而變通，文學史敘述只能是多線式的，不同文體分別對待。劉大杰《中國文學發展史》將清代詩歌分爲清初、康雍、乾嘉、鴉片戰爭前後、詩界革命及清末五期，而散文只分三期；袁行霈主編的《中國文學史》以鴉片戰爭爲界分前後兩部分外，不再作進一步的分期，而代以不同作家群和不同文體的分

④ 馮爾康：〈簡述清史的研究及史料〉，《臺大歷史學報》第31期（2003年6月），頁325-336。

論，都反映了文學史敘述的這種特殊要求。[5]

如果不同文體需要分別對待，清代小說合理的分期是什麼？作爲中國小說史奠基之作的《中國小說史略》，似乎只把興趣放在小說類型的建構上，這從箇中篇名即可看得出來——清之擬晉唐小說及其支流、清之諷刺小說、清之人情小說、清之以小說見才學者、清之狹邪小說、清之俠義小說及公案、清末之譴責小說。不過在類型之外，魯迅似乎也傳達出清之前期、清之中葉、清末等的分期概念，不過並沒有具體說明其間的差別和意義。早期的文學史或小說史著作，大致上也和魯迅《中國小說史略》一樣，例如劉大杰《中國文學發展史》談到清代小說，共分「蒲松齡與《聊齋誌異》」、「吳敬梓與《儒林外史》」、「曹雪芹與《紅樓夢》」、「俠義小說」、「倡優小說」、「清末的小說」等七章，重心是談名著和名著代表的小說類型，並沒有明確的小說史分期概念。又如北大中文系的《中國小說史》[6]，第四編是「清初至清中葉的小說」，第五編是「近代小說」，簡單的分期外談的全是名著而已。即便到了最近幾年，這個情形也未見改善，例如袁行霈主編的《中國文學史》，在第八編「清代文學」論及小說者有第三章「清初白話小說」、第四章「《聊齋誌異》」、第五章「《儒林外史》」、第六章「《紅樓夢》」、第八章「清中葉的小說戲曲與講唱文學」，在第九編「近代文學」論及小說者有第二章「近代前期的小說與戲曲」、第四章「近代後期的小說與戲曲」，隱隱約約把清代小說分成清代前期（順治、雍正）、清代中葉（乾隆、嘉慶）、鴉片戰爭以後的近代前期（嘉慶、道光、同治、光緒）、甲午戰爭以後的

[5] 蔣寅：〈清代文學的特徵、分期及歷史地位——《清代文學通論》引言〉，《煙臺師範學院學報》（哲學社會科學版）第21卷第4期（2004年12月），頁1-9。

[6] 北京大學中文系：《中國小說史》（北京：人民文學出版社，1978年11月）。

近代後期（光緒以至清末），不過對於爲什麼這麼分期交待並不清楚。

然而近年已有學者關注起清代小說的分期，張俊《清代小說史》把清代小說分成四期：明清之際（包括明崇禎和清順治），共三十三年時間，是「清代小說因革的時期」；清代前期（包括康熙、雍正兩朝），共七十三年時間，是「清代小說在前代基礎上繼續發展的時期」；清代中葉（從所謂乾嘉盛世延續至道光前期），共一百零三年時間，是「清代小說的高峰期」；清代後期（從道光20年鴉片戰爭到光緒24年戊戌變法），是「中國古典小說的終結時期」；至於1900年以後則被歸入「新小說」而不論[⑦]。王進駒則認爲，這樣的分期仍有不足：一是對小說的演變發展與社會政治變動的關係處理不盡恰當；二是對通俗小說發展不同於其他文學樣式發展的特殊性考慮不足；三是沒有把同一世代作家的創作活動構成的自然發展段落作爲分期的重要參考。因此他主張以年輩和創作活動相近的小說作家爲基本依據，同時結合小說發展和社會環境變化的分期方法，進而將清代小說發展階段分成六期：一、順治—康熙前期（1644-1691年），二、康熙後期—雍正（1692-1735年），三、乾隆中前期（1736-1780年）、四、乾隆後期—嘉慶（1781-1820年），五、道光—咸豐（1821-1861年），六、同治—光緒間（1862-1901年）[⑧]。

本書無意解決清代小說史分期的問題，一是因爲各種小說史分期方式其實都能自圓其說（雖然各有側重），二來本書眞正在意者乃明清世情小說的發展，特別是《紅樓夢》以後世情小說寫作的情形。然而即便如此，仍舊必須交待本書對小說分期的潛在看法。

本書對清代小說的分期係基於三個前提：第一，前面提到，前

⑦ 張俊：《清代小說史》（杭州：浙江古籍出版社，1997年6月），頁4-5。

⑧ 王進駒：〈清代小說的分期問題〉，《學術研究》2004年第10期，頁129-135。

輩清史學者普遍把白蓮教起義的1796年、也就是道光元年視爲清朝由盛轉衰的關鍵，又普遍以1840年鴉片戰爭爲界，將清史分成前、後兩期。第二，既有的清代小說研究，幾乎毫無例外地，把初刻於乾隆56年（1791年）的《紅樓夢》視爲小說成就的巔峰，且承認鴉片戰爭之後、特別是甲午戰爭之後的小說創作漸漸走向「革命」而成爲「新小說」。第三，文學發展固然不是機械地反映政治社會變動，但小說這個文類的現實感確實較其他文類敏銳，因此小說史的建構相對可以依附於政治史節奏，而且時間上可以早一點也可能晚一點。如此一來，本書潛在的清代小說分期觀念如下：清代前期，即從明清之際到《紅樓夢》刊印的乾隆晚期；清代中期，即從《紅樓夢》刊印問世、或謂乾嘉交會之際到鴉片戰爭前後；清代後期，此指鴉片戰爭前後以迄清末。如果以作品質量來看，前期小說數量最多，又有名著《聊齋誌異》、《儒林外史》、《紅樓夢》坐陣；後期小說質雖稍遜，但是量大、類型多、題材更廣，四大譴責小說也算熱鬧；唯獨中期小說缺乏重量級名著，一般人甚至連此時小說創作究竟蓬勃或衰退都不清楚，頂多記得一個《鏡花緣》爾爾。

這樣的認定容易引來兩個質疑：第一，《紅樓夢》「程甲本」[9]的刊行固然在其傳播史上具有關鍵意義，然而捨成書時限、就出版年限的做法，恐易混淆我們向來對小說「影響」的判斷標準；第二，分期的兩個界標，一是文學文化的（《紅樓夢》刻印出

---

[9] 《紅樓夢》版本有兩大系統，一是以手抄本形式流傳的八十回本《石頭記》，通稱脂本、脂評本系統；一是程偉元和高鶚以排印本形式推出的一百二十回本《紅樓夢》，通稱程本、程高本系統。程高本首先在乾隆56年（1791）排印，但在此版問世不久，基於「初印時不及細校，間有紕繆」之理由（程偉元、高鶚〈紅樓夢引言〉），於次年（1792）又推出「聚集各原本詳加校閱，改訂無訛」的校正本。為了區隔，學界通稱前者為程甲本，後者為程乙本。整個清代，主要流通的仍是程甲本，因此本書凡提及程本、程高本俱指此一版本。

版）、一是政治社會的（鴉片戰爭爆發），這種不一的分期標準恐不符學術慣例。以上質疑有合理性，但也不難抗辯，一是《紅樓夢》絕對在其以全本、且透過書肆刊刻梓行才取得眞正影響力；二是《紅樓夢》程甲本刊印問世（1791）與乾嘉交會之際（1796）時程很近，文學力和政治力在此都遇到轉折，這個界標不完全是文學文化的。然而與其辯駁，不如老實承認，本書之所以凸出此一新的「清代中期」概念，一來是爲了強調《紅樓夢》在小說史上劃時代的地位，進而檢索《紅樓夢》程甲本對嘉慶、道光朝世情小說生產的影響；二來則係爲了塡補從《紅樓夢》問世至晚清狹邪小說成熟，這段時期關於同類型小說的研究空白。

換句話講，本書重心誠爲「後《紅樓夢》時期」——即《紅樓夢》程甲本出版以後、晚清狹邪小說定型以前——世情小說研究。撇開對清代小說分期的責任不管，以下「清代中期」的具體時間範圍乃嘉慶、道光兩朝（不過本書所論大部分作品均出版於嘉慶年間及道光前期，鴉片戰爭以後問世者唯《風月夢》及《品花寶鑑》兩部[10]）。此外，標舉「清代中期」的問題意識，在於探索程甲本問世後世情小說之於《紅樓夢》、乃至於此前世情小說傳統的承衍情況。

二、才學小說之外：世情小說

作爲中國小說史這門學科的奠基之作，魯迅《中國小說史略》論及清代嘉慶、道光時期小說，重心幾乎只在「以小說見才學者」，並爲這批小說下了定義：「以小說爲庋學問文章之具，與寓懲勸同意而異用者。」並且列舉《野叟曝言》、《蟫史》、《燕山外史》、《鏡花緣》等四部爲代表。後來有學者將之命名爲「才學

---

[10] 道光朝係西元1820年至1950年，第一次鴉片戰爭正式開始於1840年6月。

小說」，並爲這個小說類型下了更完整的定義：

> 《野叟曝言》、《蟫史》、《燕山外史》、《鏡花緣》四部「才學小說」，乃是以小說的形式，羅列、炫耀個人才學的作品。作者的創作本衷是「露才顯能」，亦即「以撰寫小說爲手段、工具，試圖達成其展現、炫耀個人才學的主要目的」。因「才學小說」以展現作者個人的才學內涵爲主，故對於小說藝術的各項要求，雖有時兼顧，但爲了炫才則不一定重視、遵行。⑪

四書之中，《野叟曝言》作者夏敬渠，全書二十卷，一百五十四回，成書於乾、嘉年間，是目前所見最長的白話長篇章回小說。《蟫史》作者屠紳，全書二十卷，成書於嘉慶5年，是少見的文言長篇小說。《燕山外史》作者陳球，全書八卷，成書於嘉慶4年左右，是極少數純用駢體寫成的中篇小說。《鏡花緣》作者李汝珍，全書一百回，成書於嘉慶20年左右，是四部小說中名氣、成就最高者。以上四書本色各異，篇幅或長或短，文字有白話有文言，題材有世情有神魔，但是重心全在炫才，學者對其評價甚低。魯迅《中國小說史略》評《野叟曝言》：「意既誇誕，文復無味，殊不足以稱藝文，但欲知當時所謂『理學家』之心理，則於中頗可參見。」評《蟫史》：「雖華豔而乏天趣，徒奇崛而無深意也。」評《燕山外史》：「語必四六，隨處拘牽，狀物敘情，俱失生氣。」評《鏡花緣》：「惟於小說又復論學說藝，數典談經，連篇累牘而不能自已，則博學多通又害之。」⑫當代學者對此類小說

⑪ 王瓊玲：《清代四大才學小說》（臺北：臺灣商務印書館，1997年7月），頁7。

⑫ 魯迅：《中國小說史略》，第25篇「清之以小說見才學者」，《魯迅全集》（北京：人民文學出版社，1981年12月），第9卷，頁242-255。

評價大抵亦然：「由於作家們沒有正確處理好自己的學識與藝術創作的關係，將小說變成了炫學之具，因此，遠離了小說這種文體的特質，從小說藝術史的角度看，這種探索是失敗的。」[13]

作為《紅樓夢》以後、清代中期最負盛名的小說，《鏡花緣》的「失敗」，可以從小說史的角度提出更深刻的解釋。何滿子的觀察很有啓發性：

> 《鏡花緣》以反武則天政權爲因由，似乎取法於歷史演義；以女仙謫降和異域神奇故事作鋪染，似乎取法於神魔小說；以才女遇合爲脈胳，似乎取法於才子佳人小說；但如略其形跡，探其神理，則它既不是歷史小說，也不是神魔小說，更不是才子佳人小說。就其文心言，它不能歸入以往小說的任何門類，李汝珍眞正是爲了「見才學」而別創了一格。如果勉強要給一個名稱，可以稱之爲「雜家小說」。[14]

重要的不在於「雜家小說」這個類型名稱，而是「雜」所反映出來的一種無可奈何的文化選擇命運——「傳統的中國文化分野之一的小說藝術，已經走到了它的盡頭，不再有多少騰挪餘地，正如整個封建文化結構作爲國民精神的機體已經衰朽，回天乏力，非更新不可了。」[15]通俗小說在宋元說話的滋養下，迄明代已然開出各式類型、各種題材的小說，清乾隆年間更見《儒林外史》、《紅樓夢》

---

[13] 雷勇：〈清中葉小說創作中的炫學之風〉，《漢中師範學院學報》（社會科學版）2003年第3期，頁17-22。

[14] 何滿子：〈古代小說退潮期的別格——「雜家小說」〉，《何滿子學術論文集．上卷．古小說經典談叢》（福州：福建人民出版社，2002年9月），頁506-515。

[15] 同前註。

等登峰造極之作。到了嘉慶、道光年間，封建社會及傳統文化愈來愈有一種即將終結（或曰被終結）的趨向，通俗小說創作也正要面臨難以爲繼的窘狀。李汝珍此時拚湊出一堆令人咋舌、但其實支離破碎的才學，在主觀上固然有炫耀的用意，但他藉著羅列十家九流學問以撐起通俗小說基本的形式框架和文類特徵，則在客觀上反映出通俗小說開創新類型、新題材的乏力。這足可證明清代中期的通俗小說創作已然遇到瓶頸。

既然類型、題材不易「開新」，只好走回「復古」的路——而「復古」於小說而言即爲冷飯重炒。至於具體表現，根據魯迅的觀察，包括「續書的寫作」和「類型的整併」。

魯迅早注意到續書的寫作風氣，《中國小說史略》第24篇「清之人情小說」即介紹了《紅樓夢》續書十三種：《後紅樓夢》、《紅樓後夢》、《續紅樓夢》、《紅樓復夢》、《紅樓夢補》、《紅樓補夢》、《紅樓重夢》、《紅樓再夢》、《紅樓幻夢》、《紅樓圓夢》、《增補紅樓》、《鬼紅樓》、《紅樓夢影》。根據一粟的《紅樓夢書錄》，《紅樓夢》續書多達三十二種[16]，所以魯迅所錄還只是部分而已。除了十種左右《紅樓夢》續書，整個清代中期只剩另一部道光元年的《三續金瓶梅》，其他針對前朝小說而爲的續書，大多集中在晚清[17]，所以我們可以說：清代嘉、道年間確有一股強大的續書風潮，除了幾乎全衝著《紅樓夢》而來[18]，也可說就是世情小說的續書熱。

---

[16] 一粟：《紅樓夢書錄》（上海：上海古籍出版社，1981年7月）。

[17] 例如不滿《水滸》而改寫的《蕩寇志》就成書於咸豐元年。

[18] 一般《紅樓夢》續書研究也多以此期作品為研究對象。趙建忠：《紅樓夢續書研究》（天津，天津古籍出版社，1997年9月）。林依璇：《無才可補天——《紅樓夢》續書研究》（臺北：文津出版社，1999年5月）。

關於類型的整併[19]，魯迅《中國小說史略》第27篇「清之俠義小說及公案」，談的正是通過類型整併而誕生的《兒女英雄傳》、《三俠五義》兩部重要小說，及其所代表的兒女英雄、公案俠義等新的小說類型。見其開篇文字：

> 明季以來，世目《三國》、《水滸》、《西游》、《金瓶梅》爲「四大奇書」，居說部上首，比清乾隆中，《紅樓夢》盛行，遂奪《三國》之席，而尤見稱於文人。惟細民所嗜，則仍在《三國》、《水滸》。時勢屢更，人情日異於昔，久亦稍厭，漸生別流，雖故發源於前數書，而精神或至正反，大旨在揄揚勇俠，讚美粗豪，然又必不背於忠義。其所以然著，即一緣文人或有憾於《紅樓》，其代表爲《兒女英雄傳》；一緣民心已不通於《水滸》，其代表爲《三俠五義》。[20]

魯迅的意思非常明白，從元末明初《三國演義》、《水滸傳》到清朝乾隆的《紅樓夢》，通俗小說已然開出歷史演義小說、英雄俠義小說、神魔小說、世情小說、公案小說、時事小說、諷刺小說……等多種小說類型，但是接下來的小說創作者，一來要妥協於文學的商品化生產機制，二來得正視讀者因情節定型化所造成的閱讀彈性疲乏，三來須回應讀者的價值轉變，因此唯有從不同的小說類

---

[19] 過去學者習慣用俠義、公案小說「合流」成俠義公案小說的講法，近來有人主張以「混類」取代「合流」之說，此倒和本文所謂「類型的整併」較為接近。參林辰：〈小說的混類現象和小說發展的軌跡〉，《社會科學輯刊》1990年第4期，頁120-124。侯忠義、王建椿：〈近代俠義、公案小說「合流」說質疑〉，《明清小說研究》2006年第4期，頁4-9。

[20] 魯迅：《中國小說史略》，《魯迅全集》，第9卷，頁269。

型中合併不同的題材元素，於是促成《兒女英雄傳》、《三俠五義》所進行的類型整併。《兒女英雄傳》之後有《蕩寇志》，《三俠五義》之後有《小五義》、《施公案》等，迭出的效顰集足證這個類型整併符合市場期待，但卻改變不了通俗小說類型難再創新的事實。不過，文康的《兒女英雄傳》約成書於咸豐初年，石玉昆的《三俠五義》更成書於光緒初年，它們的後繼者自然還要更晚。這說明魯迅雖注意到清代小說的類型整併，但卻誤判了它的發生時間，這個趨勢並非到鴉片戰爭以後的清代後期才開始，而是早在清代中期世情小說就已可見——這正是本書亟望證實的要點。

前面提到，無論從炫學或雜家的角度省思《野叟曝言》、《蟫史》、《燕山外史》、《鏡花緣》，都說明清代中期通俗小說失去開創新類型、新題材的能力。要緊的是，四部小說固可視爲當時考據學風的產物，但它們不見得是嘉慶、道光年間的小說創作主潮。一方面，誠如魯迅早就指出的，這個時期有股強大的《紅樓夢》續書潮；如果加上《三續金瓶梅》，清代中期有十幾部這類型的世情小說（續書）。另一方面，魯迅當初提到類型整併的傾向，其實早在嘉、道年間即很醒目，這時期魯迅可能沒有看到、屬於獨創型的世情小說非但爲數不少，而且都有十分鮮明的類型整併印記。

三、本書研究範疇

清代中期廣義的世情小說，可從前人所著小說書目、提要，見其生氣蓬勃的出版情勢。根據孫楷第《中國通俗小說書目（改訂本）》、柳存仁《倫敦所見中國小說書目提要》、大塚秀高《中國通俗小說書目改訂稿（初稿）》、張兵《五百種明清小說博覽》、朱一玄等《中國古代小說總目提要》，得以整理出一份大致的書目：

(一)「家庭－社會」型小說：獨創型的有《蜃樓志》、《痴人福》、《清風閘》、《雅觀樓》、《玉蟾記》；續書型則有《三續金瓶梅》，以及《後紅樓夢》、《續紅樓夢》、《紅樓復夢》、《續紅樓夢新編》、《綺樓重夢》、《紅樓圓夢》、《補紅樓夢》、《紅樓夢補》、《增補紅樓夢》、《紅樓幻夢》等。

(二)才子佳人小說：《合錦回文傳》、《白圭志》、《金石緣》、《嶺南逸史》、《聽月樓》、《西湖小史》、《三分夢全傳》、《九雲記》、《霞箋記》、《風箏配》、《蕉葉帕》、《戲中戲》、《比目魚》、《風月鑒》、《五月緣》、《意外緣》、《意中緣》、《意內緣》、《章台柳》、《梅蘭佳話》、《白魚亭》、《紅風傳》等。

(三)色情小說：《春燈迷史》、《怡情陣》、《換夫妻》、《風流和尚》、《巧緣豔史》、《豔婚野史》、《哈彌野史》、《春情野史》。

(四)狹邪小說：《風月夢》及《品花寶鑒》。

以上列出「家庭—社會」型小說十六部（其中包括《金瓶梅》續書一部、《紅樓夢》續書十部），才子佳人小說二十二部，色情小說八部，狹邪小說兩部，總計四十八部。必須一提，實際書目因個人判斷不同，自然有所增減。一是有些作品究竟屬不屬於世情小說的範疇，委實令人猶豫難斷；二是有些小說成書年代不易確切掌握，是否列入也就難以斟酌，例如《繡鞋記》就很難認定究竟成於道光、或是光緒以後（對此本書採取後者之說）；三是有些小說根本係前人舊作的重寫改作，例如《換夫妻》、《風流和尚》、《巧緣豔史》、《豔婚野史》根本改自晚明《歡喜冤家》中之一篇故事，是否算數也可討論；四是有些小說是否出於中土恐怕猶有爭議，例如《九雲記》恐是韓國漢文小說。此外，上列部分作品更細致的屬性歸類，還有很大的辯論空間，例如被孫楷第《中國通俗小說書目》劃入才子佳人小說的《痴人福》，張俊《清代小說史》就視其爲世情小說（對此本書採取後者之見），類似的爭議容有不少。

由此看來，過去學界普遍以爲清代中期乃小說創作的低潮期，不過就量而言，作品實不算少，而且大部分還是上述這些廣義的世情小說。也就是說，除了《鏡花緣》等炫才之作，以及零星幾部俠義公案小說（例如《于公案奇聞》等）、幾部英雄傳奇小說（例如《五虎平西前傳》、《鬼谷四友志》、《萬花樓演義全傳》等）、幾部神魔小說（例如《瑤華傳》、《婆羅岸全傳》、《雷峰塔奇傳》等），嘉慶、道光年間出版量最大者還是廣義的世情小說——雖然，它們的名聲普遍不如《鏡花緣》，藝術成就更無法企及《金瓶梅》、《紅樓夢》等第一流經典。

這裡所謂「廣義的」世情小說，係因前輩學人對世情小說的定義相對寬泛，所以選取標準也就放大了規模。然而拙著《金瓶梅到紅樓夢——明清長篇世情小說研究》[21]的〈緒論〉，曾對這個小說類型進行過簡單的學術史討論，強調將世情小說擴大解釋的作法是較不恰當的，應該用相對狹隘、但指涉精準的定義才能形成有效力的學術討論，因此主張世情小說宜採狹義認定，指的是表面寫一人、一家、一族於日常生活的婚戀性愛倫常關係，實際卻意在描摹世態、見其炎涼的「家庭—社會」型小說，並且將才子佳人小說和色情小說排除在外。這個類型的起點是明朝萬曆年間的《金瓶梅》，之後可見《續金瓶梅》、《醒世姻緣傳》、《林蘭香》等，終點是清朝乾隆年間的《紅樓夢》與《歧路燈》，而在《紅樓夢》以後開始呈現萎縮之貌。

本書擬探討《紅樓夢》程甲本問世後之嘉慶、道光朝世情小說生產情形，自是在前書基礎上的接續研究，目的除深化證明清代中

---

[21] 胡衍南：《金瓶梅到紅樓夢——明清長篇世情小說研究》（臺北：里仁書局，2009年2月）。

期世情小說萎縮的情況，也想探問世情小說經典是否對後繼之作猶有影響。基於這個動機，本書對世情小說的定義一如過往採取狹義認定，除非特別強調（例如標榜「廣義的世情小說」），否則行文時所謂世情小說即是指「家庭—社會」型小說，爲了更清楚交待，偶爾也用「『家庭—社會』型世情小說」以稱呼之。

如此一來，本書主要研究對象便是前面書目中的「家庭—社會」型小說。這十六部世情小說[22]，可以分爲獨創型、續書型兩類：前者包括成書於嘉慶年間的《蜃樓志》、《痴人福》、《清風閘》，以及成書於道光前期的《雅觀樓》、《玉蟾記》共五部；後者包括《三續金瓶梅》，以及十部《紅樓夢》續書。至於才子佳人小說和色情小說，基於和前書一樣的理由，不列入討論的範圍；雖然本書針對「家庭—社會」型小說所得到的研究結論，其實在才子佳人小說也能看到類似的特徵[23]。以上分別以三篇專文討論，在全書編輯時劃入「輯一・獨創型與續書型世情小說」。

其次，本書希望在世情小說之外另尋可茲參照的作品，所以《風月夢》、《品花寶鑑》兩部狹邪小說也會列入討論。這是因爲既有關於狹邪小說的類型建構，大抵立基於以《海上花列傳》爲代表的後期作品上，殊不知前期兩部作品和《海上花列傳》存在

---

[22] 張俊《清代小說史》論及清代中期世情小說，依其題材內容和體裁將之分成三種：一是「生庭生活類」，包括《紅樓夢》、《歧路燈》、《幻中遊》、《痴人福》、《清風閘》和《雅觀樓》六種；二是「個人際遇類」，有《桃花扇》、《蜃樓志》、《繡鞋記》、《玉蟾記》四種；三是「續補前書類」，這裡包括《三續金瓶梅》和其他「紅樓」續書。不過，張俊的「清代中期」係指乾隆、嘉慶、道光三朝，所以乾隆年間（或更早）的《紅樓夢》、《歧路燈》、《幻中遊》、《桃花扇》以及可能成於光緒的《繡鞋記》都不在統計之列，經扣除後，所餘和前面根據衆家小說書目整理出的「家庭—社會」型小說數量一樣，皆為十六種。

[23] 詳參劉柏正：《才學與情懷：清中葉（1791-1849）才子佳人小說承衍之文化考察》（臺北：政治大學中文系碩士論文，2011年）。

很大不同，即便《風月夢》和《品花寶鑑》的題材同屬文人挾妓招優，但在本質上其實頗接近「家庭—社會」型小說。所以本書關於兩部前期狹邪小說的討論，除有重新定位其類型歸屬的意圖，也擬將之作爲世情小說的研究對照。另外一組參照座標，係由於嘉慶、道光年間正好有根據《金瓶梅》改編的曲藝作品南詞《繡像金瓶梅傳》，以及根據《紅樓夢》改編的兩部大型戲曲作品《紅樓夢傳奇》，它們的改寫固然是基於公共表演之需要，但也能反映時人對兩大經典世情小說的接受側重，所以無妨作爲本書研究清代中期世情小說的替代（alternative）或附帶（additional）文本，因而也列入本書的研究範圍。以上一共有四篇專文討論，在全書編輯時劃入「輯二．世情小說的對照：狹邪小說、戲曲及曲藝改編」。

此外，在《紅樓夢》續書研究的同時，曾經岔出來作了一篇關於續書風月筆墨的文章；又，在《風月夢》和《品花寶鑑》的研究過程中碰觸到清代中期的狹邪筆記，所以趁機梳理了明代中葉以降的狹邪筆記潮流。爲了保持全書論證的流暢性，這兩篇文章權收入「輯三．附錄」。

最後——也許是畫蛇添足——本書的尾聲碰觸到具有「新小說」色彩的《花柳深情傳》。這部誕生於光緒21年（1895）的小說，張俊《清代小說史》將它劃入清代後期世情小說「家庭生活類」之列[24]，不過它非但連一點《金瓶梅》、《紅樓夢》的餘緒都不可見，也遠不同於清代中期的世情小說。本書結尾部分透過它，一來驗證舊的文學時代已然結束，二來凸顯傳統世情小說至此畫下句點。

[24] 張俊：《清代小說史》，頁410-414。

輯一・獨創型與續書型世情小說

清代中期世情小說的類型特徵
——論《蜃樓志》、《痴人福》、《清風閘》、《雅觀樓》、《玉蟾記》

《紅樓夢》問世後的世情小說，學界向來留心有限，不過其中得到較多注目的是《蜃樓志》。王增斌《明清世態人情小說史稿》在《歧路燈》之後，列專章討論《蜃樓志》[①]。張俊《清代小說史》談及清中期世情小說，於《紅樓夢》、《歧路燈》以後列出《蜃樓志》、《痴人福》、《清風閘》、《雅觀樓》等一批作品，唯獨標榜《蜃樓志》「堪稱佳作」[②]。朱萍處理明清家庭興衰題材長篇小說也指出：「真正藝術而完整地從家庭結構、家庭型態、家庭倫理、家庭演變等方面描寫家庭環境的作品，只有六部：《金瓶梅》、《醒世姻緣傳》、《林蘭香》、《紅樓夢》、《歧路燈》、《蜃樓志》。」[③]又，胡適當年考證世情小說經典《醒世姻緣傳》時，曾稱它是「一部最有價值的社會史料」[④]，後來柳存仁也贊美《蜃樓志》是「很難得的近代社會經濟史料」[⑤]，這說明《蜃樓

---

① 王增斌：《明清世態人情小說史稿》（北京：中國文聯出版公司，1998年1月），頁555-567。

② 張俊：《清代小說史》（杭州：浙江古籍出版社，1997年6月），頁275。

③ 朱萍：〈悲涼之霧　遍被華林——明清家庭興衰題材章回小說的文化意蘊〉，《學術研究》2000年第8期，頁122-126。

④ 胡適：〈《醒世姻緣傳》考證〉，《胡適古典文學研究論集》（上海：上海古籍出版社，1988年8月），頁1046。

⑤ 柳存仁：《倫敦所見中國小說書目提要》（北京：書目文獻出版社，1982年12月），頁253。

志》確有世情小說「描摹世態」的本色。不過，拙著《金瓶梅到紅樓夢——明清長篇世情小說研究》對此提出不同看法，主張《金瓶梅》以來的世情小說寫作傳統到清代中期已然萎縮變質，《蜃樓志》的世情小說純度其實大不如前，過去學者的溢美恐爲不明就裡的謬贊。由於該書論及清代中期世情小說，所取樣本唯《蜃樓志》一部，因此這裡把同樣誕生於嘉慶、道光年間的其他世情小說併入討論，冀望能讓結論更有文學史解釋的效力。

爲了方便起見，以下權先理出前著關於《蜃樓志》的觀察心得，復將討論範圍擴大至其他世情小說。

一、從《蜃樓志》談起

《蜃樓志》，二十四回，舊題「庾嶺勞人說、禺山老人編」，現存所見最早版本爲嘉慶9年（1804）本衙藏本[⑥]。小說暗寫清乾隆、嘉慶年間，廣州十三洋行商總蘇萬魁原本富甲一方，卻因新上任的海關監督赫廣大敲詐勒索，只得陪了銀子急流勇退，在鄉間築華廈瀟灑度日。無奈家中遇強盜搶劫，出門在外的蘇萬魁因誤信兒子喪命訛傳，傷心過度而一命嗚呼。繼承父業的蘇吉士，平日不喜讀書，卻有文人雅趣；經商不願苛刻，反而積善致富。喜歡結交朋友，救人危難，遇逢各種厄運災禍總能化險爲夷；加之英俊風流，處處留情，四、五年間即在風流帳上註記十幾筆荒唐情史。小說前半部寫蘇吉士的豔遇逸聞，穿插以官場黑暗、商場鬥爭；後半部岔出寫姚霍武夥同鄉勇佔領海豐、陸豐爲寇，又寫番僧摩剌仗其妖術攻陷潮州爲匪，爲的是鋪陳蘇吉士招降姚氏、並勸姚氏帶罪

⑥ 以下所引小說內文，悉據清．庾嶺勞人著，劉揚忠校：《蜃樓志》（石家庄：花山文藝出版社，1996年1月），此本係據嘉慶9年本衙藏刻本標點整理，以下引文茲不贅註頁碼。

收服摩剌一段公案。事後朝廷論功獎賞，蘇吉士本應奉旨赴京中供職，但卻寧以中書職銜家居，與蘭若、小霞、小喬等妻妾過著神仙生活，既看得破又跳得過酒、色、財、氣四大誘惑。

《蜃樓志》的主線其實只有兩條：前半部由蘇萬魁與海關的衝突引出蘇吉士風流瀟灑；後半部寫姚霍武等人循「梁山泊模式」英雄聚義。摩剌一節，基本上只是被安排成姚霍武受朝廷招安後的揮灑舞臺，而且摩剌的諸般本領也尚搆不著神魔小說的基本元素，所以大可不必拉高它的神魔屬性。因此，小說前半部看似一部「以家庭（家族）生活爲背景」寫成的「家庭—社會」型世情小說，很容易讓人將之與《金瓶梅》、《紅樓夢》聯想在一起；後半部處處可見英雄俠義小說慣有橋段，也很容易讓人想起《水滸傳》。學界過去以爲，《蜃樓志》主要受到《水滸傳》、《金瓶梅》、《紅樓夢》的影響，然而此係誤判，它更鮮明的接受來源，當是質量次一級的才子佳人小說、色情小說與二流英雄俠義小說。

就《蜃樓志》色情小說屬性而論，小說寫少年蘇吉士原本不善御女，但先自烏黛雲處抄來幾個春方（第6回），復從番僧摩剌那裡得了春藥（第8回），隨即變成陽具壯偉、善熬戰之法的性愛高手，此是《肉蒲團》之流色情小說慣見的寫法。尤其蘇吉士竟把「年幼不良於御女，失去一女」視爲生平一大恨事，如此這般理所當然，顯見色情小說的基本命題已內化到庾嶺勞人的創作內核。這種陽具崇拜心理，作家也還透過待字閨中的溫素馨來表現，小說第3回寫她藏有「《西廂記》一部，還有《嬌紅傳》、《燈月緣》、《趣史》、《快史》」，第5回寫她讀罷《濃情快史》後日逐嚮往偉岸陽具，都可看出作者（及筆下人物）的性觀念主要來自色情小說。雖然小說寫性交場面，尚不至於像色情小說一樣被無端放大，但其中氣定神閒、津津樂道的敘述口吻，那種將性愛視爲人生美事的思想狀態，自然也是色情小說起的影響。至於《蜃樓志》之才子佳人小說屬性，則可從風流多情的主人公看出來，但蘇吉士沒有賈寶玉的理想，書中女子多半也淪爲概念化的存在，作家毋需交待一見鍾情爲什麼可以是愛情的基礎，也無暇鋪陳男男女女對愛情的渴望與掙扎，說明《蜃樓志》更靠近才子佳人小說而不是《紅樓夢》。更何況它和其他才子佳人小說一樣，情節著意於連串的巧合、奇緣、刺激，不像《紅樓夢》多從生活的瑣碎、細節、流水日記出發。此外，《蜃樓志》還在世情題材外穿插俠義故事，具備《水滸傳》諸如英雄落魄、比武競藝、兄弟結拜、賊人陷害、官府黑暗、結夥聚義、朝廷招安、兩軍作戰……等所有元素，可惜既不精采又予人似曾相識之感，只能算是《水滸傳》粗劣而簡單的複製。

簡單地說，相較起之前的世情小說經典，《蜃樓志》的內容起到兩個明顯變化：一是意識形態上的才子佳人（小說）化及色情（小說）化；二是題材上因混入其他類型小說元素而顯得更爲多元紛雜，並使其類型屬性變得難以判斷。

《蜃樓志》以前，沒有一部以買辦商人爲主角的小說，廣州十三洋行及海關衙門更是清初開放海禁後的新產品，然而《蜃樓志》寫近世人物、故事、場域只堪作爲消極的舞臺佈景，小說內核還是才子佳人及好色男女情調。然而，所謂才子佳人小說化及色情小說化，不只是人物才具傾向才子佳人及好色男女、故事情節追求團圓喜樂及風流快意這般層面而已。才子佳人小說及色情小說因情節公式化、人物概念化多流於平庸無味，《蜃樓志》同樣在才子佳人小說化及色情小說化過程中，將人物的性格、氣質、思想、行徑描寫得一副理所當然。且不提男主人公爲什麼天生風流倜儻、縱情聲色，書中衆美不管出身尊卑、無論知禮與否，其共性是全都抗拒不了蘇吉士的愛與肉體誘惑，彼此個性也未依其存在處境而有不同刻畫，既無深度也沒有說服力。雖然羅浮居士的序提到：「其事爲家人父子日用飲食往來酬酢之細故」，「其辭爲一方一隅男女瑣碎之閑談」，「《蜃樓志》一書，不過本地風光，絕無空中樓閣也。」但這終究是老王賣瓜，缺乏「描摹世態，見其炎涼」的世情書寫意圖，使它既無法滿足模擬現實的基本要求，也不能激起人情感慨的接受反饋，如此則難以比肩之前的經典世情小說。

至於《蜃樓志》混入其他類型小說元素，並非指世情小說只能寫家庭生活而不能加入俠義、神魔、公案或其他題材，而是要看它植入的題材有無絕對必要，有沒有和原本的世情書寫形成美學衝突。首先必須承認，《蜃樓志》加入了近半比例的英雄俠義情節，自然就壓縮了它的世態人情比重。其次，小說在廣東官場及買辦商賈交織的人事網絡之外，在男女性愛解放的熱烈實踐之外，大量植入亂自上作、揭竿而起的俠義元素，就閱讀效果而言，世情男女和英雄俠義幾乎各自獨立互不相干，使得小說一分爲二，變成半部世情小說（其實是雜有才子佳人及色情男女）、半部英雄俠義小說（大抵是對經典的拙劣仿冒）。一部小說兼容兩、三種小說類型各自獨有的元素，自會使其風格與類型傾向變得雜亂難斷，《蜃樓志》可謂箇中典型。

最後要提的是篇幅。《蜃樓志》只二十四回，且每回字數不過三千上下，幾乎只有《金瓶梅》、《紅樓夢》的四分之一或五分之一。如果四大奇書是所謂的長篇小說，《蜃樓志》大概只能算是中篇規模。篇幅縮水的影響，一方面侷限了人物情節發揮的舞臺，另一方面折扣了主題思想發酵的力道。前面提到，小說已在世情之外另植入才子佳人、色情、英雄俠義等諸元素，如今連篇幅也一併縮水，相加相乘的結果自然是世情純度更不如《金瓶梅》、《紅樓夢》。然而除了世情純度降低，更重要的恐怕是《蜃樓志》在類型認同上的轉換，其棄長篇、就中篇如果不是偶然，說明它係有意識地告別此前世情小說傳統，這部分留待後文再一併討論。

二、類型整併成為一種趨勢

(一)《痴人福》

《蜃樓志》之後的另一部作品是《痴人福》。

《痴人福》，四卷八回，作者不詳，目前所見最早刊本爲嘉慶10年（1805）雲秀軒刊本，首有梅石山人序[7]。小說寫明代湖廣荊州富戶田北平，有財無貌，全身惡臭，先後騙娶鄒氏、何氏、吳氏爲妻妾，然三婦皆因嫌其醜陋穢臭，一一逃至家中禪室念佛參禪，並額其室爲「奈何天」。其時邊境戰事不歇，連歲饑荒，田北平聽從忠僕田義建議，輸財購糧以助軍需，進而助上大破敵寇，因此得到皇帝封賞。又，天庭玉帝念其捐糧軍民、焚卷免債等善行，派遣使者將田北平易容浣穢，搖身一變成爲潘安之貌，三位夫人因而走出禪室，並且同封誥命。一齣鬧劇最終變成和樂喜劇。

《痴人福》並不是一部原創的小說，係根據李漁戲曲名篇《奈何天》改編，而且變動幅度甚微。若將兩個文本加以比對，可以發現「除了由代言體變爲敘述體之外：一、部分人物名字變了，闕十全改爲田北平，闕忠改爲田義，袁瀅改爲唐瀅；二、情節發展的順序作了若干調整，將田北平三次娶妻、田義替主捐銀助邊的情節，與唐進士邊境平亂、唐夫人瞞夫賣妾的情節交錯展開，形成若干懸念，使故事更起伏跌宕；三、故事結尾，增添了唐進士功成還鄉，唐夫人引領新妾迎候的場面；四、第一回開始關於紅顏薄命奈何天的七百餘字的議論，係改編者的發揮。」[8]小說最明顯的劇場痕跡在於，人物登場逕採戲曲舞臺自報家門的模式，且全書依賴大量的人物對話、自問自答來交待情節、描寫心理，因此比較像是讀劇本而非小說。《痴人福》的人物、情節、結構十分簡單，全書雖也從家庭生活出發，偶爾觸及市井風情，但因篇幅短小的關係，加上《奈何天》於日常生活內容本就簡略，所以小說的世情書寫十分淺陋。

---

[7] 以下所引小說內文，悉據清．無名氏著，鍾林斌校點：《痴人福》（瀋陽：春風文藝出版社，1994年10月），此本係據日本東京大學東洋文化研究所藏嘉慶10年雲秀軒刻本標點整理，以下引文茲不贅註頁碼。

[8] 以上悉為春風文藝出版社《痴人福．前言》的整理。

然而從戲曲到小說，情節看似因襲不變，但隨著篇名更動，其意識形態也悄然轉換。戲曲原名「奈何天」，係因劇中三位美女先後遭遇下嫁醜夫的奇厄，最終明白「天意眞不可解，終是無可奈何之事」，意在闡揚命定觀念。此外，三位夫人安時處順，醜夫也不怨天尤人反倒行善積德，則是一種隨遇而安的道家灑脫。有學者指出，《奈何天》雖沒有像《莊子》一樣從形而上的高度超越俗世，最終達到哲學意義上的逍遙遊境界，但形而下的安時處順也是市井小民保全自我的良方，雖不中亦不遠矣⑨。但是小說把篇名改爲「痴人福」之後，閱讀重心便轉向醜人的發跡變泰——像田北平這樣「身上臉上，那一件不是闕的」、徒有錢財卻遍身惡臭的人，不但可以連娶三個美人（其中吳氏甚至還是才女），而且最後改形換面爲潘安再世，穿戴王冠蟒服，甚至讓念佛參禪的三位夫人又爭先恐後地愛戀夫君。這是一個最極端的、違反現實經驗的喜樂結局，改編者要讀者用欽羨的心理來領會它，仿佛告訴所有男性讀者：痴人都有如此福報，何況爾等？至少，面對生命的平凡無奇，偶爾幻想一下總可以吧！

《痴人福》被孫楷第《中國通俗小說書目》劃入才子佳人小說，然而根據林辰的定義：

> 一般說來，所謂才子佳人小說是指才子和佳人的遇合與婚姻故事，它以情節結構上的：(1)男女一見鍾情；(2)小人撥亂離散；(3)才子及第團圓這樣三個主要組成部分爲特徵的。也有人把作品中的人物身分和情節結構混合在一起，分爲五條：(1)男女雙方的家庭，都是官僚或富家；(2)男女雙方都是年輕美且有才；(3)男女個人

⑨ 徐愛梅：〈漆園之曠——李漁《奈何天》的文化解讀〉，《社會科學家》第117期（2006年1月），頁28-30。

以某種機緣相接觸，往往以詩詞唱和爲媒介；(4)小人撥亂其間，男女離散；(5)男方及第，圓滿成功，富富壽考。無論三條或五條，都説明了才子佳人小説的一般特徵。[10]

很顯然，《痴人福》幾乎無一符合這樣的創作特徵，也難怪有人大聲疾呼：「《痴人福》不但不是才子佳人小說，相反卻是才子佳人小說的反動。」[11]我們無法推敲，第一代小說目錄學家孫楷第如何定義他心目中的才子佳人小說，不過《痴人福》不符後來學者對清初以來這批作品的類型認定，大抵也是事實。倒是，孫楷第的「失誤」，有沒有可能是著眼於《痴人福》寫男人否極泰來、穿戴王冠蟒服，而且俊美秀逸、坐擁三妻四妾這個美好結局，因此認定它與才子佳人小說有共同的意識形態，而將之判定爲才子佳人小說？也即是說，《痴人福》固然不符才子佳人小說的人物設計與情節模式，但在意識形態上一樣凸出了男人渴望暴發、幻想兼美的情意結？

《紅樓夢》第54回寫賈母批評才子佳人書作者：「有個原故：編這樣書的人，有一等妒人家富貴的，或者有求不遂心，所以編出來遭塌人家。再有一等人，他自己看了這些書，看邪了，想著得一個佳人才好，所以編出來取樂兒。何嘗他知道那世宦讀書家的道理！」[12]賈母這番話，自有世家大族污名化下層文人的意圖，但

[10] 林辰：《明末清初小說述錄》（瀋陽：春風文藝出版社，1988年3月），頁60。

[11] 李新燦：〈論《痴人福》非才子佳人小說——兼議其思想傾向〉，《江漢論壇》2005年第4期，頁119-121。

[12] 清．曹雪芹：《紅樓夢校注本》（北京：北京師大出版社，1987年11月），此本係據北京師大圖書館程甲本翻刻本為底本標點校注，頁877。由於清代《紅樓夢》小說續書、戲曲、曲藝大抵皆依程甲本展開，爰本書引錄《紅樓夢》內文時亦以程甲本為主。以下引文若未特別註明，悉據此本，茲不贅註頁碼。

才子佳人書的作者，的確可能是求不得富貴功名、盼不到賢妻美眷、只能借寫作進行心理補償的中下層文人。由於他們的世情歷練不足，對世宦讀書人家所知有限，因而筆下社會及人物只是謅扯出來的假象，所以小說讀來覺得缺少眞實性。如果把賈母的話加以發揮，可以說生活中有一大群不幸福的人需要這樣的想像，寫作／閱讀才子佳人小說變成是一種自我催眠的行爲。那麼，《痴人福》的改寫與接受，又何嘗不是呢？

爰此，《痴人福》固然不是才子佳人小說，但可視其爲才子佳人小說化的世情小說。因爲它那種發跡變泰、坐享齊人之福的快意想像，乃是立基於和才子佳人小說一樣的意識形態。

這部小說也明顯受到色情小說影響，三位夫人分明打定主意參禪，其中吳氏竟同另兩位婦人說：「我有一件東西，同那話兒差不多。大家來去熱鬧。」（第3回）分明是出身清白甚至家世良好的初嫁女子，作者偏要把她們寫成天生的色中餓鬼，豈不唐突？又，田北平享齊人之福也就罷了，小說副線安排田義潛入敵營、卻向女寇白天王奉獻肉身，箇中更是市井男性白日春夢在作祟——若有成全大義的一天，何妨小我片刻痛快。更極端的例子是，小說提到女寇白天王擁兵自重，這些女兵每每在攻城掠地之後，也要搶奪幾個男子回寨享用——先是女大王，才是女兵卒。看以下這一段描寫：

> 白天王逐個看了一次，道：「都選不中。賞了你們。」眾女卒叩謝了，說道：「咱們人多馬少，這些男子，沒有馬騎，卻怎麼處？也罷，一人抱著一個，對面騎了。就把鞍韂當了床鋪，做一個走馬看花，何等不妙。」每一女卒摟一男子，同了馬。說道：「這樣快活的事，剛剛湊巧。」各對男子說道：「你快活不快活？刀尖入了鞘，不須你費力，馬走自動搖。這場興頭，比那夢裡，可不更高。方才快活，不覺城池又到。大家收拾箭和

刀，到晚來再使壯力，戰到雞兒叫。」各男子道：「放了我們回去，我們家中有父母。」（第7回）

《痴人福》在才子佳人小說化和色情小說化的過程中，可能也把讀者受衆的位階降低了，前舉諸例的快慰幻想，其中的思想和語言，所對應的恐怕都是市井底氣更鮮明的男性文人讀者。

僅只八回的《痴人福》，家庭生活、社會內容本已單薄，小說人物、故事情節既依附於才子佳人與色情男女的框套下，復又岔出去寫草寇造反生事、神仙改造人物，都使它的世情純度所剩無幾，遠不如同時期的《蜃樓志》。

(二)《清風閘》

比《痴人福》稍晚的是《清風閘》。

《清風閘》，四卷三十二回，卷尾有「嘉慶己卯夏五月既望梅溪主人書於奉孝軒」字樣，可推知至少成於嘉慶24年（1819）[13]。此書係據乾隆年間揚州說書名家浦琳的評話《清風閘》而來，李斗《揚州畫舫錄》卷十一「虹橋下」載：「郡中稱絕技者，吳天緒《三國志》、徐廣如《東漢》、王德山《水滸記》、高晉公《五美圖》、浦天玉《清風閘》……。」[14]同書卷九「小秦淮錄」，更有完整的浦林生平及發跡介紹，提到浦琳字天玉，右手短而捩，少

[13] 以下所引小說內文，悉據清．浦琳著，李道英、岳寶泉點校：《清風閘》（北京：北京師範大學出版社，1992年8月），此本係以北京師大圖書館藏同治13年重刊本為底本、參照嘉慶24年奉孝軒刊巾箱本點校而成，以下引文茲不贅註頁碼。又，《清風閘》坊刻本俗字訛字頗多，北京師大此版為保持原作話本風貌，只針對明顯錯字進行校正，對於一些俗字和模擬方言的土字多予以保留。本書以下引文儘量維持不變，只在極少數明顯容易造成誤解處另於括弧中標注之。

[14] 清．李斗撰，汪北平、涂雨公點校：《揚州畫舫錄》（北京：中華書局，1997年12月），頁257-258。

孤，乞食城中，顛沛流離，後某一茶爐老婦授以呼盧術，由是積金賃屋與婦爲鄰。接著在五敵臺，婦有姪以評話爲生，每日皆演習於婦家，浦琳耳濡已久——

> 以評話不難學，而各說部皆人熟聞，乃以己所歷之境，假名皮五，撰爲《清風閘》故事。養氣定辭，審音辨物，揣摩一時亡命小家婦女口吻氣息。聞者歡咍嗢噱，進而毛髮盡悚，遂成絕技。[15]

這裡重點有二：一是當時評話名家多有師承，且率依傍《三國》、《水滸》等「熟聞」講述故事，唯浦琳是「以己所歷之境」杜撰出《清風閘》，自有新意；二是哺琳極擅說書，否則不會「聞者歡咍嗢噱，進而毛髮盡悚」，可見感染力十足。李斗《揚州畫舫錄》初刻於乾隆60年（1795），小說《清風閘》成於嘉慶24年（1819），《揚州畫舫錄》只提到浦琳作評話《清風閘》，未提及、也不可能提及後來的小說《清風閘》同樣成於浦琳之手，然而後人多據李斗記載，便以爲小說《清風閘》作者即浦琳，恐係誤解。葉德均認爲小說係某人據浦琳說書內容「筆錄而成」，不得視爲浦林所著[16]，如此方確。胡士瑩判斷抄錄者即序跋作者梅溪主人[17]，也有一些道理。

這部根據浦琳個人經歷撰成的半自傳、半虛構故事，寫宋仁宗時浙江臺州木行主人孫大理，被續弦強氏、螟蛉子小繼謀害，亂倫通奸的母子兩人，又把前妻所生的女兒孝姑嫁給破落戶子弟皮奉山。皮奉山在孫大理陰魂的庇助下，在賭桌上發財致富，孫氏之冤

---

[15] 同前註，頁205。

[16] 葉德均：《戲曲小說叢考》（北京：中華書局，2004年12月），頁748-750。

[17] 胡士瑩：《話本小說概論》（北京：中華書局，1982年7月），頁625。

最終得賴包公審明懲兇。這篇小說的開場，寫孫大理開酒店、入衙門爲吏、續弦強氏並收義子小繼等一干情事，只能算是平平。中間寫皮奉山的潑皮性格、賭徒行徑所牽引出的市井風貌，可以算是全書最好的世情書寫：「《清風閘》中最有趣味之節目，如皮鳳山辦年貨，娶親，八蠻聚賭之類。說此者必擅長各地方言，其狀市井口吻，眞無微不至也。」[18]最後幾回寫包拯斷案，基本上只是一般公案小說的水準，並無特殊之處。學者認爲，浦琳最初的重心在於展現市井生活，之所以摻入公案情節，是因僅憑市井生活經歷很難編排一部長篇故事，不如將市井人物納入公案框架，等於納入一種「宏大敘事」中，說書人調度場景、描寫人物便得到暗渡陳倉的方便[19]。

從浦琳創作評話《清風閘》，到梅溪主人序跋的奉孝軒刊巾箱本《清風閘》問世，中間不但間隔半個世紀，評話和小說刊本之間似乎也有具體差別。箇中差別至少有二，一是小說刊本無法還原評話的原始野性，二是平庸的公案故事可能沖淡了世情書寫——

> 評話藝術善於描摹口吻氣息，小說依靠文字記錄，在養氣定辭、審音辨物方面，可能遜色於評話。在這方面不必過多指責梅溪主人。但是梅溪主人強調因果善惡報應之理，加大了公案故事比例，這部小說就容易變爲四不像。[20]

---

[18] 陳衡：《說書小史》（臺北：廣文書局，1981年12月），第十章「揚州說書」，頁96-97。

[19] 董國炎：〈論市井小說的深化發展——從《清風閘》到《皮五辣子》〉，《明清小說研究》2006年第3期，頁91-102。董國炎：〈論《清風閘》的演變及其意義〉，《黑龍江社會科學》2008年第1期，頁105-109。

[20] 董國炎：《明清小說思潮》（太原：山西人民出版社，2004年3月），頁501。

以小說架構觀之，大致第1到10回、第27到32回是公案故事，第11到26回是藉皮奉山展開的市井生活——小說因此一分爲二，變成半部世情小說、半部公案小說。張俊《清代小說史》將之列入清中葉世情小說，但是梅溪主人、以及更多的學者卻視其爲公案小說[21]，可見此書的類型歸屬變得困難，至少混融了世情小說和公案小說兩種類型。

小說《清風閘》寫世情的成績倒還不惡，尤其市井人物口吻唯妙唯肖，例如：「奶奶呀！世上四雙（隻）腳蛤蟆多，三雙（隻）腳的蟾惹不少。」（第10回）嘲諷人物也偶有神來之筆：「奶奶穿得猶如胖棗子一樣，手上猶如戴了刑具一樣，叮噹叮噹響。」（第19回）就細節描寫而言，有時也用心於交待衣著服飾：「奶奶躺在榻子上穿了一件五色紬褲，大紅倩花腰巾，白鳳機小褂，斜睡在快。足穿一雙楊妃色鑲鞋，膀上戴一付金手鐲，手上戴了一付乾子洋指玉戒指。」（第5回）「奶奶這一天打扮與往日不同：內裡穿了一件玉色綾褂，下穿一條白綾褲子，足換了一雙畫眉色褶褲子，一雙富貴不斷頭楊妃色花鞋，外繫一條天藍夾裙加上一件西綾夾襖。上穿一件天青衫子，頭上戴了一根龍頭金釵，又戴了一枝面簪，兩旁邊掛下吊珠，道是釵結一般。」（第9回）至於食物在書中的比重也很高，有時簡單如第4回：「買母雞，用湯汁氽大潮魚，熱切火腿吧！」有時又像第19回結尾，一回氣把菜單整個列了出來。

但是這部從評話襲來的刊本，在敘事方面大抵還是粗枝大葉的，除了因果報應主線早在第7回即見後半部情節提示，其他支線、細節常有囫圇應付的現象。例如第21回：「再言姚倴子借了

---

[21] 治小說史的胡士瑩於《話本小說概論》開宗即斷：「《清風閘》是一部公案小說」。小說目錄學家張兵（編）《五百種明清小說博覽》也說它是「清代白話長篇公案小說」。其他例證茲不贅舉。

皮奉山的一千五百兩銀子，回到山西販了皮貨，次年加利奉還。再言五爺叫人將銀子用肚子盛起，不提。」兩個「再言」都是草草了事，讀罷仍覺不清不楚。整體來說，小說《清風閘》固然有市井底氣，也道些世情冷暖，但是結構鬆散，敘事雜亂，處處點到爲止，主題亦不深刻。

另外，小說竟也有幾處性交描寫，首先是第5回：

> 奶奶此時已顧不得母子名分，綱常全無。遂把小繼面前褲子一拉，那話躍然而起，挺豎豎硬異長。奶奶看見，更覺合式，淫心蕩漾。二人脫衣解帶，奶奶仰臥榻上，小繼反覆舉其二足，將龜頭送入牝户。初時澀滯，次後淫水浸出，稍沾滑落，出入有聲。其柄至根直底花心，約有二三百回，一泄而止。

此係孫大理續弦強氏和螟蛉子小繼的第一次亂倫性交，沒想到作者還不滿足，接下來第6回又補上一段：

> 奶奶脫了衣裳用了水洗屁股。奶奶皮子白膄膄的，嫩嫩兜兜的，軟抽抽戰兜兜的，於是二人上下衣服盡行脫去，奶奶仰臥在一張醉翁椅上，小繼那話插入牝户口揉擦，急得那婦人淫水直流，用力抱住小繼一滑，以底至根。用手一摸，只剩二卵在外，十分暢美遂心。

評話是公開表演的民間藝術，料不致有如此大膽的表述，因此這可能不是浦琳手筆，而是小說刊本自行摹寫纂入。這兩段文字於文學藝術上的作用很有限，頂多凸顯假母子皆風流，對人物性格談不上寄寓或暗示。若謂小說《清風閘》有意撩撥讀者的情色想像，大抵不算過分，若說係受到色情小說影響，大概也不算離譜的推想了。

(三)《玉蟾記》

《蜃樓志》、《痴人福》、《清風閘》都是作於嘉慶年間，進入道光年間則有一部《玉蟾記》。

《玉蟾記》，六卷五十三回，目前所見最早刊本爲道光7年（1827）綠玉山房刊本[22]。書中題「通元子黃石著」，自不可信。孫楷第《中國通俗小說書目》說此書作者是崔象川[23]，則不知根據爲何。然而孫楷第提及此一小說「本《玉蟾蜍》彈詞」，恐怕是正確的，蔣瑞藻《小說考證》引《花朝生筆記》云：

> 明徐有貞，要自一代名臣，然奪門之役，陷于謙於死，論者恨之。彈詞《玉蟾蜍》，設言于公後身爲某公子，清才美貌，富甲一郡。有玉琢蟾蜍一十二枚，爲傳家之寶。後遇十二美人，皆願與終白首，以蟾蜍分遺之，同日成婚。此十二美人者，即有貞與其黨所轉生也。語雖不經，殊快人意。[24]

今彈詞《玉蟾蜍》亡佚，無從對照，然小說故事確和《花朝生筆記》所載彈詞故事無異，只不知具體承襲如何。小說寫明朝「土木之變」、「奪門之變」中被害忠臣與朝廷奸佞重新轉世，于謙托生爲嚴嵩時期兵部左侍郎張經之子張昆，王文托生爲應天總督曹邦輔之

---

[22] 以下所引小說內文，悉據清．通元子著，董文成校點：《玉蟾記》（瀋陽：春風文藝出版社，1994年10月），此本係據復旦大學圖書館和北京大學圖書館所藏清刊本之影印本標點整理，以下引文茲不贅註頁碼。

[23] 孫楷第：《中國通俗小說書目（新訂本）》（臺北：木鐸出版社，1983年7月），頁240。

[24] 蔣瑞藻編，江竹虛標校：《小說考證》（上海：上海古籍出版社，1984年7月），頁473-474。

子曹昆，其他奸佞則分別托生爲十二名女子，等待張昆拿仙人通元子所贈之十二枚玉蟾共結姻緣。張昆、曹昆之父雖爲奸人趙文華所害，然而苟活下來的兩人卻在幾經磨難之後，分別考上武狀元、武榜眼，奉旨討伐倭寇凱旋而歸，最後懲治謀父之賊，迎娶美人而歸。

小說《玉蟾記》最大的形式特徵，在於其彈詞色彩，每回起頭必見一首曲詞，其次是人物登場時自報家門。例如第15回開場：

〔先聲川撥棹〕調

詞曰：

訪舊侶，得相逢，且暫娛。一帆到處與同居，一帆到處與同居。料蒼天不終困予。把從前愁盡驅，換了今朝名譽。

「俺乃曹昆是也。幸蒙家將童喜半夜救到棲霞山東北龍潭鎮，隱僻山村。後來逃至揚州府興化縣城外烏金蕩藏身。那時認爲父子，改名童昆。恩父教習拳棒，武藝精通。又練成水火刀槍不入的子午神功罩。今年十六歲，卻有萬夫不當之膂力。只是困守湖鄉，何時才有出頭日子？」正說之間，水上來了一隻漁船……

此外，全書敘述遠多於描寫，而且情節推移主要依賴人物對話，不斷可見「某某說」、「某某道」。其中大半人物對話，聲口語氣俱有演唱、作戲之跡，甚至動輒以小曲贈答，例如第21回：

（胡彪）走進來看見魏豹，高叫道：「大頭兄請了。」魏豹回道：「棗核釘兄請坐。」兩人亂皮亂鬧一陣，魏豹說：「我有一小曲奉贈。」

曲曰：

胡老彪眞好瞧，身似橄欖核子雕了個猴兒曹。人說是連釘一條，我說是老鼠有屎藥裡調。

胡彪說：「我也有一小曲奉答。」

曲曰：

魏老豹眞好笑，頭似渾圓金斗套了個壽星老。人說是肉頭雙料，我說是疝氣上沖醫無效。

這個故事係置於因果報應、輪迴轉世的民間信仰下展開，由於小說寫家庭活動很少，人物多於廣袤的社會出入往來，所以已很不像《紅樓夢》那種純粹的「家庭—社會」型世情小說。關鍵在於，這種把仇人化爲美女以贖前生罪愆的安排，在清初以來之才子佳人小說雖很少見，但是男性主角誇張地、不費一點力氣地享受齊人之福，以及高中科舉、平亂立功、權傾天下的人生結局，仍然是才子佳人小說式的超完美想像，因此《玉蟾記》也可以視爲被才子佳人小說化的世情小說[25]。春風文藝出版社《玉蟾記・前言》認爲，如此安排暗合作者的人生理想——「即要得到郭汾陽式的大功勛及大享樂，功高封王，選拔人間十二位美女爲妃」——事實上這種理想不僅是才子佳人小說提供的，也是色情小說提供的。諸如玉蓮協助洪昆男扮女裝，進而爲之情牽小姐杜金定、表妹張鳳姐等，乃至於洪昆最後坐擁十二名美女在懷，這種將天下美女一網打盡、一夕暴發顯揚的男性意識形態，是和才子佳人小說及色情小說共享的。

張俊《清代小說史》批評《玉蟾記》：「作品構思荒誕，所敘亦乖史實，旨在爲于謙鳴不平。」[26]事實上《花朝生筆記》早就根據《明史》指出，徐有貞一干人等「生前已食其報」，至於于謙

[25] 有些學者直接視其為才子佳人小說，例如：吳禮權《中國言情小說史》（臺北：臺灣商務印書館，1995年3月），頁322-323。

[26] 張俊：《清代小說史》，頁282。

不但於憲宗時詔雪其冤，孝宗更且贈其太子太傅光祿大夫上柱國、謚忠愍、立祠墓所、賜額曰旌功，其子亦復官應天府尹，明朝政權對此早有了公道處理。該文結尾意味深長地道出：「于公身後，顯奕乃爾。美人十二，豈足道哉！」[27]顯然認爲歷史不需要《玉蟾蜍》、《玉蟾記》這樣荒誕的虛構想像來彌補遺憾。不過，古代文人一直對歷史的補遺、翻案充滿興趣，除了藉野史、雜傳、筆記，用小說（或廣義的敘事文學）爲歷史人物討公道的也很多，《三國志平話》自司馬仲相斷獄開始作起，可謂老少咸知的典範。至於藉續書爲小說翻案更爲流行，明代小說四大奇書都有續作，遑論成於清代道光朝的《玉蟾記》應該早見識過嘉慶朝大批的《紅樓夢》續書。

但凡重寫歷史文本或文學文本中已然命定的人物結局，尤其試圖補償人物死生之憾，最便宜的路徑就是透過死後還陽、或者投胎轉世的方式處理。《後紅樓夢》、《續紅樓夢》選擇死後還陽的模式，《紅樓復夢》創造投胎轉世另起爐灶的方式，《玉蟾記》顯然採取前者。無論死而復生或投始轉世，都已充滿玄怪色彩，作家又安排仙人通元子任意貫穿時空，時而出入戰場、時而解救張昆、時而點化女子，一路變化幻術，《玉蟾記》因而有濃濃的神魔小說元素。除此之外，作家設計來證明因果報應的關鍵因子是嘉靖倭患，於是故事從頭到尾，從張經、曹邦輔一代到張昆、曹昆一代，作家設計了許多官軍與倭寇戰鬥的場面（特別倭將百花娘娘還頗有妖術），最終自然是張昆、曹昆配享軍功，所以《玉蟾記》又有濃濃的英雄俠義小說特色。於是乎這部被張俊《清代小說史》劃爲世情小說的作品，明顯雜有才子佳人小說的意識形態及神魔小說、英雄俠義小說的諸多元素，難怪春風文藝出版社《玉蟾記．前言》說：

---

[27] 轉引自蔣瑞藻編，江竹虛標校：《小說考證》（上海：上海古籍出版社，1984年7月），頁473-474。

「作品可稱是作者主觀思想觀念的故事化演繹，帶有才子佳人、勸善俗講和神魔武俠小說融和的傾向。」

其實《玉蟾記》作為「世情」「小說」，在很多方面都很不合格。固然，它有些地方不經意寫出市井風情，頗有些興味， 例如第32回胡彪考試作弊一節。但是全書在前半段即處處提示後面人物結果，第27回又通篇講述通元子警俗動機，顯然都是缺乏經營耐心。至於像第46回那樣，基本只是列出奏章和覆議，只能說作者懶惰了。

三、中篇體制與小說商品化

前面談了《蜃樓志》、《痴人福》、《清風閘》、《玉蟾記》，接下來談談《雅觀樓》。

《雅觀樓》，四卷十六回，現存最早刊本為道光元年（1821）維揚同文堂刊本，題《雅觀樓全傳》，署檀園主人編，有竹西逸史序[28]。小說寫錢是命及其妻賴氏，放債起家，私吞一西商之金十萬餘後發跡顯赫。後生一子，係西商投胎，自幼結交匪類，從不上進。錢是命死後，其子在賴氏的寵愛下，屢受幫閒朋友訛詐誘騙，不但嫖娼宿尼，而且沉迷賭博鴉片，不數年便家業蕭條，最後男扮女裝乞食為生。末了，一老婦帶其至「觀我樓」，方曉自己係西商轉世而來討債。阿英《小說二談》提及：「此書係紀實，予曾於蔡愚道人《寄蝸殘贅》卷五『揚州雅觀樓事』條中，得

[28] 以下所引小說內文，悉據清・檀園主人：《雅觀樓全傳》（上海：上海古籍出版社，1994年「古今小說集成」據北京大學圖書館藏抄本影印），茲不贅註頁碼。如遇字跡不易辨認或明顯錯別字，則參考清・檀園主人編，歐陽叔校點：《雅觀樓》（瀋陽：春風文藝出版社，1994年10月），此本依據之底本不詳。

知其本事。」[29]既然小說內容源於揚州實事，因此書中不免有些方言。

從警世角度看，《雅觀樓》寫商人子弟沉淪敗家的故事，極易令人聯想至乾隆時期的《歧路燈》。就人物而言，錢觀保之母賴氏頗似於譚紹聞之母王氏，幫閒尤進縫、費人才也可與夏逢若互為對照；就情節來看，《雅觀樓》寫市井無賴手段、公子哥兒痴態較有成績，這大抵也是《歧路燈》最為擅長之處。差別在於，《歧路燈》用十倍於《雅觀樓》的篇幅寫敗子，敘事步調極緩，細節描寫極精，因此感染力及說服力遠勝過效顰後作。舉例來說，《雅觀樓》第11回寫錢觀保宿庵嫖尼遭人勒索要脅，竟然只費不到千字筆墨；第12回寫他在牢房被官差誑賭訛詐，甚至不到五百個字。諸如這般可以大加發揮的情節橋段，小說裡一味草草交待，細節描寫不足導致眞實感欠缺。所以，《雅觀樓》雖然不像前述幾部小說一樣，被混入這樣那樣不同的類型元素，但是因為篇幅短少太多，所以它的世情成分一樣顯得稀薄。這是為什麼它內容分明很像《歧路燈》，讀來卻不覺得震撼人心；結尾明明襲自《金瓶梅》，讀來卻味同嚼蠟的原因。

《雅觀樓》和前述幾部小說最大的不同，在於它沒有類型整併的問題。如前所述，《蜃樓志》有才子佳人小說和色情小說的意識形態及類型元素；《痴人福》除了才子佳人小說化，同時也植入神魔小說和英雄俠義小說成分；《清風閘》除了略微染上一點色情小說習性，另外有強烈的公案小說特徵；到《玉蟾記》則是才子佳人、神魔、英雄俠義諸元素雜揉。唯獨《雅觀樓》保有相對純粹的世情小說色彩。問題在於，因為篇幅太短太少，所以它的世情書寫純度同樣很低，藝術感染力有限。例如第7回寫錢家大興土木起花園、蓋樓房，第9回寫錢家請人為花園起名並為各進、門樓、屏

---

[29] 阿英：《阿英全集》（合肥：安徽教育出版社，2003年7月），第7卷，頁359。

門、大廳題匾聯，很容易令人聯想到《紅樓夢》興建大觀園暨試才題對額諸情節，可是《雅觀樓》在這兩回都各只有一千八百字左右，連《紅樓夢》十分之一都不到，自然顯得粗略草率。

《雅觀樓》篇幅不足《紅樓夢》、《歧路燈》的十分之一，但這並非個案，因爲如此規模乃清代中期世情小說共同的形式特徵，遠不同於此前那些長篇世情鉅製。《蜃樓志》以前的明清長篇世情小說，就回數來看，《金瓶梅》一百回、《續金瓶梅》六十四回、《醒世姻緣傳》一百回、《林蘭香》六十四回、《紅樓夢》一百二十回、《歧路燈》一百零八回。如果對照「四大奇書」及明代其他類型長篇小說，一百二十回大抵是長篇的極致；又如果對照金聖嘆「腰斬」《水滸》的結構設計，六、七十回則是可以接受的長篇下限。然而，《蜃樓志》僅有二十四回，《痴人福》只有八回，《清風閘》是三十二回，《雅觀樓》只有十六回，唯獨《玉蟾記》達到五十三回。對照其他續書型世情小說——《紅樓夢》續書十種，只有一部達百回、三部是四十八回，其餘皆在三十回上下；《三續金瓶梅》也只有四十回。顯然，清代中期的世情小說作者，多半選擇認同中篇規模，揚棄長篇大書。

光就回數來看也不很準。《玉蟾記》雖多達五十三回，但每回字數少則一千五百、多不過四千字，平均起來每回約三千字左右，因此全書不過十二萬字。至於《痴人福》雖僅八回，但每回字數約八千字上下，全書也有六、七萬字。另外如《雅觀樓》，每回平均約三千字，全書也就四萬餘字。《金瓶梅》和《紅樓夢》作爲世情小說兩座高峰，都是近百萬字的大書，位於其間的清初才子佳人小說，大抵是十回至二十回上下的作品，陳大康曾將如此規模者視爲中篇小說[30]，可惜這個講法並沒有得到普遍採用。無論如何，如果清代中期世情小說最主要的內容特徵，是混入了其他小說類型的元

[30] 陳大康：《通俗小說的歷史軌跡》（長沙：湖南出版社，1993年1月），頁192-193。

素，那麼它最主要的形式特徵，就是「中篇小說化」——它大抵是十到二十回上下的作品，字數約在四、五萬字到二十餘萬字之間，篇幅約末只有《金瓶梅》、《紅樓夢》的十分之一到四分之一。剛才已經提到，此時期的《金瓶梅》、《紅樓夢》續書，較之前書也有明顯的篇幅縮減傾向，如果把目光擴大至其他廣義的世情小說，可發現這似乎是那個時代的總體趨勢：例如此時期數量最多的才子佳人小說，幾乎全是中篇規模，唯《五美緣》（八十回）、《白魚亭》（六十回）是少數例外；至於色情小說的字數，則要比才子佳人小說更少一些。

回溯明清小說史，作爲《金瓶梅》「異流」的才子佳人小說，它對世情小說的「反動」也包括棄長篇體制而就中篇規模。從清順治時期的《玉嬌梨》、《平山冷燕》，到乾隆時期的《桃花扇》、《幻中遊》，乃至於嘉慶時期的《白圭志》、《金石緣》、《西湖小史》，才子佳人小說已經自我定位在中篇規模。原因無他：

> 中篇的體制較短篇小說容量有所擴大，而相對於長篇小說來說，結構又較爲容易。但是，中篇小說這種體制上的優勢，似乎沒有被當時的小說充分利用，往往成爲適應市場需要的快捷方式，使得作者缺乏對題材的提煉，導致這一體式在小說史上沒有出現一流的作品。我們看到，許多中篇的才子佳人小說，盡管篇幅比短篇小說加長了，但敘事的模式化傾向也相當明顯。[31]

---

[31] 劉勇強：《中國古代小說史敘論》（北京：北京大學出版社，2007年10月），頁343-344。

劉勇強指出，中篇小說的優勢有二：一是它可以成為長篇小說和短篇小說中間的藝術折衷，二是它可以較快地滿足文學市場需求。可惜從作品的藝術成就可知，不只清初以來的才子佳人小說，包括前面提到的「家庭—社會」型世情小說，作者及出版方都只意識到後者這個優勢。《蜃樓志》、《痴人福》、《清風閘》、《玉蟾記》、《雅觀樓》並非將一個短篇小說題材施予藝術上的繁複化，反而是將一個長篇小說題材進行藝術上的簡略化，所以我們讀起來總有粗枝大葉之感，覺得小說不再精心於文字的質量、細節描寫的工夫、結構經營的意識。這種粗糙，極可能是文學商品化環境使然，明代小說生產自萬曆以來已明顯受惠／受限於商賈（例如「閩版」小說），晚明短篇（擬）話本小說集的生產更是如此（包括《三言》、《二拍》、《型世言》等），清初以來的才子佳人小說和色情小說更幾乎都是賈人促成——也許可以這麼說，名著的再版翻刻、短篇小說集的經銷、中篇小說的出版，悉為書商最能著力之所在。

有趣的是，盛行清初六、七十年的才子佳人小說，並沒有影響稍晚出現的世情小說經典《紅樓夢》（和《歧路燈》），反而為嘉慶、道光年間的世情小說帶來啓發。清代中期世情小說放棄《金瓶梅》「大大小小、前前後後、碟兒碗兒，一一記之」[32]那種務求周詳備全、不厭精細的寫法，選擇依附才子佳人小說（及色情小說）[33]的模式框架以呈現世情內容，誠為一種仁智互見的改變。不過就小說史的意義而言，這誠為類型認同的轉換——《蜃樓志》等小說不再認同《金瓶梅》、《紅樓夢》，反而靠向作為《金瓶梅》異端末

[32] 清．張竹坡：〈批評第一奇書金瓶梅讀法〉，收入黃霖編：《金瓶梅資料彙編》（北京：中華書局，1987年3月），頁81。

[33] 其實色情小說的規模也多是二十回上下，不過由於此類作品的商品性格過於強烈，文藝性又更遜於才子佳人小說，因此這裡不特別凸出它在中篇形式上的影響力，但咸信這種影響力還是存在的。

流、又被《紅樓夢》批評過的才子佳人系列小說。箇中原因除了意識形態上的，即兩者同樣要滿足弱勢男性文人的白日幻想；也包括它受限於小說商品化生產機制，即必須取悅更多下層男性讀者的閱讀品味。不過，既然中篇規模的才子佳人小說（和色情小說）自清初以來即已證明它的市場魅力，那麼清代中期益發受商品化生產所制約的世情小說作者，他們之棄長篇而就中篇、在小說中刻意混入其他類型小說元素，既是聰明地、也是無可奈何地反映大衆消費市場的需求。當然，迎合商品化生產機制，靠攏通俗的消費市場，等於宣示他們的小說創作已然偏離「洩憤著書」[34]的世情小說傳統，作品再沒有「都云作者痴，誰解其中味」的深層意蘊。

四、通俗的必要

簡單地說，在洩憤著書的時代，創作目的不在於獲利賺錢，至少不是首要目的；然而到了商品化生產時代，作家必須優先滿足書賈的趨利考量，小說創作也因此要迎合預期讀者的品味。雖然缺乏具體史料可以佐證，但是入清以後，至少是清代中期，通俗小說的作者群及讀者群極可能較以往更深入中下層文人圈。這是因爲清代受教育人口提高，但科舉窄門並未相應放寬，使得文人階層產生嚴重分化，社會上湧現出較過去更多的失意文人。這些文人的數量，不但多到足以爲小說市場催生出更多的潛在作者，也爲小說市場造就了更多的潛在讀者，成爲書賈亟欲爭取的消費勢力。在服膺商品化機制的前提下，彌補失意文人心中遺憾、滿足失意文人作夢幻想，於焉成爲小說市場最大的創作誘因與銷售利基，世情小說開始

[34] 清人張竹坡於〈竹坡閒話〉提到《金瓶梅》創作動機：「此仁人志士、孝子悌弟，不得於時，上不能問諸天，下不能告諸人，悲憤嗚咽，而作穢言以泄其憤也。」轉引自黃霖編：《金瓶梅資料彙編》（北京：中華書局，1987年3月），頁56-58。

向中下層文人、甚至向市井百姓傾斜，它的意識形態及審美品味也必然走向通俗。

本書導言部分提到，過去由於對清代中期小說生產缺乏足夠的研究，多數人以爲這個時期的創作主潮乃係《鏡花緣》等才學小說[35]。其實清代中期才學小說的興起，乃是文學界總體傾向的一個分支，在乾嘉樸學的影響下，許多重視考據、研究的學者影響了文學創作風氣，甚至親身介入文學的創作。例如詩壇有翁方綱之「肌理說」，強調爲學以考證爲準、作詩以肌理爲準。散文部分，古文有桐城派姚鼐主張於義理、詞章之外另凸出考據原則；駢文在清代的中興，更是因爲多名樸學大師躬身實踐的成果。所以，乾隆以至嘉慶（甚至道光）時期的詩歌、散文、以及才學小說創作，都有明顯的菁英化、特別是學術化傾向，部分學者所謂清代中期通俗小說有一個「文人化」趨勢[36]、小說創作觀念經歷由「文」到「學」的轉變[37]，這個說法大抵是根據乾隆年間的《儒林外史》、《紅樓夢》、《歧路燈》，或者嘉慶、道光年間的《野叟曝言》、《蟫史》、《燕山外史》、《鏡花緣》而來。

不過，強調清代中期小說創作呈現菁英化、學術化特徵的論者，他們所謂的「清代中期」不但範圍界限籠統含混，而且重心多半集中乾隆一朝；此外，如此立論排除了嘉慶、道光年間的世情小說，自然使其論點不免流於片面。

就前面介紹的這些獨創型世情小說以觀之，它們的作者結構和讀者結構，很明顯和才學小說大異其趣，走到對立的通俗化方向

[35] 四大才學小說中的《鏡花緣》、《野叟曝言》，也有前述所謂類型整併的現象，在此姑且按下不表。

[36] 李明軍：〈立言不朽——清中葉通俗小說的文人化與小說觀念的變化〉，《山西師大學報》（社會科學版）第34卷第4期（2007年7月），頁65-68。

[37] 王冉冉：〈從「文」到「學」——清中葉傳統小說觀念的回歸與歧變〉，《明清小說研究》2005年第1期，頁24-33。

上。就作者看，四大才學小說作者姓名皆存，個個學問也還不壞，然而前開幾部世情小說作者皆不可考，這是中下層文人習慣性的作爲，更是商品化生產機制下的常態。就文本看，幾部世情小說的人物屬性或社會內容都較《紅樓夢》更貼近市井，例如《蜃樓志》寫洋商家庭的日用飲食往來酬酢，《清風閘》刻劃破落戶子弟的市井肖像，《玉蟾記》寫落魄青年寵極人臣、豪取天下美女的人生大夢……，這些小說的取材、主題、思想都有強烈的通俗性格。而且就作品風格而論，諸如《蜃樓志》、《痴人福》、《玉蟾記》不僅不見《紅樓夢》的空靈雅趣，而且明顯地靠向才子佳人小說和色情小說，以暴發的、變泰的男性想像取悅市場——一個非菁英的、無涉學術的、不屬於上層文人的市場。以上總總，當可證明世情小說從作者到讀者結構都大異於才學小說：一個照應傳統、認同上層文人文化，另一個投向市井、反映下層文人想像；一個追求或賣弄學術性格，另一個創造或逞弄通俗趣味。

回顧一下，《蜃樓志》是「以寶哥哥那般情種的面目，行西門大官人之事」[38]；《痴人福》讓一個奇醜且奇臭無比的男人，變成潘安再世、穿戴朝服、妻妾成群；《清風閘》讓一個市井無賴，憑藉陰魂之力賭桌致富、報仇雪恨；《玉蟾記》則讓一名落魄孤兒，在神仙幫助下考上武狀元、討寇建功、迎娶十二名嬌妻；就連意在警世的《雅觀樓》，敗子在其散盡家財過程中的嫖娼宿尼、貪戀男風、賣弄富貴也很得意。以上諸種快慰想像，明顯都是針對弱勢的、不得志的男性讀者，他們雖因受過教育而猶在文人行列（具備閱讀小說的文化條件），但是他們的社會位階已然向中下層移動（與市井百姓有接近的通俗生活品味），所以小說的思想和語言相對富有民間色彩。如果說從《金瓶梅》到《紅樓夢》，明顯可見世

---

[38] 陳浮，〈《蜃樓志》的寫作背景及其新探索〉，《惠州大學學報》（社會科學版）1996年第1期，頁71-74、99。

情小說的屬性轉向文人菁英層，發展出另一種優雅的、精緻的、文化的風格特徵——那麼，清代中期嘉慶、道光年間的世情小說作者，則看起來像是轉爲通俗，走向《紅樓夢》反面的才子佳人小說和色情小說。所以，即便那個時代的學術氛圍，大抵是朝知識考據的方向走，但並不會影響世情小說的通俗取向，因爲《鏡花緣》等才學小說選擇面對傳統、迎合文化精英，《蜃樓志》等世情小說則是立意通俗、擁抱下層文人。

尤其必須注意，《痴人福》改編自戲曲《奈何天》（民間甚至也有《奈何天》彈詞），《清風閘》錄自揚州說書人講的故事，《玉蟾記》之外另有《玉蟾蜍》彈詞。同樣的情況，也發生在稍晚出現的俠義公案小說，包括《施公案》、《彭公案》、《于公案》、《劉公案》、《三俠五義》等，都早在清朝前、中期就有同樣題材的說唱鼓詞流行於民間[39]。這個現象，一來說明了清代中、後期小說有股改編說唱藝術文本的趨勢，二來因爲戲曲、評話、彈詞都是活躍於民間的通俗文藝，這也從側面說明了清代中、後期小說日益增強的通俗性格。附帶一提，有研究指出清代在嘉慶、道光以後的戲曲選本，「基本脫離了文人的欣賞視野、審美取向，將民間喜聞樂見的劇目、腔種作爲主要編選對象；以佔社會組成比例最多的普通民眾的喜好作爲編輯選本的最高準則。」由此看來，清代中期的書商已然開始調整戲曲選本的出版重心，打算更努力地迎合市井口味，這或也能互證世情小說的通俗化取向。[40]

總而言之，《金瓶梅》、《紅樓夢》那個「家庭—社會」型世情小說傳統，恐怕早自才子佳人小說甫一誕生、而且小說逐漸

---

[39] 崔蘊華：〈從說唱到小說：俠義公案文學的流變研究〉，《明清小說研究》2008年第3期，頁43-53。

[40] 朱崇志：〈論清代中期戲曲選本的轉型〉，《東莞理工學院學報》第13卷第5期（2006年10月），頁58-61。

走向商品化生產的清代初年開始，就緩慢地被一部又一部「乍似又不是」《金瓶梅》、《紅樓夢》的小說侵蝕。清代中期的《蜃樓志》、《痴人福》、《清風閘》、《玉蟾記》、《雅觀樓》，既證明那個傳統在《紅樓夢》之後再無繼承，也說明那個傳統的繼承何其困難。

《紅樓夢》早期續書的承衍與改造

前　言

《紅樓夢》向來被目爲中國古典小說的最高成就，同理，也可以被視爲明清世情小說的最高成就。因此，乾隆56年（1791）程偉元、高鶚合作推出《新鐫繡像全部紅樓夢》，其意義不只在於解決了八十回本《石頭記》未完的遺憾[①]，也可以看作古典小說興衰的界標。前面剛討論了《紅樓夢》程甲本問世後，半個世紀來獨創型世情小說的寫作趨勢，這裡接著考察續書型世情小說的寫作情況。

《紅樓夢》程甲本雖然讓一直未完的紅樓故事有了結局，但結局卻又不盡如讀者之意，因此很快便出現一部又一部的續書。尤其嘉慶、道光年間，就出版了至少十本續書，依其刊行之先後，分別是乾、嘉之間（1796）的《後紅樓夢》、嘉慶4年（1799）的《續紅樓夢》、嘉慶4年（1799）的《紅樓復夢》、嘉慶4年（1799）的《綺樓重夢》、嘉慶10年（1805）的《續紅樓夢新編》、嘉慶19年（1814）的《紅樓圓夢》、嘉慶24年（1819）的《紅樓夢補》、嘉慶25年（1820）的《補紅樓夢》、道光4年（1824）的《增補紅樓夢》、道光23年（1843）的《紅樓幻夢》。以上十部，可視爲《紅樓夢》續書史上第一個高峰，足以反映《紅樓夢》

---

① 本書特特標舉乾隆56年（1791）這個時間標誌，係從小說史建構的角度入手，一來著眼於《紅樓夢》至此方以「全部」的面貌問世並起到實質影響力，二來立基於程甲本（而非程乙本）才是清人閱讀《紅樓夢》的多數選擇。

續書的較高成就，過去學者的研究也多半集中於這批作品[②]。

一次討論十部續書，在操作上顯然有一定的難度，爲了論證的方便，以下只拈出幾部早期作品展開研究。事實上，最早的幾部續書已確立日後諸書對《紅樓夢》承衍改造的路徑和趣味，可以說是最有代表性的紅樓續書。

《紅樓夢》「早期續書」的觀念，來自於晚出的幾部續書。夢夢先生在《紅樓圓夢．楔子》曾道：

> （《紅樓圓夢》）端的有頭有尾，前書所有盡有，前書所無盡無，一樹一石，一人一物，幾於杜詩韓碑，無一字無來歷。……眞個筆補造化天無功，不特現在的《復夢》、《續夢》、《後夢》、《重夢》都趕不上，就是玉茗堂《四夢》以及關漢卿《草橋驚夢》也遜一籌。[③]

這裡顯然是拿《紅樓圓夢》，對照更早出的《後紅樓夢》、《續紅樓夢》、《紅樓復夢》、《綺樓重夢》四部續書，而且提供了四書或可稱爲「紅樓四夢」的聯想。接著，比《紅樓圓夢》晚幾年的《補紅樓夢》，作者也在小說第1回提到這四部書：

> 話說那空空道人，自從在悼紅軒中將抄錄的《石頭記》付與曹雪芹刪改傳世之後，就風聞得果然是擲地金聲，洛陽紙貴。空空道人心下甚喜，以爲不負我抄錄了這段奇文，有功於世，誠非淺鮮。那裏知道過了幾時，忽

[②] 例如林依璇：《無才可補天——《紅樓夢》續書研究》（臺北：文津出版社，1999年5月）。該書即是將研究重心置於嘉慶、道光年間續書。

[③] 清．夢夢先生：《紅樓圓夢》（上海：上海古籍出版社，1994年「古本小說集成」影印嘉慶19年紅薔閣寫刻本），頁10-11。

然聽見又有《後紅樓夢》及《綺樓重夢》、《續紅樓夢》、《紅樓復夢》四種新書出來，空空道人不覺大驚，便急急索觀了一遍，哪裡還是《石頭記》口吻！[4]

到了小說第48回，再一次藉由書中人物薛寶釵、賈雨村、甄士隱之口韃伐四書，例如甄士隱批評道：

《後紅樓夢》與《續紅樓夢》兩書之旨，互相矛盾，而其死而復生之謬，大弊相同。《紅樓復夢》、《綺樓重夢》兩書塗毒前人，其謬相等。更可恨者《綺樓重夢》，其旨宣淫，語非人類，不知那雪芹之書所謂「意淫」的道理。不但不能參悟，且大相背謬，此正夏蟲不可以語冰也。[5]

由此可見，作爲最早出的《紅樓夢》續書，《後紅樓夢》、《續紅樓夢》、《紅樓復夢》、《綺樓重夢》四者已被稍晚的續書視爲最大競爭對手。這除了印證黄衛總（Martin W. Huang）所謂「續書焦慮」（xushu anxiety）的說法[6]，也如高桂惠所言：「《紅樓夢》續書充滿了對原作和其他續書的評論，由於許多續書的出現，新的《紅樓夢》續書對於他們正在持續製造續書感到壓力，乃至於到後來參考其他續書，在後來的續書中變得越來越普

[4] 清．嫏嬛山樵：《補紅樓夢》（上海：上海古籍出版社，1994年「古本小說集成」影印北京師大圖書館藏嘉慶25年本衙藏版本），頁1。

[5] 同前註，頁1407-1408。

[6] Martin W. Huang. “Introduction,” In Martin W. Huang , ed., *Snakes' legs: sequels, continuations, rewritings, and Chinese fiction*. Honolulu: University of Hawai`i Press, 2004, pp.5.

遍。」[7]然而，早期續書被後繼者詆毀貶抑的同時，它們自身的某種典範性[8]也正悄悄被凸顯出來。所以，當代最早從事《紅樓夢》續書研究的趙建忠，不但特別標舉出這四部早期續書，而且把它們稱呼爲「各竭智巧」的紅樓「四夢」[9]。然而究竟如何各竭智巧？王旭川的續書研究倒更精進，他認爲所有《紅樓夢》續書都是對《紅樓夢》的評論，在通過小說續書進行的評論中，最被讀者注意到的即是「釵黛優劣論」，《紅樓夢》續書可以就其對釵、黛的不同態度分成三類：一是揚黛抑釵類，以消遙子《後紅樓夢》爲最早；二是揚釵抑黛論，以陳少海《紅樓復夢》爲最早；三是釵黛並舉類，以秦子忱《續紅樓夢》爲最早[10]。換個角度講，《後紅樓夢》、《續紅樓夢》、《紅樓復夢》基本決定了日後續書三種主要思想傾向，至於《綺樓重夢》由於是寫寶、黛、釵的下一代風流，而且意在風月，又是另一種傾向。

本文的討論主要集中於《後紅樓夢》、《續紅樓夢》、《紅樓復夢》、《綺樓重夢》四部早期續書，行文時偶爾也用「紅樓四夢」的說法，以下分別就其情節架構、人物好惡、世情比重、俗雅傾向等方面論其可能形成的典範作用。

---

[7] 高桂惠：《追蹤躡跡——中國小說的文化闡釋》（臺北：大安出版社，2006年9月），頁10。

[8] 本文所指的典範，指的僅僅是堪作為後繼者仿效或參考的表現方式，比較接近英文裡的model或example，而不是孔恩（Tomas Kuhn）在《科學革命的結構》（*The Structure of Scientific Revolutions*）提到的paradigm，也不是卜倫（Harold Bloom）在《西方正典》（*The Western Canon*）提出的canon，因此本文也就不涉及「典範影響」這樣的討論。

[9] 趙建忠：《紅樓夢續書研究》（天津：天津古籍出版社，1997年9月），頁79-93。

[10] 王旭川：《中國小說續書研究》（上海：學林出版社，2004年5月），頁293-302。

一、《後紅樓夢》

《後紅樓夢》，三十回，不題撰人，或謂白雲外史、散花居士作，或謂逍遙子作，嘉慶元年（1796）以前即已成書[11]。小說第1回提到，《紅樓夢》原書係賈寶玉請曹雪芹所撰，然脫稿後，寶釵不忍此書令天下讀者爲寶黛傷心落淚，因此寶玉復請雪芹再撰若干回，聲稱此即《後紅樓夢》的由來，逍遙子甚至僞造了一封曹雪芹的家書謊稱爲小說原序。不過後人多半不信。此書自《紅樓夢》程甲本第120回以後續寫，先是賈政救回遭一僧一道拐走的寶玉，接著黛玉回生，晴雯也借柳五兒之屍還魂。賈政、王夫人已先自覺有愧黛玉，賈母又托夢告知寶黛前生配定姻緣、且榮寧兩府要在黛玉手中再興，因此兩人對黛玉百般呵護；無奈黛玉自以爲看破紅塵，非但不見寶玉，反而偕惜春一心論道參禪。此時黛玉堂兄林良玉攜帶千萬家財來到京城，除與賈府毗鄰而居，兩家往來之餘況且不斷助濟賈家，不久又與好友姜景星分別娶了賈家的喜鸞、喜鳳爲妻。一日黛玉與惜春同遊太虛幻境，閱罷「十二釵圖冊」中的新改判語，又受到賈母和元春的提醒，總算相信必經一番世間榮華才能證得仙緣，因此逐漸接納寶玉進而完結良緣。此後黛玉理家，賈府重旺，寶玉繼林良玉、姜景星之後中進士、授庶吉士、又被拔擢翰林院侍讀學士，惜春亦被選入宮中封爲仲妃，多人加官晉爵，一家繁華熱鬧。[12]

---

[11] 清人仲振奎《紅樓夢傳奇．自序》曾謂：「丙辰客揚州司馬李春舟先幕中，更得《後紅樓夢》而讀之……。」此處「丙辰」係指嘉慶元年（1796）。轉引自一粟編：《紅樓夢資料匯編》（北京：中華書局，2004年1月），頁56-57。

[12] 清．逍遙子：《後紅樓夢》（上海：上海古籍出版社，1994年「古本小說集成」影印浙江圖書館所藏清抄本）。以下引文悉以此版為主，茲不贅註頁碼。

作爲第一部「補恨」的續書，《後紅樓夢》認爲原書最大的憾恨在於黛玉情殤的結局，所以續書重心全在黛玉，寶釵的角色因此被邊緣化，爾後不少續書都有一樣的傾向。因此，黛玉先要還陽，原書中的命運和性格必須置換，先是冒出一個有錢的嗣兄爲其後盾（有別於原書的煢獨無依），接著一意孤行地遠離寶玉（區隔於原書的心病情魔），成親後理家又兼有鳳姐的幹練和寶釵的圓融。至於寶玉，除了改動原書出家的命運，接著讓他領會黛玉在原書所受的折磨，最後除了情場得意，坐擁釵、黛之外又收晴雯、紫鵑、鶯兒等爲側室，而且還要回到仕祿上取個功名。至於原書的負面人物，包括襲人、趙全等一來要遭受現世報應，二來又要作爲映襯黛玉或賈家雍容大度的樣板，所以他們的報應多半點到爲止。如此一來，小說的結尾不免是富貴榮華的高潮，提供讀者一個廉價的大團圓歡愉。

清代紅學家對《後紅樓夢》評價不一，吳克岐屬於其中不以爲然者：「余按是書，泥定前書，代黛玉作不平之鳴，筆意枯寂，若無生發，其口吻絕不相肖，且多不近人情處……。至於狗尾續貂，誣及雪老，更自忘其醜矣。」⑬裕瑞對於黛玉性格形象、處事態度的改變，以及其他人物安排的失當，倒有比較同情的理解；除了另外指出「書中用字眼多不合京都時語」、「書中錯字太多」這些小疵，反而大方列舉幾點佳處：

> 其佳處亦指而論之：第一佳處，無諸續編寫閨人上陣當場出醜之惡習。其次佳處，每回將終必另引一事相襯，悠然有餘音，頗肖雪芹筆意。其三佳處，寫大家人家尊卑上下各有難言心事，不便率然吐出，忍耐心頭，鬱鬱

⑬ 清．吳克岐：《懺玉樓叢書提要》（北京：北京圖書館出版社，2002年2月影印南京圖書館藏清抄本），頁58-59。

> 不暢；又有兒女之情，含蓄難舒，化作閒愁之趣，亦似前書。其四佳處，寫園亭水樹春風秋月之景趣，亦足學步邯鄲。惟寫食品，處處不遺燕窩，未免俗氣。總之此書除欲亂眞斷説不去外，其筆意尚可觀也。[14]

裕瑞所謂「寫閨人上陣當場出醜之惡習」，確實要到《紅樓復夢》、《綺樓重夢》以後才成潮流。至於每回終了的結構設計，所言是否屬實容有爭議空間。倒是所拈其三佳處，所謂寫大戶人家諸人鬱鬱不暢的難言心事，恐要比寫含蓄難抒的兒女情愁要好得多。特別是第24到26回，黛玉和王夫人之間因著襲人與寶玉復燃舊情等細故，兩人心理由親而疏、又由疏而親一段，大概是全書稍顯張力之處，畢竟婆媳心結在《紅樓夢》那裡寫得相對節制[15]。最後，剩下如何評估「學步邯鄲」的問題。

很多人批評續書多有抄襲模擬原書之弊，《後紅樓夢》第7回寫黛玉把棺材裡含出來的金魚兒往地上一擲，慌得紫鵑、晴雯哭著說道：「我的姑娘，你憑什麼生氣，也不犯著砸這個命根子！」黛玉氣的喘吁吁的說：「你們造出這些胡言，我還要這撈什子做什麼！」黛玉摔金魚兒的舉動，以及主僕兩方「撈什子」、「命根子」的說法，自然是對《紅樓夢》第3回寶玉摔玉的模擬。又，第10回寫寶玉夢中對黛玉剜心，也是對《紅樓夢》第82回的粗糙複製。或許作者以為，這般襲自原書的橋段猶有再咀嚼的價值，可惜讀者不一定同意。不過有些時候，模擬是基於報應需要所做的設計——例如第11回寫寶玉從傻大姐處誤聽黛玉他嫁之訊後病危，臨

[14] 清．愛新覺羅裕瑞：《棗窗閑筆》，收入《清代有關曹雪芹紅樓夢資料七種》（北京：中國環境科學出版社，2005年5月），頁43-44。

[15] 《紅樓夢》寫婆媳之間的緊張，主要是邢夫人和王熙鳳之間，不過除了第46回賈赦擬娶鴛鴦為妾一節可見兩人比較直接的互動，他處多是單寫一方而已。

終前對其母道：「太太，你同老太太白疼了我了。」又叫道：「黛玉，黛玉，你好……」此處固然一樣延用《紅樓夢》第97、98回，讀來難免眉頭一皺，不過既然解盦居士說「凡與顰顰為敵者，自宜予以斧鉞之貶矣」[16]，那麼不只寶釵、襲人，就連寶玉受點折磨也是應該的。當然，承襲原書橋段有輕有重，第23回復見寶玉想喝「荷葉湯」、第25回又是馮紫英拿寶物來賈家兜售，這是輕輕帶過；第19回鋪寫劉姥姥三遊大觀園、第28回和30回安排眾姝作詩聯詩，則是逞才發揮了。

然而《後紅樓夢》寫生活情趣，和原書相比還是頗見差異，裕瑞所謂「園亭水樹春風秋月」一類的文人雅趣，書中其實不多。例如第9回寫黛玉為林良玉新宅各處題匾作聯，大抵只是虛應故事而已，所費不過千字且一無詩性；後半回寫黛玉生日戲酒玩樂，川流不息的男男女女也像是應卯交差，言語既淺白且應對無深意。不過第28回倒頗有意緻，先寫眾人種蘭花、覓花器、盼花開，接著眾姝月下賞蘭流連，最後是佐以河豚鮮物作出十二首蘭花詩——可惜這一回幾乎就是《紅樓夢》第38回吃螃蟹、作菊花詩的翻版。

相較之下，作者寫市井遊戲顯得更加得心應手，也更不厭精細。例如第18回，先是黛玉說：「你們統沒有到過南邊，不知道常州的扎彩燈兒有趣呢，也有豳風圖燈、月令燈、十愛燈、千家詩燈、二十四孝燈，我最愛的是庾亮愛月、陶淵明愛菊，同那爆竹聲中一歲除。」接著女孩們著了魔似地紮起花燈，「李紈扎的是美人紡績課子圖，秧歌車水圖一樣的轉著桔槔踏水；薛寶琴扎的是孟襄陽踏雪尋梅；邢岫烟、李紋合扎的是四回西遊記；李綺扎的是吳王采蓮；探春扎的是沉香亭李白醉酒，又一隻船燈是東坡赤壁；惜春扎的是……」作者不厭其煩地交待數十個女孩所紮的花燈名目。然後連篇寫全家掛上花燈後的景象，有些地方甚至交待極細，例如

[16] 清．抱盦居士：《石頭臆說》，轉引自一粟編：《紅樓夢資料匯編》，頁191。

瀟湘館掛的燈：「一座是十六面的畫紗走馬燈，寫出一匾是『萬里長江圖』，從岷山導江，一直到三江歸海，一段段的人物故事，都用頭髮絲、銅絲兒做出各樣活動的機關。」這一回尾聲，時間從新年元宵轉到寒食清明，只見李紈帶著女眷看梨香院的戲子打鞦韆：「當眞的四個女孩子就站上去繫好了，那班女教師就同芳官們送起來。也有許多的名兒，套花環、盤龍舞、鶯梭穿百花、丹鳳朝陽、雙仙渡海、一鶚凌空、側雁字、一帆風，各樣的打將起來，眞箇翩翩有落電之光，飄飄有凌雲之意。」作家一樣沒有放過對這座鞦韆的刻畫：「原來這座秋千架子著實的華麗，本身豎架是朱紅金漆描金雲龍，横架是油綠綵漆描金雲蝠，一色的五色軟絲彩絛，挽手攀腰統是楊妃色、豆綠色的交綺繡花綢，映著這幾樹垂楊，飄飄漾漾十分好看，怪不得寶琴要高興起來。」

《紅樓夢》主要休閒活動是賞花玩月、感懷作詩，他如割腥啖膻、花燈鞦韆只是點綴；《後紅樓夢》第18回寫紮花燈、打鞦韆，第23回寫乞巧節，除了見女孩們熱衷投入，甚且把這些民俗遊戲節慶玩藝交待得恁是仔細，反而成爲續書人物的主要生活內容。續書作者可能對眞正意義上的富豪家眷生活所知有限，所以讓大觀園群芳醉心於各式各樣大衆化的遊藝活動，這在根本上牴觸了原書人物的階級屬性。此外，作者在寫法上又放棄了原書寫意的、詩性的筆觸，轉而用寫實的、資料性的交待，這在根本上逆反了原書人物的雅俗品味。

更好的例子可能在第29回，店夥計送了一擔大螃蟹，衆人七嘴八舌之餘，竟然是王夫人說出這番話：

> 說起吃螃蟹來，不過一個個的剝著吃。若是別的弄起來，也沒個新鮮的法兒，總不過是魚翅炒的、雞蛋炒的、雞鴨肉和做了羹湯的，再不然揚州調兒剝了一盤一角一角的，也再不見什麼新樣兒。若是剝了吃呢，原有

> 趣，那腥味兒還了得，就算洗刷淨了，也有些氣味兒討人嫌，過了一夜還只意意思思的。

王夫人許是《紅樓夢》對吃最不考究者（甚至吃素爲多），這會兒竟然成了美食評鑑家，豈不怪哉？更甚的是，小說接下來寫家裡來了一個杭州的女先兒，豈知王夫人竟然不要她唱曲，「只是短景取笑的說個笑話兒統好」，一家子的品味竟都變了調。聽完笑話，黛玉教導廚子做出來的螃蟹大餐上場——

> 第一是螃蟹黃，只將嫩雞蛋鵝油拌炒；第二是螃蟹油，水晶毬似的，只將嫩菠菜雞油拌炒；第三是螃蟹肉，只將薑醋清蒸；第四是螃蟹腿，只將黃糟淡糟一遍，加寸芹香黑芝麻用糟油拌著；第五是螃蟹扭，只將蘑菇天花雞湯加豆腐清燉，就算一個全蟹吃局。

《紅樓夢》裡黛玉不喜性寒的螃蟹，誰想她到了續書竟然成爲烹調大師？關鍵的是，《紅樓夢》觸及飲食很少實寫鋪敘，續書反倒頓失文雅意境，也難怪寶玉的反應是：「快些載到食譜上去！」這恐怕是作者得意的飲食秘笈了。

總而言之，《後紅樓夢》在幾個方面是有典範性（或示範性）的：首先它把曹雪芹寫進了小說，這在下一步續書《續紅樓夢》還未擺脫；其次它開創一種以黛玉爲賈家中心、寶玉封官加爵且享齊人之福的情節模式，前者傳人有《紅樓圓夢》、《紅樓夢補》、《紅樓幻夢》，後者幾乎放諸所有續書皆準；再次，它雖然努力維持原書風雅筆調，但是詩性氛圍終不復見，書中人物的生活內容逐漸染上世俗的、大衆的色彩。

二、《續紅樓夢》

《續紅樓夢》，三十卷（即三十回），秦子忱（號雪塢，隴西人，官至兗州都司）著，今有嘉慶4年（1799）抱甕軒初刊本[17]。作者在〈弁言〉提到，他於病中讀罷《紅樓夢》後，「疾雖瘉，而於寶黛之情緣，終不能釋然於懷。」友人鄭藥園曾鼓勵他續作，但沒有認眞考慮，待他讀過《後紅樓夢》，「細玩其敘事處，大率於原本相反，而語言聲口亦與前書不相吻合，於人心終覺未愜。」才下定決心自己寫一部續書。

作者雖然在〈凡例〉說明，小說第1回「讀者只作前書第一百二十一回觀可耳」，但事實上係從97回林黛玉死後接起，此乃在《後紅樓夢》的寫法之外另闢路徑。小說寫黛玉死後魂歸太虛幻境，先與金釧、晴雯、元春、尤二姐、尤三姐、秦可卿等早死者相遇，接著又是迎春、鳳姐、妙玉、香菱；另一線是賈母死後前往陰界酆都城，不想當地城隍竟爲黛玉之父林如海，因此見到女兒賈敏、孫兒賈珠、以及秦鍾、智能、馮淵、司棋等人；再一線是賈寶玉離開毗陵驛、直奔大荒山，與先到的柳湘蓮同在渺渺大士、茫茫眞人門下修行。結果先是仙界、陰間兩方人馬互通聲息，接著在甄士隱的協助下，寶玉、湘蓮亦魂升太虛幻境，分別與心上人成婚，而且凡間的寶釵竟也能從下界來到幻境和衆人聚首。更甚的是，天帝下旨凡列金陵仙冊者及寶玉、湘蓮等人皆可回生，俾得各遂前願，林如海等亦改補京師都城煌，如此一來造就神、鬼、人空前大團圓。賈寶玉、薛寶釵、林黛玉果然「一床三好」，寶玉兼得金釧、晴雯、紫鵑、鶯兒、襲人、柳五兒爲側室，後來中了進士、甚

[17] 清・秦子忱：《續紅樓夢》（上海：上海古籍出版社，1994年「古本小說集成」影印浙江圖書館藏嘉慶4年抱甕軒初刊本）。以下引文悉以此版為主，茲不贅註頁碼。

且點了翰林。最終，太虛幻境改爲太虛仙境，對聯換爲「情深不必分眞假，興到何須問有無」；離恨天改爲補恨天，對聯也換爲「色即是空，天地何生男女；情出於性，聖賢只辨貞淫」；孽海情天改爲洞天福地，對聯換爲「願天下才子佳人，世世生生，永做有情之物；度世間痴男怨女，夫夫婦婦，同登不散之場。」

吳克岐《懺玉樓叢書提要》提到《續紅樓夢》的市場反應：「是書作於《後紅樓夢》之後，人以其說鬼也，戲呼爲『鬼紅樓』。」[18]至於他對此書的總評則是：

> 余按是書，神仙人鬼，混雜一堂，荒謬無稽，莫此爲甚。宜乎解盦居士論翻案諸作，列諸又次也。然筆舌快利，閱之可以噴飯，較《後夢》之索然無味，似勝一籌。未知解盦以爲然否？[19]

《續紅樓夢》「神仙人鬼，混雜一堂」，可謂此書最大缺點。雖然一般讀者莫不把地獄想像成另一個人間，正如第3回所言：「這裏賈母進了城，在轎內看時，但見六街三市，熱鬧非常，楚館秦樓，都如人世。」所以像賈母花錢擺平官司、馮書辦娶妓必得央求衙門爲之除樂籍、賈珠情願再熬幾年以候補縣城煌等情事，雖係幽冥，一般覺得無殊人世。問題在於，小說後段於此愈見誇張，尤其大團圓後動輒就是賈家或城煌廟宴會，天天人鬼混雜往來，第27回還特特寫到「人也看戲，鬼也看戲」，結果人（薛蟠）和鬼（馮淵）酒後打起架來，冒出另一個「滿頭滿臉血跡模糊」的鬼卒來教訓人，豈不荒謬？更過分的是，飲酒看戲也倒罷了，第20回賈母甚至安排人（李紈）鬼（賈珠）夫妻「親熱親熱」，更屬無稽。

---

[18] 清・吳克岐：《懺玉樓叢書提要》，頁74。

[19] 清・吳克岐：《懺玉樓叢書提要》，頁80。

除了人鬼混雜的情節不合理，書中一切人等盡皆圓滿幸福，同樣違反天道現實。前一部續書《後紅樓夢》的寫作動機，還只是爲黛玉鳴不平而已，《續紅樓夢》則是「吾將爇返魂香，補離恨天，作兩人再生月老，使有情者盡成眷屬，以快閱者心目。」也即是說，寶黛之戀固要有好的結局，但其他一切有情人也務必「盡」成眷屬——除了枉擔虛名的晴雯、金釧與寶玉，殉情的如柳湘蓮與尤三姐、司棋與潘又安等，原有舊情的襲人與寶玉、秦鍾與智能、賈薔與齡官、賈芸與小紅、焙茗與萬兒（卍兒）等，印證報應不爽的馮淵與夏金桂，命中註定的張金哥與崔文瑞，就連殉主的鴛鴦都被安排給早死的賈珠作妾！《紅樓夢》所有未了情緣，《續紅樓夢》一一呼應安排，這個用心令人佩服。然而，人人有戲的結果卻是人人無戲，敘述針線縝密終掩不過情節囉嗦紛雜的事實。

不過，針線縝密倒是很多人贊美此書的理由，《紅樓夢》那麼多的人情故事物件要在《續紅樓夢》承衍發展，作者卻能極有耐性地交待補述，連沒有讀過原書的人都可以輕易進入續書世界[20]。例如第12回賈璉要找平兒交歡試「種子丹」，反遭平兒消遣：「你看你，當日和太奶奶不是大天白日關上門，就是什麼改個新樣兒、舊樣兒的胡鬧起來，如何能夠養兒子呢？」就是據原書第23回藉機發揮。然而在這些隨處可見的接應中，有些地方確實細心得讓人會心一笑，例如第16回寫寶玉、湘蓮回生，分別是僧家、道家打扮，然而兩人腰裡拴著一個包袱——「原來是他二人當日出家時穿了去的衣服」。又如18回寫尤二姐回生，因爲肚疼蹲了兩個時辰，結果放個響屁後「打個尿盆子『噹』的響了一聲」——「他當日原是吃了金子死的」。不過有些地方則有牽扯生

[20] 高桂惠《追蹤躡跡——中國小說的文化闡釋》：「『續書』使『細讀』成為一種閱讀的重要形式，『細讀』之所以成為可能，乃因續書作者在尋找『文本縫隙』往往有其獨到之處。」（頁10）

硬之嫌，例如第10回寫衆人灌劉姥姥喝酒，侍書拿出「一塊整瑪瑙石根子雕出來的」瑪瑙酒海子，結果劉姥姥說：「這個杯子很像當日在櫳翠庵喝茶的那個杯子的樣兒，姑娘你拿這個給我斟一杯茶來罷。」一個村婦豈記得「櫳翠庵」之名？何況原書裡劉姥姥根本未見那一只「九曲十環一百二十節蟠虬整雕竹根的一個大海」，因此這裡自是作者硬接上的。此外如第26回寫賈元妃生病，「別的一概不要，只教把寶姐姐喫的『冷香丸』送進十丸子去呢。」宮裡的皇妃竟然自己尋著要寶釵從小隨身的密藥，於情於理都很荒唐。再如第27回寫元妃省親來瀟湘館看惜春，覺得所奉之茶清醇芳馥，又見惜春解釋：「此茶乃妙姑當日所遺，臣妹亦不知何名。就是這水，也是他當日收下十年前的雪水。」作家總不忘利用前書一切人情故事物件，頻繁之後難免令人生膩抱怨。

吳克岐特別贊美《續紅樓夢》的人物對話：「然筆舌快利，閱之可以噴飯，較《後夢》之索然無味，似勝一籌。」此話很是，然而《續紅樓夢》寫作技法的最可議之處，也就在於描寫過少、敘述平凡、全仗對話。例如第7回寶玉見著黛玉的美，描寫竟然只是幾句——「那個臉兒上眞是紅是紅、白是白的，眼內的神光眞似一汪秋水」——簡直毫無工夫可言，而且全書率皆如此。但於對話卻很擅長，例如第4回寫鳳姐對著尤三姐抱怨：「我們的車正走的好好的，忽然跑出三兩個乞丐來，渾身上下精他娘的沒一條線兒，巴住了車轅，只是要錢。」整部小說甚至不斷逞弄鳳姐的口無遮攔。此外《續紅樓夢》也用了比較多的俗語或順口溜，例如第15回寫寶玉發了訕地向晴雯、金釧兒道：「原來你們兩個人是在這裏看我的笑聲兒的，都給我山字摞山字，請出去罷。」晴雯則笑著對金釧兒道：「我們二爺今兒眞是哈吧狗兒掉在糞坑裏——沒嘴兒的喫了。」

然而吳克岐所謂「筆舌快利，閱之可以噴飯」者，不限於鳳姐或丫頭，小說裡大部分人物的語言都有強烈的市井傾向，寶玉的舉止經常無恥涎臉，黛玉以降諸人更是失了大家閨秀身分，這尤其可從小說頗爲頻繁的性愛話語看出來。例如小說好幾次寫到婦人胸部，第10回巧姐對正在餵奶的寶釵道：「我特意要看你的咂咂兒，你怎麼又蓋上了呢？」接著又問：「二嬸娘，你看我平姨媽，他倒比你歲數大，他的咂咂兒怎麼倒比你的還小呢？」第17回寫黛玉、寶玉回生需要人乳滋養，又見寶釵解開衣鈕先後將乳頭送在兩人嘴裏。前一例講巧姐少女懵懂，後一例襯寶釵親切溫柔，情理上倒還不過分，可是相較原書，作者這種大喇喇的寫法恐怕另有想頭。果然，第18回寫寶玉要黛玉一同啖鹿尾巴，先解釋這東西吃了是暖下元（補腎氣）的，接著笑道：「難道姐姐的下元是不該暖的？」引來寶釵笑罵其涎臉。接下來寫黛玉抱著寶釵兒子桂哥兒，不想寶玉突發奇想要黛玉給孩子奶吃——「黛玉著了急，兩手攬著桂哥兒又不能動彈，早被寶玉解開衣鈕，將一個新剝的鷄頭肉露了出來。」[21]這種「閨情」，在《紅樓夢》多半不寫，只偶爾用「不寫之寫」的手法，《續紅樓夢》這種直露的處理方式已然降了人物身分。到了小說後半部，這種情況變本加厲，第21回連黛玉都對湘雲說：「如今咱們現在一張床兒上睡著，你就把我暫且當做妹夫，把你平日侍奉妹夫的那個樣兒，全個兒拿出來侍奉侍奉我，也就算你答報了我一輩子。好不好？」至於丫頭更不必說，第23回襲人諷刺蔣玉函後庭不設防，竟說：「你只自己回過手去，摸摸你那個『後』，只怕也和牛的差不多兒了罷。」第24回晴雯譏笑襲人已是嫁了人的，竟說：「罷了，你只叉開腿讓我摸一摸，要還是當日的原樣兒，我就當著人再不說你什麼了。」

《續紅樓夢》和《後紅樓夢》一樣，小說人物沒有太多增

---

[21] 趙建忠《紅樓夢續書研究》：「（寶玉）這種為了愛情『上窮碧落下黃泉』的追求精神，與我國古典浪漫主義文學作品《楚辭．山鬼》、《洛神賦》、《牡丹亭》……等頗有相通之處，與西方文學中富於追求精神的『浮士德』形象亦有類似。」（頁87-88）這恐怕是他沒有辨明小說後半段寶玉下流嘴臉才有的誤會。

減，賈府的政治經濟地位不降反升，因此人物的階級屬性基本不變。不過由上可知，續書作者明顯觝觸了原書人物的階級屬性，《續紅樓夢》性的話語（discourse）說明作者客觀上迎合——至少是呼應——市井階層比較寬鬆的性觀念，其中甚至包括對女同性戀的綺麗想像。經考，作者秦子忱係四品武官，軍旅生活令其浸染更多市井習性，他批評《後紅樓夢》「語言聲口亦與前書不相吻合」，但是自己恐怕離得更遠。例如第24回寫賈寶玉、薛蟠、蔣玉函、馮紫英酒會，完全複製《紅樓夢》第28回的場景橋段，同樣說明作者對這些下流低俗的市井酒令更顯精神。又如第12回寫賈母逛地獄風景，賈珠竟把曹操、王安石定位為永世不得超生的大「惡人」，這種人物臧否恐怕更流於市井見識而非文人主張。

綜合來說，《續紅樓夢》的典範性（或示範性）在於：第一，它提供新的寫作動機，續書除了彌補原書遺憾、也在糾舉其他續書缺失；第二，它開創了接原書97回續寫、而非定自120回來的承衍模式；第三，它創造出黛玉、寶釵並重的人物鑒賞新法，這方面傳人有《補紅樓夢》、《增補紅樓夢》；第四，《後紅樓夢》已見寶玉封官加爵且享齊人之福（二妻四妾），但在此書寶玉更加得意（二妻六妾），第24回自作對聯「黛展雯開，爭看柳明花媚；釵橫釧褪，莫教鶯妒鵑啼」，足可見其志得意滿，後續諸書也就循此更上層樓（《紅樓幻夢》是二妻十二妾）；第五，作者可以任意施展超現實筆觸，僅憑「返魂香」、「尋夢香」人物便能出入陰陽，透過「中和湯」、「孔聖枕中丹」人物便能改換性格，這種便宜行事的方法在後續諸書亦頗有繼承；第六，全書格調比《後紅樓夢》更向通俗靠攏。

三、《紅樓復夢》

《紅樓復夢》，一百回，小和山樵（陳少海）著，今存嘉慶4

年（1799）蓉竹山房刊本、嘉慶10年（1805）金谷園藏版本、嘉慶10年本衙藏版本、清鄉嬛齋藏版本等多種。小說第1回開首，敘事者即道：「大凡神仙降世，與那些琪花草石姻緣偶而遊戲人間，不過如此。後人不知，復有黛玉復生、晴雯再世及大觀園添出許多蛇足。其然，豈其然乎？實難憑信。」接著敘事者偕空空道人遇赤霞仙子，仙子告以：「世人不知，訛以爲黛玉還魂，晴雯再世，人間安得有此？實爲笑柄，因君等是情祖門人，同是會中之友，不妨將二釵另生之冊相示，庶知《後夢》之誣也。」顯然，《紅樓復夢》是要反駁《後紅樓夢》開啓的黛玉回生、晴雯轉世的續書架構，除了揭示衆人如何元神轉世，甚至安排空空道人在賈府門口遇一老人，證得「寶玉回來、黛玉復生、晴雯再世、大觀園依舊當年景象」之說全是訛傳。[22]

小說接原書第120回以後續寫，賈寶玉轉生江蘇鎮江巨族之後，姓祝名夢玉，共有妻妾十二人：賈珍珠（原襲人）、松彩芝（林黛玉後身）、梅海珠（晴雯後身）、梅掌珠（薛寶琴後身）、鞠秋瑞（甄英蓮後身）、鄭汝湘（秦可卿後身）、竺九如（史湘雲後身）、芳芸（金釧後身）、眥簫（柳五兒後身）、韓友梅（狐仙後身）、芙蓉（麝月後身）、桂蟾珠（紫鵑後身）。祝夢玉雖爲賈寶玉後身，且一樣風流標緻，人稱情種，但是全無色心淫欲。例如才和梅海珠做親，「也還同姐妹一樣，不在夫妻枕席之愛」；祖母抱孫心切，特意安排許多姿色端正的女子在他房裡服侍，「誰知夢玉雖極意的憐玉憐香，並無一點苟且。」至於薛寶釵執掌的賈家榮府，本在北京居住，後來遵賈政遺囑南遷金陵，因此與祝家頻繁往來，祝夢玉也和薛寶釵結爲兩世知己。然小說後段，寫寶釵從幻虛仙子處服食乾坤再造丹、並得寶書三本，帶上武藝高強的珍珠、修

[22] 清・小和山樵：《紅樓復夢》（上海：上海古籍出版社，1994年「古本小說集成」影印北京大學圖書館藏鄉嬛齋刊本）。以下引文悉以此版為主，茲不贅註頁碼。

雲（鴛鴦後身）、海珠等人，討伐蠻夷竟然大獲全勝；幾乎同一時間，賈蘭襲榮國公爵位，祝夢玉高中進士後授翰林院編修，其他人等各有封賞。於是衆人藉進京謝恩之便，重返大觀園，舊地重遊頗有今昔之嘆。最後薛寶釵教子成名，看破紅塵一心修道，終於解脫成仙；祝夢玉坐擁十二金釵，生兒育女享盡榮華，最終也是成仙去也。

《紅樓復夢》值得注意的地方很多。先談篇幅。前面提到，《紅樓夢》程甲本問世後的清代中期世情小說，最主要的形式特徵是「中篇小說化」。獨創性的作品中，《蜃樓志》二十四回、《痴人福》八回、《清風閘》三十二回、《雅觀樓》十六回，唯獨《玉蟾記》達到五十三回。至於續書類的作品，《三續金瓶梅》四十回，其他紅樓續書則在二十四到四十八回之間，唯獨《紅樓復夢》是部百回大書。因此就篇幅而言，這部小說簡直是個異數，然也正因爲如此，《紅樓復夢》才可以眞正做到針線縝密。其他續書於敘述描寫上，多半草率簡單，情節故事也很單調，此書反而特別認眞，不只情節出奇而已，而且鋪陳交待皆細。吳克岐《懺玉樓叢書提要》批評：「余按《紅樓》緊要人物足敷翻案之用，是書人物增多幾及兩倍，畫蛇添足，雜亂無章。」㉓《紅樓夢》主要人物足供續書拿來翻案，自是事實，然而《紅樓復夢》肯用原書一樣的篇幅寫加倍的人物故事，也很難得。例如前十回交待賈璉助鳳姐脫離苦海，其實所做諸事大可不必娓娓道來，且這一切也不是情節重心，但是作者很有從容不迫的筆力，因此成績頗佳，類似的例子在小說前三分之二比比皆是。就連裕瑞《棗窗閑筆》都說：「《紅樓復夢》筆意，與前書大相反。前書初起只平平，愈作愈妙；此書初起亦頗有意致，愈作愈離，至後卷竟不成書矣。」㉔此處所謂「頗有

㉓ 清．吳克岐：《懺玉樓叢書提要》，頁94。

㉔ 清．愛新覺羅裕瑞：《棗窗閑筆》，收入《清代有關曹雪芹紅樓夢資料七種》，頁74。

意致」的贊美，反映自是不惡的閱讀感受。

再談情節。前引裕瑞批評《紅樓復夢》「至後卷竟不成書」，指的正是最後十幾回混入英雄俠義小說和神魔小說元素。尤其寶釵服下乾坤再造丹後，膽智俱生、未卜先知、渾身法寶；珍珠受孫夫人之教後，臂易鵬筋、武藝高強、無人能敵；一群女將男帥縱橫沙場，故事、情調大異世情小說。裕瑞批評：

> 又將《聊齋志異》、《西游記》、《平妖傳》、《封神演義》、《醉蒲團》、甚至鼓詞上《十二寡婦征西》一并蹈襲之，謬謂無體不備矣，其拉雜不純，猶爲他續之罪人也。[25]

這短短幾句話，點出了《紅樓復夢》的最大問題——當作者以爲混入其他類型小說元素便能「無體不備」的同時，全書的世情濃度也就因此「拉雜不純」。在《後紅樓夢》、《續紅樓夢》那裡，還只混入才子佳人小說和色情小說的元素而已，到了《紅樓復夢》，另外摻入英雄俠義小說和神魔小說元素，這對後來的續書影響很大。然而考察同期世情小說即見，其最主要的內容特徵也是摻入或才子佳人、或色情、或英雄俠義、或公案等元素而改變了世情純度，《紅樓復夢》在這方面有一樣的傾向。

前面提到，清代中期獨創型世情小說之棄長篇而就中篇，並且刻意混入其他類型小說元素，可以視爲有意識地追隨文學商品化生產機制、選擇向更通俗的消費市場靠攏；又，這宣示作者已然偏離《金瓶梅》、《紅樓夢》那樣一個「洩憤著書」的世情小說傳統，作品再也沒有「都云作者痴，誰解其中味」的深層意蘊。同一時期的《紅樓夢》續書，大抵也都有如此這般的傾向性，只不過《紅樓

---

[25] 同前註，頁81

復夢》的情況特別一些。就混入其他類型小說元素而言，《紅樓復夢》除了和這時期所有世情小說一樣，不同程度地染上才子佳人小說（甚至色情小說）的意識形態；要緊的是，它另外複製深受市井民衆喜愛的說唱藝術內容，這部作品因此更見迎合市場的意圖。裕瑞指它蹈襲鼓詞《十二寡婦征西》，而其他世情小說如《痴人福》改編自戲曲《奈何天》（民間也有《奈何天》彈詞）、《清風閘》錄自揚州說書人所講故事、《玉蟾記》另有《玉蟾蜍》彈詞，說明它們有一致的市井（及市場）取向。此外就中篇小說化的趨勢而論，百回的《紅樓復夢》確實很難說是急就章的商品；然而不能因此誤會它和《金瓶梅》、《紅樓夢》一樣基於「洩憤」所以著書，它只是想把才子佳人故事寫得更符合道德倫常、同時又彰顯忠孝節義而已，因此原書的冷／熱、有／無、色／空之思辨反省，並非作者眞正著意者。這一點，從作者列出的二十條凡例中拈出幾條，大概也就可以證明：

一、此書雖係小說，以忠孝節義爲本，男女閱之，有益無礙。

一、此書無公子偷情、小姐私訂，及傳書寄柬，惡俗不堪之事。

一、卷中無淫褻不經之語，非若《金瓶》等書以色身說法，使閨閣中不堪寓目。

一、凡小說內，才子必遭顚沛，佳人定遇惡魔；花園月夜，香閣紅樓，爲勾引藏姦之所。再不然，公子逃難，小姐改粧，或遭官刑，或遇強盜，或寄跡尼庵，或羈棲異域；而逃難之才子，有逃必有遇合，所遇者定係佳人才女，極人世艱難困苦，淋漓盡緻，夫然後才子必中狀元，作巡按，報仇雪恨，娶佳人而團圓。凡小說中，舍此數項，無所設想。此書百回，另成格局。

《紅樓復夢》這樣的情節安排，在很大程度上不同於《後紅樓夢》和《續紅樓夢》。《後紅樓夢》和《續紅樓夢》拒絕原書留下的現實邏輯，藉由黛玉復生、晴雯還魂、寶玉回家等超現實的方式改寫人物命運，甚至讓人物自在出入於天上、地下、人間三界。《紅樓復夢》對此十分不以爲然，在一定程度上返回原書的現實邏輯，除了著意凸出寶釵和珍珠（襲人），其餘人等率皆安排他們成爲新設人物的後身，戲分或強（如寶玉轉生的夢玉）或弱（如黛玉轉生的彩芝），但即便如夢玉，也只是用來襯映寶釵的工具性角色而已。表面上看，諸書動機看似都爲補憾，都在重寫（或續寫）人物命運，但《紅樓復夢》的人物設計在於發揚忠孝節義和天道人倫，從百回的篇幅來看，作者也算是有其自以爲然的嚴肅動機。由於在《紅樓夢》那裡，寶釵就是忠孝節義和天道人倫的典型，因此《紅樓復夢》凸顯寶釵也算具備光明正大的理由，這一特點也被看作《紅樓復夢》爲後繼者立下的最重要示範。

其實在《紅樓夢》那裡，甚至在脂硯齋的評點那裡，寶釵和黛玉都是互爲對照但無涉高下判斷的人物，比較客觀的研究大致可以證明這個事實[26]。可惜的是，清代讀者大都沒有這樣的見識或氣度[27]，續書作者也是一樣，所以在《後紅樓夢》獨尊黛玉、《續紅樓夢》釵黛並舉之外，《紅樓復夢》特特拔高了寶釵。清人王

---

[26] 歐麗娟：〈薛寶釵論——對《紅樓夢》人物論述中幾個核心問題的省思〉，《成大中文學報》第13期（2005年12月），頁143-194。

[27] 清．野鶴〈讀紅樓夢札記〉：「讀《紅樓夢》，第一不可有意辨釵、黛二人優劣。」轉引自一粟（編）：《紅樓夢資料匯編》，頁286。這種理性在清代至今的紅學研究中始終是稀見的。

希廉對《紅樓夢》人物臧否道：「黛玉一味痴情，心地褊窄，德固不美，祗有文墨之才；寶釵卻是有德有才，雖壽不可知，而福薄已見。」[28]《紅樓復夢》基本也是類似看法，小說第1回即道：「情之最極者，如林黛玉，竟以情逝。」「惟薛氏寶釵，不為情染，獨開生境。」第33回又寫珍珠、寶釵評鑑黛玉，珍珠道：「林姑娘的眼淚同氣，總在一個誤字裡出來的。」寶釵回應：「實在林姑娘一生為誤字所誤，後來死還是誤死的。」所以薛寶釵成為全書第一人，不但夢玉不可自制地敬愛於她，而且巾幗不讓鬚眉，受封武烈夫人，最後得道成仙。珍珠（襲人）則是全書第二人，先成王夫人義女為賈家四姑娘，又嫁祝夢玉為妻，然後又獲神力建功戰場，受封勷勇夫人。反而作為林黛玉後身的松彩芝，在母親口中的她是「脾氣不好，性情古怪」，「不但不能生兒養女的，就是壽數也很有限」。這般設計，當然令擁護林黛玉的讀者不以為然，吳克岐即恨恨地說：「惟處置寶釵，直令其笑涕皆非。或為尊林家所許乎？解盦居士以痴婆囈語譏之，誠然，誠然。」[29]

綜合來說，《紅樓復夢》的典範性（或示範性）在於：第一，它駁斥《後紅樓夢》開啓的黛玉回生、晴雯轉世的續書架構，轉而實踐（作者以為的）原書現實邏輯；第二，它在《後紅樓夢》獨尊黛玉、《續紅樓夢》釵黛並舉之外，另創獨尊寶釵的人物品評原則，這方面最明顯的傳人是《續紅樓夢新編》；第三，《後紅樓夢》以來男主角中進士後封官加爵的公式，在《紅樓復夢》雖然也被繼承下來，但是色情小說式的齊人之福並沒有被特別強調，夢玉雖然也有鎮江十二金釵陪伴，然彼此友愛和平而已；第四，《紅樓復夢》於寶釵、賈府之外，另寫出夢玉等一批新人以及祝府洞天，小說依傍之人物景色已有一半以上是新；第五，《紅樓復夢》是第

---

[28] 清．王希廉：〈紅樓夢總評〉，轉引自一粟編：《紅樓夢資料匯編》，頁150。

[29] 清．吳克岐：《懺玉樓叢書提要》，頁95。

一部混入英雄俠義及神魔小說元素的續書，這不但影響後繼其他續書如《綺樓重夢》、《紅樓幻夢》等，也對應起同時期獨創型世情小說的寫作潮流；第六，全書格調一樣有世俗化的明顯傾向。

四、《綺樓重夢》

《綺樓重夢》，四十八回，作者蘭皋居士，即王蘭沚，浙江杭州人氏，曾作宦福建、臺灣，此書爲其辭官後六十餘歲時所作。書或成於嘉慶2年（1797）[30]，最早版本當爲有嘉慶4年（1799）煎圓漫士作序之某書坊刊本，此版原名《紅樓續夢》。據嘉慶10年（1805）瑞凝堂重鐫本內封題記：「是書原名《紅樓續夢》，因坊間有《續紅樓夢》及《後紅樓夢》二書，故易其幀曰《綺樓重夢》。」[31]可見此書原名《紅樓續夢》。事實上小說結尾第48回也自稱《紅樓續夢》，只不過後來通行的是嘉慶10年瑞凝堂改了名的重鐫本，所以學界慣用《綺樓重夢》書名。

《綺樓重夢》亦從原書第120回之後續起，寫寶玉投生作了寶釵的兒子小鈺，黛玉投胎成了湘雲的女兒舜華，兩人欲完前世未了姻緣。又，晴雯借香菱女兒淡如身體還魂，秦可卿也轉世爲寶琴的女兒碧簫。四人之外，賈蘭妻子一胎產下三女，邢岫烟、李紋、李綺也分別有女兒，在賈家、薛家均已沒落的困頓環境下，小鈺與一群女孩在園中跟著邢岫烟讀書。小鈺自幼愛好武藝，六歲即曾退賊，夢中得天書後復能調動天兵、呼風喚雨；碧簫亦得神授飛刀，

---

[30] 過去學界對王蘭沚所知不多，有研究者根據清代閩、臺相關史料，證實王蘭沚本名王露，乾隆10年（1745）生，嘉慶2年（1797）作《綺樓重夢》。詳參莊淑珺：《王蘭沚及《無稽讕語》研究》（臺北：花木蘭出版社，2009年9月）。

[31] 清．蘭皋居士：《綺樓重夢》（上海：上海古籍出版社，1994年「古本小說集成」影印嘉慶10年瑞凝堂本）。以下引文悉以此版為主，茲不贅註頁碼。如遇闕頁或字跡難辨，則參考清．蘭皋居士著，蕭逸標點：《綺樓重夢》（臺北：建宏出版社，1995年7月）。

誠爲女中英雄。後倭寇犯境，皇上開文武二科選拔人才，賈蘭、小鈺同爲文狀元，小鈺另獲武狀元，碧簫及（薛蟠的侄女）藹如分獲武試第二、第三。於是皇上封小鈺爲平倭大元帥，碧簫、藹如爲副帥，打了勝仗之後，小鈺受封平海王，碧簫、藹如得封燕國夫人、趙國夫人。凱旋歸來皇上給假三年，允待小鈺十六歲時才入朝供職，自此小鈺日與眾姝嬉鬧淫樂，直到後來奉旨完婚，一氣娶了舜華、碧簫、靄如、纈玖、淑貞五名妻子，其他姊妹亦有良好歸宿，唯獨淡如嫁給四十多歲的痲子爲妻。

《綺樓重夢》第1回開篇提到：

> 《紅樓夢》一書不知誰氏所作，其事則瑣屑家常，其文則俚俗小說，其義則空諸一切，大略規彷吾家鳳州先生所撰《金瓶梅》而較有含蓄，不甚著跡，足饜觀者之目。丁巳夏，閒居無事，偶覽是書，因戲續之。襲其文而不襲其義，事亦少異焉。蓋原書由盛而衰，所欲多不遂，夢之妖者也；此則由衰而盛，所造無不適，夢之祥者也。

這段文字首先交待，《紅樓夢》係承《金瓶梅》而來，續作的《綺樓重夢》又承《金瓶梅》、《紅樓夢》而來。其次，續書作者不喜歡原書「所欲求不遂」的結局，因此要寫一部「所造無不適」的小說，令閱讀成爲一場快意美夢。也即是說，《綺樓重夢》不像其他續書意在補原書結局之憾，也不管別家續書存在什麼問題，作者徹底丟開原書人物運命，決定另外提供讀者一個新的、相反於原書的、甚至不可能存在於現實人生的歡暢美夢。換句話講，從寶玉投生小鈺開始，小說就離開《紅樓夢》而形成一部眞正意義的新著，作者邀集讀者一同進入這部小說共織幻夢。然而，這是怎麼樣的一種順遂綺夢呢？小說第48回自暴：「是書之有淡如、瑞香、玉卿，猶《金瓶梅》之有潘金蓮、李瓶兒、林太太也。」這便洩漏了作者表面續寫《紅樓夢》、精神規彷《金瓶梅》的意圖，所以作者筆下的小鈺不能視爲賈寶玉化身，因爲他有的是西門慶的性格——用潘金蓮的話講，就是：「若是信著你意兒，把天下老婆都耍遍了罷！」若不信，同樣這一回假客問：「原書名《紅樓夢》，亦稱《金陵十二釵》，此果符其數否？」作者自答：「符。舜華、碧簫、藹如、纈玖、淑貞、優曇、曼殊、文鴛、彤霞、妙香、小翠、友紅，合之適得十二。」原來，「金陵十二釵」的概念不再是指金陵十二美人，而是小鈺享受齊人之福的整數。這麼一來，作者果然是邀請讀者共同進入《金瓶梅》西門慶般的夢中世界，也難怪裕瑞《棗窗閑筆》要重重地批評：「《綺樓重夢》一部村書而已。若非不自量，妄傍紅樓門戶，尚可從小說中《肉蒲團》、《燈草和尚》等書之末。」[32]

作家把全書婦人分成三個層級：第一級僅舜華一人，小鈺對其敬重愛護；第二級係指家中衆姊妹，小鈺時時戲謔調情，勉強不及於亂而已；第三級指其餘各色女子，小鈺終日與其淫樂荒唐。從第27回開始，甄家的小翠、葉家的瓊蕤分別因爲避妖、逃難暫住賈家，加上原本香菱的女兒淡如，「從此一男三女，按日輪宿」，「怡紅院」被改名爲「穢墟」。後有四個宮女、四個丫頭加入輪值。接著強留小沙彌冷香在府，夜晚姦淫令她下身受傷，「直調養到五六天後才會走路」。北靖王府差人送來跑解馬的女孩，又是「把這二十四個女孩兒通頑遍了」才送回去。因爲小鈺又學了房中術，原本八個宮女丫頭自覺支撐不住，便央再添人手，於是小鈺又補了十六個宮女丫頭——「連舊的八個，共是二十四個人，分做六班，每夜四人值宿。」這其中還不包括零星的、因緣際會的親嘴接吻、摩弄粉乳、掏摸下體，茲拈第38回小鈺探視病中瑞香一例——

[32] 清．愛新覺羅裕瑞：《棗窗閑筆》，收入《清代有關曹雪芹紅樓夢資料七種》，頁66。

> 小鈺趁便兒把他的雪乳捏弄了一回，說道：「宛然新剝雞頭肉，滑膩猶如塞上酥。妹妹肯給我嘴裏含一含，更有趣的。」瑞香說：「別鬧，我已好了，放了我好去小解。」小鈺應聲是，就抱他到桶邊，替他解開褲帶，放上桶去。扶著等他解完，依舊抱上了炕，扯過被來蓋了下身，把手在腿邊亂摸。」

小鈺的涎臉無恥，遠超過此前幾部續書裡的寶玉，甚至也超過《金瓶梅》的西門慶、《肉蒲團》的未央生。問題在於，作者對於小鈺爲什麼生下來就是一個色中餓鬼，爲什麼才十餘歲即荒淫無度，竟然完全不做解釋，在這方面倒和那些不入流的色情小說是一樣的。

這麼一種理所當然的態度，可以從第28回看得更明白。這回寫小鈺背著家人和小翠、瓊蕤、淡如按日輪宿，不想醜事已被衆姐妹知道，於是彤霞邀齊了衆人來到怡紅院，只見：「四個人在中間後軒裏撩交兒，淡如仰面倒在地下，小鈺撲在他身上，瓊蕤把手在小鈺屁股上亂打，小翠把指頭在小鈺臉上亂羞。」衆人將之喝止之後，討論要把「怡紅院」三字的匾換掉，結果決定採用碧簫的建議改題「穢墟」。看接下來這一段——

> 藹如道：「古王者記言記動，全仗著傳信的史筆。我就權充左右史，記個『癸丑冬十月，淡、翠、瓊及小鈺戲于密室，改怡紅曰穢墟。』」彤霞道：「史貴簡當，這筆法太繁冗了。我記個『三美具，乃改齋名。』」妙香說：「史貴實錄，改齋名不過一句空話，不是實事，不如記個『三豔集于怡紅，小鈺從而攘之。』」彤霞道：「這『攘』字虧你想的，眞所謂物自來而取之也。」舜華向來從不肯嘴頭刻薄的，這會子聽高興了，便笑道：

「我來記了罷：『冬，鈺狎粲者于房。』」淑貞讚道：「這才是老筆，簡而能賅，況且這『狎』字深得《春秋》筆法。」

這是小說裡相當好看的一段文字，寫出了衆妹的機智、才情與幽默，尤其下文是瑞香先作了一首〈怡紅即事〉詩，接著姐妹們仿〈阿房宮賦〉聯手作了一篇賦，更妙的是大家同集一篇四書文以記此事。對此，連甚爲鄙薄《綺樓重夢》的吳克岐都說：「然詩文均可觀，穢墟賦集四書文尤稱佳作。」[33]不過，撇開文采不論（不管是作者的或女孩的），這裡倒暴露了此書的意識形態問題。細觀衆姐妹並不眞正批評小鈺，小鈺最重視的舜華所做的總結——「冬，鈺狎粲者于房」——既非褒貶也談不上微言大義，特別這樣的消遣也沒有讓小鈺改正他的愛好，顯然作者對此穢事的態度是一派理所當然。這說明《綺樓重夢》是一部極端男性中心的小說，書中無廉恥的婦人一個個自獻枕席，然而有教養的婦人又不眞正阻止男人的放肆，這難道不是一個專屬男性的、不存在於現實人生的歡暢美夢？[34]

總之，《綺樓重夢》的典範性（或示範性）在於：首先，它已不是一般意思上的續書，雖說表面續寫《紅樓夢》、精神規彷《金瓶梅》，但其實是另起爐灶、與原書基本無關的新作；其次，它既不像《後紅樓夢》係爲黛玉揚眉吐氣，也不同於《續紅樓夢》敘黛

[33] 清．吳克岐：《懺玉樓叢書提要》，頁68。

[34] 有研究者認為，《綺樓重夢》是作者王蘭沚因林爽文事變退官後補恨之作，因此小鈺的驍勇善戰與剿平倭寇，反映的是作者兵敗林爽文而心有不平的無意識心理；至於小鈺以臺灣特產之梅花鹿為戰馬，且書中關於民亂及海事的詳盡描寫，則是臺灣經驗的挪用。詳參吳盈靜：《清代臺灣紅學初探》（臺北：大安出版社，2004年11月），頁83-125。此說雖有見地，然而無法解釋《綺樓重夢》過度的風月描寫，因此暫時存而不論。

並舉，更不是《紅樓復夢》獨高寶釵，反而成為一部眞正以小鈺為核心、赤裸展現男性沙文幻想的小說；再次，它的屬性更接近色情小說，雖然也寫家庭生活，並且也和《紅樓復夢》一樣植入莫名其妙的英雄俠義和神鬼靈怪元素，但其格調絕對是低俗卑下的。

五、結語

就其各自對《紅樓夢》的承衍與改造來看，以上「紅樓四夢」確實各竭智巧，而且，除了諸書之間存在一定的承衍與改造關係，它們對稍後幾部續書也提供了足夠的示範。

總的來講，四書之間最大的差異在於人物重心不同，《後紅樓夢》一味凸出黛玉，《續紅樓夢》主張釵黛並舉，《紅樓復夢》反又高揚寶釵，《綺樓重夢》根本只見男主角小鈺賣弄精神。若就情節設計而論，《後紅樓夢》與《續紅樓夢》可以視為一組，大抵延續原書的人物與場景；《紅樓復夢》與《綺樓重夢》則是另外一組，它們開始創造新的人物，並讓他們伸展於大異原書的時空舞臺。至於四書之間最大的共同在於，它們都明顯地轉而迎合市井趣味，雖然書中人物仍然出身士族名門，但是神情舉止語言都有向通俗演化的趨勢。就連四書之中筆力較佳、人物言行較合身分的《紅樓復夢》，裕瑞都批評道：「其寫閨閣嬉咲戲謔，亦欲仿前書，惟口角過於俗褻市井之談，有乖雅趣，竟使許多貧嘴惡舌出於釵黛，唐突西子矣。」[35]然而何止《紅樓復夢》流於唐突，《續紅樓夢》、特別是《綺樓重夢》在這方面顯得嚴重得多，更像是以暴發變泰的男性想像，取悅浸淫於市井間的中、下層文人讀者。由於市井取向、市場考量是清代中期獨創型世情小說的普遍傾

---

[35] 清．愛新覺羅裕瑞：《棗窗閒筆》，收入《清代有關曹雪芹紅樓夢資料七種》，頁74-75。

向，因此「紅樓四夢」可以說不約而同地呼應了這股潮流。馬克夢（K.McMahon）認爲，《紅樓夢》續書讓寶玉變得更符合社會對「貴族男性」的期待[36]，然而這是一種比較籠統的說法；因爲，清代中期世情小說預設的讀者恐怕不是什麼「貴族男性」，而是在各個方面向市井傾斜的中、下層文人讀者。

在獨創型世情小說那裡看到的類型特徵，於《紅樓夢》（早期）續書身上同樣可以得到驗證。

---

[36] Keith McMahon. "Eliminating Traumatic Antinomies: Sequels to Honglou meng," In Martin W. Huang , ed., *Snakes' legs: sequels, continuations, rewritings, and Chinese fiction*. Honolulu: University of Hawaii Press, 2004, pp.98-115.

《三續金瓶梅》的俗雅辯證

一、寫作動機：補憾及其他

《金瓶梅》的續書，廣義來講有五部，分別是已佚的《玉嬌麗》（或《玉嬌李》）、《續金瓶梅》、《三世報隔簾花影》、《三續金瓶梅》和《金屋夢》。然而由於學界大致認定「《續金瓶梅》與《隔簾花影》、《金屋夢》是一組《金瓶梅》的續書」[1]，所以嚴格來講，《金瓶梅》續書就只三部：一是《玉嬌麗》（或《玉嬌李》），二是《續金瓶梅》，三是《三續金瓶梅》。《玉嬌麗》（或《玉嬌李》）稍晚於《金瓶梅》，《續金瓶梅》約作於明末清初，《三續金瓶梅》成書於清朝道光年間，因此這裡討論的是《三續金瓶梅》。

大凡續書寫作，動機無外乎對前作不滿，《三續金瓶梅》亦然。只不過由於至此已是「三續」，因此它所謂的原書，共包括《金瓶梅》、《續金瓶梅》、《三世報隔簾花影》三者。

《三續金瓶梅》作者訥音居士，目前僅有一孤抄本，原爲馬廉舊藏，現存北京大學圖書館。該本〈小引〉末署「時在道光元年歲次辛巳孟夏穀旦滕錄」，故推估成書於道光元年（1821）。訥音居士對《金瓶梅》的不滿，首先是針對其明顯的敘事缺陷：

> 此書因何說起？因看列傳諸書，皆以美中不足，令人悲嘆，爲能人多懶看。余借《金瓶梅》筆法，觀其一線串

---

[1] 黃霖：〈前言〉，收入清．丁耀亢等著，陸合、星月校點：《金瓶梅續書三種》（濟南：齊魯書社，1988年8月），頁1。

> 珠，八面玲瓏，回回可愛，果稱奇才。寓意中雖云月被雲遮，風定塵息，雲消花謝，報應分明；但看到楚岫雲生，梅花復盛，自當有一片佳言，方合妙文。且書內金瓶之事，敘至八十七回之多，獨梅花只作得十三回，似有如無。[2]

一來，誠如清人劉廷璣所說，《金瓶梅》「文心細如牛毛繭絲」，「結構鋪張，針線縝密，一字不漏，又豈尋常筆墨可到者哉！」[3]但不可否認的是，小說自第79回西門慶死後，敘事漸顯雜亂草率，難怪這裡批評「可見作者神疲意懶，草草了結，大殺風景。」光緒年間《金瓶梅》評點家文龍也說：「九十回以後，筆墨生疏，語言顛倒，頗有可議處，豈江淹才盡乎？或行百里半九十耳。」[4]二來，龐春梅在小說裡的比重委實有違比例原則，遠較潘金蓮、李瓶兒來得少，恐怕也讓有心的讀者更添好奇（——《紅樓夢》的秦可卿也是一樣）。以上兩者在作者夫子自道中，成爲寫作《三續金瓶梅》的動力。

其次，《三續金瓶梅》繼《續金瓶梅》、《三世報隔簾花影》續寫，是因對結局安排不滿而有的一種「補憾」心理：

> 但看《三世報》，雖係續作，因過猶不及，渺渺冥冥。查西門慶，雖有武植等人命幾案，其惡在潘金蓮、王

---

[2] 清．訥音居士：《三續金瓶梅．小引》（臺北：臺灣大英百科股份有限公司，1996年1月「思無邪匯寶」據北京大學圖書館藏道光元年抄本排印），頁37。以下引文悉以此版為主，茲不贅註頁碼。遇有疑義則互參1994年上海古籍出版社「古本小說集成」影印本。

[3] 清．劉廷璣撰，張守謙點校：《在園雜志》（北京：中華書局，2007年5月），頁84。

[4] 清．文龍：《金瓶梅回評》，轉引自黃霖編：《金瓶梅資料彙編》（北京：中華書局，1987年3月），頁504。

> 婆、陳敬濟、苗青四人，罪而當誅。看西門慶、春梅，不過淫慾過度，利心太重，若至挖眼、下油鍋，三世之報，人皆以錯就錯，不肯改惡從善，故又引回數人，假揑金字、屏字、梅字，幻造一事。雖爲風影之談，不必分明理弊功效，續一部豔異之篇，名《三續金瓶梅》，又曰《小補奇酸志》，共四十回，補其不足，論其有餘。[5]

《金瓶梅》寫西門慶死後妻離子散、潘金蓮遭武松殺害祭兄，最終一干人等在地獄受盡苦刑，可是《續金瓶梅》、《三世報隔簾花影》對此很不滿意：「但觀西門平生所爲，淫蕩無節，蠻橫已極，宜乎及身即受慘變，乃享厚福以終。至其報復，亦不過妻散財亡，家門冷落而止。似乎天道悠遠，所報不足以蔽其辜。此《隔簾花影》四十八卷所以繼正續兩編而作也。」[6]然而《三續金瓶梅》並不同意此說，訥音居士認爲西門慶、龐春梅「不過淫慾過度，利心太重」，讓其承受三世報應誠乃太過。所以改寫西門慶復活回家，與月娘、孝哥團聚，先娶回一樣還陽的春梅，再補上其他四女，自己官復原職，兒子中舉任官，享盡天下至福後才悟道出家。類似的補憾理由，亦見於《紅樓夢》續書序跋文字，此係天下續書共性。

再次，《三續金瓶梅．自序》提到「過猶不及，渺渺冥冥」，如此一來讀者可能「以錯就錯，不肯改惡從善」。意思是若要達教化目的，著書手段、方法、甚至口氣不宜過於沉重，應該讓讀者喜樂讀書才有良效：

[5] 清．訥音居士：《三續金瓶梅．自序》，頁35。

[6] 清．四橋居士，《三世報隔簾花影．序》，收入清．丁耀亢等著，陸合、星月校點：《金瓶梅續書三種》。

> 以公爲忠，以禪作信，法前文筆意，反講快樂之事，令其事事如意，爲財色說法。一可悅人耳目，引領細看，再看財色，始終是眞是假，因果報應，一絲不漏，可不愼乎！世人多被財色所惑，貪嗔迷戀，果不迂乎！若能於錦繡場中回首，打破迷關，修心種德，改邪歸正，雖不能超凡，亦可保身，豈不快哉！此書斷不可視爲小說，草草看過，用此作一服開心藥，可分清濁矣。[7]

這裡所謂「反講快樂之事，令其事事如意，爲財色說法。」讓人想到《續金瓶梅》。《續金瓶梅》雖說假飲食男女談輪迴果報、影國破家亡，但又安排不少與主要情節無關的性奇聞、性知識、性描寫，因此在第31回插話進行解釋：「如不妝點的活現，人不肯看，如妝點的活現，使人動起火來，又說我續《金瓶梅》依舊導欲宣淫，不是借世說法了。只得熱一回，冷一回，著看官們癢一陣，酸一陣，才見的筆端的造化丹青，變幻無定。」[8]如果說，生活在情色書寫最盛行年代的丁耀亢，不無可能在描寫風流情事的時候動起火來，事後才用上述說法道其不得已的委屈[9]，那麼《三續金瓶梅》自然也有相同嫌疑。君不見《金瓶梅》第19回李瓶兒對西門慶說：「你是醫奴的藥一般，一經你手，教奴沒日沒夜只是想你。」[10]又，《金瓶梅》及明清色情小說屢見渲染春藥致人開心快樂的妙用。《三續金瓶梅．自序》吹噓小說是所謂「開心藥」，書中亟寫西門慶性生活的放縱快意，或可證明情色書寫風潮對作者的

---

[7] 清．訥音居士：《三續金瓶梅．小引》，頁37-38。

[8] 清．丁耀亢等著，陸合、星月校點：《金瓶梅續書三種》，頁286。

[9] 胡衍南：《金瓶梅到紅樓夢》（臺北：里仁書局，2009年2月），頁200-201。

[10] 明．蘭陵笑笑生著，梅節校訂：《夢梅館校本金瓶梅詞話》（臺北：里仁書局，2009年2月），頁268。以下引文悉據此本，茲不贅註頁碼。

潛在影響。

當然，如同《續金瓶梅》搬出《太上感應篇》，《三續金瓶梅》也見《參同契》和《悟眞篇》，只是前者宣傳太過、後者聊備一格，然而淡化情色印象的意圖（或功能）倒也一致。不過，前引〈自序〉提到《三續金瓶梅》另有書名《小補奇酸志》，有研究者認爲這個書名係據張竹坡〈苦孝說〉而來[11]，也有人認爲此和清代劇作家李斗的傳奇《奇酸志》不無關係[12]。關於前者，〈苦孝說〉提到：「（孝子）痛之不已，釀成奇酸。……則《金瓶梅》當名之曰奇酸誌、苦孝說。」[13]既然張竹坡主張《奇酸志》是《金瓶梅》另一書名，那麼《三續金瓶梅》又曰《小補奇酸志》，等於同時繼承了張竹坡對原書的詮解。問題是《三續金瓶梅》標榜的快樂原則，顯不同於「苦孝」、「奇酸」這般沉重悲切，所以訥音居士認同的不太可能是張竹坡。至於後者，由於流行於嘉慶年間的傳奇《奇酸記》係演《金瓶梅》故事，那麼對其「小補」可以算是對原書精神的延伸，主張此說便跳過了張竹坡對《金瓶梅》的干預，本書認爲較爲合理。

二、承襲《金瓶梅》而別開生面

如前所述，《三續金瓶梅》的寫作動機，一在彌補《金瓶梅》之遺憾，二在矯正《續金瓶梅》、《三世報隔簾花影》之過度。但於情節承衍，卻是接《金瓶梅》一百回而來，全然無涉一

---

[11] 鄭淑梅：〈後設遊戲：《三續金瓶梅》的續衍與解構〉，《中國文學研究》第29期（2010年1月），頁253-289。另可參考鄭淑梅：《後設現象：《金瓶梅》續書書寫研究》（臺北：臺灣學生書局，2014年9月）。

[12] 〈《三續金瓶梅》出版說明〉，收錄於陳慶浩、王秋桂主編：《思無邪匯寶．三續金瓶梅》（臺北：臺灣大英百科股份有限公司，1996年1月），頁15-24。

[13] 轉引自黃霖編：《金瓶梅資料彙編》，頁63-64。

續、二續之書。

《三續金瓶梅》共四十回，小說敘述西門慶死後七年，普靜禪師念其「原有善根，還有一段夙緣未了」，便助西門回陽與妻小重聚；接著又著土地公指引永福寺道堅和尚，用仙丹救活春梅，回家之後成爲西門慶的二房妻子。此後，西門慶官復原職，又進錢財，更且接連再娶三房藍如玉（原何千戶娘子）、四房葛翠屏（原陳敬濟娘子）、五房黃羞花（原王三官娘子）、六房馮金寶（原曾來西門家唱曲之麗春院妓女），重回舊日規模。至於原本在西門慶死後離開的夥計、奴僕、姘頭、妓女、幫閒，亦一個不差的先後回來尋親認主，並且各自引進親友加入西門慶的新生命。相較於《金瓶梅》原書，《三續金瓶梅》寫社會少而寫家庭多，這裡見不到西門慶於官場、商場的複雜往來（只在24回寫到西門同衆夥計交割各鋪帳目），滿紙盡是一年四季因應大小節日而來的家宴酒席，以及西門慶與妻妾、婢女、僕婦、妓女、戲子、侍童日復一日的追歡取樂而已。然於此主線之外，另有一條以西門孝爲主的副線，寫其如何進學、應試、中第、升官、娶妻，側面道出一部分的官場冷暖與宦海風雲，聊補棄寫西門慶官商活動的缺憾。

《三續金瓶梅》的西門慶形象，和原書有很大不同，原本那個易怒的、佔有慾強烈的、文化水平低下的市井暴發戶，在續書搖身一變，成爲較具修養的、有成人之美的、粗識生活品味的風雅半吊子。《金瓶梅》裡舉凡西門慶抽著馬鞭、迫李瓶兒脫衣罰跪（19回），或葡萄架下整治潘金蓮的性愛折磨（27回），又或盛怒下「尋著貓，提溜著腳，走向穿廊，望石臺基輪起來只一摔」（59回），都是令讀者印象深刻的男性家長式殘暴。然而到了續書，西門慶信任每一個夥計家人，愛護每一個妻妾姘婦，非但不見發過一次脾氣，也沒有挾著官威財勢欺凌他人。又，《金瓶梅》裡他曾大言不慚地說：「就使強姦了嫦娥，和奸了織女，拐了許飛瓊，盜了西王母的女兒，也不減我潑天富貴！」（57回）儼然天下婦人盡我一已享用。但到了續書，分明親眼撞破書童胡秀與婢女玉香雲雨，卻能諒其兩情相悅而玉成姻緣（37回）；且把自己享用過的楚雲、秋桂、珍珠三個丫頭，大方賜給春鴻、文珮、王經三個男寵（39回）。再者，《金瓶梅》裡西門慶的文化休閒，多半是打雙陸、下象棋、說笑話、投壺子等市井趣味，頂多聽妓女唱曲彈琴而已。然而到了續書，西門慶除了豢養四個家樂，還常從外面叫妓女來家，更頻見他請花雅戲班到府演出崑腔南曲、單齣雜戲，甚至因為兒子陞官加級，樂得「要了鼓板來，叫春娘吹笛，屏姐抓箏，自己唱了幾隻崑腔，天交二鼓，才入房安歇。」（36回）反映出他對戲曲的熱愛和修養。談到修養，西門慶雖因誇富而興樓造園，但他這會兒是有園林美學底蘊的：

> 我的花園內要堆一個土山，挖一道曲河。山子上種些花兒樹，山懷裡安一個石床。前面有個木香亭，這曲河要繞過亭子，亭前修一道小橋，河邊安上曲欄。河口藏在土山後，井上安了欄漏，引過水來，倚亭種一片竹子，配幾棵花木。（24回）

又，除了原有的藏春塢、翡翠軒，其他新建的聚景堂、燕喜堂、芙蓉亭、木香亭、臥雲亭、玩江樓……等亭臺樓閣的命名，也可看出西門慶的文化水平大不同前書。這一點或許還可以從識字程度佐證，小說寫他看得懂《參同契》和《悟眞篇》，又能修書藍太監（33回），這在原書都是不可思議的事。雖然後來寫收到兒子家書，「見上面都是文話，把春鴻叫了來，細細講了一遍」，方知西門慶水平終是有限，但他畢竟不是《金瓶梅》裡那個大老粗了。

在這部主要寫家庭生活的小說，西門慶之外的最重要人物，莫過於一妻五妾，尤其是正室的吳月娘，以及〈自序〉所謂「假捏金字、屏字、梅字，幻造一事」，別有寄託的馮「金」寶、葛翠「屏」、龐春「梅」。

月娘在《金瓶梅》的形象是可議的，張竹坡批評她自私、無知、無能、無德都有道理，但她在《三續金瓶梅》卻徹底變了個樣。西門慶欲娶春梅爲二房，竟見月娘懇求春梅：「目今你爹無人，請你來與我作個姐妹，好不好？」（1回）後來西門慶欲娶黃羞花爲五房，春梅頗有嘀咕，她反而勸春梅：「燈油調苦茶，各人心下愛。他願意的，你我別管。」（6回）西門慶攜妻妾至祖塋上墳，接著到李瓶兒墳上痛哭，又表示想往永福寺給金蓮燒張紙，月娘的反應竟是：「那有不去的理！」（8回）月娘對春梅尤其信任仁愛，春梅爲妾不過幾天，月娘就警告西門慶：「你打量他還像先？如今作了二娘，我多大，他多大，別說是耍嘴，就是叫你跪著，不敢站著。」（3回）兩姐妹的感情簡直好極了，所以接下來看到春梅央求月娘替其「絞臉」（8回），月娘更把家中用度大權交給春梅（9回）。

春梅在《金瓶梅》係作爲潘金蓮的分身，續書初登場時，言行舉止頗有潘金蓮的影子。例如西門慶、王六兒到藏春塢山洞做愛，偏是被春梅窺見，然而「咳嗽了一聲就走了」，事後才「揪著西門慶的耳朵，拉到樓上……」（4回），簡直是《金瓶梅》第23回「覷藏春潘氏潛蹤」的翻版。又，西門慶欲娶黃羞花回家，春梅反應：「這行貨子又來弄鬼，人家不要的，他當阿物兒，無眼的珍珠，稀罕寶兒！」（6回）口吻同樣極肖金蓮。不過，在協助月娘一同理家之後，春梅身上開始有著月娘的性格態度，例如西門慶欲納妓女馮金寶爲六房，她變得一派寬宏大量：「現在東樓上正少個姐妹，他來了，豈不仍是六房，更熱鬧了。」（9回）即便爾後撞見西門與芙蓉同從翡翠軒奸淫出來，她也只是「假裝無看見」。（26回）所以，春梅在《三續金瓶梅》成爲月娘和金蓮的綜合體：一方面以主母之尊糾舉家中各色人口；一方面又沉溺於與小廝春鴻的亂倫性愛。

至於「金」、「屏」，可謂月娘、春梅以降戲分最重者。尤其馮金寶，作家特地取其「金」字，意在委其扮演潘金蓮二世。潘金蓮有「妓女性格」[14]，馮金寶則是不折不扣的妓女；潘金蓮因妒毆打如意兒，馮金寶因憤辱打碧蓮；潘金蓮買姑子藥想懷孕生子，馮金寶盜紫河車盼妊娠養娃；潘金蓮拉攏婢女春梅沆瀣一氣，馮金寶培養婢女珍珠狼狽爲奸。有趣的是，馮金寶和潘金蓮一樣，幾乎是一妻五妾中出身最低者，習慣主動攻擊且得理不饒人，所以從馮金寶嘴中道出的，往往是極端市井、且潑辣刁蠻、又足見其生存委屈的話語。例如：

> 好養漢的淫婦！你偷漢子我不管，絕不該枕頭上葬送人！我把你怎麼了？不叫那怪強盜與你睡了？無臉的忘八蛋雜種，驢跳馬蓋的娼婦！我罵奶子，與你那根筋疼？你護他也罷了，他是有錢的奶子，會抱鳳凰蛋，給他溜溝子，還叫我涵容著，若不然，就不理我？很好，放著這娼婦養的。他不是怕我找他麼，我可倒要試試，他也不知我是誰，不叫他冒了魂，也不怕我！（17回）

反過來看葛翠屏，作家取其「屏」字係因其讀音同「瓶」，所以這個角色自有李瓶兒的影子[15]。雖然葛翠屏的戲分比例又不如月娘、春梅、金寶，但其端莊賢淑的形象倒也凸出，例如西門慶背著妻子包占戲子淫樂，被她知道了，不想反應竟是：

> 這有什麼，打量我是醋罈子？往理上說，錢是爹掙的，愛怎麼樂，誰敢管著？……幾時你見我說過什麼不是？

---

[14] 胡衍南：《飲食情色金瓶梅》（臺北：里仁書局，2004年4月），頁155。

[15] 也有人說這個角色像孟玉樓，參鄭淑梅：〈後設遊戲：《三續金瓶梅》的續衍與解構〉，《中國文學研究》第29期（2010年1月），頁263。

> 我也不問，試試你的心，別人我也不管。拿我說，你包著十五個，不與我的筋疼，只不要傷了身子是眞的，難以抵換是假的。懶入公門說一遭兒，老婆漢子是眞的，那個浮萍草有根呢？（21回）

一席話說得西門慶心服口服。又，葛翠屏才嫁來西門家不久，便替春梅要新來的丫頭伏侍，也足見其無私義行。所以作者在結尾安排她和藍如玉一同出家，「苦修一世，壽活九十，坐化了，成了正果」，也就不覺意外。然而這樣的形象在原書並不存在。

提到藍如玉[16]，她也是書中重要的角色。首先，她一嫁來就先充實西門慶的家產，助西門慶勾搭上宮裡的藍太監，御史藍世賢又是她的堂兄弟；其次，她係月娘以降第一個產下子嗣者，所以極得西門慶寵愛，自然也受馮金寶妒嫉；再次，她幾乎是書中唯一有才情者，好幾次有展露詩才的機會，因此淡化了西門家眷的市井氣息；最後，她在家中又是一個「安靜」的妻子，生活彷彿與世無爭。以上這些，固可看出一小部分李瓶兒的影子，但是她的才德兼備，又難免令人想起《紅樓夢》中的薛寶釵。她和葛翠屏是月娘以下唯一不犯淫行的妻妾，兩人最終同得善果，自是作者心中的正面人物。相反的，黃羞花明明和藍如玉一樣，在原書都是西門慶側面旁窺卻不可得者，乃西門慶臨終前最渴望到手的婦人，但是黃羞花在《三續金瓶梅》的形象並不成功，嫁來家前已寫得十分潦草隨便，之後在妻妾間也沒有可以凸出的地方，誠屬敗筆。

同樣出於補憾，續書對楚雲的安排就不同於黃氏。楚雲在《金瓶梅》只聞其名卻始終未及現身，同爲西門慶一大憾恨（雖然這個部分疑是作者經營疏忽所致），結果她不但在《三續金瓶梅》

---

[16] 必須說明，《金瓶梅》僅提到「何千戶娘子藍氏」，不見其名諱，到了《三續金瓶梅》才被命名為藍如玉。

正式登場，而且作爲春娘婢女的她，在形象或性格方面儼然原書春梅的化身，得到西門慶極大的寵愛。例如西門慶離家替兒子完婚前夕，特別只對她一人道：「小肉兒，我不在家，不許想我，等回來加倍的還你。」（30回）又，某日楚雲生小丫頭悶氣，結果西門慶先派人打了小丫頭，再把楚雲「攬在懷內，百般溫存」，最後擁著春梅、楚雲一起睡覺以爲補償（26回）。像極《金瓶梅》第76回的翻版，只是主角從春梅換成楚雲。

除了以上所述，西門慶的男寵春鴻、文珮、胡秀，以及新加入的僕婦碧蓮，又都是在原有基礎上另見發揮的角色。

先談男寵。春鴻本即西門慶優童，文珮原是篦頭的小周兒，兩人在續書裡被張二官送回西門家；胡秀也是舊人，在外轉了一圈復又回到西門家。他們在小說裡的形象，可以說是原書裡玳安、書童、陳敬濟的綜合體：一來，他們取代了玳安成爲西門慶身邊心腹；二來，他們發揮了書童的功能，負責替西門慶及其喜好男風的友人提供性服務；三者，原書只見玳安分享西門慶的姘婦賁四嫂、陳敬濟偷期西門慶的老婆潘金蓮，但是續書卻見春鴻歪纏二娘春梅及其丫頭楚雲、文珮狎玩六娘金寶及其丫頭珍珠並愛上秋桂、胡秀情定玉香之餘又被五娘黃羞花勾引奸淫。他們在續書裡，幾乎是西門慶以外最要緊的男性角色，尤其小說中後段寫到西門慶偕吳月娘離家到濟南時，那兩三回幾乎只見春鴻、文珮扮演「西門小官人」的角色，悠遊於主母與戲子之間，享盡齊人之福，遠勝過原書裡的玳安、書童、陳敬濟。（附帶一提，續書裡的玳安也曾與西門慶的姘婦如意兒通奸，反過來，西門慶也曾多次偷情玳安的妻子小玉。）

再看碧蓮。進福、碧蓮和進祿、芙蓉兩對夫妻，在第3回隨葛翠屏一起嫁到西門家。碧蓮原本掌管佛堂帶做針黹，某年端午前夕，因爲會做「五福粽子」開始露臉，只見她對西門慶著手比畫說：「火大了呢，爛了。火小了呢，生了。爹喲，總在不緊不慢，文武火才好。」西門慶見她「口似懸河，眉目傳情，輕狂俏浪，笑容可掬，喜了個手之舞之，足之蹈之」（7回），於是在第8、16、34回都見到兩人偷情，第17回則見到她因寵遭馮金寶羞辱毒打。敏感的讀者，很容易想到《金瓶梅》裡的宋惠蓮，因爲她也有好手藝（會燒豬頭），也被主母（潘金蓮）教訓過。這個聯想完全可以從書中得到證實，因爲小說在第18回開頭寫西門家鬧鬼，鬼魂偏是宋惠蓮，證明作者有意提醒讀者碧蓮和惠蓮之間的聯繫——更不說她們名字都有個「蓮」字。後來作者又寫碧蓮被盜紫河車（22回），同惠蓮一樣的弱勢形象因此更深入讀者心中。有趣的是，第34回碧蓮自願擔任喜哥、樂哥的乳母，這個角色因而多了原書如意兒的影子，使得碧蓮成爲續書中最「舊」的「新」人。

在《金瓶梅》裡，作者把西門慶對性的嚮往，和他對財富權力的追逐聯繫在一起；把各妻妾的存在處境，藉由她們對性的期待和失望表現出來。然而《三續金瓶梅》不同，西門慶的社會意義被忽略了，變成一個任憑作者擺弄的性傀儡，被抽離靈魂的他純粹負責性交表演。婦人們則是配合度最高的演員，月娘、春梅、藍姐、屛姐都被寫成有德（或無所謂）的妻子，對於漢子的放縱多半樂觀其成（反正也能自尋開心）。至於寂寞空虛、不安於室、滿腔憤恨的馮金寶，反倒成爲唯一的異類，表面上她破壞了妻妾間的「共識」，事實上她不符合男性讀者的主觀期待，所以作者給她難堪的下場以爲懲罰。同理，小說中其他婦人也要有這樣的「共識」，形象必須符合男性讀者的主觀期待才行，因爲如此我們才能見到一個又一個碧蓮出來成全西門慶，同時也成全了讀者自己。至於作者寫春鴻、文珮的放肆，既是基於一樣的理由，也是爲讀者的效顰提供替代性的滿足。

不過小說也曾寫到西門慶的權力自滿，這裡對應的是續書才有的新人——女戲班裡的正旦美姐。第19回，西門孝鄉試中舉，衆親友來賀喜，喬大戶說：「東平府新來了一班女戲，名曰對子戲，都是兩口子一對，共二十對，唱的是崑弋兩腔，梆子亂彈。」已經約好訂來賀喜。開戲當天，演出〈賣胭脂〉的美姐有沉魚落雁之容，不只女客看呆，西門慶更是中意，因此21回即見西門慶造訪戲班下寓之所。美姐會唱崑腔和南曲，西門慶又「最愛聽南曲兒」，於是美姐先唱了〈南疊落〉，又唱了〈粉紅蓮〉，全是蘇白南韻。接著西門命令：「下地兒，拿著式子，唱兩隻崑腔我聽。」先要美姐唱一隻〈琴調〉，又要求唱一隻〈佳期〉。直至兩人樂極情濃，便到裡間做愛，一夜繾綣歡愛不盡。之後，西門慶幾乎不跑妓院，只往獅子街戲房裡去，美姐成爲小說二、三十回間最搶眼的女性形象。美姐吸引西門慶的理由，敘事者解釋爲：「原來蘇杭婦女與北方不同，離不了處女丹，揭被香，奇巧的睡情，勾魂的妙法，把西門慶治住了，遍體酥痳。」（21回）但沒有謝希大說得好：「別瞧不起茄皮眼的臭蟲，他們誰知竟比婊子強多了。婊子淨會唱，不會下地兒。他們這不穿行頭的戲更好聽，又會跟著睡，行市都叫他們襯足了。」（24回）然而，美姐這個角色的意義在於，她負責襯出西門慶的權勢與富貴，滿足西門大官人的虛榮心理。君不見屏姐曾問：「他們唱戲的，也接人麼？」西門慶答：「錯了，是我，不能接別人。」這個回答很能聞出他的優越感。

三、承襲《金瓶梅》卻也見敗筆

有一種說法認爲，《三續金瓶梅》作者將許多在《金瓶梅》未被詳述或充滿懸念之處視爲一種「未完成」，因而藉由摹效主要女性人物的形象，賦予這幾位隱微的女性完整形貌與骨肉，這般補白爲的「不僅是書中人物不可得的欲望或是作者未收束的結局，同時也是爲了彌補身爲『讀者』的自己，對原著中那些不圓滿的缺憾。」[17]回到月娘、春梅、葛翠屏、馮金寶、藍如玉、楚雲來看，

---

[17] 鄭淑梅：〈後設遊戲：《三續金瓶梅》的續衍與解構〉，《中國文學研究》第29期（2010年1月），頁264。

此說確實不差，然而續書於黃羞花的描寫不足，以及對其他次一級角色的草草了事，恐怕說明「補憾」不可能面面俱到、更不可能個個皆有深意。畢竟，除了楚雲之外，《金瓶梅》豈眞存在一個個「作者未收束的結局」？許多被續書作者承接下來的人物，大抵缺乏新的生命，於是他（她）們的存在，也因缺乏現實意義而降低文學價値。許多的「補白」、「補闕」，大致上只是順勢接手，貪圖方便而已。

《金瓶梅》裡的王六兒、如意兒、林太太、賁四嫂、鄭愛月兒等，是小說中、後段西門慶較爲在意的性伴侶。到了《三續金瓶梅》，她們雖然全都回到西門身邊，但是功能、分量大不如前。王六兒第3回與韓二帶楚雲來到西門家，第4回即見兩人在藏春塢苟合，然而後來的功能全是司廚而已。如意兒在第5回出現，雖然「官人一見如意兒，不由得眼圈紅了」，但她在小說中的角色只有兩個，一是出任孝哥的嬤嬤（之前奶了孝哥五年），二是當西門慶的牽頭（安排與碧蓮偷情），其餘只見她在第7回與西門慶交歡一次，另外在第20回與玳安通姦一次。林太太託文嫂牽線西門慶兩次，第10回找瞎姑兒郁大姐和申二姐唱曲助興，第26回備下藥酒、春宮畫邀西門慶同樂。賁四嫂子在第9回出現，係藉賁弟付從淮上帶來的四樣海菜孝敬西門，一來安排兩人重會，二來希冀西門把賁弟付從張二官那裡要回來，此後也就無戲（——第18回雖然提到一語「西門慶與賁四嫂打得火熱，無三日不往紫石街去」，但只爲伏下說事後文而已）。至於鄭愛月兒，雖不時與其他妓女一起出現在家宴場合，但小說只在第11回寫西門慶去院中看她，兩人性事草草一筆即完。

爲什麼？原因很簡單，王六兒在原書裡代表「李瓶兒、潘金蓮兩人性能力相加之『和』」[18]，既然李、潘已死，續書裡自然不易

---

[18] 田秉鍔：〈《金瓶梅》性描寫思辯〉，收入張國星主編：《中國古代小說中的性描寫》（天津：百花文藝出版社，1993年3月），頁224-244。

（也不必）令其多所伸展。如意兒在原書以官哥乳母身分進入西門家，李瓶兒死後頂上了主人的窩，極力奉承西門慶以求安身；但在續書她已另嫁來興，而且另有芙蓉、碧蓮兩個年輕奶媽吸引西門，所以主要功能已不在性愛上。至於作者在原書寫林太太，意在強調其「玷污了招宣府那塊『節義堂』牌匾」[19]，然而續書無意於世道諷刺，因此林太太就淪爲一般的性伴侶而已。賁四嫂的情況亦然，她在原書先與玳安有奸、落後勾上西門慶，引來作者批評：「自古上梁不正則下梁歪，此理之自然也。如人家主子行苟且之事，家中使的奴僕，皆效尤而行。」既然續書無意於倫常批評，賁四嫂便主要是賁弟付的女人而已。至於鄭愛月兒，在原書是西門慶繼李瓶兒、吳銀兒之後的院中新寵，然而到了續書，西門慶對戲子的興趣遠大於妓女，甚至曾道「院裡去俗了，咱們還往獅子街戲房裡去」，所以除了11回寫西門慶與鄭愛月兒，就只在第25回寫他和李桂姐、吳銀兒、鄭愛月兒、鄭愛香兒「連床大會」。

《三續金瓶梅》續寫以上五人，實在無關「補憾」，只能說是冷飯重炒罷了，然而這些「舊人」的形象即便平扁，猶勝西門慶的幫閒朋友。衆所周知，《金瓶梅》裡應伯爵的幫閒形象，幾乎可說是千古一絕，然而由於他在原書末尾死去，因此《三續金瓶梅》只能換上謝希大、常峙節以爲補充。可惜，這兩人再不是原書那個形象鮮明的角色，反而淪爲沒有靈魂的木頭，除了24回同西門慶到美姐處打情罵俏一段猶有活氣，其他地方幾乎只是龍套而已。（倒是第33回，作者寫喬大戶宴請西門慶及衆親友來家，不想戲開了吳二舅才來，見他忙解釋道——「我來遲了！將穿上衣服，叫一個打藥的招住了。他配的是眼藥，躭誤了許多工夫，我才來了。」這是書中罕見的「閒筆」，但是口吻極肖原書的應伯爵。）說到龍套，還有比幫閒更失敗的，即李桂姐、吳銀兒、董嬌兒、韓金釧一

[19] 胡衍南：《飲食情色金瓶梅》，頁164。

干妓女，及李銘、吳惠等樂師。從第3回起，他們幾乎輪流出現於每一次西門慶的家宴，但是往往一筆帶過而已。問題在於，《金瓶梅》裡的西門慶風光了六、七年，《三續金瓶梅》是從西門慶死後七年開始寫起，回陽後又瀟灑了好幾年，那麼李桂姐、吳銀兒這些在原書末尾就將過氣的妓女，怎麼可能又青春不老地繼續縱橫風月近二十年呢？這個違反現實的操作誠乃續書一小敗筆。

由於《三續金瓶梅》主要寫西門慶的家庭生活及風月日記，所以在承襲原書人物之外，自創的角色也不算少。前面提到的戲子美姐、丫頭楚雲、和僕婦碧蓮，可能是少數令人印象深刻者，其他諸多出入於西門慶家中的女子，多半形象模糊或流於概念。

在續書才登場的婦人中，楚雲、紫燕是由韓二、王六兒送來；碧蓮、芙蓉是隨葛翠屏嫁來；天香、玉香、珍珠、素蘭是託媒人買來。除了碧蓮、芙蓉，其他皆為各房侍女。結果，西門慶先在春梅房裡奸了珍珠（6回），又趁玉香洗澡時破其處子（10回），後在藍姐面前強奸了秋桂（12回），並且偷了進祿的老婆芙蓉（12回）；至於未被染指的天香、素蘭、紫燕，負責提供她們的處女天癸，以便西門慶引紅鉛服「三元丹」壯陽（14回）。這些人中，珍珠曾被西門慶形容成「睡情兒比婊子還好」，這是因為馮金寶為了拴住漢子的心，把自己畢生絕學都傳授給丫頭珍珠的緣故，所以在第17回，讀者可以看到一個由丫頭蛻變來的妓女，無論灌酒、餵食、唱曲、睡覺全是媚態。其他人就不同了，我們看不到她們具體的形象，也見不著她們躍動的心理，因為她們幾乎只充作西門慶洩欲的工具，所以生得如何、想些什麼也就毫不重要。小說第8回寫西門慶央如意兒說服碧蓮偷情，碧蓮雖然答應了，不想西門慶立馬就要，於是有以下這段對話：

> （如意兒）見了碧蓮，說：「為你們還要跑殺人，才出去就碰見他，說了在我屋裡等著，就叫你去呢！」碧蓮

> 道：「這等忙！頭也無抿，粉也落了，羞人答答，怎麼去？」如意兒道：「不是要你上半截！去吧，過了這個村，就無有這個店了！」

如意兒說得貼切，西門慶「不是要你上半截」，既然如此，上述那些婦人的形象、性格、心理，又豈需要作者多費筆墨？

作爲一部續書，《三續金瓶梅》除了在人物形象對《金瓶梅》有所承襲，情節橋段也可見類似影子。例如原書總見西門慶透過丫頭、虔婆媒介婦人；續書也見西門慶委託如意兒勾引碧蓮。原書寫西門慶仗胡僧藥賣弄；續書寫西門慶靠三元丹威風。原書寫西門慶巴結蔡京；續書也寫西門慶巴結藍太監。原書寫西門慶逢迎宋巡按、蔡御史（49回），投合安進士男風喜好（36回）；續書也寫西門慶逢迎欽差大臣藍世賢，派出男寵使之意亂情迷（27回）。原書寫吳神仙貴賤相人（29回）；續書也寫李鐵嘴看相傳方（14回）。原書寫宋惠蓮會燒豬頭肉（23回）；續書有碧蓮擅製五福粽子（7回）。原書寫妻妾過清明打鞦韆（25回）；續書亦見丫頭慶元宵打鞦韆（5回）。原書有書童女妝勸狎客（35回）；續書也有秋桂男妝哄西門（24回）。原書揚州苗員外派人送歌童（55回）；續書李知縣（30回）、徐道臺（37回）派人送親信。原書寫到棒槌（72回）；續書也寫到棒槌（7回）。……類似的例子不一而足。

從某個角度講，《三續金瓶梅》有那麼多橋段疑似拈自《金瓶梅》（還有《紅樓夢》），自然容易招人批評：「除了這些刻意模仿的情節外，試問：《小奇酸志》還有多少具有獨創精神的新鮮情節呢？」[20]然而，文學作品固然最貴獨創，但是續書的情況特別

---

[20] 張春山：〈《小奇酸志》是否「上乘」之作？〉，《運城高等專科學校學報》第17卷第2期（1999年4月），頁50、58-60。

一些，因爲續書的寫作動機除了「補憾」，一切的模擬也都另有向原書「致敬」的潛在目的（這個特點從可從所有「復古」運動印證）。前述《三續金瓶梅》寫李鐵嘴看相傳方、秋桂女扮男妝哄西門等，都是一見便令人聯想至原書，已很有「互文」效果。至於《金瓶梅》寫金蓮向如意兒借「棒槌」未果而引發一場紛爭，《三續金瓶梅》寫西門慶、如意兒初會時婦人正好「家中取棒槌與小大官搥衣」（7回）——如果棒槌如許多研究者所說，係男性性具的象徵[21]，這裡的借用直可說是尤有興味的前後對話了。所以，先不必批評《三續金瓶梅》從《金瓶梅》那裡借來什麼點子，而是要看作家有沒有把它們寫出新意。

《金瓶梅》寫妻妾清明節打鞦韆，這會兒是西門慶不在家、月娘帶領衆姐妹樂一天，精彩生動又多有暗示。《三續金瓶梅》的描寫雖不如，但把內容改成西門慶與所有女眷同樂——因「月娘春娘要看鞦韆」，所以「小玉打了個金雞獨立，果然飄飄；楚雲打了個童子拜佛，甚實好看；秋桂打了個雙飛雁兒，像個蝴蝶一般；末後是珍珠兒打了個過樑直柳，把月娘嚇得說：『丫頭，別打了，不是頑的！』」雖然描寫不精，總見別樣風情。又，《金瓶梅》已寫西門慶派書童伺候安進士男風之好，《三續金瓶梅》雖也見春鴻、文珮服侍藍御史，但作家於此文火慢燉，逼得客人「十分按納不住，顧不得是姐夫的人了，把二人攬入被中，叫他們脫了衣裳。」有趣的是，《金瓶梅》寫西門慶叫來董嬌兒、韓金釧兩個唱的款待蔡御史，「月下與二妓攜手，不啻恍若劉、阮之入天台」，狀元當下成詩一首；《三續金瓶梅》亦寫藍御史與西門慶同遊花園，將小捲棚賜名「怡情齋」，並寫了一副對聯「重簾不捲留香久，古硯微凹聚墨多。」《金瓶梅》本有諷刺官僚文人荒唐風流之意，《三續金瓶

---

[21] 王溢嘉：〈從心理分析觀點看潘金蓮的性問題〉，《臺北評論》第3期（1988年1月），頁158-166。

梅》雖對此不感興緻，然這裡若眞有借《紅樓夢》橋段之實[22]，那就是拿林黛玉罵藍世賢不懂詩了。

不過也有繼承不好的橋段。例如《金瓶梅》寫西門慶因案暫緩迎娶李瓶兒，婦人因而被迫招贅蔣竹山；《三續金瓶梅》如法泡製，又見西門慶因戰亂不敢娶黃羞花，晾得婦人勾引和尙法戒通奸（6回），這個橋段套用得生硬勉強。又如《金瓶梅》曾見西門慶床上問如意兒：「章四兒淫婦，你是誰的老婆？」並教如意兒回答：「你說是熊旺的老婆，今日屬了我的親達達了。」（78回）可是到了《三續金瓶梅》，西門慶反而問玳安的老婆小玉：「玉兒，你是誰的兒子？」「是誰的寶貝？」（28回）由於續書並不見西門慶對小玉有特別之處，這個襲來的橋段大概是隨便按上的。更糟糕的，莫過於把小說接回《水滸傳》，詞話本《金瓶梅》於此已先有過錯誤示範（84回），繡像本《金瓶梅》因此給改掉了，不想《三續金瓶梅》另寫西門孝遇見「假李逵」（37回），這種承襲就眞是落伍了。

除了橋段，《三續金瓶梅》於情節交待上，也有不少糊塗。例如回末明明說「且看下回分解」，但到了下一回卻又不見下文（7回、9回）。又如黃羞花才嫁來西門家，小說剛開始數回而已，竟然馬上「又過了幾年」（6回）。此外，故事安排更有許多不合理之處，包括春梅臨盆前還能和春鴻淫亂（34回），孝哥竟然一年之內加官三級（37回），還有西門慶忽地悟道出家（39回）等等。然而這一切也不必太覺意外，情節交待不清、結構處理有瑕，大抵事關寫作時留心與否；至於故事安排不合常理，則是因爲作者不顧人物思想性格發展的邏輯，總是主觀地要西門慶等人這樣那樣

[22] 段春旭：《中國古代長篇小說續書研究》（上海：上海三聯書店，2009年1月），頁93-94。

所造成，其他學者對此早有批判[23]。

四、《三續金瓶梅》的世情內容

無論《金瓶梅》或《紅樓夢》，作爲明清世情小說的兩座高峰，它們共同指出這個小說類型的兩大特徵：積極來講，必須達到魯迅所謂「描摹世態，見其炎涼」；消極來講，必須具備作爲社會風俗文獻的價值。《金瓶梅》、《紅樓夢》符合上述兩個要件，這是它們得以脫穎而出的理由。至於次一級的《醒世姻緣傳》、《歧路燈》，在反映世態人情的部分或有不足，但起碼能提供我們認識某個階段的社會文化內容[24]。相較之下，清初才子佳人小說一來無意於世態人情反映，二來人物不眞、場景空洞、導致閱讀後的現實感受不強，三來不寫生活細節且筆觸未及於社會諸面向，所以只能是世情書的「異流」。那麼《三續金瓶梅》呢？它固然不可能達到《金瓶梅》、《紅樓夢》的水平，但它究竟屬於《醒世姻緣傳》、《歧路燈》這個層級，還是才子佳人小說這個層級？

《三續金瓶梅．小引》標榜：「法前文筆意，反講快樂之事，令其事事如意，爲財色說法。」然而「講快樂之事」是眞，「爲財色說法」是假，作者對「描摹世態，見其炎涼」不感興趣。然小說固無意於反映世態人情，但強化了對家庭享樂的描寫，尤其

---

[23] 王汝梅：《王汝梅解讀《金瓶梅》》（長春：時代文藝出版社，2007年1月），頁237-238。

[24] 胡適曾說《醒世姻緣傳》「真是一部最有價值的社會史料。……並且是一部最豐富又最詳細的文化史料。」胡適：〈《醒世姻緣傳》考證〉，《胡適古典文學研究論集》（上海：上海古籍出版社，1988年8月），頁1046。欒星也贊《歧路燈》「反映了十八世紀中國傳統社會政治、經濟與文化面貌，記錄了中下層社會芸芸衆生的思想狀態與生活狀態，自可為認識歷史提供一項新資料。」欒星：《歧路燈．校本序》（鄭州：中州書畫社，1980年12月），頁7-15。

精心於節慶及民俗活動，且在生活雅趣的展現上亦見用心。

例如《金瓶梅》和《三續金瓶梅》都多寫家常小宴，可是前者寫西門慶和幫閒朋友飲酒作樂多些，後者則常見西門慶與妻妾同歡。在《三續金瓶梅》，聽曲看戲是西門慶闔家妻妾最喜愛的休閒藝術活動，偏偏作者也喜歡不厭其煩地交待唱曲演戲細節。例如第13回，臘月廿三日晚上，西門慶一家人喝酒，小玉、楚雲、秋桂、珍珠四個家樂唱崑腔小曲，春鴻、文珮兩個優童唱南曲兒。接著月娘提議各房妻妾唱曲，結果春梅唱了個〈趕板兒〉，黃姐唱了個〈平岔〉，屏姐唱了個〈寄生草〉，金寶唱了個〈倒搬槳兒〉。雖然曲中各有機鋒，但是倒也愜意。接著14回，正月廿一日孝哥生日，西門慶在花園燕喜堂擺酒宴客，前邊叫了一檔南十番擔綱演出，喬大戶、吳二舅分別點了一套〈到春來〉、〈合歡令〉；後邊堂客則有家樂伺候，扮崑腔唱小曲，小玉楚雲唱了〈漁家樂〉，秋桂珍珠唱了一摺〈花鼓子〉。家樂之外，小說更常見的是妓女唱曲演出。例如第25回，前半段寫西門慶到妓院，只見李桂姐、吳銀兒、鄭愛香各唱了一個〈吉祥曲〉，次是愛月兒改了平調，唱了一個〈心中樂〉，接著又唱了一個〈煙花寨〉，果然令西門慶大樂。後半段則是寫妓女來家，服侍完男客，接著伺候女眷：

> 四人改了裝，都是藍紬裹耳，挽起袖子，拽了衣襟，露出小小金蓮。先是李桂姐吳銀兒打花鼓，配著霸王鞭，鼓如迸豆，鞭響金錢，十分好看。後是董嬌兒韓金釧打起鑼兒板兒來，唱鳳秧歌，打蓮花落，美耳中聽。四個家樂幫腔合唱。

戲班演戲的成本遠高過請妓女唱曲，然而西門慶只要有富貴尊榮值得誇耀之事，他自己或親友便安排戲班子來家。一般來講，都是先演應景的大戲，然而才是自點的小戲。例如19回寫爲慶祝西門孝中舉，喬大戶送來了女戲班，只見戲班頭齣唱的是〈宮花報喜〉，第二齣是〈狀元及第〉，第三齣是〈五代恩榮〉；然後才是張二官點了〈賣胭脂〉，劉學官點了〈藏舟〉，喬大戶點了〈楊妃醉酒〉，聶先生點了〈春香鬧學〉，大戶娘子點了〈漁家樂〉，二妗子點了〈鐵弓緣〉。後來29回孝哥吹陞縣令，也是一樣的情形。又，27回寫西門慶招待御史藍世賢在家吃飯看戲，臺上開的大戲也是先唱《六國封相》，後來才見御史點了一塊整本《長生殿》的軸子。倒是第33回就不見制式的客套，因爲這裡只是寫喬大戶爲西門慶接風，所以頭齣唱的是佛教慶賞劇《大佛陞殿》，接著官人點了〈打櫻桃〉，喬大戶陪了〈踢氣球〉，吳二舅點〈送燈〉，謝希大常峙節點〈鳳儀亭〉。春梅說：「我們人多，也點一塊《盤絲洞》的軸子。」大戶娘子說：「我陪上一齣小戲，你們加一齣〈胖姑學舌〉。」接著開了軸子，唱的是〈呂布戲貂蟬〉、〈王司徒巧定連環記〉。又開了《盤絲洞》的軸子，唱的是〈七個蜘蛛精洗澡〉、〈孫大聖大戰蜈蚣精〉。

聽曲看戲之外，《三續金瓶梅》寫西門慶家中妻妾的消遣還很多，猜拳行令固不必講，除了前面提到過的打鞦韆（5回），其他如投壺耍子戲酒（33回）、跑竹馬跳百戲（36回）等等，雖也見諸《金瓶梅》，但在續書裡面的描寫加強了，尤其西門慶和妻妾們的玩興提高了。例如西門慶某日因爲無聊，便要春鴻文珮踢氣球，接著換四個大丫頭踢，惹得衆妻妾都出來看熱鬧。這時春梅提議：「點著名兒，叫他們拿著對踢。」於是西門慶先叫春鴻與楚雲踢，又叫文珮與秋桂踢，進而小玉、珍珠兒一時技癢主動要踢，藍姐忍不住樂道：「小腳兒對小腳兒才好呢！」（35回）又，有天張團練差人送了四桶金魚來，吳二舅跟著送來素窰古器「青花白地大缸一口」，西門慶於是命人置於翡翠軒陳設，只見藍姐說：「我頑過！還得配上閘草、金絲荷葉，做一個架子，插上五色旗，叫丫頭們每日執旗教演才有趣。」（26回）更甚的是16回，在原書多半一本正經的吳月娘，這裡竟然帶著妻妾丫頭們撐船賞蓮採荷鮮；採上的蓮藕洗淨了拿來佐酒，月娘又吩咐幾個妓女好生唱曲兒，「衆人從草團瓢四下裡觀看，綠樹紅蓮，小橋碧水，十分清目。」作家在這裡整整寫了大半回，妻妾和樂畫面令人賞心悅目。

和《金瓶梅》、《紅樓夢》一樣，《三續金瓶梅》也愛寫節慶，除了中秋、端午、元宵等傳統大節日，還寫了特別的七夕乞巧節——

> 月娘道：「說正經話罷，別誤了正事。乞巧節試試誰得巧？在那裡辦好？」春娘說：「還在聚景堂大捲棚寬敞，才招得了蟢蛛兒來。」於是叫四個大丫頭：「你們告訴袁碧蓮，叫他預備五色線，巧針盒。昨天鄭媽媽與紫燕拌了嘴，辭了茶房，現今是如意兒管茶水。叫他會上碧蓮，備下酸梅湯，杏仁茶，奶子酪，大麥粥，辦下二十個菓碟子。你們在大捲棚內放上八仙桌子，我們坐著穿針。在院中太湖石前放上大桌一張，擺個西瓜、甜瓜、山子。桌上曬一盆水。把春鴻囚根子、文珮小狗肉叫了來，叫他們唱南曲兒。你們仍扮崑腔戲，小丫頭端茶遞酒，妥當了來回話。」

西門慶聽聞也來了，接著女眷「搶快穿了針繞起來，親自送到曬水盆中，漂浮水面，觀其轉動怎樣合巧。」大家說笑戲玩之餘，家樂唱起崑腔，優童唱著南曲，果然「見兩個蟢蛛兒一來一往，在瓜山上織了個小網」……。過節之外，小說還可見得各式民俗活動：包括西門孝「誇官」（19、29回），喬大戶「辦百祿」（35回），喜哥、樂哥「抓週」（36回）……等等。又如26回寫清河縣年例過社火之期，西門慶帶著妻妾在玩花樓擺酒，春梅嚷看不眞切，西門命人告訴會長，把社火從花園門帶到樓下，只見：「會長與官人磕了頭，打起鑼鼓來，按次演唱。先是幾對太平車過去，後跟高蹺秧歌。五虎棍打得熱鬧，耍叉的半空飛舞，跨鳳的對音吹簫。還有獅子滾繡球，各樣的擡歌、吵子、十番，令人看花了眼。」

楊義說：「從《金瓶梅》到《紅樓夢》這類家庭小說，以千姿百態的家庭瑣事使故事線索模糊化，而回歸生活的原生態。」[25]問題是，《金瓶梅》猶見寫西門慶暴發起落，《紅樓夢》更有寶黛愛情悲劇、賈府繁華落盡兩條交織主線，相較之下《三續金瓶梅》簡直一無故事可言，因此更有機會回歸生活的原生態描寫。

例如《金瓶梅》、《紅樓夢》都擅寫飲食，《三續金瓶梅》對此也從不放過，看西門慶張羅的中秋宴會：

> 「叫下南十番，四個唱的。天不冷就罷，天若涼，叫他們把隔扇上上，屋裡多掛幾對燈。殺一個豬，一個羊。今日送節禮，我已叫他們把好南鮮荷、鮮蜜瓜、連節藕都辦妥了，有訂做的桂圓月餅、山楂月餅、八寶月餅、夾沙月餅，各樣自來紅、自來白。園裡葡萄架的葡萄也熟了。燕喜堂山子後我那幾棵白棗兒，叫丫頭打些，餘下的還給我留著。各處送的瓜菓月餅留著賞人。只少月光馬繞字的盤香。也不用七碟子八碗，叫廚子做全豬全羊菜，拿豬羊湯打滷下麵。再蒸些百壽大桃，一事兩勾當，倒有趣。」（18回）

《金瓶梅》寫如何燒豬頭，《紅樓夢》教如何煮茄鯗，《三續金瓶梅》也交待「五福粽子」的作法（7回）。又，談到送禮，《金瓶梅》、《紅樓夢》都寫到禮物收受往來，《三續金瓶梅》於此也很仔細。12回才見西門慶整辦許多禮物爲藍太監慶壽，13回就寫

---

[25] 楊義：《中國古典小說史論》（北京：中國社會科學出版社，1995年12月），頁432。

藍太監假立名目回禮藍如玉：「米珠一斤，豆珠廿顆，赤金鐲子四對，五寶項圈一對，香串八匣，香包四匣，宮扇八匣，繡帕四匣，白銀四百兩，上用百合香二瓶。」又，《金瓶梅》、《紅樓夢》都愛描婦人衣裳首飾，《三續金瓶梅》也不遑多讓，16回妻妾因應採蓮得換衣服，就見作家不厭厤煩再做鋪陳。又，《紅樓夢》寫醫官看病開方，《三續金瓶梅》一寫醫官開給金寶「木香七氣湯」（12回）、二寫醫官囑咐春梅產後調養之道（34回）、三寫醫官論斷月娘六鬱傷肝之症（35回），不排除作者有賣弄嫌疑。又，《金瓶梅》寫月娘、金蓮找生子方，《三續金瓶梅》更是花一整回交待如何盜取紫河車（22回）；《紅樓夢》寫趙姨娘受陰司懲罰鬼魂附體，《三續金瓶梅》先寫鄭婆遭瘟（23回）、又寫喬通報應（28回），兩段無關緊要的民間果報信仰都見重墨描寫。

前述《三續金瓶梅》的世情內容，很明顯地偏向市井色彩，這方面倒和《金瓶梅》比較接近。不過，前面也提到，續書裡西門慶的性格已有風雅傾向，妻妾的文化修養也較原書爲高。例如第12回，寫十一月十五日葛翠屏生日，西門慶叫了一檔南十番，在捲棚內擺酒爲其慶生。忽然一陣涼風，飄下一天大雪，沒想到西門慶對妻妾及堂客說：「這樣雪景，你們何不到臥雲亭上走走？」這種雅興是《金瓶梅》罕見的。婦人到了臥雲亭，見松竹戴雪，春梅便攛掇葛翠屏畫此雪景，屏姐推卸不過，竟然也說出這樣的內行話：「此處可畫不得。一則有風，二者凍筆。請娘們到藏春塢山洞裡，擺上火，燻得暖暖的，才畫得呢。」此說固是，然出發點亦有風雅韻緻。當然，也許有人質疑，西門慶自己並不賞雪，葛翠屏擅畫也係因「從小兒跟著畫匠住過」，畢竟不同於《紅樓夢》裡的寶玉和惜春。然而既說到《紅樓夢》，《三續金瓶梅》也見才女詠物賦詩，如果說第8回藍如玉爲西門慶捉刀作情詩猶見促狹，第15回喬大戶娘子和藍氏分別就著楊柳、桃花、蘭花、水仙各作了兩首詩，倒眞有點文雅風流了。

西門家的環境規畫、家俱擺設也有類似的轉變。例如爲了誇富，不但重修樓房，而且再建花園，看月娘眼中的春梅樓上——

> 只見屋內糊得雪洞一般，滿堂的字畫，擺設著硬木桌椅，正中有十二扇圍屏，一張拔步大床。西間是一架落地明地罩，一張大理石面大八仙桌，桌上擺著一個素窰花罇。前邊是一個三香菓盤，南床上炕桌上設都盛盤文房四寶，引手靠背俱全，當中一個大罩子盆，八張太師椅子。裡間是新安的八扇碧紗廚。北面是眞假門，一對大穿衣鏡，一個月牙桌上設著隨手粧臺。床上掛著繡花帳幔。地下有四盆花，一對梅粧，一對天竺。桌上一個寶鼎，一張瑤琴。湘簾一落，滿樓上香氣撲鼻。」（23回）

原書也寫西門慶佈置書房，但作者意在諷其附庸風雅。續書寫春梅的樓房性靈俊秀，固然不吻合她的階級出身和市井性格，但作者並不覺得這是犯筆，因爲他有意藉著一位位新生的人物、一處處新起的建築、一個個新添的物件，在原本那個舊的、市井的、暴發的基礎上添加新的、文雅的、恬靜的內容。所以我們不只看到賞雪、畫雪雅興，不只聽聞才女賦詩唱和——小說自11回開始出現臥雲亭，14回見到燕喜堂，15回出現木香亭、聚景堂，19回決定興工，23回樓房啓用，25回花園竣工，接下來即見西門慶信步閒遊自家庭園（26回），然後在藍御史遊園、題匾、賜聯而達到高峰（27回），西門慶及其家人的市井印記至此沖消不少。

這麼看來，《三續金瓶梅》呈現的家庭生活內容，要較才子佳人小說來得豐富。

五、結語

作爲一部成書於道光元年前後的續書型世情小說，前有乾隆時期的《紅樓夢》，稍早有嘉慶年間《後紅樓夢》、《續紅樓夢》、《紅樓復夢》、《續紅樓夢新編》、《綺樓重夢》、《紅樓圓夢》、《紅樓夢補》、《補紅樓夢》等八部《紅樓夢》續書，《三續金瓶梅》強化了它的文雅屬性，很難說和《紅樓夢》及其續書沒有關係，因爲小說第一回的題詩，已經說明了彼此的聯繫：「紅樓五續甚清新，只爲時人讚妙文。余今亦較學三續，無非傀儡假中眞。」前面的研究指出，《紅樓夢》程甲本出版後的清代中期有多部獨創型世情小說，它們咸有類型整併、以及朝中篇小說轉型的傾向。這個轉變一來降低了小說內容的世情純度，使其既沒有《金瓶梅》、《紅樓夢》「描摹世態，見其炎涼」的思想深度，也不像《醒世姻緣傳》、《歧路燈》等次一級作品猶可作爲社會文獻的補充；然而二來卻也反映清代中期世情小說的生產與接受，較之前期經典已有更鮮明的通俗化、市場化特徵。那麼，《三續金瓶梅》和它們又有什麼異同呢？

經過對照，《三續金瓶梅》雖然亦止四十回篇幅，只能算是較長的中篇小說，但由於它沒有混入太多其他類型小說的元素，反而特別著意於家庭生活的描寫，所以它的飲食起居細節要比《蜃樓志》等小說來得豐富一些。然而《三續金瓶梅》主張「反講快樂之事」，自敘創作動機只是「爲觀者哂之」、「以嘲一笑云爾」，既不同於「洩憤著書」的《金瓶梅》，也沒有《紅樓夢》「都云作者痴，誰解其中味」那種寄託無限的寫作特色，反倒和《蜃樓志》等小說一樣，基本服膺於通俗化、商品化的小說生產機制。因爲就形式特徵來看，《三續金瓶梅》竟然沒有回首詩詞，自第1回開場詩之後，第2回起凡雙數回皆言「閒詩不錄」，單數回皆言「荒言莫敘」，所謂閒詩、荒言的說法，反映作者不認同回首詩詞具備的提示或象徵功能。此一改變當然不同於明代以來的小說傳統，更遑論《金瓶梅》、《紅樓夢》（乃至於續書）對此如何積極運用。然而同時期其他世情小說呢？《清風閘》、《玉蟾記》、《蜃樓志》仍有回首詩詞，但《痴人福》、《雅觀樓》同樣放棄了這個古老的形式，或許它們也覺得回首詩詞既荒且閒，自己的讀者只管故事不看詩詞。

再看內容，幾部獨創型世情小說的人物屬性或社會內容都向市井傾斜，小說的取材、主題、思想更有強烈的通俗性格，且其風格絕不見《紅樓夢》的空靈雅趣，反而更多地靠向才子佳人小說和色情小說，以暴發的、變泰的男性想像取悅市場。然而《三續金瓶梅》不也如此？既說續書「補恨」、「補憾」的對象，不是小說人物而是讀者（含續書作者）自己[26]，《三續金瓶梅》續寫出的新版西門慶，正為讀者提供結合才子佳人小說與色情小說男性的理想圖像。西門慶和妻妾賞雪、畫雪、吟詩，在精美的花園樓房追歡取樂，是才子佳人小說綺麗風情，也是《紅樓夢》的粗糙泡製，小說人物、場景陳設、情節故事多半沒有綰合緊密。至於西門慶飲紅鉛吞三元丹，與各色婦人奸淫無休，而且幾乎都是三人、四人、五人「連床大會」，誠乃色情小說的變態想像[27]。作者雖然沒有放大、暴露性交過程，但是相較於《金瓶梅》的世故冷清，續書作者的「快樂」仍然易察，例如第8回寫藍姐出浴——

---

[26] 高桂惠：〈未盡之事：明清小說「續書」的赤子情懷〉，收入熊秉真、余安邦編：《情欲明清——遂欲篇》（臺北：麥田出版社，2004年3月），頁284。

[27] 王旭川：《中國小說續書研究》（上海：學林出版社，2004年5月）：「小說讓西門慶復活，讓其享受了色、財、祿之後，安排其出家得道，小說實際上模仿了明代長篇傳奇《祈生天緣奇遇》。」（頁273）《祈生天緣奇遇》正是明代影響最廣的文言中篇色情小說。

> 見他才洗了澡，穿衣不迭，敞著懷出來，露著雪白尖尖兩個奶頭兒，挽著蘋菓綠的膝褲，大紅繡花兜肚，兩隻胳膊戴著翡翠鐲子，口含著一條香絡子，亂挽烏雲，桃腮杏眼，拿著一條手帕，配著三寸弓鞋，活脫一幅美人圖。

而且不只西門慶有權快樂，男男女女都可以恣意追求快樂，春鴻長期與二娘春梅通姦、文佩曾被六娘金寶哄著姦淫、胡秀也曾暫解五娘羞花之饑，這些地方若在原書恐怕都有譏刺之意，但是續書不然，因爲作者要讓每個人都快樂、每件事都成快樂之事。是故，果報思想固是明清世情小說的中心信仰，但作者爲什麼不寫西門慶、春梅一干人等，反倒只安排鄭婆、馮金寶遭到報應？因爲他們違反了快樂原則，破壞了別人對快樂的追逐。

所以，即便《三續金瓶梅》可能受到《紅樓夢》及其續書的影響，多多少少有文雅化傾向，但它的屬性仍相當靠近同時期的世情小說，因爲都是以暴發變泰的男性想像取悅讀者，務必「爲觀者哂之」、「以嘲一笑云爾」。《三續金瓶梅．自序》標榜「余本武夫」，已然宣示他和他的小說不同於曹雪芹和《紅樓夢》這個系譜。何況，大部分紅樓續書也是在文雅舞臺上搬演市井歡愉，這和《三續金瓶梅》在市井人物臉上添加幾筆文雅線條是一樣的。

輯二・世情小說的對照：狹邪小說、戲曲及曲藝改編

《風月夢》

——狹邪小說、城市小說或世情小說

一、前言

一般認爲，狹邪小說之蔚爲風潮乃晚清（1900年以後）的事，不過在狹邪小說經典《海上花列傳》問世的半個世紀前，已有《風月夢》及《品花寶鑑》兩部狹邪小說，它們的創作年代符合本書關於清代中期的斷限。

《風月夢》又名《名妓爭風全傳》、《揚州風月記》、《風月記》，共三十二回，題「邗上蒙人」撰。作者於書前〈自序〉署「時在道光戊申冬至後一日書於紅梅館之南窓」，故知該書約梓行於道光28年（1848）或稍晚，目前所見有光緒9年（1883）上海申報館仿聚珍版本、光緒10年（1884）上海江左書林校刊本、光緒12年（1886）聚盛堂刊本。《品花寶鑑》，又名《怡情佚史》、《京華群花寶鑑》、《都市新談》、《燕京評花錄》，六十回，不題撰人，但由序可知作者爲陳森。柳存仁的考證指出：道光17年，作者陳森「在都中秋試下第。試寫《品花寶鑑》，得15卷。」道光28年，「由去臘起，五閱月而得三十卷。又改易舊稿，共成六十卷。是冬十月，《品花寶鑑》開雕。」隔年4月工竣出版[①]。一般也多認爲，此書約自道光17年（1837）開始寫作，道

---

① 柳存仁：《倫敦所見中國小說書目提要》（北京：書目文獻出版社，1982年12月），頁237-242。

光28年付梓，道光29年（1849）幻中了幻齋初刊本行世。[②]

「狹邪小說」的命名，以及作爲一個小說類型觀念的確立，始於魯迅《中國小說史略》。然而書中所謂：「若以狹邪中人物事故爲全書主幹，且組織成長篇至數十回者，蓋始見於《品花寶鑑》，惟所記則爲伶人。」[③]恐與事實不符。因爲《風月夢》的作者自序寫於道光28年，有可能比《品花寶鑑》早出，美國漢學家韓南（P. Hanan）就認爲《風月夢》才是中國第一部狹邪小說（煙粉小說），只因魯迅當時沒有見過，方以《品花寶鑑》爲濫觴[④]。不過，《風月夢·自序》固作於道光28年，但後人無法斷定是否同年梓行問世（因目前所見最早刻本係光緒9年），所以很難說《風月夢》和《品花寶鑑》誰眞正先出。然而魯迅《中國小說史略》言及清代狹邪小說的確未提《風月夢》，他對狹邪小說的觀察，自然也不涉及這部可能沒有看過的作品。

《風月夢》的第1回，敘事者交待：「在下也因幼年無知，性耽遊蕩，在這些煙花寨裏迷戀了三十餘年。……從前那般恩愛，到了緣盡情終之日，莫不各奔東西。因此將這頑笑場中看得冰冷，視

---

② 但也有不少學者根據幻中了幻居士的序，主張小說初寫於道光6年，前後長達十年，書成於道光17年左右，之後以手抄本形式轉輾流傳，直到道光29年才梓行問世。例如徐德明：〈《品花寶鑑》考證〉，收入清·陳森著，徐德明校注：《品花寶鑑》（臺北：三民書局，1998年4月），頁1-3。

③ 魯迅：《中國小說史略》，《魯迅全集》（北京：人民文學出版社，1981年12月），第9卷，頁256。

④ 【美】韓南（Patrick Hanan）著，徐俠譯：〈《風月夢》與煙粉小說〉，《中國近代小說的興起》（上海：上海教育出版社，2004年5月），頁39-67。本書譯自Partick Hanan, *Chinese Fiction of the Nineteenth and Early Twentieth Centuries*, Columbia University Press, New York, 2004. 根據英文版的說明，這篇文章“Fengyue Meng and the Courtesan Novel”發表於*Harvard Journal of Asiatic Studies* 58.2(Dec 1998), P.345-372, 很快便以全譯、節譯、轉介的方式刊載於不同華文期刊，在此恕不詳錄。

爲畏途。」[5]接著寫他某日遇到一位髮白齒脫、面容枯槁的老叟，贈他一書並道：「吾姓過名時，字來仁，乃知非府悔過縣人也。年尚未登花甲，只因幼年無知，誤入煙花陣裏，被那些粉頭舌劍唇鎗、軟刀辣斧，殺得吾骨軟精枯、髮白齒脫。幸吾祿命未終，逃出迷魂圈套，看破紅塵，隱居於此。晝長無聊，將向日所見之事撰了一部書籍，名曰《風月夢》……。」至於這個風月大夢，寫的是江蘇常熟人陸書奉父命到揚州買妾，結果竟與義結金蘭的朋友袁猷、賈銘、吳珍、魏璧終日流連煙花，並且各有鍾情粉頭。結果陸書錢財揮霍罄盡，妓女月香立刻變得冷清淡漠，於焉只能狼狽回鄉；吳珍因罪入獄受刑，妓女桂林不堪牽連逃回鹽城；魏璧爲了相好出資贖身，妓女巧雲卻在背地夥同親戚，連夜雇船遁回老家；賈銘娶了妓女鳳林回家，看似恩愛夫妻，不想婦人後來又跟宰相公子跑了；五人之中唯獨袁猷娶了妓女雙林獲得「善終」，袁猷縱欲身亡之後，雙林服毒殉情，換來皇帝下旨旌表入祠的待遇。

這乍看是一個令人熟悉的狹邪小說慣套，然而正如韓南指出的，《風月夢》除了是第一部狹邪小說，它並且對同類型中的經典《海上花列傳》起到幾個重大影響——包括小說開場模式，皆由一個「知非」、「悔過」的「過來人」現身說法，講風月之夢以警戒後人；其次是對作爲故事場景的城市圖像，自覺而凸出地進行描繪；再次是方言的使用；最後是現實主義式的「近眞」描寫。[6]然而韓南最在乎的，還是《風月夢》的「城市小說」性格：

[5] 清．邗上蒙人：《風月夢》（上海：上海古籍出版社，1994年「古本小說集成」據吳曉玲所藏光緒12年印本影印）。以下引文悉以此本為主，茲不贅註頁碼。如遇字跡不易辨認或明顯錯別字，則參考清．邗上蒙人著，朱鑒珺點校：《風月夢》（北京：北京師大出版社，1992年8月），此本係據館藏光緒9年上海申報館刊本排印點校。

[6] 【美】韓南著，徐俠譯：〈《風月夢》與煙粉小說〉，《中國近代小說的興起》，頁42-43。

> 與地理學家不同的是，小說家向讀者展示一個城市，根據的往往是他筆下人物的觀察和活動，可以說，也就是眼睛的城市和腳的城市。他更可以向我們展示人們對一個城市，對他的文化和傳統的觀感和理解，一句話，即對他的精神氣質的觀感和理解。就這兩方面來說，《風月夢》在中國小說中都堪稱是一個新的發展。[7]

到目前爲止，關於《風月夢》的研究，大抵便以狹邪小說、城市小說兩個角度切入[8]。然而其中仍有不少尚待釐清的問題。例如就狹邪小說而言，魯迅將其分爲溢美、近眞、溢惡三類，認爲早期狹邪小說皆有溢美之虞，然而韓南卻說《風月夢》的屬性是現實主義一脈的近眞描寫，孰是孰非？又，若將《風月夢》對應起同時期、同樣由江南文人生產的衆多狹邪筆記，那麼近眞／溢美的兩極屬性是否眞可以從小說／筆記的文體特性進行解釋？再者就城市小說而言，邇來研究主要集中在新興城市的現代化和物質文明等諸方面，因此論者莫不留心於城市小說筆下的現代性圖像——其中最具代表性的城市是上海、最具代表性的城市狹邪小說是《海上花列傳》。然而，作爲《風月夢》故事背景的揚州，過往繁華卻在嘉慶、道光年間日逐中衰，取而代之的正是開滬不久的上海，那麼《風月夢》還能置於主流的城市小說論述底下嗎？

以下特別選取清代中期狹邪筆記、「家庭—社會」型世情小說、以及明清歷史上的揚州等幾個座標，嘗試與《風月夢》互爲對照，除了期望更清楚判別這部小說關於狹邪、城市、或世情的性格，也希望找到關於清代中期世情小說研究結論的佐證。

---

[7] 同前註，頁44。

[8] 從狎邪性格入手的如侯運華：《晚清狹邪小說新論》（開封：河南大學出版社，2005年12月）。從城市印記入手的如葛永海：《古代小說與城市文化研究》（上海：復旦大學出版社，2005年8月）。

二、世態與人情——與狹邪筆記的對照

剛才提到，最早將狹邪小說視為一小說類型的是魯迅，他在沒有見到《風月夢》的情形下，將狹邪小說發展分成三個階段：「作者對於妓家的寫法凡三變，先是溢美，中是近眞，臨末也溢惡，並且故意誇張，謾罵起來；有幾種還是誣蔑、訛詐的器具。」[⑨]蓋溢美者如《品花寶鑑》及《青樓夢》，近眞者爲《海上花列傳》，溢惡者有《九尾龜》。然而，《風月夢》和同時期的《品花寶鑑》，以及稍微晚出的《青樓夢》、《繪芳錄》、《花月痕》誠有不同，那些溢美之作反映了舊式文人對你情我愛的浪漫想像，連挫折都可以昇華爲崇高的自我鍛煉；《風月夢》雖也見對愛情的執著、也肯定風流之必要，但從五對狎客妓女的悲劇結局來看，作者還是堅持現實主義創作原則，頂多在唏噓過往之虛假美好時，流露一點緬懷情緒而已。

所以後來讀過《風月夢》的學者，紛紛質疑並且修正魯迅的講法，陶慕寧就說：「蓋『溢美』與『近眞』應無先後之分，《風月夢》近於寫實，而撰著與梓行均早於『溢美』的《花月痕》、《青樓夢》。風格的不同，根本原因還在作者的思想感情和敘事角度有較大差異。」[⑩]韓南同意魯迅關於溢美、近眞的說法（對於溢惡之說較多保留），也認可溢美之作意在才子佳人、近眞之作心存勸諷意圖，但他認爲近眞的潮流起於《風月夢》而非遲至《海上花列傳》，因此他說：「據從煙粉小說中發現的文本內部引用模式判斷，前兩類描寫在19世紀形成了兩種不同的潮流。」[⑪]陶慕寧和韓

⑨ 魯迅：〈中國小說的歷史的變遷〉，《魯迅全集》，第9卷，頁339。

⑩ 陶慕寧：《青樓文學與中國文化》（北京：東方出版社，1993年7月），頁217。

⑪ 【美】韓南著，徐俠譯：〈《風月夢》與煙粉小說〉，《中國近代小說的興起》，頁40。

南，都認同狹邪小說存在溢美、近眞兩個血裔的說法，但不認爲此係一條由溢美「發展」爲近眞的趨勢，從《風月夢》和《品花寶鑑》幾乎同時問世的事實來看，這兩股不同的潮流係決定於作者的不同選擇。

不過，魯迅「溢美—近眞—溢惡」三階段論的講法影響很大，王德威談狹邪小說，就不知所以地漏掉了《風月夢》，兀自討論其他小說兩極化的愛欲描寫[⑫]。侯運華不像王德威把六十多年間的狹邪小說視爲共時性文本，轉而強調前、後期狹邪小說在作者屬性和著書動機上存在區別：「作者始爲游幕文人，創作狹邪小說是其『塊然磈礧於胸中而無以自消』之際的消遣行爲；後來隨著近代媒體的興起而出現的報刊作家成爲狹邪小說創作的中堅，其文本便增添了暴露成分和現實色彩。」[⑬]此說雖有見地，不過，卻還是同意魯迅「溢美—近眞—溢惡」三階段論，因此在歸納早期狹邪小說那種溢美傾向時，只能不斷強調《風月夢》必須視爲例外[⑭]，此舉自然難掩突兀。

解決這個問題，一要回來比對清代中期的狹邪筆記，二要回來照看同時期其他世情小說。

狹邪小說的研究，爲什麼要對應起狹邪筆記？這個觀念也起自魯迅：

> 唐人登科之後，多作冶遊，習俗相沿，以爲佳話，故伎家故事，文人間亦著之篇章，今尚存者有崔令欽《教坊

[⑫] 【美】王德威著，宋偉傑譯：《被壓抑的現代性——晚清小說新論》（北京：北京大學出版社，2005年5月），第二章「寓教於惡——狹邪小說」，頁66-137。

[⑬] 侯運華：《晚清狹邪小說新論》，頁5。

[⑭] 他指出：「前者指除《風月夢》外，其餘四部皆帶有理想成分，文本表現的是作者認為應該或希望如此的內蘊。」同前註，頁34。

> 記》及孫棨《北里志》。自明及清，作者尤夥，明梅鼎祚之《青泥蓮花記》，清余懷之《板橋雜記》尤有名。是後則揚州、吳門、珠江、上海諸豔跡，皆有錄載；且伎人小傳，亦漸侵入志異書類中，然大率雜事瑣聞，並無條貫，不過偶弄筆墨，聊遣綺懷而已。若以狹邪中人物事故為全書主幹，且組織成長篇至數十回者，蓋始見於《品花寶鑑》，惟所記則為伶人。[15]

陳平原注意到：「魯迅論『狹邪小說』不從〈李娃傳〉、〈霍小玉傳〉談起，而偏偏選中《教坊記》和《北里志》，關鍵在於抓住士子冶遊成佳話這一文化習俗。就欣賞並記錄士子風流與狹邪女韻致而言，後者無疑更典型；而前者則很容易轉化成一般的愛情故事，小說中狹邪女的身份反而並不十分重要。」[16]所言很是。魯迅特別標舉的《板橋雜記》，係為晚明南京十里秦淮南岸長板橋一帶舊院名妓作傳，同時記錄依附於青樓文化的各種軼事。由於作者余懷親歷明亡悲劇，復又參與南明王朝黨爭，爾後並未出仕而為遺民，所以這部寫於晚年的憑弔之作，在風花雪月之餘微微抒發了亡國子民的孤懷遺恨。《板橋雜記》之前，明代中後期另有不少相關書寫，單從明清之際姚珽《說郛續》所收諸作來看，至少可見冰華梅史《燕都妓品》、曹大章《蓮臺仙會品》及《秦淮士女表》、潘之恒《曲中志》及《金陵妓品》等同類型的「伎家故事」[17]，只是這

---

[15] 魯迅：《中國小說史略》，《魯迅全集》，第9卷，頁256。

[16] 陳平原：《小說史：理論與實踐》（北京：北京大學出版社，2005年1月），頁184-185。

[17] 以上諸書或有原來面貌，例如潘之恒《曲中志》係改寫自其《亘史》外紀豔部中的諸姬小傳，但是《燕都妓品》則為獨立的專著。關於潘氏的著作可參張秋嬋：《潘之恒研究》（蘇州：蘇州大學博士論文，2008年）。

個寫作潮流在有清一代康雍乾盛世暫時隱匿，直到乾隆後期才又復現，而且都師法《板橋雜記》。最早的是乾隆晚期珠泉居士《續板橋雜記》，既標榜「續」，其創作緣起自是：「余曩時讀曼翁《板橋雜記》，流連神往，惜不獲睹前輩風流。」後來多次赴金陵，或洽公或冶遊，「爰於迴棹餘閒，撫今追昔，續成是記。亦類分雅遊、麗品、軼事三卷，非敢效顰曼翁，聊使師師簡簡之名，得偕江水以俱長爾。」[18]同樣以秦淮煙花爲背景，捧花生《秦淮畫舫錄》也在自序提到：「余曼翁《板橋雜記》備載前朝之盛，分雅遊、麗品、軼事爲三則，而於麗品尤爲屬意。」[19]所以他的《秦淮畫舫錄》分爲紀麗、徵題上下兩卷。另一本《三十六春小譜》亦是品麗爲主並雜以文人題贈，至於《畫舫餘談》專門記載冶遊和軼事，儼然自命爲《板橋雜記》傳人。又如琅玕詞客、惜花居士的《秦淮二十四花品》，則在例言提到：「是編繼捧花生《秦淮畫舫錄》暨《三十六春小譜》而作。凡前集所載之人，茲不重贅。」[20]既爲《秦淮畫舫錄》的追隨者，自然是《板橋雜記》的徒孫了。至於其他狹邪筆記，包括寫南京的《青溪風雨錄》、《秦淮聞見錄》，寫蘇州的《吳門畫舫錄》、《吳門畫舫續錄》，寫揚州的《雪鴻小記》、《揚州夢》，大抵也都深受余懷《板橋雜記》影響。

不過，《板橋雜記》恐非一部「承先啓後」的狹邪筆記，反而是這個譜系中的例外。關鍵在於，《板橋雜記》是明遺民有所爲之「紀麗」（爲妓女作傳），在它之前或之後的作品，則屬於南朝宮

---

[18] 清．珠泉居士：《續板橋雜記》，收入《叢書集成續編》（臺北：新文豐出版社，1989年6月據《香豔叢書》本影印），215冊，卷1，頁5。又，乾隆晚期另有李斗《揚州畫舫錄》，此書雖不是狹邪筆記，但卷9「小秦淮錄」也寫妓家風情。

[19] 清．捧花生：《秦淮畫舫錄》，收入《中國風土志叢刊》（揚州：廣陵書社，2003年5月據清奉華樓原本影印），第31冊，頁1。

[20] 清．琅玕詞客、惜花居士：《秦淮二十四花品．凡例》，北京國家圖書館藏清道光15年駐春軒新鐫本，葉1。

體詩無所爲之「品麗」（定妓女高下）。怎麼說《板橋雜記》有所爲呢？係因余懷視寫作爲「一代之興衰、千秋之感慨所繫，而非徒狹邪之是述、豔冶之是傳也。」[21]該書除了爲妓女作傳，還把明末南京舊院妓家的衣著、居室、生活、風俗寫了下來，最重要的是寄明亡之痛、悼氣節淪喪，這使它在當時及日後都得到很高的評價。學者多半以爲，這正是《板橋雜記》寫作最主要的時代背景及主題所在，「捨棄了這一點，便無法理解《板橋雜記》，無法理解它的作者余懷；捨棄了這一點，《雜記》也就淪爲《北里志》一類的作品，不過是供人茶餘酒後以助談資，用以醒疲驅睡罷了。」[22]

然而之所以說《板橋雜記》之前的《燕都妓品》、《蓮臺仙會品》、《秦淮士女表》、《曲中志》、《金陵妓品》無所作爲，是因爲它們沒有《板橋雜記》深切的寄託，從書名看，已清楚可知它們只爲展現文人品評妓女的意趣，書裡更是直接交待這般著書動機。例如曹大章《蓮臺仙會品》的序：

> 金壇曹公家居多逸豫，恣情美豔。隆、嘉間，嘗結客秦淮，有蓮臺之會。同遊者毘陵吳伯高、玉峰梁伯龍諸先輩，俱擅才調，品藻諸姬。一時之盛，嗣後絕響。《詩》云：「維士與女，伊其相謔。」非惟佳人不再得，名士風流亦僅見之，蓋相際爲尤難耳。[23]

---

[21] 清．余懷：《板橋雜記》，收入《筆記七編秦淮香豔叢書》（臺北：廣文書局，1991年7月據民國17年上海掃葉山房《秦淮香豔叢書》石印本影印），頁1。

[22] 李金堂：〈前言〉，收入清．余懷著，李金堂校注：《板橋雜記》（上海：上海古籍出版社，2000年12月），頁6-7。

[23] 明．曹大章：《蓮臺仙會品》，原收錄於明．姚珽《說郛續》卷44，又收入《說郛三種》（上海：上海古籍出版社，1989年1月據明刻本《說郛續》影印），頁2037。

曹大章（字一呈）、吳伯高（名嶔）、梁伯龍（名辰魚）都是嘉靖年間活躍於江蘇的戲曲名家，有學者認爲，這也許是以文采、彈唱爲主要考核標準的文化盛會，不能以一般色情活動視之㉔。不過，從序中引《詩經．鄭風．溱洧》及李延年〈佳人歌〉，仍然可以看出文人自負風流的強烈意識。自此之後，文人品妓之風大盛，清人朱彝尊《靜志居詩話》不無感慨地說道：

> 金沙曹編修大章，立蓮臺新會，以南曲妓王賽玉等一十四人，比諸進士榜。一時詞客，各狎所知，假手作詩詞曲子，以長其聲價。於是北里鮮有不作韻語者，其僞眞無由而辨識矣。㉕

品評當然不易客觀，然而首重意趣而已，所以《燕都妓品》、《蓮臺仙會品》、《秦淮士女表》都以科舉次第（狀元、榜眼、探花……）或士人官銜（學士、太史……）來排定妓女高低。《金陵妓品》則定出一套標準，分別以品（典則）、韻（豐儀）、才（調度）、色（穎秀）區隔妓女屬性。《廣陵女士殿最》更見創意，將諸色名花的屬性扣合揚州名妓，包括異香牡丹、溫香芍藥、國香蘭、天香桂、暗香梅……等等。文人品評妓女的同時，不自覺（或自覺）地流露出自身階層的得意和優越，相較於《板橋雜記》，沒有虔敬也不見寄託。

清代中期的狹邪筆記也是一樣，雖「十九仿《板橋雜記》體例」，但「已不復有《板橋雜記》」那樣的興亡之感、反省之

㉔ 黎國韜：〈梁辰魚與蓮臺仙會〉，《文化遺產》2008年第1期，頁27-31。

㉕ 清．朱竹垞著，清．姚柳依編：《靜志居詩話》，收入周駿富輯：《明代傳記叢刊》（臺北：明文書局，1991年10月），頁468-469。

味了。」[26]妓女小傳因爲無涉寄託，而流於純粹的點評。從書名上看，捧花生的《三十六春小譜》，琅玕詞客、惜花居士的《秦淮二十四花品》，即已凸顯它們純粹的品評性格。《秦淮二十四花品．凡例》第一條更且明言：「唐司空表聖有《詩品》，國朝黃左田宗伯有《畫品》，六安楊召林有《書品》，吳門郭頻伽有《詞品》，茲則仿其製爲《廿四花品》。」[27]至於其他以「錄」、「記」爲名的狹邪筆記，例如《吳門畫舫錄》、《吳門畫舫續錄》、《秦淮畫舫錄》等，在《板橋雜記》雅遊、麗品、軼事的體例之外另增「徵題」或「題詞」一種，客觀上固然是嘉慶、道光文人獨到的設計；但是，凸出且大量地收錄風流同好之題贈詩詞，甚至於有取妓女小傳而代之的趨勢，反映出文人以爲自己才是狹邪筆記主體的優越和得意[28]。侯忠義批評《秦淮畫舫錄》的文人題贈，在思想上流於南朝宮體詩[29]，就說明這些妓女在文人狎邪筆記中被對象化、尤其被物化爲商品的事實，她們已不具備《板橋雜記》看重的生命靈光。

冶遊文人即便物化了青樓名妓，然而不可否認，文人對妓女確實存在嚴重的耽美傾向——當然，這和明萬曆以後妓女的「文人化」有複雜關連[30]。毛文芳的研究指出，晚明以來文人對物、對美

[26] 陶慕寧：《青樓文學與中國文化》，頁207。

[27] 清．琅玕詞客、惜花居士：《秦淮二十四花品．凡例》，北京國家圖書館藏清道光15年駐春軒新鐫本，葉1。

[28] 其他像《青溪風雨錄》、《秦淮聞見錄》、《雪鴻小記》等在妓女小傳中安插文人詩詞，比較接近《板橋雜記》的做法。

[29] 侯忠義、劉世林：《中國文言小說史稿（下冊）》（北京：北京大學出版社，1993年2月），頁355-358。

[30] 詳參王鴻泰：〈青樓名妓與情藝生活——明清間的妓女與文人〉，收入熊秉真、呂妙芬編：《禮教與情慾：前近代中國文化中的後／現代性》（臺北：中央研究院近代史研究所，1999年6月），頁73-123。

女的過度關注，反映的是文人在政治參與受挫後不得不另尋寄託[31]。順著這個傳統而下，李匯群在清代中期的狹邪筆記發現，冶遊文人對妓女的耽美，除了是對自己逝去青春的追憶和感傷，更且把自己在社會上的失意轉嫁給妓女——文人熱衷於花榜選舉、哀淒於薄命女子都緣於這種自憐[32]。也即是說，狹邪筆記作者所以模擬《詩品》、《畫品》、《書品》、《詞品》而煞有其事地生產出妓品、花品，緣於妓女既有美人的色又有文人的才，文人／妓女的品評／受評關係，既說明了妓女恆被物化的事實（妓女的價值可被公開議論），也宣示了文人相對於妓女的優越位階（眞文人與假文人之辨）。不過，妓女雖然難逃物化命運、終究不是正格文人，但如此這般的生存處境又能與不遇士人互證共感，因此品評妓女同時也是抒發心緒。如此，溢美作爲狹邪筆記的風格，顯然是理所當然了。

相對於狹邪筆記耽美、溢美的必要，狹邪題材的小說《風月夢》反而選擇一條近眞的路，對此李匯群說：「筆記的溢美和小說的近眞，其間的差別不僅由於文體本身寫作方式的差異，還在於兩種文體的寫作傳統。」[33]此說實未盡然，回溯文體自身特性及寫作傳統，狹邪筆記或許說得通（《板橋雜記》自然例外），狹邪小說就不一定了，《風月夢》固然近眞，但是李匯群沒有討論的《品花寶鑑》（及稍晚的《花月痕》等）誠有溢美之虞。務實地講，狹邪小說是否近眞，主要還是看作者有無世情書寫的眞正意圖。《風月夢》第1回作爲楔子，先是敘事者大力批評煙花之惡（及鴉片之毒），然後寫他夢中所擁粉頭忽地化爲白骨骷髏，然後以四句警語

---

[31] 詳參毛文芳：《物．性別．觀看：明末清初文化書寫新探》（臺北：臺灣學生書局，2001年12月）。

[32] 詳參李匯群：《閨閣與畫舫——清代嘉慶道光年間的江南文人和女性研究》（北京：中國傳媒大學出版社，2009年7月），第三章「符號．投射．寄寓——嘉道文人的女性書寫觀念」，頁109-166。

[33] 李匯群：《閨閣與畫舫——清代嘉慶道光年間江南文人和女性研究》，頁103。

開頭：「胡為風月夢，盡是荒唐話。或可醒癡愚，任他笑與罵。」已可見其勸戒之誠。結尾第32回，先有「過來仁」唱著〈好了歌〉，後有某人為之作註：「你們可曾聽見他歌的甚麼？好了，好了——我想天下事情，人生在世，總是一了就好。那煙花場中越是要好，越了得早。」[34]而後復以四首勸世七絕總結全書，最後一首是：「卅年日日步平康，閱遍煙花夢幻場。編敘書名風月夢，說荒唐又不荒唐。」徹底呼應第1回的四句警語。

《風月夢》既然意在警世，自無溢美必要，反須回到寫實的創作原則。妓女小傳不再特寫才女薄命或造化弄人，轉以妓家心機和訛騙手段為主；賣弄文人才情的詩詞題贈也大大減少，更多的是冶遊荒唐、士子墮落。

書中五對文人／妓女組合是陸書／月香、袁猷／雙林、魏璧／巧雲、賈銘／鳳林、吳珍／桂林。每位妓女登場時，基於寫實的必要，對她們的房間都有幾筆描寫，例如月香——壁牆掛了四幅美人畫條，有一副粉紅檳榔箋對聯，上寫著：「月宮不許凡夫履，秀味偏沾名士衣。」上款是「月香校書雅玩」，下款是「惜花主人書贈」。（5回）又如桂林——壁牆掛了四幅美人畫條，有一副綠蠟箋對聯，上寫著：「桂樹臨風香愈遠，林花映日色偏嬌。」上款寫「桂林校書清玩」，下款是「護花仙史書」。（6回）再如鳳林——壁上掛了四幅美人畫條，一副黃蠟箋紙對聯，上寫著：「鳳鳥和鳴鸞卒舞，林花爛熳蝶常飛。」上款是「鳳林女史雅玩」，下款是「愛花生書贈」。（7回）還有巧雲——掛了六幅美人畫條，有一副蘋菓綠蠟箋紙對聯，上寫著：「文迴織錦堪稱巧，夢入巫山不見雲。」上款是「巧雲女史雅鑒」，下款是「夢花居士書」。（10回）這些嵌了妓女芳名的對句，署著惜花主人、護花仙史、

---

[34] 《紅樓夢》第1回寫跛足道人念著「好了歌」，然歌詞並未涉及冶遊；《風月夢》則於此大作文章，篇幅甚至遠遠超過《紅樓夢》。

愛花生、夢花居士的文人落款，都是狹邪筆記裡隨處可見的風流習慣。然而值得留意的是，作家安排的五對男女，男方竟然只有賈銘、女方只有雙林有點詩才。

狹邪筆記常見的文人贈詩，在《風月夢》五個文人主角中，只有賈銘曾經一試。第28回寫他因腿疾休養在家，期間得到妓女鳳林細心照顧，因而在病中作了一副對聯、六首絕句。蘋菓綠蠟箋對聯上寫著：「鳳鳥不棲無寶地，伶人常唱有情詞。」粉紅灑金箋紙上，草書寫著兩人結識經過及贈詩緣起——

> 丁酉仲春，友人邀聚竹香樓，乍晤鳳林女史，見其丰姿綽約，體態溫柔，淡脂輕粉，布衫銀飾，儼似良家粧束，絕無煙花俗態。及聞筵前清歌妙舞，眞令人心悅神怡。與余清談半晌，承蒙青眼，訴以肺腑，遂與訂交。屈指二載，朝夕盤恒，殆無虛日。己亥孟秋，偶因腿患臥榻，鳳卿日逐枉顧，親煎湯藥，洗敷瘡患，不嫌醃髒，不辭勞苦。今幸患痊，在家調養，晝長無聊，戲占六絕以贈，並希　疋政。

後是六首絕句，例如其一：「年來生怕惹相思，邂逅逢卿不自持。應是夙緣前註定，豈關一見便情癡。」其三：「梨花如面柳如腰，蓮步輕盈舞袖飄。最是酒酣羞怯怯，可人醉目不勝嬌。」或訴私情或摹姝態，總之都是風月場中的典型文人題贈。諷刺的是，妓女鳳林竟然回道：「承你愛厚，送我的詩同對聯，可惜我認不得字，你念與我聽。」鳳林是個文盲，賈銘等於對牛彈琴，諷刺意味十足。後文基於寫實的必要，作家安排鳳林另擇良木而棲，妓女的無情讓賈銘終日鬱鬱，只能塡一首〈鳳凰臺上憶吹簫〉以爲排解，並且分享好友袁猷——

> 蛩聲聒耳，桂香撲鼻，孤鴻攪亂心頭。憶當初朝夕，無限綢繆。倏忽一朝別去，空遺下，無那閒愁。鐵馬聲，隨風斷續，無了無休。悠悠，玉人一去，只空樓惟餘，遍處閒遊。不知卿肥瘦，向月追求。曾見卿卿玩月，心兒裏，訴甚情由？可憶及，昔時舊友，故國揚州？（30回）

然而這又是一次對牛彈琴！袁猷連聲讚好，並說什麼「詞句清新，足見大哥癡情」，然而袁猷眞懂乎？第11回寫袁猷因允諾送雙林對聯，但自揣於筆墨之事不甚通轍，所以「懇求幾位斯文朋友代撰對句」。一幅「霜管畫眉春睡足，菱花照面曉粧遲」，被雙林看出諷她殘花敗柳，原來菱花一經霜便殘敗難堪；另一幅「雪滿雙峰高士臥，月明林下美人來」，雙林又看出作者用「曲徑通幽處，雙峰夾小溪」的典調侃兩人風月，可笑袁猷渾然不識。這是妓女才思敏捷、文人胸無點墨的極端。後面第30回寫雙林有感於《揚州煙花竹枝詞》：「枉自朝朝伴客眠，相逢都是假姻緣。中秋盡說團圓節，獨妾團圓不是圓。」袁猷要雙林作詩一首，不想雙林還主動請袁猷命題限韻，接著隨口便占一首七絕：「曾夢鴛鴦並頸眠，今生應合了前緣。莫將佳節空辜負，滿酌香醪慶月圓。」這首詩，以及第31回她殉情袁猷所作的〈永訣行〉，更是對牛彈琴了。

狹邪筆記對妓女是高度美化的，李匯群發現：「在嘉道文人的狹邪筆記中，文人通過對青樓女子容貌情態、文人習氣和良家風範三個方面的強調，建構了一個文本中的理想青樓。」此外，對於貪財好利或不通文墨的妓女，則流露出十分不以爲然[35]。由於這些文本中的妓女是理想化的，有些時候還作爲文人境況的替身，所以這

---

[35] 李匯群：《閨閣與畫舫——清代嘉慶道光年間江南文人和女性研究》，頁141。

些狹邪筆記中的冶遊文人，也就拚了命地訴說愛花、惜花的熱切，許下憐花、護花的承諾。相較起來，《風月夢》擬還原的是現實中的青樓，自然沒有太多幻想，第1回長篇大論妓家誑騙手法後，第2回起的故事儼然就爲印證「過來仁」的經歷——「只因幼年無知，誤入煙花陣裏，被那些粉頭舌劍唇鎗、軟刀辣斧，殺得吾骨軟精枯、髮白齒脫。」狹邪筆記的文人品麗與徵題所「想像」出來的冶遊雅事，到了《風月夢》不過就是在茶館吹噓扯淡，例如第2回寫他們初登場——

> 這一日午後，正同鹽運司衙門裏清書賈銘、揚關差役吳珍在教場方來茶館一桌吃茶閒談，你言我語，總是談的花柳場中。這個說是那個堂名裏某相公人品好，那個說是那個巢子裏某相公酬應好，那個又說是某相公大麯唱得好，某相公小曲唱得好，某相公西皮二黃唱得好，某相公戲串得好，某相公酒量好，某相公臺面好，某相公拳滑得好，某相公床鋪好……

接下來整部小說就在嫖客一擲千金的風流時刻，埋下妓家來日翻臉的種籽；或在山盟海誓的卿卿我我聲中，譜下明朝曲終人散的青樓驪歌。只因爲自古至今，這才是煙花本色。

《風月夢》在客觀上解構了狹邪筆記的夢幻嚮往。

陳玉蘭的研究注意到，清代中期嘉慶道光年間，作爲詩壇主體（至少人數最多）的是「寒士詩人」。所謂寒士詩人，用她的講法是——「因經濟貧困、科第失意或仕途厄塞而在人生的較長時期裡有生計之憂或不遇之怨的讀過書或讀書的人。」[36]李匯群因此認

---

[36] 陳玉蘭：《清代嘉道時期江南寒士詩群與閨閣詩侶研究》（北京：人民文學出版社，2004年11月），頁40-41。

爲，從乾隆晚期到嘉慶、道光年間的狹邪筆記，包括作者以及書中那些以詩詞題贈、唱和者，大抵就是這群寒士詩人，一來因爲其中姓名字號可考者大多仕途不順或有憂生之嗟，二來是他們的狹邪詩歌顯然有較多個人際遇的投射[37]。有趣的是，《風月夢》的作者邗上蒙人，似乎並不特別在意這個文人階層及其存在處境，他筆下五個男性主角，其文人性格明顯更淡，社會位階也許更低。例如袁猷的祖父是府學廩生，父親中式武舉，而他「幼恃溺愛，讀書未成，身體又生的瘦弱，不能習武，祖父代他援例捐職從九品」，後來犯事被補，革去從九職銜，問擬三年徒罪，之後以放火債賺利息爲生。至於陸書，父親是常熟縣承充刑房提牢吏，因「他父親十分溺愛，任他終日在外遊蕩」。魏璧的父親現在兩淮鹽務候補，袁猷說他「最愛交友」也就是終日玩樂無休之意。另外，賈銘是鹽運司衙門裏清書，吳珍是揚關差役。由此看來，五個人出身都還算平常，袁猷、陸書、魏璧都是遊手好閒之徒，作爲小吏的賈銘、吳珍也非胸懷大志之人，作家既沒有強調他們於科舉仕途的抱負或挫折，也沒有放大他們的才學或詩情，只一味凸出他們無所事事、流連煙花的性質。

對此的合理猜測有二：一爲小說作者關心的並非這個階層的文人（寒士詩人），而是更加市井化且淡去儒家色彩者；二爲小說作者意在提醒讀者世風澆漓、人情冷暖、妓家無情，所以除了顛覆狹邪筆記經營出的綺麗美景，也要把這些寒士詩人從詩意幻想打回現實原型。無論如何，作者的寫作動機決定了《風月夢》和狹邪筆記的本質差異，所以相較之下，《風月夢》近眞而狹邪筆記耽美。

---

[37] 李匯群：《閨閣與畫舫——清代嘉慶道光年間江南文人和女性研究》，頁50-73。

三、近真或溢美——與世情小說的對照

魯迅評《金瓶梅》時，提出了「描摹世態，見其炎涼」的「世情書」原則[38]，本書對於這個原則的理解是——「描摹世態」的意願與成敗，決定了小說是否近眞；「見其炎涼」的強度或感染力，除了取決於作家的警世意圖，還要視世態的描摹是否成功。回顧明代中期到清代前期的世情小說潮流，至少《金瓶梅》、《續金瓶梅》、《醒世姻緣傳》、《歧路燈》、《紅樓夢》等都屬於描寫近眞、且有意於勸誡的作品。至於韓南在討論狹邪小說時，提到狹邪小說之溢美係因意在才子佳人、近眞往往心存勸諷意圖，這樣的講法——無論針對狹邪小說或世情小說——恐怕都是值得商榷的。因爲，作家懷抱勸諷目的而著書，不代表作品必然近眞，至少不能保證其「描摹世態」的廣度和「見其炎涼」的深度；反之，一部作品即便符合現實主義的創作規範，也不保證作者必然有勸諷意圖。本書「輯一」研究的清代中期世情小說就是很好的例子，根據前面的研究可知：獨創類如《蜃樓志》、《癡人福》、《雅觀樓》等由於多混入其他小說類型的題材元素，體制又一概以中篇規模爲主，加上多部作品其實來自民間講唱或市井傳聞，所以偏離了「洩憤著書」的世情書正統，雖猶屬近眞卻深度不足，警世勸誡的力道同樣有限；至於續書類如《三續金瓶梅》及其他十部《紅樓夢》續書，著書目的要不爲了「補憾」，要不專爲讀者提供快慰消遣，雖然箇中不乏一些成功的世情寫眞，但還是流於溢美。

韓南討論《風月夢》時附帶提了《雅觀樓》一筆，這部成於嘉、道年間的世情小說，既和《風月夢》一樣以揚州爲地域場景，又同樣寫士子因流連煙花而散盡家財，確實可以提供參照。

---

[38] 魯迅：《中國小說史略》，《魯迅全集》，第9卷，頁179。

《雅觀樓》寫錢氏夫妻放債起家，私吞某鹽商十萬餘金後發跡顯赫，其子錢觀保卻在母親寵愛下屢受幫閒朋友訛詐誘騙，不但嫖娼宿尼，而且沉迷賭博鴉片，不數年便家業蕭條，最後男扮女裝乞食爲生，直到一老婦帶其至「觀我樓」，才知是西商轉世討債而來。這個故事，和一樣寫商人子弟沉淪敗家的《歧路燈》頗爲肖似，結尾的設計，也很明顯自《金瓶梅》襲來，所以作者的創作目的絕對是爲了勸諷。可是這部小說有沒有像《金瓶梅》、《歧路燈》那般，在世態描摹上達到一定的高度呢？沒有！韓南針對《雅觀樓》和《風月夢》兩書的妓家描寫，提出了以下的針貶：

> 然而，兩部小說之間主要的區別在於對妓家的寫法。如果我們用魯迅的劃分法，將其中第二種類型中的妓女理解爲「近眞」，也就是說，她們還有一些同情心——或者至少還有一點人性，同時將第三種類型中的妓女理解爲無情無義且富於心計，那麼，《雅觀樓》中所有的妓女都屬於第三種類型。而對男子們的諷刺也並未減輕——因爲他們沒有任何可取之處。《風月夢》至少在某種程度上似乎已經從魯迅的第三種類型發展成第二種，成爲一部「近眞」的小說。[39]

若說《雅觀樓》於妓家描寫偏於溢惡，幾個妓女全是工於心計且無情無義者——如此一來，作者的勸諷意圖豈非與作品之近眞與否脫勾？韓南的判斷原則，非只不適用《雅觀樓》這部充斥大量狹邪內容的世情小說，事實上也不適用於任何小說（包括狹邪小說）。

---

[39] 【美】韓南著，徐俠譯：〈《風月夢》與煙粉小說〉，《中國近代小說的興起》，頁50-51。

或許可以這麼說，魯迅歸納出來的「描摹世態，見其炎涼」這一經典世情小說寫作原則，其實同時包括描摹世態的工夫與見其炎涼的企圖，光想勸誡而缺少現實主義的功底，作品的感染力終究是有限的。

不過，《雅觀樓》的篇幅過短——只有《歧路燈》的十分之一，也不足《風月夢》的一半——恐怕才是它欠缺說服力的重要原因。錢觀保流連煙花、娶妓陳一娘寫來已很簡略，後來受另一妓女趙福官誘惑挑撥也是虎頭蛇尾，遑論其他如鬧娼門、起樓房、嚐鴉片、染男風、交損友、狎女尼、迷賭搏、放利債、買官爵……等敗家行徑，作家寫來多不過一、二千字，少則只用數百字打發。又，除了篇幅過短，作者在敘述時便宜行事的設計，一樣沖淡了小說的藝術感染力。錢觀保敗子沉淪的過程中，作者早就先暗示家中銀子反正總要讓他花完的，所以從頭到尾不見浪子掙扎心疼的矛盾心理，大不同於《歧路燈》的譚紹聞、《風月夢》的陸書。此外，作者沒有安排牽制敗子的正面力量，不但母親對其鼓勵有加，妻子甚至有樣學樣，這使得一路沉淪都變得理所當然，缺乏衝突於焉少了高潮。

《雅觀樓》於寫實上的困乏，可由第8回妓女誘嚐鴉片一節，看出其輕率：

> 觀保進了福官房，便說：「我爲看你站龍頭落水。」福官說：「我裝鴉片煙你吃，先代你趕去寒氣，再與你親熱。」觀保說：「我不會吃。」福官說：「你不像個玩頑的人，你睡在我這榻子上，我來伏伺你吃。」那福官取出鴉片，一套傢夥。觀保從未看見，福官說：「你先左右兩邊吃過，慢慢把你看。」福官捲起袖子，在小盒內挑出煙來，在小燈上點著，叫他左邊抽過，又叫轉身如前，已抽過。觀保覺得清香異常，如入芝蘭之室，渾

> 身精神抖長。說：「有趣有趣。」福官說：「這是件第一有趣東西，你若想吃，不時到我家來，包你長長吃去，不愁不做地上神仙。……」[40]

鴉片煙流行於中國，並沒有因爲道光年間的禁止入口而稍歇，同一時期專門描寫揚州風月的狹邪筆記《揚州夢》就提到：「然揚人食此者六七，率倜儻聰明人。誠以往來酬應，煙證對臥，則心無不談，謀事甚易。……至遊狹邪，以此爲富貴本色，諸姬敬客，羞言不能。」[41]如此時尚，《雅觀樓》僅只簡單帶過而已，《風月夢》卻不同。同樣是寫初嚐鴉片，看《風月夢》第3回這一大段詳細——

> 吳珍跟來的小廝發子，拎著一個藍布口袋走至花廳右邊，將口袋放在炕上，又將那炕上海梅炕几搬過半邊，在口袋內拿出一根翡翠頭尾金龍口湘妃竹大煙鎗放在炕上。又拿去一個紫檀小拜匣樣式小盒，揭開擺在炕中間，就像是個燈盤，這匣內有張白銅轉珠煙燈，玻璃燈罩、鋼千、小剪鬥、挖水池俱全。安放好了，又拿了一個木煙紙媒點了火，來將煙燈點著。吳珍看見燈已開好，就立起身來走到炕上坐下。在腰間掛的一個戳紗五彩鬚煙盒袋內，拿出一個琺瑯紋銀轉珠煙盒，蓋子上有

[40] 清．檀園主人：《雅觀樓全傳》（上海：上海古籍出版社，1994年「古本小說集成」據北京大學圖書館藏抄本影印），頁155-157，以下引文茲不贅註頁碼。

[41] 清．焦東周生撰，朱劍芒考：《揚州夢》（臺北：世界書局，1959年），卷3，頁48。關於《揚州夢》的作者「焦東周生」，經學者研究，基本可以確定是江蘇鎮江丹徒人周伯義，詳參吳春彥、陸林：〈「焦東周生」即丹徒周伯義——清代文言小說《揚州夢》作者考〉，《明清小說研究》2004年第1期，頁84-94。

一個獅子滾球，那獅子的眼睛、舌頭同那一個球總是活的。據説這煙盒出在上海地方，揚州銀匠總不會打。吳珍將煙盒用手轉開，放在燈盤裏面，遂邀請眾人吃煙。眾人皆説不會，吳珍再三相拉，將陸書拉了睡在炕上左邊，吳珍睡在炕上右邊。用鋼千在煙盒內蘸了些煙，在煙燈上一燒，那煙掛一寸多長，在千子上一捲，在左手二指上滾圓。又在煙盒內一蘸，在燈火上又燒又滾，如此幾次，將煙滾圓成泡。拿著鎗就著燈頭將煙泡安在煙鎗鬥門之上，又用手指揑緊，就燈拿鋼千將煙戳了一個眼，自己先將鎗吹了一吹，用手將鎗嘴一抹，纔將槍遞在陸書手內。吳珍將鎗尾捧著，陸書將鎗用勁啣在口裏，吳珍將鎗的鬥門對著燈頭，叫陸書嗅煙。陸書使勁的嗅了一口，鬥門堵塞，吳珍復又將鎗就著燈頭重新燒圓，又打了一鋼千，遞與陸書再嗅。如此數起，半吃半燒，纔將這口煙吃了，仍將鎗遞與吳珍。陸書笑道：「兄弟不是吃煙，反覺受罪。大哥不必謙了，老實些自己過癮罷。」吳珍又讓眾人吃煙，眾人皆不肯吃。吳珍慢慢的吃了七八口，請陸書到右邊來。吳珍睡到炕左邊，又在左邊吃了七八口。

這段引文委實忒長，然而唯此方能說明《風月夢》於細節描寫上的驚人工夫，敘事者先不慌不忙地寫小廝事前準備工作，接著細摹吳珍精緻的煙盒，且不忘補上一句閒筆——「據說這煙盒出在上海地方，揚州銀匠總不會打」，然後按部就班、不厭其反覆地陳述吃煙手續，說此係實錄恐亦不爲過。然而，《風月夢》並非只消極地再現吸食鴉片的一整套程式，作者還藉鴉片寫出了複雜的社會關係，包括心機的人際往來與恐怖的監獄文化。後文寫吳珍因拒絕光棍吳耕雨的訛詐，導致吳耕雨勾結皀吏以吃大煙的現行犯將之逮捕下獄，此時義結金蘭的袁猷爲了搭救吳珍，辛苦地用銀兩與鴉片買通官府上下，最終才勉強判了個徒罪。當初陷人的吳耕雨一點好處沒撈到，後來助友的袁猷反而中飽不少私囊，世態人情，引人唏噓。

《風月夢》也把妓女鳳林寫成一個煙鬼，小說寫到恩客賈銘爲助其戒煙，找來一個戒煙藥方：「上高麗參八錢。白茯苓一兩。上肉桂三錢。杜仲一兩。川厚樸五錢。川續斷一兩。西黨參一兩二錢。旋覆花一兩絹包。懷山藥一兩。金狗脊七錢。鶴風七錢。甘草七錢。淮牛膝一兩。」以上諸藥，「先煎去渣，加煙灰五錢取汁，紅糖五兩，生薑汁五茶匙，煎熬成膏，每於癮前服一大茶匙，開水和下。三日後將膏漸減服，後並不思煙。」而且癮大者一月、癮小只消半月即能戒斷。類似的禁煙藥方，在狹邪筆記《揚州夢》也有提到，而且不只一種：「余得秘傳，用煙灰過籠水孛薺汁紅糖等分熬膏，癮一錢，服一錢，按頓如煙，逐頓減，至盡乃止。貧富皆便易，已效多人。又一方用魚腥草二兩，紅棗去皮核四十九枚，使君子四十九枚，紅糖二兩，煙灰二錢，搗融熬膏，照癮按頓服如前方，不逐頓減，膏完即丢，至難服兩料無不斷者。」[42]《揚州夢》雖於狹邪描寫上亦見溢美，但作者深恨鴉片流毒，因此在這方面倒提供了寫實的對照。

以描寫鴉片爲例，可知《風月夢》除有耽於精細的興緻，也有展現世態人情及社會關係的企圖，若說它於世情描寫上超過同時期世情小說《雅觀樓》，倒也並不過分。但是如果統覽全書，《風月夢》於細節描寫的成績要比世情感慨更加引人注目，畢竟「婊子無情」是一件不難理解、也談不上深刻的人情世故。

《風月夢》的細節描寫，要以服飾最爲凸出，可惜注意的人

[42] 清．焦東周生撰，朱劍芒考：《揚州夢》，卷3，頁48。

並不很多[43]。關於服飾描寫，《金瓶梅》、《紅樓夢》及其他世情小說皆很留心，例如《金瓶梅》第15回寫西門慶衆妻妾笑賞玩燈樓——

> 吳月娘穿著大紅妝花通袖襖兒，嬌綠緞裙，貂鼠皮襖；李嬌兒、孟玉樓、潘金蓮都是白綾襖兒，藍緞裙；李嬌兒是沉香色遍地金比甲，孟玉樓是綠遍地金比甲，潘金蓮是大紅遍地金比甲；頭上珠翠堆盈，鳳釵半卸，鬢後挑著許多各色燈籠兒。[44]

又如《紅樓夢》第49回寫大觀園群芳雪地小敘——

> 寶玉便邀著黛玉同往稻香村來。黛玉換上掐金挖雲紅香羊皮小靴，罩了一件大紅羽縐面白狐狸皮的鶴氅，繫一條青金閃綠雙環四合如意絛，上罩了雪帽，二人一齊踏雪行來，只見眾姊妹都在那裡；都是一色大紅猩猩毡與羽毛緞斗篷，獨李紈穿一件哆羅呢對襟褂子，薛寶釵穿一件蓮青斗紋錦上添花洋線番羓絲的鶴氅。邢岫烟仍是家常舊衣，並沒避雨之衣。一時史湘雲來了，穿著賈母與他的一件貂鼠腦袋面子、大毛黑灰鼠裏子、裏外發燒

[43] 注意到其中服飾描寫的僅王俊年：《小說二卷》（福州：海峽文藝出版社，1990年3月），頁9；【美】韓南著，徐俠譯：《中國近代小說的興起》，頁52。專門研究小說服飾者也往往忽略這部作品，例如顏湘君《中國古代小說服飾描寫研究》（上海：上海世紀出版集團，2007年8月），就是一字未提，當然這和《風月夢》的非經典身分也有關係。

[44] 明．蘭陵笑笑生著，梅節校注：《夢梅館校本金瓶梅詞話》（臺北：里仁書局，2009年2月），頁202。以下引文茲不贅註頁碼。

大褂子；頭上帶著一頂挖雲鵝黃片金裏大紅猩猩毡昭君套，又圍著大貂鼠風領。黛玉先笑道：「你們瞧瞧，孫行者來了。他一般的拿著雪褂子，故意妝出個小騷達子樣兒來。」湘雲笑道：「你們瞧我裏頭打扮的。」一面說，一面脫了褂子，只見他裏頭穿著一件半新的靠色三廂領袖秋香色盤金五色繡龍窄裉小袖掩衿銀鼠短襖，裏面短短的一件水紅妝緞狐肷褶子，腰裏緊緊束著一條蝴蝶結子長穗五色宮縧，腳下也穿著鹿皮小靴：越顯得蜂腰猿背，鶴勢螂形。[45]

相較之下，《紅樓夢》寫眾姝服飾比《金瓶梅》更見規模，就以上兩例來看，《紅樓夢》費的筆墨較《金瓶梅》多出二到三倍，而且將服飾的質料、款式、花色、圖案、紋理交待得更爲細膩。然而《風月夢》又遠遠過之，王俊年說得好，《風月夢》無論寫一雙鞋子或一件褂子，往往用四、五十個字的附加語[46]，看第5回這個例子——

月香眼梢睃著陸書，微微一笑。走出房門，到了自己房裏，重新用粉撲匀匀臉，嘴唇上又點了些胭脂，換了一件蛋青八寶花式洋縐圓領外托肩，週身元緞金夾繡五彩紅樓夢人物山水花邊掛黃綠藕色旗帶三鑲三牙鍍金桂子扣新大褂，加了一件佛青鏡面大洋羽毛面圓領外托肩，週身白緞金夾繡三藍松鼠偷葡萄花邊切剜四合如意雲頭

[45] 清．曹雪芹：《紅樓夢校注本》（北京：北京師大出版社，1987年11月據北京師大圖書館藏程甲本翻刻本為底本標點校注），頁774。以下引文茲不贅註頁碼。

[46] 王俊年：《小說二卷》，頁9。

> 掛金銀旗帶三鑲三牙銀紅板綾裏鍍金桂子扣夾馬褂，桂子扣上掛了一掛綠鱔魚骨提頭翡翠間指金古老錢玉色鱔魚骨打成雙燕尾中有金屜點翠海棠花式嵌大紅寶石背雲燕尾鬚上兩個鋪金疊翠五瓣玉蘭花擎著兩個茄子式碧牙璽墜腳二弦穿成眞戴春林一百零八粒細雕團壽字叭嘛薩爾香珠，又掛了一個翡翠螭虎龍圈，套著一個紋銀小圈，扣著銀索吉慶牌，下墜十二根短銀索，掛了十二件紋銀洋鏨全付鑾駕剔牙杖，兩手腕上帶的燒金纍絲嵌八寶玳瑁鐲。右手大拇指上嵌了一個玳瑁假指甲。第四上帶著紋銀燒金洋鏨九連環戒指，上墜三根燒金短銀索，扣著鐘、鈴、魚三件，一動一抖。左手第四指、小指總帶著紋銀洋鏨長指甲，約有二寸長；四指又帶著一個馬鞍式大紅瑪瑙戒指，兩個紋銀燒金藕節間指。收拾已畢，又上了淨桶，洗了手。右手拿了一柄眞烏木嵌銀絲百壽圖扇，骨上白三礬扇面，一面是時下名人寫的蠅頭小楷《會眞記》，一面也是名人畫的史湘雲醉眠芍藥茵，扇骨上有個螭虎盤壽紋銀夾子，一個小銀鼻扣了一條綠線繩，兩個金大紅鬚下扣一個羊脂玉洗就鴛鴦戲荷扇墜。左手拿了一條大紅洋縐金夾繡三藍風穿牡丹手帕。出了自己的房，到了對過翠琴房裏，向著眾人含笑道：「有勞諸位老爺坐等，請罷！」

這一段寫月香換穿遊湖服飾，足足費去六百餘字，然而在此之前，已先用四百字寫她見客時的裝扮，就描寫的密度而言，已大大超越前引《紅樓夢》寫史湘雲。尤其此處並非孤例，第2回寫五位男主角初次會面，陸書服飾花了三、四百字描寫，魏璧也有近兩百字；第6回寫其他妓女依次登場，也都花了不少篇幅寫其服飾。所以，

《風月夢》寫服飾簡直是左拉（Émile Zola）式自然主義翻版，從裡到外、從頭到腳、從衣服到配件，俱作了令人嘆爲觀止、難以喘息的細節交待，遠超過《紅樓夢》，遑論《金瓶梅》。韓南就說：「服裝、珠寶、首飾，在花花公子陸書和迷人的妓女月香身上非常突出，其描寫之精確，讓人將其更多地與博物館藏品目錄聯繫起來，而不是小說。」[47]

不過，《風月夢》描寫服飾雖然精細，但恐怕只有中國服飾史的參考價值，小說在這方面直可說是爲精細而精細，作者沒有眞正透過服飾描寫傳達出人物個性的差異，例如《金瓶梅》第27回這個例子——

> 西門慶令小廝來安兒拿小噴壺兒，看著澆水。只見潘金蓮和李瓶兒家常都是白銀條紗衫兒，蜜合色紗挑綫穿花鳳縷金拖泥裙子。李瓶兒是大紅蕉布比甲，金蓮是銀紅比甲，都用羊皮金滾邊，妝花眉子；惟金蓮不戴冠兒，拖著一窩絲杭州攢，翠雲絲網兒，露著四鬢，上粘著飛金，粉面貼著三個翠面花兒，越顯出粉面油頭，朱唇浩齒。

此處先寫瓶兒、金蓮「都」穿了什麼（即便細節上有些區隔），接著話鋒一轉，藉著寫「惟」金蓮如何如何以凸出其風流盤算，這就使這段服飾描寫有了文藝心理學的效果。類似的手段還不少，例如第42回寫西門家宴客：「春梅、玉簫、迎春、蘭香，都是雲髻珠子纓絡兒，金燈籠墜子遍地錦比甲，大紅緞袍，翠藍織金裙兒，——惟春梅寶石墜子，大紅遍地錦比甲兒，——席上捧茶斟

[47] 【美】韓南著，徐俠譯：《中國近代小說的興起》，頁52。

酒。」反觀《風月夢》無論寫花花公子或絕色妓女，固然用盡一切力氣，但是相互之間缺少對照，讓人懷疑作者沒有襯寫個性差異的動機。除此之外，它的服飾描寫也沒有和環境描寫眞正結合起來，藉以共同烘托人物尊卑貴賤，例如《紅樓夢》第6回這個例子——

> 只見門外銅鈎上懸著大紅洒花軟簾，南窗下是炕，炕上大紅條毡，靠東邊板壁立著一個鎖子錦靠背與一個引枕，鋪著金心線閃緞大坐褥，旁邊有銀唾盒。那鳳姐兒家常帶著紫貂昭君套，圍著那攢珠勒子，穿著桃紅洒花襖，石青刻絲灰鼠披風，大紅洋縐銀鼠皮裙，粉光脂豔，端端正正坐在那裏，手內拿著小銅火箸兒撥手爐內的灰。平兒站在炕沿邊，捧著小小的一個塡漆茶盤，盤內一個小蓋鍾。鳳姐也不接茶，也不抬頭，只管撥手爐的灰，慢慢的道：「怎麼還不請進來？」

甲戌本朱批道：「一段阿鳳房室起居器皿家常正傳，奢侈珍貴好奇貨注腳，寫來眞是好看。」[48]環境描寫、服飾描寫除了是基於寫實的必要，同時還是塑造人物的補充手段，《風月夢》寫服飾固然一派花團錦簇，但是這樣的文字只道出了人物的淺層表相，距離深刻的感動還有很大一段距離。不過退一步想，《風月夢》固然比上不足，但比下卻有餘，《金瓶梅》或《紅樓夢》的藝術境界也許尙搆不著，但相較起同時期的世情小說，即便是於細節描寫（尤其服飾描寫）較爲用心的幾部紅樓續書，《風月夢》還是應該得到贊賞的。

---

[48] 清．曹雪芹著，清．脂硯齋評，鄧遂夫校訂：《脂硯齋重評石頭記甲戌校本（修訂五版）》（北京：作家出版社，2008年1月），頁170。

服飾之外，《風月夢》對居室環境的描寫也不很馬虎，例如第3回陸書到袁猷家中拜會，袁猷邀請衆人從耳門入，讀者目光所及——包括院落的佈置、花廳的陳設、待客的點心——都交待得極其精細，和接下來一大段吳珍吸食鴉片的鋪陳工夫對照起來，俱是賦家筆力。類似的情形在全書很不少，尤其是小說前半段，其中又以陸書初遊揚州、嚐鮮妓家風情的第2到7回，以及陸書被月香慫恿著端陽看龍船、平安喜樂會、觀音山進香、妓家做生日的第12到16回，特別令人印象深刻，此處的環境描寫已然從居室走向戶外，只見作者抖擻著精神亟寫城市風華及在地民俗。這不只因爲「揚州俗尚繁華」，而且因爲作者自負於揚州的繁華，所以小說藉外地後生陸書的行腳和目光，展現十九世紀只屬於揚州的美。

四、餘論：城市小說乎？

明亡以後的揚州，在物質和精神兩方面都受到相當大的破壞，因此花了比較長的時間來恢復往昔風采。清初一百年來的揚州書寫，早期多屬上層文人的即時療癒[49]，繼而漸漸轉爲一種深度修行。美國漢學家梅爾清（T.Meyer-Fong）的《清初揚州文化》，以紅橋、文選樓、平山堂和天寧寺爲中心，試圖勾勒出清初菁英的文化活動和社會影響[50]；李孝悌《昨日到城市——近世中國的逸樂與宗教》從上海談到揚州、南京，一樣也是把重心置於清初以來上層文人的文化活動[51]。經過足夠的修養生息，傷痛忘卻了，視

[49] 詳參李惠儀：〈性別與清初歷史記憶——從揚州女子談起〉，《臺灣東亞文明研究學刊》第7卷第2期（2010年12月），頁289-344。

[50] 【美】梅爾清（Tobie Meyer-Fong）著，朱修春譯：《清初揚州文化》（上海：復旦大學出版社，2004年12月）。

[51] 李孝悌：《昨日到城市——近世中國的逸樂與宗教》（臺北：聯經出版公司，2008年9月）。

野轉移了，大約乾隆後期以降，一直到嘉慶、道光兩朝（特別是19世紀中期），文獻上的揚州開始融入更多的市井情調，這一點從李斗描寫乾隆後期揚州的《揚州畫舫錄》，以及邗上蒙人寫嘉慶、道光年間的《風月夢》都可以看得出來。澳州漢學家安東籬（A.Finnane）在她的《說揚州：1500-1850年的一座中國城市》說得好：

> 李斗原本可以按照地方志的體例來組織自己的著作，以不同的部分來處理沿革、地理、名勝、景點、傳記和藝文。相反，他感覺到了這座城市的有機性質。過去和現在、人物和場所、作品和作家，都緊密地交織在一起，從而造就了一種有著戲劇性互動的城市社會敘事，文學表現的奇妙性正好可以跟帝制晚期揚州社會本身的奇特性相媲美。這種對於城市生活的敏感後來變得很明顯。……自稱「邗上蒙人」者也是如此，他在19世紀40年代創作了《風月夢》，韓南（Patrick Hanan）認為該書是中國「第一部城市小說」。李斗有力地確立了一種想像這座城市的方式，它可以被後來者利用。邗上蒙人自然也讀過他的著作。[52]

誠然，邗上蒙人不但讀過李斗的《揚州畫舫錄》，甚至安排筆下人物按圖索驥。小說第5回寫衆人為了撮合陸書和月香，「請月相公湖舫一聚」，不想一路乘船行來，已無昔日繁華熱鬧，只見陸書嘆道：「弟因看《揚州畫舫錄》，時刻想到貴地瞻仰勝景，那

[52] 【澳】安東籬（Antonia Finnane）著，李霞譯，李恭忠校：《說揚州：1500-1850年的一座中國城市》（北京：中華書局，2007年8月），頁10-11。

知今日到此，如此荒涼，足見耳聞不如目睹。」揚州沒落的原因，主要是傳統交通優勢的喪失，大運河漕運體系在太平天國之後逐步瓦解，海運取代了河運，因此上海也就取代了揚州；尤其道光23年（1843），上海在鴉片戰爭後開滬通商，成爲長江中下游對外的貿易口岸，消費力量因此快速提升[53]。上海和揚州經濟地位的倒轉，於青樓事業的興衰更迭最爲敏感，《風月夢》第25回即見妓女鳳林道：「前日有人向我說是上海地方有人在揚州弄夥計，情願出四十塊洋錢代當。他叫我去，我卻未曾允他，早曉得前日允他倒罷了。」顯然當時揚州妓女已有往上海移動的趨勢。不過即便揚州沒落了——正如賈銘說的：「想起當年這一帶地方有鬥姥宮，汪園，小虹園，夕陽紅半樓，拳石洞，天西園，曲水，虹橋修禊許多景緻，如今亭臺拆盡，成爲荒塚，那《揚州湖上竹枝詞》有一首令人追憶感嘆：『曾記髫年買棹遊，園亭十裏景幽幽。如今滿目埋荒塚，草自淒淒水自流。』」——整部小說仍舊把揚州寫得十分風光，非但在涉及當地風俗的時候不吝筆墨，而且以揚州城裡的教場和妓院爲中心，輻射出包括賢良街、北柳巷、左衛街、糙米巷、天壽庵、天寧寺、平山堂、尺五樓、桃花庵……在內的動態揚州地圖，更遑論帶領讀者反覆遊盪於瘦西湖風景區了。難怪韓南、安東籬等漢學家都視《風月夢》爲中國第一部城市小說，因爲邗上蒙人確實對揚州有一股自覺的凸出描寫。

近年學界對晚清小說的研究興趣，有一部分是透過「從近代向現代過渡」的城市，關注其中的現代性因素。研究者根據不同文本所展示的摩登城市圖像，探討它（及生活於其中的人）在揚棄故

[53] 葉美蘭：〈近代揚州城市現代化緩慢原因分析〉，《揚州大學學報》（人文社會科學版）第8卷第4期（2004年7月），頁91-96。除此之外，道光12年（1832）清政府在兩淮改綱鹽制為票鹽制，揚州賴以發展的鹽業開始中衰，原本的消費力量大為減弱，也被視為影響揚州發展的重要關鍵。

舊中國、面對資本主義物質文明、轉譯西方基督教文化……時那一種欲拒還迎的姿態，或曰考察城市（及生活於其中的人）在中／西、舊／新、保守／進步……之間的折衝和反覆。不過，多數人係把目光集中於開滬後的上海、和以上海爲背景的小說《海上花列傳》、《海上繁華夢》等，比較少放在日逐沒落的揚州、和以揚州爲背景的小說《風月夢》。王德威《被壓抑的現代性——晚清小說新論》談狹邪小說漏掉了《風月夢》，固然可能是一時疏忽，但既然他把狹邪小說視爲1930年代現代主義、海派文學的先驅[54]，這個論述裡恐怕也找不到《風月夢》的位置。因爲嘉慶、道光年間的揚州，基本不具備現代化或資本主義的形貌，《風月夢》的人物還在教場茶館聽淮書打燈謎、在瘦西湖飽覽湖景水色，較之晚半個世紀的上海人卻在《海上花列傳》吃西餐、逛洋行、買時裝。正所謂：「當《風月夢》中還以自鳴鐘爲稀奇（揚州鄉下人穆蘭尚不知其爲何物），《海上繁華夢》中鄭志等人的新房裡已很少看到國貨了。」[55]

由於主流的晚清小說論述（以及晚清城市研究），是把目光放在晚清小說（以及晚清城市）展示的現代性[56]，那麼作於清中葉道光年間（而非1900年以後的晚清）、根本看不出現代性（甚至更

---

[54] 【美】王德威著，宋偉傑譯：「《海上花列傳》為晚清讀者至少引介了三種事物：一種特別的『欲望』類型學，一種有『現代』意義的現實主義修辭學，還有一種新的文類——即都市小說。」（頁111）又：「《海上花列傳》將上海特有的大都市氣息與地緣特色熔於一爐，形成一種『都市的地方色彩』，當是開啓後世所謂『海派』文學先河之作。」（頁103）

[55] 葛永海：《古代小說與城市文化研究》，頁340。

[56] 這方面的論述除了王德威《被壓抑的現代性——晚清小說新論》最有代表性，另可參考陳俊啓：〈晚清小說的現代性追求：以公案／偵探／推理小說為探討中心〉，收入王瓊玲、胡曉真主編：《經典轉化與明清敘事文學》（臺北：聯經出版公司，2009年8月），頁389-425。

多是對故舊之緬懷）的《風月夢》，還是盡量避免用容易被誤解的「城市小說」來定位它，甚至連「具有些許現代因子的非典型城市小說」[57]這種拗口的說法都可以免。嘉慶年間獨創型世情小說《蜃樓志》，可以作爲討論《風月夢》屬性時另一個有意味的參照，因爲這部小說以當時同樣重要的貿易城市廣州爲背景，寫的更是洋商子弟的風流故事。然而，即便19世紀中期的廣州和洋商，在全中國範圍內都顯得時髦新穎，但由於書中人物和那座城市並未意識到一個新的未來或將開始，也沒有朝全新未來前進的熱情，因此一樣不宜稱其爲城市小說。《風月夢》營造的城市美感，基本建立在對舊時代封建風雅之惋惜，作者寧願與揚州一起褪去繁華，而不是盼揚州成爲另一個新的上海。

同理，由於晚清最具代表性的狹邪小說《海上花列傳》、《海上繁華夢》，都具有濃重的現代性城市印記，所以要《風月夢》和它們共同歸屬於「狹邪小說」的類型底下，同樣容易引起誤會。（至少要承認，前期狹邪小說《風月夢》和後期狹邪小說《海上花列傳》之間，是存在巨大區隔的。）

至於一樣流行於清代中期嘉、道年間的江南狹邪筆記，雖然乍看之下和《風月夢》有著近似的血緣，不過筆記是溢美地把士子冶遊經營出一片詩意，小說卻藉此強調世風澆漓與人情冷暖，兩者絕對存在本質性差異。附帶一提，前面曾說《風月夢》的主要人物，其社會位階可能略低於狹邪筆記的寒士詩人，有趣的是《雅觀樓》也有類似傾向。小說寫出身富家的錢觀保，自幼即不喜讀書，老師要他讀書上進做官，他卻回答：「先生，我家銀子多，將來買個老爺做罷。這書苦苦惱惱，讀他怎的。」他的幫閒好友費人才答得更絕：「我會弄人錢，何愁母親沒飯吃。」至於經常糊弄他的妻舅尤

[57] 施曄：〈晚清小說城市書寫的現代新變——以《風月夢》、《海上花列傳》為中心〉，《文藝研究》2009年第4期，頁41-49。

進縫，則是「從小刁鑽情性，曾讀書，勉強完篇」而已。所以，小說第9回錢觀保起造花園樓房後，請人針對花園逐進與新宅門樓、屏門、大廳創作匾聯，結果匾聯作者讓各聯內容「俱含譏刺之意，只欺了費、尤等人」。其實不只《雅觀樓》，也不只《風月夢》，此時期其他獨創型世情小說，同樣偏好階級地位較低的、市井色彩較濃的人物；至於續書類型世情小說，雖然《三續金瓶梅》提高了西門慶及其妻妾的文化水平，十部紅樓續書的人物也猶是貴族身份，但他們的聲口語言也都有明顯的市井化趨向。這都是前面反覆論證過的。

所以，《風月夢》雖然寫的是青樓題材，但其屬性其實很不同於狹邪筆記，反而更接近於魯迅所謂的「世情書」，或者說「家庭一社會」型世情小說。一來因為它更具有「描摹世態，見其炎涼」的意圖，包括客觀的世態描摹及主觀的勸世用心俱很明確，這使它很難等同於晚清那一批溢美（或溢惡）的狹邪小說。二來它在最大的範圍內留意於細節，尤其著意凸出19世紀揚州的城市風光和地方文化，和《金瓶梅》、《醒世姻緣傳》、《紅樓夢》一樣具有反映風俗的文獻價值；不過由於小說沒有表現出對於「現代」的時間感知，人物及其觀念大抵還是舊世譜系，所展現的城市內外風情仍然屬於傳統賞鑒眼光，所以它也很難劃入晚清城市小說系列。三來是小說人物的階級屬性（或潛在階級屬性），和同時期其他世情小說顯然更為近似，都是清代中期向市井傾斜的中、下層文人，這更加提醒我們必須把《風月夢》放在嘉慶、道光年間獨有的世情小說生態共同檢視。

綜上所述，《風月夢》和前面討論過的世情小說一樣，只能視為《金瓶梅》、《紅樓夢》的餘緒，而非晚清小說（或曰近代小說）的先驅。

《品花寶鑑》

——狹邪小說或世情小說

一、問題的提出

前面提到，「狹邪小說」的命名，以及作爲一個小說類型觀念的確立，始於魯迅《中國小說史略》。他說唐以降士人向來有冶遊傳統，因而生出不少「伎家故事」，明、清兩朝狹邪筆記的產量尤豐；然而「若以狹邪中人物事故爲全書主幹，且組織成長篇至數十回者，蓋始見於《品花寶鑑》，惟所記則爲伶人。」[①]

《品花寶鑑》又名《怡情佚史》、《京華群花寶鑑》、《都市新談》、《燕京評花錄》，共六十回，不題撰人，但由序可知作者爲陳森。小說寫翰林院侍讀學士梅士夔之子梅子玉，與京城名伶杜琴言互相傾心，兩人由於不能經常見面，往往鬱鬱寡歡。杜琴言迭受惡人調戲陷害，只得投靠華府避難，因此與梅子玉相見更難；不久師父猝死，師娘逼債，又遭逐出華府，幸有公子徐子雲以重金贖其出師。之後琴言拜高士屈道元爲義父，並隨之赴任江西，不料其父竟病故於江陵，窮途潦倒之際幸遇梅士夔經過，帶其回梅府與梅子玉一同讀書。從此子玉「內有韻妻，外有俊友，名成身立，清貴高華，好不有興」。這條主線之外，猶有一支故事寫書生田春航流連梨園，床頭金盡，幸得名伶蘇蕙芳相助，從此改邪歸正奮發攻讀，最後高中狀元，娶妻完婚，將蘇蕙芳接來同住，以諍友相待。琴言、蕙芳俱有歸宿，其他名伶亦決定棄梨園舊業，開「九香樓」

---

① 魯迅：《中國小說史略》，《魯迅全集》（北京：人民文學出版社，1981年12月），第9卷，頁256。

經營古董、字畫、綢緞買賣，從此「跳出了孽海，保全了清白身子」。最終回寫衆文士派諸名伶爲「花史」，每人有一小像，又有一篇詩文傳贊；諸伶爲了回報文士向來恩情，亦將衆人刻了小像、且視爲「文星」供奉起來，同時仿司空圖《詩品》各作四言贊語一首。

一般認爲，《品花寶鑑》約自道光17年（1837）開始寫作，道光28年付梓，道光29年（1849）幻中了幻齋初刊本行世[②]。不過，魯迅當時未見另一部同類型小說《風月夢》，此書作者自序寫於道光28年，因此有可能比《品花寶鑑》早出。[③]在沒有見到《風月夢》的情形下，魯迅將狹邪小說發展分成三個階段：「作者對於妓家的寫法凡三變，先是溢美，中是近眞，臨末也溢惡，並且故意誇張，謾罵起來；有幾種還是誣蔑、訛詐的器具。」[④]溢美者如《品花寶鑑》及《青樓夢》，近眞者爲《海上花列傳》，溢惡者有《九尾龜》。對於沒有讀過《風月夢》的研究者來說，魯迅「溢美－近眞－溢惡」三階段論的講法影響很大，王德威談狹邪小說，基本是在魯迅的框架下著眼於愛欲描寫[⑤]；雷勇主張把狹邪小

---

② 前面提到，此說係根據柳存仁的考證：道光17年，作者陳森「在都中秋試下第。試寫《品花寶鑑》，得15卷。」道光28年，「由去臘起，五閱月而得三十卷。又改易舊稿，共成六十卷。是冬十月，《品花寶鑑》開雕。」隔年4月工竣出版。參柳存仁：《倫敦所見中國小說書目提要》（北京：書目文獻出版社，1982年12月），頁237-242。不過，也有學者根據幻中了幻居士的序，主張小說初寫於道光6年，書成於道光17年左右，之後以手抄本形式轉輾流傳，直到道光29年才梓行問世，此說認為小說成書年代應該更早。例如徐德明：〈《品花寶鑑》考證〉，收入清．陳森著，徐德明校注：《品花寶鑑》（臺北：三民書局，1998年4月），頁1-3。

③ 承前註，兩部小說孰先孰後委實有斟酌空間，學界對此的看法也很分歧，本書主張《風月夢》可能早於《風月寶鑑》，也只是一時權宜。

④ 魯迅：〈中國小說的歷史的變遷〉，《魯迅全集》，第9卷，頁339。

⑤ 【美】王德威（David Der-wei Wang）著，宋偉傑譯：《被壓抑的現代性——晚清小說新論》（北京：北京大學出版社，2005年5月），第二章「寓教於惡——狹邪小說」，頁66-137。

說分爲前後兩個階段，但仍認可其中存在三種不同類型[⑥]。倒是讀過《風月夢》的學者，普遍質疑並修正魯迅的講法：陶慕寧認爲，在所謂的溢美時期另有一部近眞的《風月夢》，魯迅三階段說因此站不住腳[⑦]；韓南也主張，寫實傾向的《風月夢》，說明19世紀狹邪小說存在溢美、近眞兩種不同的潮流[⑧]。他們都不同意狹邪小說有一個由溢美向近眞「發展」的趨勢。

如果說溢美、近眞、溢惡是狹邪小說三種創作傾向，很多人可以同意，但若說這是狹邪小說發展的三個時期，就大有商榷之處。另一方面，將半個多世紀的狹邪小說視爲一個整體，同樣缺乏學術眼光，尤其它從清代中期（嘉慶、道光年間）跨入晚清（20世紀），前後縱貫六十餘年。近來，學者逐漸習慣以《海上花列傳》爲界將狹邪小說分爲前後兩期，例如袁進的說法：

> 近代狹邪小說從《風月夢》（1848）算起，可考的就有四十餘種，是近代小說中的一個重要門類。但是早期近代狹邪小說與近代都市關係不大，它們還缺乏後期狹邪小說所具有的現代意識，與二十世紀文學的直接聯繫較少。中國近代最著名的狹邪小說《海上花列傳》是1892年問世的，比梁啓超提出小說界革命要早了十年，它可以算是後期近代狹邪小說的發端。這些狹邪小說與以前的狹邪小說不同的地方就在於，它們是中國近代最早描

⑥ 雷勇：〈狹邪小說的演變及其創作心態〉，《漢中師範學院學報》1996年第3期，頁60-65。

⑦ 陶慕寧：《青樓文學與中國文化》（北京：東方出版社，1993年7月），頁217。

⑧ 【美】韓南（Patrick Hanan）著，徐俠譯：〈《風月夢》與煙粉小說〉，《中國近代小說的興起》（上海：上海教育出版社，2004年5月），頁39-67。

寫都市的小說，它們本身就是近代都市的產物。[9]

主流的晚清小說論述，研究目光在於晚清小說展示的現代性，而新興城市閃現的物質文明最能提供關於現代性的論述材料，因此從城市的角度區隔《海上花列傳》與之前狹邪小說，是很有代表性的講法。問題在於，晚清小說、近代文學研究者對狹邪小說的認知，主要還是《海上花列傳》之類的後期作品，他們對於早期作品究竟該如何界定其實討論有限。這其中最麻煩的，是被視爲源頭的《風月夢》與《品花寶鑑》。關於《風月夢》，前面指出它既不能算是狹邪小說，也不宜妄以城市小說論斷，反而應和同時期世情小說一樣被視爲《金瓶梅》、《紅樓夢》等經典的餘緒。然而《品花寶鑑》呢？當學界已把後期狹邪小說視爲論述主體、甚而早有「海派狹邪小說」一類講法[10]，像這樣以北京梨園爲背景、專寫士人與男旦關係的小說，在定位上勢必顯得更加困難。

以下將嘗試解決《品花寶鑑》的類型歸屬問題。在操作上，由於狹邪小說還是上承世情小說敘事傳統，因此先要考察它和世情小說之間的血緣關係。此外，由於《品花寶鑑》是極少數寫文人與優伶題材者，對於其他狹邪小說的研究觀察不一定能夠複製過來，因此選取清代中期盛極一時的梨園花譜拿來對照。以上，既是爲了觀察《品花寶鑑》如何擺盪於狹邪小說、世情小說兩種類型之間，也希望它能提供關於清代中期世情小說研究結論的佐證——這和前面討論《風月夢》的目的是一樣的。

---

[9] 袁進：《中國近代文學史》（臺北：人間出版社，2010年9月），頁464。

[10] 秦瘦鷗：〈閑話「狹邪小說」〉，《小說縱橫談》（廣州：花城出版社，1986年12月），頁73-76。

二、《品花寶鑑》的世情小說印記

《品花寶鑑》問世不久，同時代的楊懋建就有了評語：

> 常州陳少逸撰《品花寶鑑》，用小說演義體，凡六十回。此體自元人《水滸傳》、《西遊記》始，繼之以《三國志演義》，至今家絃户誦，蓋以其通俗易曉，市井細人多樂之。……《紅樓夢》《石頭記》出，盡脱窠白，別開蹊徑，以小李將軍金碧山水樓台樹石人物之筆，描寫閨房小兒女喁喁私語，繪影繪聲，如見其人，如聞其語。……《紅樓夢》敘述兒女子事，眞天地間不可無一，不可有二之作，陳君乃師其意而變其體，爲諸伶人寫照。吾每謂文人以擇題爲第一誼，正謂此也。[11]

這段節錄的文字有三個重點：首先，《品花寶鑑》的體裁，是繼承明代小說四大奇書而來之小說演義體，點出《品花寶鑑》還是舊小說（而非新小說）的性格。其次，《紅樓夢》是明清章回小說成就最高者。再次，《品花寶鑑》係師《紅樓夢》之意而變其體，即在發揚《紅樓夢》筆法意韻的前提下，另闢士人與優伶這一新的題材來。

同樣主張「師其意而變其體」，魯迅的講法更詳細一些，然而他不只針對《品花寶鑑》，而是整個狹邪小說：

[11] 清．楊懋建：《夢華瑣簿》，轉引自一粟編：《紅樓夢資料彙編》（北京：中華書局，2004年1月），頁364-365。

《紅樓夢》方板行，續作及翻案者即奮起，各竭智巧，使之團圓，久之，乃漸興盡，蓋至道光末而始不甚作此等書。然其餘波，則所被尚廣遠，惟常人之家，人數鮮少，事故無多，縱有波瀾，亦不適於《紅樓夢》筆意，故遂一變，即由敘男女雜沓之狹邪以發泄之。如上述三書，雖筆意有高下，文筆有妍媸，而皆摹繪柔情，敷陳豔跡，精神所在，實無不同，特以談釵黛而生厭，因改求佳人於倡優，知大觀園者已多，則別辟情場於北里而已。[12]

魯迅認爲程高本《紅樓夢》問世以後，很多人因爲不滿意它的悲劇結尾，所以紛紛寫作續書，「各竭智巧，使之團圓」，此風直到道光晚期才稍見收斂。之後尤有人不甘心，但續寫已難翻出新意，於是「改求佳人於倡優」、「辟情場於北里」，然大抵皆「摹繪柔情，敷陳豔跡」。魯迅強調，先有續《紅》風潮，接著才是狹邪小說的仿《紅》風潮[13]。然而狹邪小說另有一個影響來源——清初才子佳人小說。張俊《清代小說史》說得明白：「狹邪小說的直接源頭，是才子佳人小說和《紅樓夢》續書。清初《金雲翹傳》《女開科傳》等作品中的佳人多是妓女，但基本格局仍是『佳話』。清中葉大批《紅樓夢》續書出現，將才子佳人小說模式與《紅樓夢》的筆法有機地糅合一起。當人們厭煩續書之後，便開始以同樣的手法

[12] 魯迅：《中國小說史略》，《魯迅全集》，第9卷，頁263。

[13] 受到魯迅影響，一粟編《紅樓夢書錄》便在「續書」類的末尾加上「仿作」以為附錄，書錄包括《風月夢》、《品花寶鑑》、《花月痕》、《青樓夢》、《海上花列傳》……等狹邪小說，但也將《鏡花緣》、《兒女英雄傳》等非狹邪之作列入。詳參一粟編著：《紅樓夢書錄（增訂本）》（上海：上海古籍出版社，1981年7月），頁145-152。

描寫青樓、梨園生活，於是產生了狹邪小說。」[14]不過，狹邪小說雖然繼《紅樓夢》續書而來，但是《紅樓夢》續書對狹邪小說的影響很不明顯[15]，應該理解成先來（的續書）與後到（的仿作）雙方，各自競爭對《紅樓夢》的話語權。因此張俊的講法應略做修正，《品花寶鑑》（和其他狹邪小說）的影響來源，主要是才子佳人小說和《紅樓夢》。

王德威對此又有補充，他認爲《品花寶鑑》師承中國古典文學三個浪漫主義傳統：一是「在情節以及人物塑造方面，它植根於理想化了的才子與倡優的愛情故事；這一傳統可以追溯到唐代的傳奇故事，如白行簡的〈李娃傳〉等。」二是「在修辭及敘述方面，它所表現的狎昵抒情傾向，使它成爲感傷豔情傳統的一部分。」這個傳統包括《西廂記》、《牡丹亭》、《紅樓夢》等戲曲小說。三是「這本小說記述兩對情人歷經種種考驗終成眷屬，在情節構造上乃脫胎自明末清初的才子佳人小說。」[16]確實，文人冶游（及冶遊書寫）風尚、由《紅樓夢》總其大成的文學感傷主義、才子佳人小說的情節架構，是《品花寶鑑》主要師承之文學文化傳統。然而進一步思考，既然提到《紅樓夢》，那麼從小說類型學的角度探其類型印記，尤其討論它是否具備世情小說的特點，便成另一個不能迴避的問題。陳平原指出，魯迅談狹邪小說從《北里志》講起——不像王德威從〈李娃傳〉講起——顯然是注意到進入「家庭」與徘徊「青樓」的妓女之差異，以及各自形成的不同文學傳統。所以他認爲：「『狹邪小說』不只是寫妓女，更包含一整套特殊的敘述語調、視點與結構技巧，與《紅樓夢》等以家族（家庭）生活爲背景

---

[14] 張俊：《清代小說史》（杭州：浙江古籍出版社，1997年6月），頁438。

[15] 詳參杜志軍：〈《紅樓夢》與狹邪小說的興起〉，《紅樓夢學刊》1999年第2期，頁242-261。

[16] 【美】王德威著，宋偉傑譯：《被壓抑的現代性——晚清小說新論》，頁74。

者大有區別。」證據在於魯迅《小說史大略》與《中國小說史略》都將兩者分開論述，而〈中國小說的歷史的變遷〉原是演講稿，爲了線索的清晰明瞭才將之一同歸入「人情派」，但也不忘強調狹邪小說「場面又爲之一變」、乃「人情小說底末流」[17]。陳氏言下之意，顯然認爲狹邪小說不應與《紅樓夢》等以家族（家庭）生活爲背景的小說混爲一談。

「以家族（家庭）生活爲背景」的小說，就是魯迅以爲的世情小說（或人情小說）正宗[18]，此類小說將主要情節事件安置於家族（家庭）生活中，逐漸發展出人物之間的深淺、利害、矛盾，然而家族（家庭）日常活動又能輻射到社會上多個層面，進而展現出人物的社會關係、事件的錯縱複雜，因此稱其爲「家庭—社會」型小說或更適切[19]。陳平原強調，進入「家庭」與徘徊「青樓」（梨園）的妓女（優伶），兩者存在不同，此說甚確；不過《品花寶鑑》恰是寫梨園活動少、寫居家生活多的作品，是故它在最低限度仍符合「以家族（家庭）生活爲背景」這個條件。那麼，它有沒有可能具備和《金瓶梅》、《紅樓夢》類似的世情小說特點？尤其，狹邪小說的主流乃是《海上花列傳》所代表的後期作品，作爲起點

---

[17] 陳平原：《小說史：理論與實踐》（北京：北京大學出版社，2005年1月），頁190。

[18] 學界對世情小說（或人情小說）的認定比較寬泛，大概包括《金瓶梅》、《紅樓夢》之流的「世情書」（即陳平原所謂「以家族（家庭）生活為背景者」）、才子佳人小說以及狹邪小說。然而魯迅的標準更嚴，他一方面把才子佳人小說視為《金瓶梅》以降之人情小說「異流」，另一方面又把狹邪小說視為「人情小說底末流」，異流、底流之說已明指其非正統的品格。正如陳平原所說，魯迅事實上已將才子佳人小說、狹邪小說與《紅樓夢》等以家族（家庭）生活為背景者區別開來，他所謂的世情小說（人情小說）正宗乃是以家族（家庭）生活為背景者，尤其《金瓶梅》、《紅樓夢》。這裡認同魯迅、陳平原的看法，本書的〈導言〉即已見如是宣示。

[19] 這也是本書偶爾混用「家庭—社會」型小說、世情小說，或者將兩者結合起來命名為「家庭—社會」型世情小說的原因。

的《品花寶鑑》會不會更靠近此前的世情小說？

王德威曾經總結《品花寶鑑》的幾個毛病：「這部小說的藝術缺陷顯而易見：它的敘述無味，人物平板，酒宴文會的描畫過度冗長，鬧劇穿插也是司空見慣。」⑳以上大致是多數讀者的閱讀印象。不過此說流於簡單，以下分從情節敘述和人物刻畫兩方面談。

就情節敘述而言，《品花寶鑑》確實無味，它的問題出在三個方面。其一，主要情節欠缺張力。小說藉梅子玉、杜琴言以鋪陳「好色而不淫」的同性感情——第24回顏仲清對此有註解：「世唯好色不淫之人始有眞情，若一涉淫褻，情就是淫褻上生的，不是性分中出來的。」㉑——因爲要寫此輩中人的節制與壓抑，所以兩人互動極少，往往心領神會而已。然而這種點到爲止的寫法，係建立於箇中同好之間的默契，以第22回爲例：「這素蘭看他二人相對忘言，情周意匝，眉無言而欲語，眼乍合而又離，正是一雙佳偶，綰就同心，倒像把普天下的才子佳人都壓將下來。」這樣感同身受的理解，來自素蘭（包括作者？）「身是眼中人」的相同處境，但對一般讀者來說就很難體會了。又，除了對子玉、琴言的大團圓結局失去高潮期待，寫琴言的受侮與飄移、子玉的掙扎與盼望也都是精神層面的，文戲過多而武戲少，也是小說主要情節欠缺張力的原因。

其二，情節主線所佔比例已很有限，偏又穿插過多的酒會文會。關於酒會文會，由於小說中有一班風雅文人，基於寫實的考量，不免要寫些藝文競賽或茶酒消遣，然而作家似乎更有意於逞才賣弄。詩詞創作先不論，光是涉及牙牌酒令這些令人昏昏欲睡的「獺祭塡寫」，至少包括第2回「王桂保席上亂飛花」、第4回

⑳ 【美】王德威著，宋偉傑譯：《被壓抑的現代性——晚清小說新論》，頁75。

㉑ 清．陳森著，徐德明校注：《品花寶鑑》（臺北：三民書局，1998年4月據復旦大學圖書館藏道光初刻本標點注釋），頁364。以下小說引文悉據此本，頁碼恕不贅註。

「三名士雪窗分詠」、第7回「顏仲清最工一字對　史南湘獨出五言詩」、第11回「三佳人妙令翻新」、第14回「搜四子酒令新翻」、第20回「悶酒令鴛侶傳觴」、第37回「行小令一字化爲三對戲名二言增至四」、第46回「衆英才分題聯集錦」、第57回「袁綺香酒令戲群芳　王瓊華詩牌作盟主」。就像趙景深所說：「這足以阻止故事的進行，寫來鬆散而不緊張，使人只覺得氣悶。」[22]這樣的情形在被稱爲才學小說的《鏡花緣》上也可看到，但是《品花寶鑑》更爲嚴重。至於正經詩詞創作，《紅樓夢》曾批評才子佳人等書「作者不過要寫出自己的兩首情詩豔賦來」[23]，因此書中詩歌創作活動多能和故事情節結合起來，各人詩篇也多能個性化地反映一己存在處境。《品花寶鑑》於此往往過之，第31回寫名伶在華府分別展現吹簫、丹青、塡詞、製謎的才藝，之後是華公子及在座文士的點評修潤，倒還合情理、有趣味、見意致；但是像第41回安排衆人評曲論戲、第54回寫佳人繡閣內論唐詩，賣弄才學的意圖相當明顯。

其三，酒會文會之外，穿插更多與主要情節無關的鬧劇，使得全書結構鬆散、敘述雜沓。這些鬧劇多半都是豪客流氓或無恥文人的淫行，例如第23回先是李元茂嫖妓遭人設計出醜，後是孫嗣徽聆聽師爺亮軒談肛交；第51回是孫嗣徽、孫嗣元一對「廢物兄弟」，因召妓竟而同室操戈的故事；第40、47、58回則都是寫奚十一、潘其觀淫毒及其惡報。爲什麼寫這些淫褻之事？第23回末尾有此交待：「蓋世間實有此等人，會作此等事。又爲此書，都說些美人、名士好色不淫。豈知邪正兩途，並行不悖。單說那不淫

[22] 趙景深：〈品花寶鑑考證〉，收入清．陳森：《品花寶鑑》（臺北：博遠出版公司，1987年10月），頁759-768。

[23] 清．曹雪芹：《紅樓夢校注本》（北京：北京師大出版社，1987年11月據北京師大圖書館藏程甲本翻刻本為底本標點校注），頁3。

的，不說幾個極淫的，就非五色成文、八音合律了。」就算此說尙有道理[24]，問題在於，這些鬧劇般的情節衝擊性強，幾個腳色的形象聲口又令人印象深刻，又隨時可聞見市井詼談，相形之下當然容易侵蝕情節主線。

爰此，《品花寶鑑》之所以予人敘述無味的印象，主要是指子玉一琴言延伸出來的文士一優伶惺惺相惜這部分情節；此外那些炫耀才藝、賣弄學問的大段文字也令人昏昏欲睡，但是它於鬧劇的鋪寫上倒頗爲流暢，誠有可觀之處。

至於人物刻畫部分，評其平板恐不公允。按照小說家的講法，整部書的人物可以分成好色不淫、既色且淫兩類。關於前者，第一回提到縉紳子弟可分作情中正、情中上、情中高、情中逸、情中華、情中豪、情中狂、情中趣、情中和、情中樂十種，梨園名旦亦分作情中至、情中慧、情中韻、情中醇、情中淑、情中烈、情中直、情中酣、情中豔、情中媚十種；關於後者，第一回另提到下等人物有淫、邪、黠、蕩、貪、魔、祟、蠹八種，大致就是其中嘴臉。好色不淫的十種文士類型，正是小說最終回諸伶敬奉的十種文星，《品花寶鑑》既爲男性文人所作，書中一干名士當是作家心中典型。遺憾的是，或許正、上、高、逸、華、豪、狂、趣、和、樂十種概念不易區隔，名士的個性並沒有完全凸顯，除了徐子雲、華光宿作爲文人領袖、公子班頭刻畫較濃，以及梅子玉、田春航分別繼承了《紅樓夢》賈寶玉的女子氣與呆性格，其他諸人的形象頗有重疊之感。相較之下，同樣好色不淫的十位名伶，或許因爲正是小說主要品評對象，反而一再凸出強調。例如第1回就見史南湘的《曲臺花選》，其中小傳題辭已先點出諸伶不同顏色；第24回又借李玉林、王桂保兩位名伶之口，再次區隔了諸伶的性情差異。再

---

[24] 小說第1回開篇即道：「大概自古及今，用情於歡場中的人，均不外乎邪正兩途，耳目所及，筆之於書，共成六十卷，名曰《品花寶鑑》，又曰《怡情佚史》。」

加上他們於書中各有故事，因此小說寫優伶要比文士來得生動。

既色且淫者正好相反。伶人中的蓉官、二喜、玉美、春林、鳳林等，雖被桂保形容成「通天教主門人，是助紂爲虐的」，但由於他們在書中戲分有限，所以不很令人注目。反倒那些富豪與落魄文人，往往一出場便有針對性的點睛形象——例如孫嗣徽、孫嗣元的外號是「蟲註千字文」、「疊韻雙聲譜」；潘其觀的模樣是「五短身材，一個醬色圓臉，一嘴豬鬃似的黃騷毛，有四十多歲年紀。生得凸肚蹺臀，俗而且臭。穿了一身青綢綿衣，戴一頂鑲絨便帽，拖條小貂尾，腳下穿一雙青緞襪灰色鑲鞋，胸前衣衿上掛著一枝短煙袋，露出半個綠皮煙荷包。淡黃眼珠，紅絲纏滿，笑咪咪的低聲下氣，裝出許多謙溫樣子。」更遑論諸人的事跡均很戲劇化，例如李元茂被妓女騙財後以草簾裹身蹲在屋裡待援、奚十一染梅毒壞了陽物又接狗腎壯勢、潘其觀的糞門遭人以牙還牙塞入毛髮……等，都很荒唐有趣，何況這些故事多在自取其辱、歹人惡報的前提下展開，讀者接受度高，自然也對這些角色留下深刻的印象。此外，小說寫魏聘才之流的幫閒文人也頗見成績，此人說其惡又不甚惡（貪戀琴言美色遭拒便慫慂華公子買進琴言），稱其義又不是義（受妓女玉天仙之助而娶其爲妻），確乎就是「在不粗不細之間」；但是看他初進華府學人幫閒的小心翼翼，以及駕輕就熟之後的狐假虎威，果然是「風雅叢中，究非知己；繁華門下，盡可幫閒」。

《品花寶鑑》人物描寫的成績好壞參半，寫主要人物因「唯美」而失眞，寫次要人物因「譏誚」而寫實。可惜，作家的重點終究在好色不淫之人（包括文士與優伶），而非那些既色且淫者（主要是丑角與幫閒）。

再來看看細節描寫的工夫。早期歷史演義、英雄傳奇在乎的是情節之奇，到了《金瓶梅》轉而凸顯人物的眞，所以開始用心於細節描寫，《紅樓夢》甚至有精緻化、詩意化的趨向。《品花寶鑑》於細節描寫並不馬虎，日常衣食住行俱見用心，例如吃飯，茲拈一例：

> 走堂的送了茶，便請點菜。仲雨讓元茂、聘才，二人又推仲雨先點，仲雨要的是瓦塊魚、燴鴨腰，聘才要的是炸肫、火腿；保珠要的是白蛤、豆腐、炒蝦仁，二喜要的是炒魚片、滷牲口、黃燜肉。元茂說：「我喜歡吃雞，我就是雞罷。」走堂的及二喜都笑，拿了兩壺酒、幾碟水果、幾樣小菜來，各人飲了幾鍾酒。先拿上炸肫、鴨腰、火腿、魚片四樣菜來。

穿衣更不必說，茲舉一個小小插曲——第11回寫徐子雲夫人準備赴華府拜壽，丫鬟伺候夫人曉妝已畢，見天氣寒冷頗有雪意，決定多帶幾件衣服，這裡寫道：「便向大毛衣服內，檢出一件天藍緞繡金紫貂鼠披風，紅緞繡金天馬皮蟒裙，玉珮叮噹，珠瓔珞索。格外又帶了一個大紅綿包袱，包了兩三件衣裳。一切花鈿珍飾，用個錦匣裝了。」這是名門閨秀，換個下賤角色許三姐——第40回她初登場的描寫，是從色鬼潘其觀眼中帶出：

> 見他是瓜子臉兒，一雙鳳眼，梳了個大元寶頭，插了一枝花；身上穿件茄花色布衫子，卻是綠布洗了泛成的顏色；底下隱約是條月白綢綿褲；絕小的一對金蓮，不過三寸；身材不長不短，不肥不瘦。香噴噴一臉笑容，對了潘三福了一福。

茄花色布衫原是慣洗泛色的舊衣，作家心思委實忥細。至於第二次登場的第49回，因爲是到狀元田春航家任職，妝束略有變化：

> 這日三姐收拾進來，打扮得不村不俏，薄施香粉，淡掃蛾眉，鬢邊簪一朵榴花，穿了一件月布衫，加個夾背

> 心，水綠綢子褲，翹然三寸弓鞋，細腰如杵。

身上加了一件夾背心，以顯端莊，也見作家巧思。從以上例子來看，小說於衣食方面是極留意的。

然而衣食還算小樣，環境描寫才見筆力。《紅樓夢》煞費苦心寫大觀園，《品花寶鑑》也有樣學樣地安排了徐府的怡園。《紅樓夢》寫大觀園從「試才題對額」開始，後有劉姥姥二進大觀園，多次透過遊園者的眼睛寫出花園景色。《品花寶鑑》也一樣，第3回先由旁人口中道出怡園氣派，第4回則寫友人遠觀怡園之景，第5回補充怡園由來，直到第20回「奪錦標龍舟競渡」才在諸名士的引導下領略各色景致，甚至第46回還複製《紅樓夢》作出「衆英才分題聯集錦」。徐府如此，華府亦然，第16回魏聘才初進華府先給讀者大概印象，第30回再藉賞燈、開戲極力鋪寫華府尊貴。離開亭臺樓閣，回到屋舍裝飾，《紅樓夢》往往視此爲人物塑造的補充手段，藉此展現人物的性格志趣或思想感情，《品花寶鑑》也不遑多讓，看第13回寫蘇蕙芳的屋舍：

> 一個小院子，是一併五間：東邊隔一間是客房，預備著不速之客的臥處，中間空著兩間作小書廳，西邊兩間套房，是蕙芳的臥榻。春航先在中間炕上坐下，見上面掛著八幅仇十洲工筆《群仙高會圖》，兩邊盡是楠木嵌玻璃窗，地下鋪著三藍絨毯子，卻是一塵不染的。略坐一坐，蕙芳即引進西邊套房，中間隔著一重紅木冰梅花樣落地罩，外間擺著兩個小書架、一個多寶櫥，上面一張小木炕，米色小泥繡花的鋪墊，炕几上供著一個粉定窯長方磁盆，開著五六箭素心蘭。正面掛著六幅金箋的小楷，卻是一人一幅，寫得停勻娟秀。一幅是度香主人，一幅是靜宜逸士，一幅是竹君詞客，一幅是劍潭山人，

> 一幅是前舟外史，一幅是庸庵居士。像是幾首和韻七律詩。再看上款，是「媚香囑和《長河修禊》七律六章原韻」，春航心裡更加起敬。心想：原來他會作詩。

第24回玉林評蕙芳性情脾氣：「一塵不染，靈慧空明，胸有別才，心懷好勝。」對應此處擺設，豈不遙遙相應？姑且不管這是否受到《紅樓夢》的影響，《品花寶鑑》在情景對應、物我交融方面其實不少佳處。劉勇強也認爲陳森筆力不錯，他舉第6回寫梅子玉看琴官演〈驚夢〉爲例，說道：「這一描寫，將戲曲演出與人物的感受融爲一體，頗見工力。實際上，在小說的敘述技巧方面，陳森對前代作品多有繼承與發展。」㉕

《金瓶梅》和《紅樓夢》這般以家族（家庭）生活爲背景的「家庭—社會」型世情小說，可以有三個觀察指標：其一，主要情節事件有沒有深刻的思想性？其二，它於日常生活的描寫是否精細？其三，它的人物與情節是否可以向社會輻射？首先，《金瓶梅》寫西門暴發之快意，《紅樓夢》寫寶黛愛情之悲劇，背後都有對社會文化、封建規範（或其他什麼）提出挑戰的問題意識，然而《品花寶鑑》寫文士優伶彼此珍重愛惜，思想上一無深刻可言，因此限制了它的高度。雖然有人根據《青樓夢．序》：「美人淪落，名士飄零，振古如斯，同聲一哭。覽是書者，其以作感士不遇也可，倘謂爲導人狹邪之書，則大誤矣。」㉖主張狹邪小說亦有寄託㉗，但是《品花寶鑑》結局太歡樂太圓滿，難以讓人信服。有學者強調狹邪小說描寫的主體，是現實生活、精神生活都處於邊緣、

㉕ 劉勇強：《中國古代小說史敘論》（北京：北京大學出版社，2007年10月），頁501。

㉖ 清．俞達：《青樓夢》（臺北：河洛圖書出版社，1980年6月），頁429。

㉗ 陸杰：〈科舉、文人與青樓：晚清狹邪小說的類型變遷〉，《江西師範大學學報》（哲學社會科學版）第42卷第4期（2009年8月），頁87-91。

遊移、中間狀態的文士，他們的生命型態帶有很大的隨意性和休閒性[28]——若是，此類小說更不可能具有深刻訴求，因為他們最不希望把生命活出深刻的味道來。其次，小說於日常生活描寫大抵寫實精細，雖然這些文人與名伶的日常生活充斥太多詩文競賽和品評遊戲，不但侵蝕其他有意味的細節，而且予人破壞敘述連續性之感，但終究寫出了文人生活的浮華與藻飾。相較之下，許多才子佳人小說於此流於空洞，《品花寶鑑》委實用心可見。再次，小說主要人物的社會關係沒有充分展開，名士們若非一品蔭生（如徐子雲）、二品閑散大臣（華星北），即是考上進士授了編修（梅子玉），名伶又都在名士的支持下遂行潔身自愛，社會矛盾衝突絲毫沒有。但是書中那些次要人物，作者因要寫其貪嗔痴狂，因此讓讀者看到他們對於權力、金錢、性欲、尊嚴的追逐或保全，生命的艱辛和喜樂是從社會生活具體譜出，這些人物的社會關係相當鮮明。部分才子佳人小說也是一樣，往往主要角色寫得臉譜化，有意譏諷的反面人面倒還生動好看。

總而言之，《品花寶鑑》雖然思想貧乏，藝術手法存在不少缺點，但在世情摹寫上仍然有不可忽視的成績。

三、《品花寶鑑》與梨園花譜之互文關係

前節提到《品花寶鑑》文士優伶那一派好色不淫氣象，是形而上的，同道中人方能心領神會；書中次要人物對物質和欲望的追逐，是形而下的，世間男女反易心生共鳴。不過，這樣的觀察恐遭譏為異性戀的閱讀偏見，因此對清代士伶關係的掌握就很重要，嘉慶、道光年間文人生產出的一大批梨園花譜，尤其能提供許多對照。

---

[28] 侯運華：《晚清狹邪小說新論》（開封：河南大學出版社，2005年12月），第三章「名士的『邊緣』處境和存在狀態」，頁61-91。

談到文人與優伶之間的交往，大約明代中後期即有不少記載。易代之後此風尤盛，明末四公子冒辟疆的如皋水繪園，詞人陳維崧與歌童徐紫雲的餘桃故事被當事人、同時代人及後代文人傳唱不絕，說明清季士人對此風之流連嚮往，稍晚的袁子才、鄭板橋更是箇中典型。乾隆時期崑曲家班衰微、民間戲班大量出現，反映在文學史上，是花雅之爭；反映在社會史上，則是爲文人與優伶的交往創造了絕佳條件。北京作爲清代的政治中心，薈萃了最多的文人；乾隆以後，北京作爲大小聲腔的聚集之地，也提供了最多的優伶。徐珂《清稗類鈔》有載：「道光以前，京師最重像姑，絕少妓寮，金魚池等處，特輿隸溷集之地耳。」㉙「像姑」指的是「相公」，也就是俗稱「乾旦」的男伶。邱煒萲《菽園贅談》評論《品花寶鑑》時，也強調此書所以流行的社會背景——乾隆時期「京師狎優之風冠絕天下，朝貴名公，不相避忌，互成慣俗其優伶之善修容飾貌，眉聽目語者，亦非外省所能學步。」㉚當然，清朝禁止官員狎妓也是一個緣故，《燕台評春錄》提到：「嘉道中，六街禁令嚴，歌郎比戶，而平康錄事，不敢僑居。士大夫亦恐罹不測，少昵妓者。」㉛總之，明清時期文人狎妓蓄優是個複雜的現象，相關研究已有不少㉜，此處不針對其中背景多做說明。

㉙ 清．徐珂：《清稗類鈔》（臺北：臺灣商務印書館，1983年10月），第10冊．「娼妓類」，頁9。

㉚ 清．邱煒萲：《菽園贅談》，轉引自朱一玄編，朱天吉校：《明清小說資料選編》（天津：南開大學出版社，2006年9月），頁678。

㉛ 清．王韜：《淞濱瑣話》，收入《筆記小說大觀》（揚州：江蘇廣陵古籍刻印社，1984年6月），第35冊，卷11，頁3。

㉜ 詳參吳存存：《明清社會性愛風氣》（北京：人民文學出版社，2000年6月）；么書儀：《晚清戲曲的變革》（北京：人民文學出版社，2006年3月）；程宇昂：《明清士人與男旦》（上海：上海古籍出版社，2012年8月）。

對於清代士伶關係的掌握，要先從這些優伶的功能講起，然而由於清代戲曲活動發達且多元，相關文獻又不免溢美誇張，所以歷來研究者一直沒能把問題說清楚。倒是程宇昂《明清士人與男旦》講得準確而到位：「關鍵是把握男旦演員倡優合一的身份。確認男旦優而倡，士人與他們的關係又是鎖鑰。」他進一步說：

> 當男旦演員服務的對象爲同性戀者時，侍寢是難免的。當服務的對象爲非同性戀者時，男旦演員主要以虛擬美女的身份出現於娛樂、宴遊場合，爲奇葩，或爲褻玩笑鬧對象。與此相聯繫，士人同男旦關係也駁雜不一。有的同性戀者與男旦演員眞情相見；有的士人接近男旦主要出於對男旦／男旦藝術之美的欣賞；有的士人親昵男旦主要是逢場作戲，戲謔笑鬧。」[33]

也就是說，追捧優伶的文人之中，要先分成同性戀與非同性戀兩種[34]，同性戀者可能和優伶發生性關係，也可能發展同性愛情；非同性戀者和優伶的關係有兩種，一是從美的角度品鑒優伶的色或藝，一是趕著流行追逐熱鬧好玩。以《品花寶鑑》來看，那些好色不淫的文人，雖然看起來是被作家刻意壓抑了同性戀欲望，至少都表現出純從審美立場來欣賞優伶。至於其他次要人物，比較多的是眞有（性行爲意義上的）男風之好者，也有不少是隨波逐流湊熱鬧的。

明代有不少品評妓女的狹邪筆記，曹大章《蓮臺仙會品》、冰華梅史《燕都妓品》、宛榆子《吳姬百媚》、爲霖子《金陵百

[33] 程宇昂：《明清士人與男旦》，頁414-415。

[34] 程氏對同性戀、非同性戀的用法不盡嚴謹，然而此處先不討論。

媚》是其中佳作；清代中期此風又起，《續板橋雜記》、《吳門畫舫錄》、《秦淮畫舫錄》、《秦淮二十四花品》等都是名著。有趣的是，這個寫作傳統在乾隆時期出現分支，一批專門鑒賞男旦的狹邪筆記（以下稱爲梨園花譜），順應新興且流行的士伶關係而生，文人不只以實際消費的方式、而且以文字品鑒的方式支持著優伶事業。乾隆50年（1785）問世的《燕蘭小譜》，是這批梨園花譜的起點，作者安樂山樵在弁言提到：

> 嗟乎！昔人識豔之書，如《南部煙花錄》、《北里志》、《青泥蓮花記》、《板橋雜記》，及趙秋谷之《海漚小譜》，皆女伎而非男優。即黃雪蓑《青樓集》所載，亦女旦也。惟陳同倩《優童志》見其《齊志齋集》中，惜名不雅馴，爲通人所誚。《燕蘭譜》之作，可謂一時創見，然非京邑繁華，不能如此薈萃，太平風景良可思矣。後之繼詠者當不乏人。余何憚投燕石而引夫宋玉也耶！[35]

《燕蘭小譜》除了是對狹邪筆記聚焦於女妓的一種反彈，作者還意識到自己的「創見」必定拋磚引玉。果然，嘉慶、道光年間便出現不少梨園花譜，要是按照《法嬰秘笈》的講法，相關作品恐怕在咸豐以後攀上生產高峰[36]，直到民國建立以後才終止流行。至於作品

---

[35] 清．安樂山樵：《燕蘭小譜》，收入張次溪編：《清代燕都梨園史料正續編》（北京：中國戲劇出版社，1988年12月），頁3。

[36] 清．雙影庵生：《法嬰秘笈．序》：「向之為燕臺花譜者，憑臆妍媸，任情增減。壬癸之年以後，甲乙之籍更多。」收入張次溪編：《清代燕都梨園史料正續編》，頁405。案：引文中壬癸之年當係指壬子、癸丑之年，即咸豐2年、3年（1852、1853），因為該序作於咸豐5年乙卯。

的量，張次溪編《清代燕都梨園史料》花了八年時間，只蒐羅38部花譜，他說係因爲「是類冊子既爲應時而興，時日較久，即若明日黃花，不復有保存之者。」[37]可見花譜的實際產量恐怕要數倍於此。

研究清代中期士伶關係，當然不能只靠梨園花譜，然而這些花譜卻是文人書寫士伶關係的主要形式，既是對優伶的側錄與品鑒，也包括文人的表演與論斷。從這個方面看，梨園花譜的構成和小說《品花寶鑑》可謂異曲同工。然而是耶？非耶？

吳存存將清代梨園花譜分爲四類：一是花榜，即根據伶人品性容貌加以分類或排名，並且附帶許多歌頌性的詩詞，這類作品數量最多，遺失得也最快；二是伶人小傳，係以文人品味加諸於伶人的一種美化想像；三是私寓指南，詳細列出個別私寓有多少伶人、年齡若何、屬於哪個戲班、師承與擅長戲碼等等，不過大多數皆散佚不見；四是菊話，泛寫士人狎伶經驗、梨園掌故，頗有抒情散文的意致[38]。么書儀從梨園花譜的序跋文字，整理出三個文人「宣稱」的著作動機：一是「於無聊賴之中，作有情痴之語」，抒寫一己的抑塞之懷。二是「以貢同人一粲」、「以貽同好」，意欲與同好交流心得。三是「歌詠升平，洵才人之韻事」，想在歷史上留下一點痕跡[39]。如果撇開那些指南性的、商業色彩較重的宣傳品，而把目光聚焦在那些帶有抒情性的作品上，文人寫作花譜的眞正理由委實値得玩味。留春閣小史在《聽春新詠．緣起》自陳：「庶使鏗金戛玉，無遭覆甕之冤；雛鳳鳴鸞，亦藉汗青之力。詩因人作，人以詩傳。佳詠名花，爭妍鬥麗。閒窗翻閱，恍遇衆香於卷帙間也，寧非

---

[37] 張次溪編：《清代燕都梨園史料正續編．張次溪自序》，頁19。

[38] 吳存存：〈清代梨園花譜流行狀況考略〉，《漢學研究》第26卷第2期（2008年6月），頁163-184。

[39] 么書儀：《晚清戲曲的變革》，頁332。

遣興祛煩之一助哉。」[40]乍聽理直氣壯，然而，優伶爲什麼值得文人爲其作傳，並且歌之詠之？花譜的寫作與閱讀又爲什麼可以遣興祛煩？如果排除優伶、文人之間可能的利益輸送不論，花譜中的士伶關係其背後必有深層糾葛。

文人在梨園花譜中歌詠的優伶，形象都極其美好，不僅美麗而且才華。例如《日下看花記》的慶瑞：「幼以小曲著名，嬌姿貴彩，明豔無雙，態度安詳，歌音清美，每於淡處生妍，靜中流媚。不慣蹈蹻而腰支約素；不矜飾首而鬟髻如仙。《胭脂》《烤火》，超乎淫逸，別致風情。《闖山》《鐵弓緣》，豔而不淫，古語『一笑傾城，劉郎足以當之。』」[41]又如《聽春新詠》的小慶齡：「色秀貌妍，音調體俊。霏霏白雪，匀來兩頰之春；點點青螺，堆作雙蛾之黛。……《思凡》《藏舟》《佳期》等劇，宮商協律，機趣橫生。《春睡》一齣，星眼矇矓，雲羅掩映，尤得『半抹曉煙籠芍藥，一泓秋水浸芙蓉』之妙，轉覺卿家燕瘦，較勝環肥矣。」[42]至於箇中拔尖者，才華不只曲藝而已，甚至還有精於書畫、樂器、詩詞乃至學問者，茲舉《長安看花記》一例：

> 秀蘭，范姓，字小桐。吳人。今日之牡丹花也。美豔綽約，如當年蕊仙，而品格過之。風儀修整，局度閒雅。金粉場中，豔而能靜。擬之《石頭記》中人，大似蘅蕪君。天香國色，豔冠群芳，故應一時無兩。嘗演馬湘君

[40] 清．留春閣小史：《聽春新詠》，收入張次溪編：《清代燕都梨園史料正續編》，頁153。

[41] 清．小鐵笛道人：《日下看花記》，收入張次溪編：《清代燕都梨園史料正續編》，頁57。

[42] 清．留春閣小史：《聽春新詠》，收入張次溪編：《清代燕都梨園史料正續編》，頁160。

> 畫蘭，於紅氍毹上，洒翰如飛，煙條雨葉，淋漓絹素。或作水墨，或作著色沒骨體，娟秀婀娜，並皆佳妙。頓覺旗亭壁間，妙香四溢。諸游冶少年，爭就場頭乞得，珍重裝池，錦帶玉軸，什襲藏弆。有不能致小桐手蹟者，自慚爲不登大雅之堂，自慚爲不韻。其見賞時譽如此，洵佳話也。[43]

這位相公除了美色、氣質可擬爲《紅樓夢》中薛寶釵，更且擅長作畫，其畫作甚至成爲冶遊玩家競相爭取珍藏的寶貝，誠然殊特。

然而，梨園花譜對優伶的描寫，究竟有多少眞實？若就色而言，京城各戲班對旦角的要求都是色重於藝，《日下看花記》提到春臺部伶人元寶時道：「春臺人倍他部，色稍次者即場上無分，以人浮於劇也。」[44]《金臺殘淚記》提到京師徽班演員時，也是先從色佳者談起：「京師梨園樂伎，蓋十數部矣。昔推四喜、三慶、春臺、和春，所謂『四中徽班』者焉。……春臺部以色著者，首紉香、竹香，次碧湘、蕙香；三慶部以色著者，首小郄、次蓮仙，固皆尤物也。」[45]因此，多數花譜把優伶寫得美若天仙，還是符合事實的。若就藝而論，既然梨園重色而後藝，自然「今旦色多無歌喉」[46]，而且「觀此等劇者，亦以色不以聲也」[47]，那麼衆多花譜把

[43] 清．蘂珠舊史：《長安看花記》，收入張次溪編：《清代燕都梨園史料正續編》，頁304。

[44] 清．小鐵笛道人：《日下看花記》，收入張次溪編：《清代燕都梨園史料正續編》，頁91。

[45] 清．華胥大夫：《金臺殘淚記》，收入張次溪編：《清代燕都梨園史料正續編》，頁232。

[46] 同前註，頁241。

[47] 清．藝蘭生：《側帽餘譚》，收入張次溪編：《清代燕都梨園史料正續編》，頁602。

這些優伶寫得曲藝超凡，難免有誇大的嫌疑。更甚的是，部分伶人被凸寫另有書畫、樂器、詩詞之才，甚至還有經史學問，顯然超乎現實太多，一般文人都罕見此等大才，這些戲子怎麼可能兼美至此？

梨園花譜對優伶的溢美，存在兩種可能。一是文人過度鍾情優伶，因而不自覺地擡高了他們的才藝（——當然，這些寓居京師、流連梨園的落魄文人，是否眞具備鑑別才藝的能力也可以懷疑）。二是文人過度自戀自迷，表面上刻畫理想中的優伶形象，事實上卻是文人一己優越感的投射。吳存存持後一種看法，她認爲花譜往往以文人的標準刻意提升伶人的趣味和才華，過分誇大伶人在書畫和學問上的成就，尤其誇大伶人對士人的尊敬、忠誠和依戀，這完全是文人階層的夢想。也就是說——「花譜是清代士人浪漫幻想的載體，而不是眞實的紀錄。」[48]吳存存在這裡，將花譜的文體屬性定調爲溢美，因爲她認爲花譜是「經過士人們編輯的小說化了的產物」[49]——看來她對小說這一文體的認知，就是幻想的、誇大的、虛構的。果然，她對《品花寶鑑》的態度竟也一樣：「書中作爲正面形象出現的相公，必是近似於士人的，其品性往往是溫柔敦厚而兼有才子式的放達，其琴棋書畫的修養亦必足以與士人對話。這樣的相公，是作者一廂情願的產物而不是現實生活中眞正的相公。」[50]

將《品花寶鑑》視爲受梨園花譜滋養的讀者群對這種想像出來的士伶關係做出延伸回應，委實不錯，第1回寫史南湘作《曲臺花選》就說明了這種內在聯繫。但若因此以爲《品花寶鑑》全然複製

[48] 吳存存：〈清代梨園花譜流行狀況考略〉，《漢學研究》第26卷第2期（2008年6月），頁167。

[49] 同前註。

[50] 吳存存：《明清社會性愛風氣》，頁209。

了花譜的溢美特性，甚至因此將小說和花譜（筆記）的文體特性畫上等號，誠乃失察。

釐清梨園花譜和小說《品花寶鑑》的差別之前，先看《懷芳記》這一段文字：

> 歌伶雖賤技，而品格不同。其爲賢士大夫所親近者，必皆能自愛好，不作諂容，不出褻語，其令人服媚，殆無形迹之可指。愛身如玉，尤如白鶴朱霞，不可即也。別有一派，但以容貌爲工，謔浪媟嬻，無所不至。且如柳種章台，任人攀折。此則我輩所惡，而流俗所深喜者。[51]

在清代這些花譜中，我輩／流俗之別往往被刻意凸顯。在那些以伶人小傳和文人題贈爲主，屬性偏向人物賞鑑，系譜上承明代以來花榜、花譜的作品——例如《燕蘭小譜》、《日下看花記》、《片語集》、《聽春新詠》、《鶯花小譜》、《金臺殘淚記》、《燕臺鴻爪集》、《長安看花記》……等，多的是「我輩」文人雅士對上等優伶的吹捧。但在那些多寫梨園掌故、歌樓雜事，屬性帶有筆記性質，系譜接近於子部小說家之《東京夢華錄》的作品——例如《夢華瑣簿》、《側帽餘譚》等，就比較可見「流俗」的事跡及下等優伶的不堪。可是就比重來看，至少就張次溪編《清代燕都梨園史料正續編》所收花譜的比重來看，顯然前者多而後者少，因此不免讓論者以爲清代梨園花譜，多是文人雅士將優伶理想化的溢美之作。

然而《品花寶鑑》作爲一部六十回的長篇小說，其可承載的內容簡直數十倍於這些梨園花譜，人物、故事於焉有更寬廣的舞臺

[51] 清．蘿摩庵老人：《懷香記》，收入張次溪編：《清代燕都梨園史料正續編》，頁595。

可供揮灑。一方面，作家藉梅子玉與杜琴言、田春航與蘇蕙芳兩條線索，帶襯出十餘位好色不淫的文人典型、十餘位潔身自愛的優伶典型，細筆寫出了「我輩」的風雅。另一方面，作家也藉奚十一、潘其觀這樣的豪客，蓉官、二喜、玉美、春林、鳳林這樣趨附於豪客的野花妖伶，重墨畫出了「流俗」的穢褻。可以這麼說，《品花寶鑑》對「我輩」的「溢美」也許變本加厲，但對「流俗」的「寫實」仿佛身歷其境。尤其，梨園花譜的描寫重點主要在於優伶，我輩文人的形象只能藏匿於詩詞題贈之後，流俗豪客的劣跡也僅止於有限筆墨；不像《品花寶鑑》得以充分鋪寫梅子玉的情痴、田春航的呆意、華公子的奢華、徐公子的風流……，同時又細摹魏聘才的狡滑、奚十一的流氓、潘其觀的猥瑣、李元茂的憨笨……，因此形成一部以北京梨園爲中心的「儒林外史」，這是小說這個文體方能搆及的「成就」。

另外是價值觀念。梨園花譜刻畫的優伶形象，不外從容、才、德三個方面入手。容是推崇「雌雄同體」的女性美；才則包括曲藝、以及曲藝以外如詩詞書畫等造詣；德的部分比較模糊，除了恪守貞節，另外就是善解人意，體貼文士。《品花寶鑑》寫優伶容貌，和衆多花譜著作一樣，絲毫不掩其對於色的重視。唯一不同的是，小說有機會藉人物之口，爲這種耽溺找到了實用和審美的藉口。所謂實用，是第11回徐子雲對其夫人所道：「這些相公的好處，好在面有女容，身無女體，可以娛目，又可以制心，使人有歡樂而無欲念。這不是兩全其美麼？」所謂審美，則是第12回田春航論相公那一大段文字——從「縱橫十萬里，上下五千年，那有比相公好的東西」一句大哉問開始，接下來眞假之辨談到淫色之別，最後是「好色不淫」的結論：「我最不解今人好女色則以爲常，好男色則以爲異，究竟色就是了，又何必分出男女來？好女而不好男，終是好淫，而非好色。彼既好淫，便不論色。若既重色，自不敢淫。」簡直是《紅樓夢》賈寶玉論女子的翻版，甚至遠過之而無不及。

《品花寶鑑》諸名伶俱有才德。然而除了於曲藝有所擅長，各自還有其他才藝，如第31回徐子雲揭示的——「媚香是長於詩的，瑤青是長於丹青的，靜芳是長於舞劍的，香畹是長於書法的，佩仙是長於塡詞的，蕊香是長於猜謎詼諧的，瘦香是長於品簫的，小梅是長於吹笙的。可惜玉濃又病了，他倒會一套《平沙落雁》。」談到節烈，杜琴言「當其失足於梨園時，已投繯數次，皆不得死」，蘇蕙芳也曾語人曰：「誰謂此中不可守貞抱潔，而必隨波逐流以自苦者？」此外，這些優伶雖然都程度不一的依附於文人雅士，但總能替這些恩人設想，讓這些文人視爲紅粉知己。然而以上這些，畢竟沒有超出梨園花譜的範疇。從女性主義的角度談花譜，會說文人只從優伶身上看見自己，理想化的優伶只是理想化的文人之化身，所以優伶個個才華揚溢。但是龔鵬程很早就提出一個主張：清代文人可能眞的在男人、女人之外，發現（至少是想像）一個更高、更美好的「第三性」。這除了是指在陰陽、男女、牝牡、驪黃、巾幗鬚眉之間形成一種曖昧性的、雌雄同體式的美感類型，而且其中還有品性、位階上的差異，最上乘的是兼具文人、高士形象與風姿的女性美[52]。這說明爲什麼花譜吹捧的女性多半色藝雙全，也可證明《品花寶鑑》頻繁寫優伶與文人的文會活動，或許不只爲了作者炫才而已，而是藉此反覆烘託此一理想的「第三性」。

換句話說，雌／雄同體的理想內涵，一方面是殊麗女性的美貌、氣質、體態，一方面是名士男性的才華、風流、氣度，此般形象確實在梨園花譜和《品花寶鑑》都得到強調。但是《品花寶鑑》第二號優伶蘇蕙芳，卻是花譜裡少見的典型，使得文人理想的「第三性」新添了內涵。就色而言，「吳絳仙秀色可餐，趙合德寒泉浸

---

[52] 龔鵬程：〈品花紀事：清代文人對優伶的態度〉，《中國文人階層史論》（宜蘭：佛光人文社會學院，2002年12月），頁285-383。

玉，蘇郎兼而有之。」如此已具豔品、麗品之格。其又有才，乃諸名伶中最擅詩詞創作者，這使他的地位晉升到更高的逸品之列。最難得的是，他又有巾幗不輸鬚眉的幹才，包括他可以智退垂涎其美色的潘其觀而保全名節，也包括在一席間斷絕田春航對他的欲念，更包括他帶領衆名伶開起「九香樓」經營實務買賣。雖然是一種溢美的寫作、主觀的盼望，不過蘇蕙芳這個形象的難得在於，作家陳森讓他進入家庭，以「蘇大爺」兼「狀元夫人」的雙重身分替田春航總理家務及一切往來酬酢，展現出一般人難以望其項背的行政手腕；又接著安排他進入社會，以商人兼名物鑑賞家的身分經營買賣，展現出一般人難以兼備的商業貿易與文化創意頭腦。雖然，小說在這兩方面沒有足夠的鋪寫，不過，《品花寶鑑》確實提供出一個更高、更美好的「第三性」，至少是一種期許。

陳森將小說命名爲「品花寶鑑」或「怡情佚史」，已經彰顯此書和梨園花譜之間的精神聯繫，即不免以階級關係下的士人／優伶、賞鑒活動中的主體／對象這一先天優越感爲基礎來刻畫書中人物。即便如此，《品花寶鑑》另外補充了花譜所未企及的幾個向度：一是以小說這個文體的優勢，血肉化了以北京梨園爲中心的優伶、文士、和依附在這個行業周圍的行行色色，除了使花譜中的伶人小傳、文人題贈有了具備的展演機會，部分花譜中的梨園掌故、色情文化也得以鮮活起來。二是以作家天才的想像，既提供了品鑒優伶、追逐優伶的現實理由和審美理由，並且讓雌雄同體的理想內涵，在高士風流之外新添入治生幹才。所以，僅僅將《品花寶鑑》視爲梨園花譜的延長，多少低估了小說的文體優勢和小說家的寫作企圖。尤其，世情小說不厭精細的寫作要求，更是讓《品花寶鑑》得以超越花譜規模、並補充花譜內涵的關鍵。

四、溢美與寫實之間

以上分別以明清世情小說、清代梨園花譜作為參照座標，嘗試釐清《品花寶鑑》和兩者的血緣關係，以下則要把這兩方面的觀察加以整合，進而提出《品花寶鑑》在小說史的類型歸屬。

魯迅在討論《金瓶梅》時，提出世情書要「描摹世態，見其炎涼」。這兩句話也可以理解為，前者是世情小說的消極條件，後者是世情小說的理想目標。也即是說，小說是不是充分摹寫了日常生活，進而擴寫出社會內容，是一部世情小說的文字工夫；如果因此還能夠反映人情冷暖，甚至從生命的本質、文化的內涵來反省個人的創造與侷限，體現出一定的思想深度，則是世情小說上上之作。如果以比較嚴格的眼光來看，明清世情小說符合魯迅深切期望的，大概只有《金瓶梅》和《紅樓夢》，一般對此沒有爭議。《醒世姻緣傳》、《歧路燈》還能在世態描摹上取得相當成績，但是因果報應、敗子回頭的主題並沒有足夠的思想深度，成就也就較《金瓶梅》和《紅樓夢》差了一級。至於其他作品，包括一部分的才子佳人小說，則在世態或人情方面都很勉強，成績自然又次一級。

以這個標準來看，《品花寶鑑》在「見其炎涼」的部分，可說完全搆不著邊。如前所述，它不像《金瓶梅》或《紅樓夢》對社會文化、封建規範提出有意味的挑戰或反省，它的問題意識僅止於：「世唯好色不淫人始有眞情，若一涉淫褻，情就是淫褻上生的，不是性分中出來的。」（24回）講得直捷一點，就是：「那有比相公好的東西？不愛相公，這等人也不足比數了。」（12回）這樣的問題意識，固然可與古來對人物、對美色的賞鑒傳統接軌，但終究難脫皮膚淫濫之嫌疑。何況，包括《郙羅延室筆記》在內的清人筆記都提到，《品花寶鑑》多數人物俱有現實原型[53]，此說若眞，此著更無可能有所寄託。倒是在「描摹世態」的部分，這部小說交出了一直爲人所忽略的成績，一方面它在鋪陳名門雅士的家庭生活上極其用心，另一方面它也把社會生活的黑暗部分做足交待。當然，富貴公子的生活內容因爲誇大、炫才而易招致批評，但箇中尚有六、七分眞切；至於豪客流氓的黑暗勾當，尤其寫得淋漓盡致、活靈活現，諸如第18回寫幫閒條件、鴉片學問，第47回寫男根整型，第51回寫召土妓行嫖……等等，都讓讀者看到市井的、俚俗的、但也最實際的社會生活內容。

也即是說，《品花寶鑑》藉梅子玉與杜琴言、田春航與蘇蕙芳兩條線索，寫出文士與優伶之間「好色不淫」的美好，思想上固然無足可取，但是作家筆下這群人物的生活內容頗有可觀之處，即便存在溢美的傾向。此外，那些被批評爲破壞敘述連續性的次要情節，尤其是帶有鬧劇性質的市井淫濫描寫，即便不雅不倫，但是讀來頗有社會風土志般新奇之感，因爲它立基於現實。從意識形態和審美品味來講，小說中的「我輩」和「流俗」之間存在衝突；然而就閱讀反應來看，作家對「我輩」流於溢美、對「流俗」偏向記實，溢美和寫實形成一股彼此拉扯的張力，讀者倒也能在虛／實、色／空之間進行辯證思考——就和《紅樓夢》一樣。

類似的情形，也讓人聯想到明清之際另一部世情小說《醒世姻緣傳》。這部小說的故事架構，先是交待前世丈夫寵妾虐妻之經過，然後以此爲前因，發展出今世妻子報冤尋仇所引發之種種妒婦行徑，是一則典型的兩世果報故事。平心而論，它的主題思想也一無深度，不過宣揚因果報應總比強調「那有比相公好的東西」容易接受。然而它有個大問題，就是情節經常歧出另生枝蔓，從而

[53] 蔣瑞藻編，江竹虛標校：《小說考證》（上海：上海古籍出版社，1984年7月），頁242-244。

使得敘事的連貫性、閱讀的緊湊性遭到破壞。但是學者對此並不在意，胡適早就這麼贊道：「《醒世姻緣》眞是一部最有價值的社會史料。他的最不近情理處，他的最沒有辦法處，他的最可笑處，也正是最可注意的社會史實。……有了歷史的眼光，我們自然會承認這部百萬字的小說不但是志摩說的中國『五名內的一部大小說』，並且是一部最豐富又最詳細的文化史料。」[54]《品花寶鑑》和《醒世姻緣傳》一樣沒有深刻的寄託，也同樣被各式各樣的鬧劇破壞了敘事的流暢，既然《醒世姻緣傳》可以被學者贊美如是，《風月寶鑑》的世情小說內涵也應該被認可。

除非，它有更多的狹邪小說色彩。不過本文一開始就提到，若從「現代性」的角度切入，《品花寶鑑》實在很難與《海上花列傳》等後期狹邪小說混爲一談。尤其北京是明清兩朝政治中心，又是一座文化古城，很晚才受到西方資本主義商業文明的影響，《品花寶鑑》身上幾乎不見後期狹邪小說筆下的上海所具備的「新奇性」。不過在本質上，它與唐以來的士人冶遊傳統、以及因此而生的狹邪筆記寫作傳統就十分接近——包括清代中葉以江南妓女爲對象者、和以北京男伶爲對象者。清代最早的兩部狹邪小說《風月夢》和《品花寶鑑》，正是分別對應著江南妓女、北京男伶這兩類筆記。

寫江南妓女的狹邪筆記，對妓女的描寫可謂高度美化，它們有時充作文人對理想女性的最高想望，同時又作爲折射男性文人優越境況的鏡面。冶游文人透過文字道出愛花、惜花的熱切，許下憐花、護花的承諾，既是對妓女的愛戀，也是對自己的疼惜。正如李匯群說的：「在嘉道文人的狹邪筆記中，文人通過對青樓女子容貌情態、文人習氣和良家風範三個方面的強調，建構了一個文本中的

[54] 胡適：〈《醒世姻緣傳》考證〉，《胡適古典文學研究論集》（上海：上海古籍出版社，1988年8月），頁988-1049。

理想青樓。」[55]不過，《風月夢》意在警世，因此還原了現實中的青樓，打破了向來之狹邪書寫極力鋪寫的虛假美好，兩者形成一種尖銳的對照。反過來看，寫北京男伶的梨園花譜，對相公的描寫同樣是高度美化的，它一方面或許是眞發現了（或想像出）更高、更美的「第三性」，一方面也可能和江南狹邪筆記相同，把仰望女妓男伶做爲一種書寫手段，目的是展現自身的優越和權力。《品花寶鑑》無意於警世，甚至如《郙羅延室筆記》所透露，反而有意於傳播現實中的梨園佳話，所以它在性質上確實像梨園花譜的延伸與發揮，但小說的文體特性反而讓箇中人物形象更爲立體。即便《風月夢》和《品花寶鑑》在對應起同題材的狹邪筆記時，存在這麼巨大的立場差異，但它們都在「描摹世態」的部分取得相當成績，只可惜前人多不察，以至於罕有人認眞考慮它們的世情小說屬性。

《品花寶鑑》是一部兼有溢美與寫實企圖的小說，然而因爲溢美的對象是優伶和風雅文人，寫實的對象全在於反面人物，所以性意識存在偏見的讀者，或者厭煩於溢美描寫的讀者，理應很容易看出作家於反面人物及其社會關係上的成就。然而事實不然。爲什麼呢？胡適在近一個世紀前，就已看出了這一點：

> 《品花寶鑑》爲乾嘉時京師之「儒林外史」。其歷史的價值，甚可寶貴。淺人以其記男色之風，遂指爲淫書，不知此書之歷史的價値正在其不知男色爲可鄙之事，正如《孽海花》、《官場現形記》諸書之不知嫖妓納妾爲可鄙薄之事耳。[56]

---

[55] 李匯群：《閨閣與畫舫——清代嘉慶道光年間江南文人和女性研究》（北京：中國傳媒大學出版社，2009年7月），頁141。

[56] 胡適：〈再寄陳獨秀談錢玄同〉，《胡適古典文學研究論集》，頁717-720。

如果可以撇開對於男風的偏見，至少認知此在當時實亦時尚，那麼發現《品花寶鑑》具備一定之世情小說色彩，應該不很困難。

最後，既然《品花寶鑑》是一部更像世情小說的狹邪小說（或者根本宜以世情小說視之），那麼它與同時期世情小說有沒有相近的特點？必須承認，這部更像世情小說的狹邪之作，即便其藝術成就要高於嘉、道年間的世情小說，但乍看並沒有和這些作品類似的特質。兩者最大的差別在篇幅，這時期世情小說多數萎縮爲中篇規模，但是《品花寶鑑》卻仍維持六十回，字數上約有《金瓶梅》、《紅樓夢》的二分之一以上。其次，這些世情小說、尤其是獨創型世情小說明顯不擅結構經營與細節摹寫，但是《品花寶鑑》於此卻有較大的耐心，取得了較高的藝術質量。再則，這時期世情小說在意識形態和審美趣味上頗見向市井靠攏的趨勢，但是《品花寶鑑》卻有美化文人風流、鄙視市井俗濫的特徵。

然而若往骨子裡想，可以發現《品花寶鑑》終究還是一部以暴發的男性想像取悅作者自己、同時也取悅讀者的小說。撇開「時髦」的男男戀情（或曰士子與優伶綺戀）不論，屢屢科場失意的作者陳森，除了發揮最大的想像力在小說裡虛構出有才、有錢、又有閒的最高級文人所能企及的風雅生活，而且意淫出另一種文人與「紅粉」間惺惺相惜的美好並耽美之，這種事業與愛情兼美的春秋大夢，本質上豈不和同時期世情小說一個樣？《品花寶鑑》的血緣來自才子佳人小說和《紅樓夢》，前者提供事業與愛情雙雙得意的超圓滿想像，後者負責輸出源源不絕、百看不膩的感傷情調，最終成就出這部既多愁善感又能滿足男性暴發想像的狹邪小說（或世情小說）。它和同時期大部分世情小說一樣，都有補償下層文人（寒士詩人）仕途困厄與情感匱乏的企圖，差別只在它提供的是另一種成功圖景。

所以，《品花寶鑑》和同時期世情小說之間依然具有精神聯繫，它們在某些方面仍舊可以互爲對照。

南詞《繡像金瓶梅傳》對原著小說的接受

一、前言：稗官為傳奇藍本

研究清代中期《紅樓夢》程甲本問世後的世情小說，可茲對照的座標除了前期狹邪小說《風月夢》和《品花寶鑑》，有沒有其他的、另類的文學文本？如果「另類」既可以是替代的（alternative），也可以是附帶的（additional），那麼，探討同一時期據《金瓶梅》、《紅樓夢》改編的戲曲及曲藝作品如何改編小說原著，或許是個可以考慮的路徑——即便它們的改編首先是基於公共場合表演的考量，但也能反映時人對兩大世情書的接受側重。

戲曲可以被視爲（廣義的）小說嗎？事實上，戲曲與小說混爲一談，甚至把戲曲視爲小說，是元明以來一直有的講法。根據研究，元人在對雜劇進行溯源以利分類時，就有不同的主張——鍾嗣成《錄鬼薄》稱之爲「傳奇」，夏庭芝《青樓集》稱之爲「雜劇」，周德清《中原音韻》稱之爲「樂府」——有的凸出文人案頭創作的特性，有的強調藝人舞臺扮演的性格，有的彰顯其源自樂府的音樂本色。明人亦然，從湯顯祖、沈璟、李漁三人不同的戲曲關注視角可知，湯氏重在曲詞，沈氏在乎聲律，李氏強調故事，「以此觀照各家對元人雜劇的著眼點，稱之爲樂府者乃關注於『曲』，稱之爲雜劇者乃關注於『藝』，而稱之爲傳奇者則關注於『事』。」[1]雖然明清兩代文人，不論是戲曲作者或接受者，更側重於曲詞和聲律，相對忽視其中的情節故事；但論及戲曲起源於小

---

[1] 徐大軍：《中國古代小說與戲曲關係史》（北京：人民文學出版社，2010年11月），頁538-556。

說，亦即元人陶宗儀所謂「稗官廢而傳奇作，傳奇作而戲曲繼」[②]的講法，大抵也都同意的。如此一來，戲曲自可被視爲用詞曲譜、演、唱出來的小說（之一類），畢竟它具備不可否認的敘事特徵。

同理，部分敘事特徵比較鮮明、情節結構比較完整的曲藝形式，例如彈詞，一樣與小說存在血緣關係。

清代據《紅樓夢》改編的戲曲作品甚多，包括大大小小的雜劇、傳奇[③]；曲藝則有子弟書、彈詞開篇、木魚書……等，各地民間曲調幾乎都有《紅樓夢》題材作品[④]。倒是據《金瓶梅》改編的戲曲及曲藝作品就有限了，其中以子弟書較多，根據現藏天津圖書館、保存子弟書抄本目錄最多的《子弟書目錄》所載，《金瓶梅》子弟書有〈子虛入夢〉、〈哭官哥兒〉、〈升官圖〉、〈葡萄架〉、〈得鈔傲妻〉，〈不垂別淚即遣春梅〉、〈武松殺嫂〉、〈永福寺〉、〈舊院池館〉等九種[⑤]，比重上大約是《紅樓夢》子弟書的四分之一[⑥]。不過，子弟書向來不被視爲小說，趙景深早就主張：「子弟書雖然大多以中國明清小說、戲曲爲題材，但它究竟不是小說、戲曲，而是敘事詩。」[⑦]啓功也強調：唐詩、宋詞、元

② 元．陶宗儀：《南村輟耕錄》（北京：中華書局，1997年11月），卷27，「雜劇曲名」，頁332。

③ 詳參阿英：《紅樓夢戲曲集》（北京：中華書局，1978年1月）。

④ 詳參胡文彬編：《紅樓夢說唱集》（瀋陽：春風文藝出版社，1985年3月）。

⑤ 轉引自崔蘊華：《書齋與書坊之間——清代子弟書研究》（北京：北京大學出版社，2005年8月），頁123。然而詳細數字恐怕不只如此，澤田瑞穗和方銘整理的《金瓶梅》書錄都載明有十一種，詳參【日】澤田瑞穗：〈增修《金瓶梅》研究資料要覽〉，收入黃霖、王國安編譯：《日本研究《金瓶梅》論文集》（濟南：齊魯書社，1989年10月），頁299-355；方銘編：《金瓶梅資料匯錄》（合肥：黃山書社，1986年9月），頁727-728。

⑥ 學者認為散在世界各地的《紅樓夢》子弟書應有四十種左右，請參王曉寧：〈《紅樓夢》子弟書研究述論〉，《紅樓夢學刊》2009年第1輯，頁286-300。

⑦ 趙景深：〈《子弟書叢鈔》序〉，收入關德棟、周中明編：《子弟書叢鈔》（上海：上海古籍出版社，1984年12月），頁2。

曲、明傳奇以後，中國最好的「詩」是子弟書，子弟書實則是「子弟詩」，是「創造性的新詩體」[8]。所以子弟書並不那麼適合拿來作爲清代中期世情小說的對照。有趣的是，相較於《紅樓夢》留有大量彈詞開篇、卻沒有產生成部大套的「書」[9]，《金瓶梅》卻留下一部難得的彈詞作品《繡像金瓶梅傳》。

《繡像金瓶梅傳》是嘉慶25年（1820）廢閑主人所作，現藏日本東京大學東洋文化研究所，爲道光2年壬午（1822）漱芳軒刊本。該書封面題爲「雅調秘本南詞繡像金瓶梅」，正文之前的序、目錄、和插圖部分版心皆題「第一奇傳」，然而正文部分版心卻題「金瓶梅傳」，因此東洋文化研究所的藏書題錄爲「繡像金瓶梅傳」（而非「繡像金瓶梅」）[10]。封面特特標舉「雅調秘本南詞金瓶梅」，已經召告它是一部用南詞詮釋小說《金瓶梅》的曲藝文本。又，此書正文的版心題名「金瓶梅傳」，但正文之前的序、目錄和插圖的版心卻題「第一奇傳」，目錄也標出書名爲「新編繡像第一奇傳金瓶梅」，此「第一奇傳」的概念顯然來自張竹坡《批評第一奇書金瓶梅》，說明此一南詞文本係改編自張竹坡「第一奇書」本《金瓶梅》。事實上，這本書的序文完全抄襲第一奇書本謝頤的序（但錯字不少），目錄以後羅列的西門慶家人名數、西門慶家人媳婦、西門慶淫過婦女……等也是第一奇書本原有設計，甚至廿四幅繡像也是據崇禎本（及第一奇書本）繡像模仿複製。總而言之，它就是一部曲藝化的《金瓶梅》，是根據張竹坡《批評第一奇書金瓶梅》改作的彈詞文本。

---

[8] 啓功：〈創造性的新詩子弟書〉，《啓功叢稿．論文卷》（北京：中華書局，1999年7月），頁309-333。

[9] 劉操南編著：《紅樓夢彈詞開篇集．前言》（北京：學苑出版社，2003年5月），頁3。

[10] 此書極少數的研究者中，有人稱此書「繡像金瓶梅傳」，亦有人主張「繡像金瓶梅」，本文權採「繡像金瓶梅傳」作為書名。又，以下引文悉據東京大學東洋文化研究所藏本，茲不贅註頁碼。

有些晚清文人逕將戲曲歸入小說的一類，稱之爲韻文體小說（內含傳奇體小說、彈詞體小說），藉此與文言體小說及白話體小說互爲區隔⑪，委實過於極端，因爲畢竟犧牲了戲曲的文類獨立性。本文將南詞《繡像金瓶梅傳》視爲曲藝化的《金瓶梅》，既坐實其說唱藝術本色又凸顯與原著小說之間的血緣關係，部分呼應李漁《合錦迴文傳》所謂「稗官爲傳奇藍本」⑫的說法。本文盼望藉由考察《金瓶梅》在清代中期被曲藝化的工程，判斷說唱藝家對原著小說的接受情形，作爲此時期世情小說生產趨勢的另類參考。

二、南詞《繡像金瓶梅傳》的形式考察

20世紀初以來，第一代彈詞研究者包括鄭振鐸、李家瑞、阿英、譚正璧、趙景深等人，都沒有在其著作提及此書，顯然它很早就在中國本土失傳。一直要到21世紀初，盛志梅《清代彈詞研究》才見題錄：「《繡像金瓶梅傳》，15卷，道光二年壬午（1822）漱芳軒刊本。（南大東洋）」⑬。不過，「金學」陣營早知此書，方銘《金瓶梅資料匯錄》、胡文彬《金瓶梅書錄》率先提到了它的基本訊息⑭；稍晚黃霖《金瓶梅資料匯編》除了著錄此

⑪ 管達如：〈說小說〉，收入陳平原、夏曉紅編：《二十世紀中國小說理論資料（第一卷：1897-1916）》（北京：北京大學出版社，1989年3月），頁373-374。

⑫ 清人素軒（有人疑即李漁）在李漁《合錦迴文傳》第2卷後評語，見清．李漁：《合錦迴文傳》（上海：上海古籍出版社，1994年「古本小說集成」影印嘉慶3年寶硯齋本），頁78。

⑬ 盛志梅：《清代彈詞研究》（濟南：齊魯書社，2008年3月），頁326。不過其中著錄有誤，因為東京大學東洋文化研究所圖書館所藏乃係孤本，是故「南大東洋」應為「東大東洋」之訛，作者恐怕未見此書。

⑭ 方銘編：《金瓶梅資料匯錄》，頁727。胡文彬編：《金瓶梅書錄》（瀋陽：遼寧人民出版社，1986年10月），頁276。

書，標明刊本年代，並有較詳細的編者按語：

> 此係彈詞，共十五卷一百回十六冊。首序署「嘉慶二十五年歲次庚辰嘉平月書於吳趨客邸，廢閑主人識並書」，實乃抄襲謝頤序而成。次有雜錄、趣談等皆與第一奇書本有關內容大同小異。題目也大都採自第一奇書本。正文實爲第一奇書的摘要，以其第八十七回武松將金蓮血祭乃兄爲高潮而全書告終。[15]

因爲隱身東瀛，所以最早對它展開研究的是日本學者，鳥居久晴在1956年8月《天理大學學報》第21輯發表〈關於《繡像金瓶梅》——《金瓶梅》版本考補〉[16]，對這部作品進行了初步的介紹。該文一開始先做出重要宣示：此書因在彈詞甚爲流行的嘉慶、道光年間出版，所以編撰和刊刻都顯得十分粗糙，「可以說是迎合時尚一類的出版物」。其次則針對此書的版式，以及正文以前的序、目錄、趣談、插圖進行介紹，主要圍繞在南詞和第一奇書本《金瓶梅》小說之間的關係，重要的論點包括：一，正文前目錄所載回目皆是整齊的七言句，且多採自第一奇書本《金瓶梅》原有回目，但55回原有回目疑似脫落，導致該回以降各回回目對應的是下一回的內容。二，正文內題均是二字簡目（唯獨99及100回是四字），多從目錄所載七言回目中取關鍵詞，偶爾也從該回情節中取特殊者。三，各回簡目之後先有開篇，多七言詩句（間亦有襯字）而成之韻文，因而也叫唐詩開篇，本書則題「唐詩唱句」，內容「總的說不太雅」，也就是流於淫逸挑逗。四，正文部分「不用說

---

[15] 黃霖編：《金瓶梅資料彙編》（北京：中華書局，1987年3月），頁376-377。

[16] 【日】鳥居久晴：〈關於《繡像金瓶梅》——《金瓶梅》版本考補〉，收入黃霖、王國安編譯：《日本研究《金瓶梅》論文集》，頁58-67。

是第一奇書的摘要。或者索性說是選擇其故事要點來開展情節。」先從第一奇書1到38回中各回取二到三個事件，每個事件組成一回，如此便集合成本書1到79回；接下來第一奇書本《金瓶梅》的39到45回幾乎完全略過，而後在46回到87回間選擇十數個情節組成南詞最後二十回，最後以第一奇書本87回的武松殺嫂祭兄，作爲此書第100回的完結。

既是南詞《繡像金瓶梅傳》的第一篇研究，鳥居久晴的文章帶有明顯的概說性質，因此很多地方可以再加補充。關於第55回（含）以後，目錄七言回目和正文內容出現落差，固然可能是第55回原有回目脫落所致。造成失誤的原因在於，南詞正文每一回的開始只見二字內題，並未標出七言回目，所以每一回的內題可以準確對應該回內容，但目錄所載回目一旦脫落便不易發現。然而，如果脫落指的是「事後」迷失，恐不盡然。出問題的第55回內題和第56回內題都是「遞解」，但第55回其實尚未述及遞解來旺情事，合理的推想是，作者在這一回取捨原著情節時有過一次調整，但未及時於目錄回目、正文內題同時反映過來。如此，則只能說是漏植，亦即「當下」忘了改正補訂。不論脫落或漏植，都可以側面支持南詞《繡像金瓶梅傳》編輯草率的說法，作者交稿前、書商出版前的檢查顯然都漫不經心。這和書名未能統一，分別有「金瓶梅」、「金瓶梅傳」、「第一奇傳」之說，是相同的道理。

至於正文二字內題，誠如鳥居久晴所說，主要從目錄中的七言回目截取關鍵概念。《金瓶梅》詞話本、崇禎本都沒有內題（或曰簡目）設計，第一奇書本才有，此亦爲南詞參考第一奇書本的證據之一。有趣的是，張竹坡《批評第一奇書金瓶梅》的二字簡目係置於書前「第一奇書目」，每回開頭只見列出雙句回目；不過南詞《繡像金瓶梅傳》完全相反，每回開場先是二字內題，七言回目反而置放在書前目錄。這個安排，難道是因爲南詞本子更重視內題（簡目）？這個推測可以透過南詞和小說回目的對照看出。南詞前八十回主要展演小說前四十回故事，小說一回故事到了南詞可鋪陳出二到三回來，所以第一奇書本每回的雙句回目，大致足以提供南詞所需，作者只消補上幾個新創的即可（但八十回以後情況不同）。也就是說，南詞目錄裡的七言回目，和第一奇書本的雙句回目，有很高的重複性。可是內題（簡目）就不同了，經過統計，南詞《繡像金瓶梅傳》的一百個內題中，完全承襲自《批評第一奇書金瓶梅》者不到三分之一，文字或意義相近者也不過半數多一點，作者於此顯然有比較大的發揮空間。尤其，南詞文本前半部大抵還抓得住小說各回的主要情節，但愈到後半部，當作者意識到篇幅有限不能照錄原著的時候，他的情節取捨益發隨意，南詞內題的命名就更難因襲第一奇書本簡目，而有賴作者另制新題。

南詞《繡像金瓶梅傳》各回的「唐詩唱句」，確實「總的說不太雅」，但是不雅到什麼地步？不雅的比重又是多少？此書第1回唐詩唱句〈窺浴〉，篇旨本身即不道德，內容更涉及如浴動作和性器官描寫；第2回唐詩唱句〈看春宮〉，一樣描出各種男女性交姿勢，可見頭兩回誠乃淫逸挑逗。但接下來，除了偶見如第9回的〈竊鞋〉、第10回的〈偷歡〉涉及性交（或性交調戲），其他多是以第一人稱「奴」自訴「閨思」（第4回）、「思郎」（第36、59回）、「思春」（第6、63回）等閨中情景，情緒固然濃烈，然不至於色情卑劣。更要緊的是，南詞《繡像金瓶梅傳》各回唐詩唱句，除了前述那種單篇流行小唱，還有很多是以數回（甚至數十回）連載的形式，將當時熗炙人口的彈詞開篇搬挪過來，包括：第21到27回的〈佔魁〉、28到32回的〈雪塘〉是賣油郎獨佔花魁故事；第33到35回的〈拜月〉是貂蟬周旋於呂布、董卓的故事；第42到45回的〈饑荒〉是趙五娘尋夫蔡伯喈的故事；第52到58回的〈哭沉香〉是著名評彈開篇；第76到100回的〈斷橋〉是搬演白蛇故事。統計一下，以上這幾段所佔回數正好五十，居全書一半，基本不涉及淫逸挑逗，所以此書唐詩唱句絕非滿紙邪淫。

最後，南詞正文對小說原著的內容選擇，其比例失衡的情形簡直令人咋舌。南詞作者一開始的篇幅設定無從判斷，至少，本書最終呈現出來的是一百回規模，但南詞前八十回卻還講不完小說前四十回故事，令人好奇這個工程究竟有沒有編輯意識？如果將小說雙回目設計視爲作者提醒的情節重心，那麼《批評第一奇書金瓶梅》前四十回的八十個主要情節，到了南詞《繡像金瓶梅傳》前八十回，只略去了小說第15回「佳人笑賞翫燈樓」、「狎客幫嫖麗春院」，第16回「應伯爵追歡喜慶」，第22回「春梅姐正色閑邪」，第24回「惠祥怒詈來旺婦」，第35回「西門慶爲男寵報仇」，第39回「寄法名官哥穿道服」、「散生日敬濟拜冤家」，其他則是針對情色段落而爲之局部刪節。小說有幾回到了南詞得到全面繼承，例如第18回「賄相府西門脫禍　見嬌娘敬濟銷魂」，雖然「賄相府」的情節被簡化，但其他情節足足佔去南詞38到42回共五回篇幅；但也有好幾回被南詞以一回左右加以消化。

南詞作者什麼時候意識到比例失衡？看起來疑似漏改正文內題、漏植目錄回目的第55回最有可能，因爲作者在這一回對內容有了新的取捨。然而事實恐非如此，經過對照，南詞第54到58回在演繹小說第26回故事、58到61回在發揮小說第27回故事，接下來平均每兩回消化小說一回故事，這個比重和前五十回差別不大。直到第75回，才開始變成一比一的情況。南詞後二十回，有三次大幅略過小說正文，一次在第82回時，略去小說第41到47回（中間點綴了第46回的「卜龜」）；一次在第97回時，跳過小說第69到78回；最後一次在第100回把小說88回以後全省略。此外，小說第47回全部、第48回後半、第49回前半、第55回後半、第56回全部、第58回全部、第60回全部、第63回後半、第64回全部、第65回後半、第66回全部、第67回全部也都刪去。可怪的是，南詞本子後二十回分明緊湊得很，但92到94回卻以三回的篇幅消化小說第62回「潘道士法遣黃巾士　西門慶大哭李瓶兒」，是絕無僅有的奢侈。一言以蔽之，後二十回的取捨也有很大的隨意性。

關於唐詩唱句和正文的內容傾向，留待下文再來深入討論。

三、南詞對情色內容的取捨

鳥居久晴之後，唯一可觀的研究是陳維昭〈南詞《繡像金瓶梅傳》考論〉[17]，這篇文章提出幾個重要的論點。第一，序作者廢閑主人，另外編有彈詞作品《十五貫》、《麒麟豹》、《福壽大紅袍》，「他創作或校訂的彈詞前面總有一篇序文，而這些序文都內容空洞而文字上則大同小異。他的『創作』更主要的是一種改編、修訂。」「從他頻頻抄襲他人序文的情況看，他的專注點大約在於書場上的演出，底本、文字之類的東西就順手牽羊，敷衍了事。」而從《繡像金瓶梅傳》類似的編輯行徑來看，此書極可能也出自廢閑主人之手，「他只是對第一奇書《金瓶梅》進行一番文字上的取捨和分流工作，以便適合於書場的演出。」第二，南詞是流行於浙江一帶的彈詞，它不滿足於代言體，「不僅僅是由說書者一人分扮生、旦、淨、丑不同角色，而且是由多人分扮不同角色。這時，彈詞更向戲曲貼近。」《繡像金瓶梅傳》正是一部多人分扮的作品。第三，作者對第一奇書本《金瓶梅》的改編原則是：「敘述文字劃歸南詞主唱者，人物對話部分交由南詞的角色去承擔。」但在情節重心部分，作者的重心顯然在於情色表現，「改編者感興趣的只是情欲故事，而對於人情世相、官場腐敗等故事，改編者的興趣就淡然了。」不過對於情色表現的限度，作者也很遊移，「南詞作者要在書場的公眾表演許可的範圍內把情色故事表現得淋漓盡致。」第四，《繡像金瓶梅傳》的聽眾大概都是社會中下層人物，他們喜歡粗鄙、猥褻的通俗作品，不只正文，連每回開篇的「唐詩唱句」也多是膾炙人口的風情小調。

梳理南詞和彈詞的異同，是陳文重要內核，然因此處意在探討

---

[17] 陳維昭：〈南詞《繡像金瓶梅傳》考論〉，《戲曲藝術》2011年06期，頁22-33。

戲曲／曲藝文本對小說原著的接受，故不涉及彈詞的分流演變[18]。其他方面，關於廢閑主人，鳥居久晴也注意到《十五貫》、《麒麟豹》的序是廢閑主人作的，但他說：「廢閑主人是誰呢，當然不清楚。」陳維昭將廢閑主人其他彈詞作品的編輯風格與《繡像金瓶梅傳》互爲對照，證明此書同樣是一部大而化之的、便宜行事的複製品，補充了前人研究的缺憾。至於作者的工作，鳥居久晴、黃霖都說南詞只是「第一奇書的摘要」，陳維昭也認爲，作者的工作僅止於對小說內文進行文字取捨和情節分流以利書場演出。然而實際情況是不是如此呢？以及，情色段落又是怎麼處理呢？

以小說第27回爲例，包括詞話本、崇禎本、第一奇書本的回目都是「李瓶兒私語翡翠軒　潘金蓮醉鬧葡萄架」，第一奇書本則另有簡目「私語醉鬧」。至於此回內容，被改入南詞正文第58回的尾巴、第59回的全部、第60回的大半，回目分別是「赴荒郊西門燒材」、「瓶兒私語翡翠軒」、「金蓮大鬧葡萄架」[19]，簡目則是「殞命」、「私語」、「架合」。如前所述，南詞前八十回係將小說一回的內容改以二至三回呈現，且往往將小說一回的雙句回

---

[18] 一般認為，「南詞」應是一種說唱藝術，亦即曲藝，而非代言體的戲曲形式。不過前引陳維昭文指出，南詞可能有分派角色扮飾的狀況，可惜該文證據不足。蘇州評彈固然也有兩、三人分飾數角的情況，但仍是「坐唱」、「彈唱」，南詞《繡像金瓶梅傳》應當還是曲藝而非戲曲；除非在仔細考察全書後，確認真有「敘事體夾雜代言體」的情況，方能將南詞《繡像金瓶梅傳》定位為戲曲作品。由於單從書面文本很難判斷說唱和代言之間的輕重，加上該作究竟是戲曲或曲藝並不影響本文的推論，因此在行文時多半視其為曲藝文本，只在此處權用「戲曲／曲藝」文本之說，以對陳維昭的說法保留一點餘地。

[19] 前面提到，南詞《繡像金瓶梅傳》從第55回開始，目錄所揭每一回的回目，在正文都要到下一回才得對應。所以，回到本書目錄來看，「赴荒郊西門燒材」是第57回、「瓶兒私語翡翠軒」是第58回、「金蓮大鬧葡萄架」是第59回，實際對應的內容是第58、59、60回。為了方便辨識，下文凡是提到某回如何如何，悉以正文實際對應之回目名稱為準。

目拆開成兩回新的單句回目；只不過在這個例子，原第一奇書本第27回「私語醉鬧」這個簡目，到南詞只承襲其中一半，「醉鬧」被「架合」取代了。

回目之後，緊接著是起到靜場、定音、試嗓作用的開篇，南詞第59回開篇是一首題爲〈思郎〉的唐詩唱句，訴說痴心女子的幽怨情懷。接下來正文則見小生登場：

> 〔小生引〕錦帳鴛鴦，繡衾鸞鳳，一種風流千種態。看雪肌雙瑩，玉簫暗品，鸚舌偷嘗。

這裡完全照搬第一奇書本27回回首詩詞〈好女兒〉的上半闕[20]。此後，唱白交錯，但無論唱詞或口白，大抵還是襲自小說原文，變動並不很大。例如準備進入故事主幹的時候，南詞敘述者口白道：

> 〔白〕過了兩日，卻是六月初一日，天氣十分炎熱。到了赤烏當午的時候，一輪火傘當空，無半點雲翳，正是煤石流金之際。

小說原文在「赤烏當午」前多出一個「那」字，無可無不可；然而，原作「爍石流金」語出《水滸傳》第27回，南詞這裡作「煤石流金」或係誤植？接著，提到「有一詞單道這熱」——「祝融南來鞭火龍，火雲焰焰燒天空。日輪當午凝不去，萬國如在紅爐中。五岳翠乾雲彩滅，陽侯海底愁波渴。何當一夕金風發，爲我掃除天

[20] 由於南詞《繡像金瓶梅傳》是依「第一奇書本」《金瓶梅》改寫，因此本文凡遇引錄小說原文，悉引自里仁書局據康熙34年乙亥（1695）張竹坡評在茲堂本《金瓶梅》影印之《第一奇書》（臺北：里仁書局，1981年1月），頁碼茲不贅註，此本常見之簡字、異體字、錯別字亦不做更動。

下熱。」南詞則將之略加改寫轉為唱詞——

> 〔唱〕祝融南來鞭火龍，火雲焰焰繞天空。日輪當午非凡熱，火傘當空一樣仝。五岳翠乾雲彩滅，萬國如仝紅火中。何當一夕金風發，掃除為我滅長虹。

南詞唱曲將第二句「燒天空」改為「繞天空」，不管是否為抄錄的失誤，就理解而言問題都不大。第四句將原本的「萬國如在紅爐中」改為「火傘當空一樣仝」，固然明顯重覆了說白裡的「一輪火傘當空」；但若考慮到原本第六句「陽侯海底愁波渴」文義不易理解，也許因此才將原本第四句微調成「萬國如仝紅火中」並移到此處，也未可知。不過，原文最後一句「為我掃除天下熱」明確有力，這裡改為「掃除為我滅長虹」反而文謅謅了。

南詞前八十回，多數時候是上述這種情形，即針對小說原著進行些微調動。前面提到，南詞前八十回不過就省略了小說第15回「佳人笑賞翫燈樓」、「狎客幫嫖麗春院」，第16回「應伯爵追歡喜慶」，第22回「春梅姐正色閑邪」，第24回「惠祥怒詈來旺婦」，第35回「西門慶為男寵報仇」，第39回「寄法名官哥穿道服」、「散生日敬濟拜冤家」，其他固然偶有局部情節被簡化的情況，但大部分是針對情色段落而進行局部刪節。所以，扣除上揭橋段，要說南詞《繡像金瓶梅傳》主要根據原著微調文字，復針對性交段落略加淨化，大致是可以成立的——至少前八十回如此。

然而這樣的淨化工程並不徹底，若以全書為範圍進行考察，明顯可見內在衝突——雖不至於表裡不一，但卻顯然別有居心。

小說的閱讀屬私密行為，戲曲及曲藝的欣賞乃公開活動，明清兩代《金瓶梅》於書場或劇場演出的文獻遠比其他經典來得少，原因不外乎此。事實上，南詞《繡像金瓶梅傳》在很多地方都強調了節制的必然，例如第4回碰到小說寫金蓮為西門慶口交，南詞只道

「無限百般行樂處，書家不及表分明」，便跳到西門欲收用春梅一節。又，第46回結尾時交待：「那晚玉樓房內宿，寬衣解帶便安寢，為雲為雨無窮樂，淫污之言不必云，紙短情長難細講，下卷書中接上文。」[21]更理直氣壯的是第85回，此回寫西門慶先後找王六兒、李瓶兒試胡僧藥，先是提到：「若講此書，今為唱本，一切淫污之言難淫于紙筆。」後來又云：「二人纔興雲雨，此段書家不表云，撇下污言談正傳。」

況且南詞並非宣示而已，實際上還眞的限制了性交筆墨。例如第11回，小說有王婆問西門慶潘氏風月如何，又有詩詞分別寫西門陽具、金蓮陰戶，南詞全部略去。第19回，寫「和尚聽淫聲」亦是草草交待。第23回，跳過金蓮為西門慶口交及過程中的言語機鋒。第35回，小說提到李瓶兒和西門慶肛交一節，南詞未錄；之後小說寫潘金蓮和西門慶白日測試「勉鈴」功效，南詞技巧地改成「金蓮聽說便珍藏，令著春梅拿進房」。第36回，小說原寫李瓶兒「醉態顛狂，情眸眷戀」，以及為西門慶口交等情事，南詞亦無。第39回，小說本寫金蓮趁西門酒醉為其口交，並有蚊子雙關〈踏莎行〉為證；接著寫西門醒來，「教婦人馬爬在他面前，那話隔山取火，插入牝中，令其自動，在上飲酒取樂」——南詞只留下蚊子雙關〈踏莎行〉，至於口交、性交皆未著錄。第44回，西門慶與吳月娘和解後交歡一段，包括西門慶露出陽具，以及接下來的性交動作、高潮反應，南詞改用一段唱詞寫其大概而已。第48、49回，兩次寫宋蕙蓮和西門慶性交，小說生動露骨，南詞草草交待。第56回，小說提及「原來婦人夏月常不穿褲兒，只單吊著兩條裙子，遇見西門慶在那里，便掀開裙子就幹」，南詞只說兩人雲雨。第75回，小說原寫西門慶與書童春風一度，南詞未提。第

---

[21] 有趣的是，南詞第46回對應的小說第21回，原書只有「不說西門慶在玉樓房中宿歇」一句話，南詞反而先說「為雲為雨無窮樂」，復又強調「淫污之言不必云」。

77回，小說提到安進士贊書童「此子絕妙而無以加矣」，南詞雖見，但小說後面補道「原來安進士杭州人，喜尙男風，見書童兒唱的好，拉著他手兒，兩個一遞一口吃酒」，南詞卻未著錄。第79回，小說寫西門慶與王六兒初次交歡，從挑情、性交細節到六兒兩項癖好等等，南詞只以五句唱詞交待，並局部引用一篇描寫性交過程的韻文；兩人二度性交時小說有甚爲細微之交待，然南詞只道西門慶帶了個淫器包（並內中淫器），保留一段贊後庭之美的曲子而已。至於第80回以後，南詞急於收煞全書，小說情節被大幅刪卻，因此幾乎所有性愛情節都不見錄[22]。

問題在於，南詞作者雖然作了多次宣示，實際上也刪卻不少小說原有的性交描寫，但恰如第85回透露的：「今既爲文詞唱本，未免閨閤潛聽，甚爲不雅，只好略表幾句。」南詞《繡像金瓶梅傳》如何「略表幾句」呢？

以小說第27回發展出的南詞第59、60回爲例，「李瓶兒私語翡翠軒」一節如此寫道——

> 〔白〕見他紗裙內罩著大紅紗褲兒，日影中玲瓏剔透露出玉骨冰肌來，〔唱〕不覺淫心如火焚，軒中左右無人在，〔白〕且不去梳頭，把李瓶兒按在一張涼椅上，揭起湘裙紅裩，〔唱〕傾刻雙雙會雨雲，倒掬隔山來取火，兩人曲盡于飛情。……〔唱〕忽聽西門來說話：〔白〕心肝，我不愛你別的，好個白屁股兒！〔唱〕又聽得，瓶兒帶笑語低殺：〔白〕奴家身子不方便，〔唱〕速請君家收雨雲。西門動問曰何故？瓶兒回說我

[22] 必須提醒的是，小說第40到80回的性交筆墨，無論比重、質量都遠高過前四十回——亦即南詞主要的改寫來源。

> 已重身。西門聽説心歡喜，〔白〕我的心肝，你怎不早説？既然如此，我胡亂耍耍吧！

這裡的文字意趣，幾乎就是從小說原文剪裁、濃縮而來，並無節制，就連西門慶幾句口白：「心肝，我不愛你別的，好個白屁股兒！」「我的心肝，你怎不早說？既然如此，我胡亂耍耍吧！」依然傳神。至於全書最經典的性愛橋段「潘金蓮醉鬧葡萄架」，包括西門慶打金蓮肉壺、吊婦人於葡萄架下並折磨之、性交過猛導致婦人險死等全部過程，雖然整場性事只用一大段唱詞交待，但其中仍見相當露骨之文字——

> 〔唱〕金蓮隨即睡其身，周身衣服多寬下，仰臥其身將小腳分，手拿紗扇把涼風扇。西門一見觸淫心，也便寬衣來睡下，與金蓮兩下敘歡情。一人情興如焚火，迎播掀幹好歡心，雙雙雨雲無休歇。沒稜露腦往來勤，陰精隨拭隨時出，衽席為之盡濕淋。直抵牝屋無窮美，含苞花蕊牝中深。男子翕然情不耐，暢美之心不可云。那金蓮，星眸目閃微微喘，作嬌作泣浪淫殺。提幹時辰三五百，西門情極便丟身⋯⋯

從以上文字來看，它把小說原著習慣強調的性交動作、性交過程生理反應，以及這裡特別凸出的性學知識（牝屋），都盡可能記錄下來了，這一方面證明南詞文本對小說文本的依賴與承襲，另一方面也能說明為什麼學者認為此書重心在於情色表現。

再看南詞第64回，小說寫西門慶午探金蓮——「婦人赤露玉体，止著紅綃抹胸兒，蓋著紅紗衾，枕著鴛央枕，在涼席之上，睡思正濃。」這段極見引誘況味的文字，南詞大致是照錄的。接著小說寫西門慶見婦人玉體互相掩映，「戲將兩股輕開，按麈柄徐徐插入牝中」，南詞則是「就把他兩股輕開將麈柄按，徐徐插入便興雲」，性器官初交合的動作也是直述無諱。矛盾的是，再來即著名的「蘭湯午戰」，過程雖然被南詞簡略帶過，卻仍保留一首運用大量狀聲詞寫性交過程的〈山坡羊〉，不禁讓人懷疑，演出者在臺上是否眞的唱了？

然而以上幾個例子，充其量只能說是「保留」了小說原有的性交描寫，不論是散文情節或韻文歌曲。下面這個例子，則是在既有的小說內容以外，「增加」了新的情色描寫。南詞第30回開場，寫西門慶隨迎春初入花宅會李瓶兒，已先凸出其「慾火焰騰騰」，這是原著所沒有的。接下來寫兩人性交過程，明清小說常見引用的〈鳳求凰〉，這裡也全文照錄，但在之前新加一段小說沒有的唱詞：「但聽得唧唧噥噥雲雨聲，模糊細語話來輕。見他們二口相親成一呂，此刻聯形好字成。你看他，蜂狂蝶浪貪香甚，把那洞裏桃花味細尋。一雙兒燈下風癲甚，堪堪鬓亂欲消魂。」接下來小說寫迎春私窺潛聽，藉此鋪出男女二人的對話，但南詞卻補出迎春觀戲時的反應：「〔唱〕迎春看得面通紅，猶如小鹿撞心中，唾涎口角吁吁喘，又聽房中話唧噥。」雖然不至於下流，但也烘託了偷窺潛聽的氛圍。

小說原有情色描寫，作爲一個續寫或改寫者，如果眞打算節制後出文本的情色濃度，除了宣示畫清界線，最主要的工程還是「刪」——不論是否刪得盡（淨）。可是南詞《繡像金瓶梅傳》的問題在於，除了未見刪盡（淨），它還增補了新的細節。這些細節雖不是新派生出的大段故事，僅只於摹寫小說人物可能的心理活動或身體反應，但從前引兩個例子來看，一是引誘接受者竊聽，一是鼓動接受者窺視，兩者皆把人帶向風情無限的想望方向，誰說不是居心叵測？前面提到，南詞本子節制情色濃度的理由，書中自稱是顧及此爲「書家」所作之「唱本」。然而最終爲什麼溢出了一般以爲的舞臺限度？可能是創作者的問題，也可能是接受者的問題，或者說是創作者和接受者期約之共識。

四、南詞《繡像金瓶梅傳》的世俗化傾向

南詞《繡像金瓶梅傳》於風月筆墨上的遊移反覆，讓人聯想到清初小說《續金瓶梅》。

紫陽道人（丁耀亢）於《續金瓶梅》第1回強調，《金瓶梅》「原是替世人說法，畫出那貪色圖財、縱欲喪身、宣淫現報的一幅行樂圖」，不料後來「這部書反做了導欲宣淫話本」，所以他才作起續書，期能「藉此引人獻出良心，把那淫膽貪謀一場冰冷，使他如雪入洪爐，不點自化。」[23]不過，這部依傍《太上感應篇》寫因果輪迴故事、甚至別有借宋金戰事影射明清鼎革用意的小說，猶見不少風月描寫。對此，作者的理由在第31回道出：寫得正經怕沒人看，寫得不正經又怕人目爲淫書，「只得熱一回，冷一回，著看官們癢一陣，酸一陣，才見的筆端的造化丹青，變幻無定。」可惜，丁耀亢的「苦心」只能說是一廂情願，因爲冷／熱對比的美學主張，豈能淪爲替讀者「降火」的形而下服務？作者宣揚因果報應、批判明室無能、控訴滿清殺戮的心情或許是眞切的，然而生活在情色書寫最盛行的年代，丁耀亢也很可能在描寫這些風流情事時動起興來。又，考察《金瓶梅》以後的世情小說發展，明顯可見不少作家有意遠離實寫性交的風氣，他們或如才子佳人小說用避寫、或如《紅樓夢》用虛寫的方式處理之。可是《續金瓶梅》在這方面存在客觀難度，因爲它乃續衍一部充滿情色張力的文本，而非如其他作品另起爐灶、重新設計人物和情節，所以要眞正從《金瓶梅》暴露風氣中走出來誠屬不易。

藉由《續金瓶梅》的例子，可以解釋南詞《繡像金瓶梅傳》

---

[23] 清．丁耀亢等著，陸合、星明校點：《金瓶梅續書三種》（濟南：齊魯書社，1988年8月）。以下引文悉據此書，頁碼茲不贅註。

的矛盾：一方面，性交描寫在清代中期的文壇「實亦時尚」；另一方面，它和《續金瓶梅》、《三續金瓶梅》同是根據那部充滿情色張力的原著，必然要和小說續書一樣，難以擺脫遮掩不盡的宿命。更要緊的也許是，從讀者接受的角度看，《金瓶梅》到《續金瓶梅》、《三續金瓶梅》再到南詞《繡像金瓶梅傳》，讀者的社會位階基本上是每況愈下的，市井色彩濃厚的接受者往往更醉心於直接的、張狂的挑逗式書寫——至少，創作者是這麼想的。既然丁耀亢都說：「熱一回，冷一回，著看官們癢一陣，酸一陣。」廢閑主人不會不懂得。

前面已經反覆提到，清代中期嘉慶、道光年間的世情小說寫作，無論是獨創型或續書型，都可見一股向中下層文人靠攏的市井化趨勢，其中特色之一，便是強化了滿足男性暴發想像的情色描寫。另一方面，彈詞乃係廣受不同階層消費者歡迎的藝術類型，既有名流雅士的擁護、又得販夫走卒的喜愛，陳維昭根據徐珂《清稗類鈔》所述，主張南詞《繡像金瓶梅傳》屬於迎合市井群衆風情喜好的作品，委實不錯，這一點從主要寫男女風情的「唐詩唱句」即可看出。

不過，《金瓶梅》寫性交，絕不只是爲了撩撥讀者情欲想像，在很大程度上，小說還有其他深意（無論是否涉及勸戒）。以第27回的「潘金蓮醉鬧葡萄架」來說，西門慶「先將腳指挑弄其花心」、「戲把他兩條腳帶解下來，拴其雙足，吊在兩邊葡萄架兒上」、「投箇肉壺，名喚金彈打銀鵝」……等等作爲，乍看或是調情，實則爲殘暴的污弄折磨。金蓮初時不知，還來知道了方急告饒：「我曉的你惱我爲李瓶兒，故意使這促恰來，奈何我，今日經著你手段，再不敢惹你了。」結果西門慶笑道：「小淫婦兒，你知道就好說話兒了。」顯然，西門慶於性交過程的諸種擺佈，實實在在是男性家長的懲罰。後來，西門慶因施力太過，把硫黃圈子折在婦人體內，使得金蓮「目瞑氣息，微有聲嘶，舌尖冰冷，四肢收軃于衽蓆之上」，險些喪了性命——更是無意識裡對懲罰的延長[24]。遺憾的是，小說在這一場極具張力的性交描寫中，所欲展現的西門慶男性家長權威、以及臣服於權威下的婦人卑微運命，因爲南詞文本省略了大部分的細節，只保留一小段露骨的性交過程作爲唱詞，使得第60回的「架合」純粹淪爲一場性愛美事。從這個例子來看，南詞作者在乎的是對聽眾的情欲挑逗，而非性別權力的反省。由此可知，要南詞作者留意於小說原本的世態人情，自然也是緣木求魚了。

魯迅說：「《金瓶梅》作者能文，故雖間雜猥詞，而其他佳處自在。」[25]這些佳處所指爲何，根據魯迅上下文脈落，不外兩個層面：一是細節摹寫的功夫，二是世態人情的展現。事實上清人劉廷璣早就提到：

> 若深切人情世務，無如《金瓶梅》，……其中家常日用，應酬世務，姦詐貪狡，諸惡皆作，果報昭然。而文心細如牛毛繭絲，凡寫一人，始終口吻酷肖到底，掩卷讀之，但道數語，便能默會爲何人。結構鋪張，針線縝密，一字不漏，又豈尋常筆墨可到者。[26]

《金瓶梅》細節摹寫的功夫，不但令讀者宛若身歷其境、親見其人，而且因此得以領略世態人情。不只劉廷璣，謝肇淛的〈金瓶梅跋〉、無名氏爲滿文本《金瓶梅》作的序，都有一樣的感慨，所以魯迅才會說：

---

[24] 胡衍南：《飲食情色金瓶梅》（臺北：里仁書局，2004年4月），頁127-130。

[25] 魯迅：《中國小說史略》，《魯迅全集》（北京：人民文學出版社，1981年12月），第9卷，頁183。

[26] 清．劉廷璣撰，張守謙點校：《在園雜志》（北京：中華書局，2007年5月），頁84。

> 作者之于世情，蓋誠極洞達，凡所形容，或條暢，或曲折，或刻露而盡相，或幽伏而含譏，或一時並寫兩面，使之相形，變幻之情，隨在顯見，同時說部，無以上之，故世以爲非王世貞不能作。[27]

南詞《繡像金瓶梅傳》有沒有細節化的描寫？或者說，有沒有繼承小說本有的細節化描寫？平心而論，尙有不少，很多關於西門慶及其妻妾的居家生活細微，南詞本子都繼承下來。例如第33回，先寫李瓶兒打聽出潘金蓮生日，於是坐轎子來西門家爲其祝賀；緊接著第34回，則是吳月娘率衆妻妾赴李瓶兒生日宴。這一來一往，佔了南詞近兩回篇幅，內容不外是女眷之間的飲酒、勸食、戲語，然而南詞本子幾乎全錄，就連小說提到的婦人服飾——「吳月娘穿著大紅粧花通袖襖兒，嬌綠緞裙，貂鼠皮襖。李嬌兒、孟玉樓、潘金蓮多是白綾灰鼠皮襖兒，藍緞裙。李嬌兒是沉香色遍地金比甲，孟玉樓是綠遍地金比甲，潘金蓮是大紅遍地金比甲，頭上珠翠堆盈，鳳釵半卸」——也不放過。又如第45回，孟玉樓聯合衆妾治酒邀西門慶、吳月娘賞雪，包括過程中遭孫雪娥、李嬌兒推拖敷衍，以及宴上的笑謔混話等細節，南詞錄之甚詳。接下來第46回，寫孟玉樓生日酒，包括之前寫金蓮拉了玉樓、瓶兒三人到大門首買瓜子兒、之後寫衆人行酒令說笑話等等，也都全錄下來。再如第76回，賁四向西門報告庄子上收拾的情況——「前一層纔蓋瓦，後面捲棚昨日纔打的基，還有兩邊廂房與後一層住房的料都沒有，客位與捲棚漫地尺二方磚，還得五百，那舊的多使不得了，砌牆的大城角也沒了，墊地腳帶山子上土也添勾了百多車，灰還得二十兩銀子」——接下來有西門慶的裁示，其中又涉及各樣世情往來，應伯爵亦加入了討論，這一大段南詞亦未放過。

---

[27] 魯迅：《中國小說史略》，《魯迅全集》，第9卷，頁180。

可是，上述這些例子（其實還有不少），不代表南詞《繡像金瓶梅傳》和小說《金瓶梅》一樣具有世情書寫的成績。爲什麼？關鍵在於南詞文本破壞了小說文本的「整體性」。首先，南詞用八十回篇幅卻講不完小說前四十回故事，再用剩餘的二十回空間草草結果李瓶兒、西門慶、潘金蓮——如此一來，《金瓶梅》再有什麼難得的世態人情企圖，到《繡像金瓶梅傳》也變得支離破碎，遑論這些部分多半遭到刪卻。且不提龐春梅的戲分變得似有若無，也不說應伯爵的「幫閒」本色不見發揮，回到主角西門慶來講，他得胡僧藥以後的得意忘形、升轉提刑正千戶後的意氣風發、日漸走向精盡人亡的悲歌不絕，都是小說中段以後的高潮。如果說《金瓶梅》的重點之一，在於反省暴發之後的快速殞落，那麼《繡像金瓶梅傳》幾乎沒有機會處理這個命題，當然也沒有機會扣問更深層的其他部分。其次，前面提到南詞本子有不少地方對小說錄之頗詳，問題是，南詞作者在抄錄時幾乎沒有選擇標準。例如第36回，寫到西門慶著人抄來邸報——作爲案頭文本，小說有充分的理由將其內容詳盡道出，可是作爲視聽文本，南詞豈有理由長篇照錄？由此可知，對於從改編初始就沒有結構概念的作者而言，實在不可能繼承小說於風情故事之外的任何深刻。

另可參考的是，從南詞《繡像金瓶梅傳》依據的《金瓶梅》版本，也許能夠看出世情取捨的別樣考慮。眾所周知，《金瓶梅》刻本有兩個系統、三種類型：一爲明萬曆年間刊行之《新刻金瓶梅詞話》，俗稱詞話本；二爲明崇禎年間刊行之《新刻繡像原本金瓶梅》，俗稱崇禎本、繡像本、說散本；三爲清康熙年間張竹坡《批評第一奇書金瓶梅》，俗稱第一奇書本、張評本，屬崇禎本系統改作的本子。詞話本、崇禎本《金瓶梅》的內在差異，已是不可否認的事實，例如單從兩書各回的回首詩詞來看，詞話本有三分之二具有道德勸誡意圖，崇禎本則有三分之二是態度模糊的抒情詩歌——

姑且不論這個現象可以怎麼解釋[28]，至少，詞話本原擬加強的諷諭意圖，到了崇禎本之後被淡化了，轉向了更幽微的生存省思。李志宏的研究指出，兩部《金瓶梅》的差異不只在於俗／雅藝術的表現，還包括對世情關注取向的不同：在預述性敘事框架的設置上，詞話本著重「情色」議題，崇禎本則移至「財色」議題；在故事類型的設定方面，詞話本沿襲「紅顏禍水」母題、強化情色爲禍的歷史意識，崇禎本則回歸到西門慶的欲望追逐、在天道循環中體現色空之思；在經世寓言的建構方面，詞話本體現特定的政治諷諭思想，崇禎本則回到人生如夢的內在省思[29]。

簡單地說，詞話本開篇之「四貪詞」如果含有政治寓意、回首詩詞的道德勸誡假設誠爲世情張本，這些元素到崇禎本或被取消或遭置換，小說的風情取向也就因此相對凸顯。由崇禎本而來之第一奇書本，既然已是清代唯一通行的本子，南詞《繡像金瓶梅傳》根據這個本子改作，原來可能的政治寓意、教化苦心當然也就容易忽略，剩下的便只有最表面的風情故事了。

五、潘金蓮：被高度風情化的女人

一部世情小說最終只剩下風情故事，人物的社會關係必然因此被淡化，典型人物變成概念而存在。在原著小說中，西門慶不只繼承《水滸傳》的流氓氣，還花更大的力氣鋪寫其暴發性格，尤其升官提刑正千戶之後，他與各級官員的交往更加頻繁，各項投資也大

---

[28] 詳參田曉菲：《秋水堂論金瓶梅》（天津：天津人民出版社，2003年1月）；胡衍南：《金瓶梅到紅樓夢——明清長篇世情小說研究》（臺北：里仁書局，2009年2月）。

[29] 李志宏：〈一樣「世情」，兩種「演義」——詞話本與說散本《金瓶梅》題旨比較〉，收入陳益源主編：《2012台灣金瓶梅國際學術研討會論文集》（臺北：里仁書局，2013年4月），頁227-257。又，李志宏：《《金瓶梅》演義——儒學視野下的寓言闡釋》（臺北：臺灣學生書局，2014年9月）。

發利市，第78回應伯爵、李三勸西門慶和張二官聯手一宗朝廷的古器買賣，不就見西門慶回道：「此是我與人家打夥兒做，不如我自家做了罷，敢量我拏不出這一、二萬銀子來？」話中全是家大業大官大的意氣風發。要緊的是，作家把西門慶對性的嚮往，和他對財富權力的追逐聯繫在一起，西門慶社會關係的優勢地位，也從兩性關係的橫暴姿態反映出來，小說第57回這段對話最能見其放肆的性交征戰心理：

> 西門慶笑：「你的醋話兒又來了。卻不道天地尚有陰陽，男女自然配合？今生偷情的、苟合的，都是前生分定，姻緣簿上註名，今生了還。難道是生刺刺、胡搊亂扯、歪廝纏做的？咱聞那佛祖西天，也止不過要黃金鋪地；陰司十殿，也要些楮鏹營求。咱只消儘這家私，廣爲善事，就使強姦了姮娥，和姦了織女，拐了許飛瓊，盜了西王母的女兒，也不減我潑天的富貴！」

有錢有勢的西門慶認爲天下婦人全供我用，處在對立面的婦人，自然只能臣服其下卑微求生，吳月娘的求全忍讓、孟玉樓的含怨不露、潘金蓮的逢迎設計、王六兒的張狂巧奪、如意兒的自薦枕席……，作家既寫出人性，更寫出各自生存鬥爭的艱辛。

不過，這一切到了南詞《繡像金瓶梅傳》全遭到淡化，由於小說最深刻的權力關係展現悉在全書後半段，在南詞「虎頭蛇尾」的改寫原則下幾乎全給抹煞了。南詞前八十回尚演不完小說前四十回故事，因此這個曲藝本子的重心，幾乎淪爲以西門慶、潘金蓮、李瓶兒爲核心的風情故事。特別的是，南詞本子裡潘金蓮這個角色，發生了細微卻又重要的變化。

南詞《繡像金瓶梅傳》裡的潘金蓮，甫登場便和小說原著有著不同。原著小說寫潘金蓮設了局約武松酒飯，在等待來家時，只見金蓮心理想道：「我今日著實撩鬪他一鬪，不怕他不動情。」這個部分在南詞第4回也承襲下來，可接下來卻加寫一段本來沒有的金蓮唱詞：

> 〔唱〕主意定，喜心窩，我與叔叔雙雙緣分多，想他便，決不推辭來俯就。今朝打點渡銀河，陽臺會，動干戈，不知他的本領待如何？與他鏖戰巫山戰，且看誰弱誰強誰討和？若是武松心淂意，必須要，精神抖搜用功夫。

金蓮幻想和武松雲雨、並且推敲其床笫本事，這是原著所沒有的，「撩鬪」的目的不一定是交歡，然而南詞藉這段唱詞儥張了潘金蓮的情欲，也凸出了婦人求歡行爲的主動性。

西門慶和潘金蓮初會的情形也是一樣，男子在王婆的安排下，一步步挑戰婦人的道德底限。就在西門慶偷偷捏了潘金蓮繡花鞋頭、婦人笑將起來揚言大叫、男子求饒討好之後——「于是不繇分說，抱到王婆床炕上，脫衣解帶，共枕同歡。」潘金蓮也許是欲拒還迎，但主動權乃握於西門慶手上。然而到南詞便不一樣了，雖然第8回先寫西門慶急欲成雙的露骨心理——「〔唱〕……恨不淂，與他即刻成佳話，想到其間慾火炎，兩足虛浮紅著臉，思良就此幹無天。」但第9回馬上補述一句「此刻金蓮欲火炎」，而後又唱出金蓮的期待心理——「半怜半愛胸前喘，欲思苟合兩情濃。」這是小說沒有明言的。尤其，正準備寫兩人交歡時，南詞忽地穿插一個摹寫婦人「性」急的笑話，而後續上西門慶急解不開金蓮裙帶頭情事——這個原著小說沒有的橋段，看似寫這一對男女的乾柴烈火，但顯然更爲激化潘金蓮的「飢渴」形象。也難怪，第10回提到媒合二人的王婆要雙方各留表記，金蓮變成主動拿出她的白綯沙汗巾，而不是原著小說中的半推半就了。

後文寫潘金蓮，更屢次以附帶補充的方式，刻意提起她的「淫」。例如第19回寫何九眼中的婦人：

> 〔唱〕看這金蓮窈窕娘，被風吹過一團香。莫非是，昨宵待帳迎韓壽，今朝欲續鳳求凰。一度春風情未及，想他還在盼劉郎。一身孝服能文雅，青絲彷彿懶梳粧。人情似倦還非倦，意態輕含午夢長。想是他，交戀陽臺巫峽夢，當有餘香在錦囊。

接下來的例子更爲直接。例如第20回，小說本道：「二人女貌郎才，正在妙年之際，凡事如膠似漆，百依百隨，淫慾之事，無日無之。」南詞改爲唱詞：「二人女貌配才郎，如漆似膠一樣腔，歡淫無度如娼妓……。」直接將婦人定位爲娼。所以，第61回寫葡萄架下明明隱去許多情節，卻偏偏留下原著小鐵棍一句話：「看見俺爹吊著俺五娘兩隻腿兒，在葡萄架兒底下，搖搖擺擺。」分明亟寫其醜。又如第64回，小說寫西門慶午探金蓮——「婦人赤露玉体，止著紅綃抹胸兒，蓋著紅紗衾，枕著鴛鴦枕，在涼席之上，睡思正濃。」南詞大致照錄，然底下多一句：「比在武大家大不相仝也。」強調金潘無恥愈甚。再如第97回，金蓮與西門的性交雖然略去細節，但言及金蓮下藥過度一事，又見唱道：「登時暴跳狠如強，金蓮一見喜非常，倒扒身把著風流幹，直抵苞花美□場。」把原著表在暗處的金蓮心思給翻上檯面了。除此之外，寫潘金蓮和陳經濟的亂倫情事時，南詞本子也不放過凸顯婦人情欲，第86回陳敬濟哄潘金蓮進山洞「瞧蘑菇」，南詞也補上一句「金蓮慾火炎炎動」。

南詞《繡像金瓶梅傳》還安排了一個有意味的對照。回到南詞第12回，金蓮下毒武大，這裡插入一段新的唱詞：「世間最毒婦人心，惟有金蓮更勝人。欲思長久把夫妻做，狠心今晚要害夫君。」武大死後，金蓮帶孝假號，南詞又平添一段金蓮假號的唱詞。有趣的是，和潘金蓮有著近似形象、並且同樣背夫通姦的宋惠蓮，原著小說沒有交待宋蕙蓮最終自縊的原因，雖然讀者很可以往婦人對西門慶失望這個方向進行聯想。但南詞第58回，直接安排宋蕙蓮登場自訴：「此乃我背夫幹下不端而害他如此，叫奴好不把怯人也。」接著又唱曲「禍端多爲奴家起」云云。同樣面對夫亡，金蓮假號，蕙蓮自縊，小說對此點到爲止，南詞劇本則刻意強調了蕙蓮的悔意，顯然冀望透過這樣的對比，強化潘金蓮的無可救藥。

相對起原著小說，南詞中的潘金蓮變成一個更主動的、更急切於情欲滿足的風情婦人。這個變化，除了透過前面提到的細節增補，另外還藉由「唐詩唱句」中一個又一個的風情婦人形象互爲映襯。講到這裡，先看南詞第18回潘金蓮這段唱詞：

> 〔唱〕奴家生性本輕飄，與他兩下賦桃夭。如此炎天天氣熱，令人越發動心焦。窗前粉蝶雙雙舞，瓦上頻追野耗貓。奴家二五年將及，正好和郎鸞鳳交。並肩共飲香醪酒，疊股揾腮情興高。銷金帳裏同鴛枕，繡被鸞衾抱柳腰。春風一度情多少，海誓山盟枕上邀。

這是因爲，西門慶歡娶孟玉樓之後將潘金蓮撇在一旁，教婦人每日「門兒倚遍，眼兒望穿」，所以南詞於第18回開場加了這段小說沒有的內容，以顯出婦人的寂寥。問題是，這段唱詞有兩點値得注意，一是其中「奴家二五年將及」不符事實，二是整段內容流於陳套——因此它很可能是作家從當時流行的彈詞開篇挪用過來。這個推測，說明南詞《繡像金瓶梅傳》中「唐詩唱句」不只是滿足彈詞的形式必要而已，作家置入大量的風情傾向文本，應當也有與全書故事、至少與書中主要人物互爲對照的設計概念。

前文提到，一百回的「唐詩唱句」中，有一半是將當時膾炙人口的彈詞開篇如〈佔魁〉、〈雪塘〉、〈拜月〉、〈饑荒〉、〈哭沉香〉、〈斷橋〉搬挪過來，基本不涉及淫逸挑逗。但剩下的一半，明顯是寫女子的閨思、綺想、猥褻，不僅「總的說不太雅」，甚至第1回的〈窺浴〉、第2回的〈看春宮〉、第9回的〈竊鞋〉、第10回的〈偷歡〉，直接涉及性交細節或男女交合。上述四則開篇，〈窺浴〉和〈看春宮〉因爲被安排在南詞之首，暴露出作者撩撥、取悅讀者風情想像的意圖（雖然隨後有所收斂）；但是〈竊鞋〉、〈偷歡〉正好對應該回寫西門慶和潘金蓮初次通奸，明顯有襯補潘金蓮風情形象的用意。

例如第9回的唐詩唱句〈竊鞋〉，唱的是表哥趁佳人睡中竊取三寸金蓮、而後表妹佯稱要報官捉賊一段故事，結果兩人打情罵俏之後——

> 上前摟定多姣女，色膽猶如天樣同。含歡摟倒鸞衾上，傾刻藍橋有路通。一個是，半推半就呼呼喘；一個是，求利求名總是空。爲雨爲雲成美事，鸞交鳳友樂無窮。世間樂事無如此，泛此恩情分外濃。快些嚎，恐防使女進房中。

而在這一回的南詞正文裡，正好寫西門慶在王婆設下的飯局裡與潘金蓮眉來眼去，就在男子偷偷捏了婦人的繡花鞋之後，一個涎臉求歡，一個欲拒還迎，最終西門慶抱起潘金蓮開始性交。兩個文本的襯映非常明顯，唐詩唱句裡的表妹和南詞正文裡的金蓮，一樣以美色誘惑了男子，遇男子情挑時一樣佯裝正經，面對性交美事的態度一樣珍重滿意。就連寫婦人性交反應，唐詩唱句裡的「半推半就呼呼喘」，都和南詞正文的「半怜半愛胸前喘」異曲同工。藉由對比，潘金蓮的風情形象被強化了。

至於第10回的唐詩唱句〈偷歡〉，先唱的是「將奴青春配老年，而且還是作小偏」的悲哀；而後寫少婦趁大娘回娘家之夜，想要「偷淫在傾刻間」。好不容易把老郎喚醒——

> 奴家權把香茗送，欲守巫山雲雨歡。最恨的，奴情興未完他陽先洩，喘噓噓睡在奴奶傍邊，如同陪伴嬰孩睡。更比孤單又慘然，好比茉藤花纏繞在枯枝上，海棠花泛載在老梅邊。獅子抱球何日才，貪鸞望日想痴顛。娘阿！非是女孩忘卻閨門訓，人老何曾佔少年，花開能有幾時鮮！

這個橋段，很容易令讀者聯想到潘金蓮和張大戶的舊事，但小說（和南詞）並無意處理「青春配老年」的心酸，要說此處有此影射並不合理。倒不如說，老夫少妻引發的性交不對等，始終是市井民眾見獵心喜的情色話題，彈詞開篇有此題材並不意外。然而這一回南詞正文，只寫鄆哥意欲西門慶「賚發他些盤纏」，全然不涉及武大郎（的性失能），所以它的安排恐在誇大潘金蓮的性飢渴與不滿足。

南詞《繡像金瓶梅傳》裡的潘金蓮，先是被抽取掉原著小說應當推敲的生存困境，又在正文裡強化她主動的、急切於情欲滿足的風情萬種形象，復藉唐詩唱句補充她對性的渴求與貪婪，再再使她從一個受害婦人的世情「典型」變成風情「概念」。對南詞作者來說，這是一個便宜行事的手段；對南詞接受者來說，這是一個天經地義的事實。但從世情小說的歷史演進來看，南詞《繡像金瓶梅傳》對小說《金瓶梅》的理解與詮釋，還是和清代中期嘉慶、道光年間其他世情小說一樣——除了逐漸降低世情反省的思想深度，並且藉由被高度風情化的潘金蓮，滿足男性讀者的情欲想像。

六、附錄：李瓶兒形象的淨化

既然潘金蓮和李瓶兒是南詞《繡像金瓶梅傳》主要的婦人角色，那麼除了潘金蓮，李瓶兒形象又和原書有什麼樣的出入？

李瓶兒在南詞的初登場是第28回，對應起原著小說第13回，寫花子虛下帖子邀西門慶同赴院中吳銀兒家一敘，不料西門慶逕往花家時撲了個空，反而與花子虛渾家李瓶兒撞個滿懷。小說這裡關於李瓶兒的容貌描寫，南詞幾乎一字不改，詳下：

> 他渾家李瓶兒，夏月間戴著銀絲䯼髻，金鑲紫瑛墜子，藕絲對衿衫，白紗挑線鑲邊裙。裙邊露一對紅鴛鳳嘴尖尖趫趫小腳，立在二門裏臺基上。那西門慶三不知走進門，兩下撞了箇滿懷。

接下來小說寫到：「這西門慶留心已久，雖故庄上見了一面，不曾細玩。今日對面見了，見他生的甚是白淨，五短身材，瓜子面兒，細灣灣兩道眉兒，不覺魂飛天外，忙向前深深作揖。」不過，南詞在這裡改成一段唱詞：「西門假意吃驚慌，其如心內樂胸膛。蓄心已久今相會，細看瓶兒美貌娘。天姿國色花容貌，如比秋天嫩海棠。」然後才是旁白提到：「那西門慶見了瓶兒不覺魂飛天外，忙向前深深作揖。」小說寫西門慶與李瓶兒奸情，基本上定調為兩情相悅，不過很多讀者可能覺得婦人更主動一些；南詞在兩人關係上並沒有否認雙方互有好感，但在這裡有了細微卻重要的改動——強調西門慶對李瓶兒「蓄心已久」。西門慶反成了主動的一方。

小說確實提到西門慶有心圖謀婦人，不過那是稍後的事。當天晚上，西門慶把喝醉的花子虛送回家，李瓶兒請西門慶勸丈夫勿久戀煙花，表示「奴恩有重報，不敢有忘」。西門慶認為這是婦人

「明明開了一條大路教他入港」，自此「就安心設計，圖謀這婦人」，屢屢把花子虛及酒肉朋友掛住在院中過夜，他則沒事便往花家對門站立，找機會與李瓶兒眉來眼去，以至於最終「兩箇眼意心期，已在不言之表。」據小說文本而觀，西門慶是在婦人表示「奴恩有重報，不敢有忘」之後，才開始挑逗撩撥；可前面南詞文本這一改，西門慶變成在庄上見了婦人首面之後，便「蓄心已久」。有趣的是，南詞第28回結尾竟略去了前述小說所載這一橋段，即李瓶兒爲西門慶「開大路」一節被抹去了。接著第29回開場，先旁述「西門慶因爲李瓶兒一線情訴，時懷想念不忘」，接著便是西門慶這段唱詞：「我終朝想這美紅粧，時刻牽心掛肚腸。未知可尋□心意，鴛鴦枕上鳳鸞凰。爲雲爲雨無窮樂，喜殺我偷香竊玉郎。」藉此進一步坐實了，這段私通關係是西門慶主動勾引李瓶兒，而且從一開始即爲了性愛享樂。

接著李瓶兒差丫鬟繡春來請西門慶，再次懇託西門慶勸花子虛勿眠花臥柳。這裡，南詞加入一段西門慶眼中李瓶兒容顏的描寫，這在原著小說是沒有的：

> 〔唱〕繡春隨即送天泉，西門慶，還要細細看容顏——白裡泛紅瓜子臉，天生一付美容顏。春山秀，鳳目鮮，兩耳低垂珠鳳圈。小口櫻桃藏碎玉，瓊瑤趣鼻美人肩。青絲挽就時新髻，髮內橫捎金玉簪。一身素服能文雅，三寸金蓮只露尖。嫩手執杯倍客飲，西門茗罷笑含含。

前面提到，南詞第28回寫李瓶兒初登場，即已照抄原書描繪了她的容貌。這裡再從西門慶眼中交待婦人容貌，誠屬多餘，除非作者另有用意——欲藉此凸顯西門慶垂涎李瓶兒美色的性心理。這個推測的證據，在隨後的第30回可以看到，此處南詞和小說一樣，正交待西門慶準備翻牆與李瓶兒第一次幽會（與交合），然而卻加寫一段小說所沒有、西門慶欲火焚身的得意心理：

> 〔小生白引〕悄步潛行，過粉墻，神魂難定。相隨這個俏梅香，望前邊佳人隱隱，不覺慾火焰騰騰，此事今宵必穩。〔白〕學生西門慶蒙李瓶兒令丫鬟引我過墻，你看佳人卻在穿廊站著等我，哈哈哈，我西門慶好不僥倖也。

兩人進了房中坐下，李瓶兒說明身邊兩個丫頭都是心腹，且前後門都已關閉，大可放心。小說接著寫道：「西門慶聽了，心中甚喜。兩箇于是並肩疊股，交盃換盞，飲酒做一處。迎春旁邊斟酒，繡春往來拿菜兒。」然而，南詞在這個地方略有改動，加寫了西門慶情欲僨張的快慰心理：

> 西門好不樂胸膛，並肩疊股飲盃觴。迎春旁側來斟酒，繡春上菜往來忙。一人畧有三分酒，西門接抱這紅粧。登時慾火難熬緊，此刻西門喜欲狂。

不只西門慶，對大多數準備偷情的男子而言，這時候必然是欲望高漲的，原著小說雖未強調這一點，但也沒有否認。然而南詞在這裡先說「慾火焰騰騰」、後道「慾火難熬緊」，一連兩次提醒讀者西門慶淫欲熾烈，不無可能是刻意加力的寫法，如同前面重覆交待西門慶眼中李瓶兒形象一樣。綜合來看，這一系列的加法都指向一個潛在宣示——在這一段偷期關係裡，西門慶才是那個性愛欲望的點火者。

因此，劇情進展到兩人性交，小說寫丫鬟迎春挑破窗紙偷窺，兩人性愛內容用〈鳳求凰〉鋪寫出來，南詞全部買帳。不過，南詞在此之前新加一段小說沒有的唱詞，先是繡春潛聽內容，後面則見窺視畫面。其中「你看他」一句，繡春的視線移到西門慶身上——「蜂狂蝶浪貪香甚，把那洞裏桃花味細尋」，讀者也隨繡春把觀看重心聚焦於西門慶。作者儼然意在提醒，西門慶除了是這段情緣的發動方，也是這場床事的主導方。

西門慶得手之後，兩人往來不斷，李瓶兒最終還嫁入西門家成爲六娘。衆所周知，以嫁入西門家爲界，李瓶兒前後形象差異很大，之前的淫蕩風華絕不下於潘金蓮，之後的溫良謙讓又屬閨闈第一。可怪的是，南詞《繡像金瓶梅傳》在有意無意之間，把李瓶兒的淫娃形象給淡化了。

首先是小說第13回，才寫潘金蓮默許西門慶偷情瓶兒，便見西門告訴金蓮：「李瓶兒怎的生得白淨，身軟如綿花，好風月，又善飲。俺兩箇帳子裏放著菓盒，看牌飲酒，常頑耍半夜不睡。」接著又向袖中取出春宮圖遞與金蓮瞧，並道：「此是他老公公內府畫出來的，俺兩箇點著燈，看著上面行事。」金蓮於是接在手中，展開觀看——「內府衢花綾裱，牙籤錦帶粧成。大青小綠細描金，鑲嵌十方乾淨。女賽巫山神女，男如宋玉郎君，雙雙帳內慣交鋒。解名二十四，春意動関情。」可是在對應的南詞第31回，根本不見西門慶贊美李瓶兒「好風月」一段話；至於春宮圖，也只說「那一天西門慶回來向袖中取出一個物件兒來遞與金蓮看」，既沒有明講係從瓶兒處「回來」，且省略了西門慶和婦人依樣畫葫蘆之情事。由西門慶口中道出李瓶兒好風月，將春宮圖的來歷、及對春宮圖的實踐和李瓶兒聯繫起來，最能強化讀者對婦人的淫邪印象，一經刪卻（及模糊處理），李瓶兒的形象瑕疵自然大大減少。

類似的例子還有，小說第16回寫西門慶離開院門到李瓶兒家，兩人顛鸞倒鳳一夜，直睡到次日飯時還爬不起來。互爲對應的南詞第35回，也做了一樣的交待。接著寫到第二天兩人起床，吃粥喝酒的同時，小說提到：「原來李瓶兒好馬爬著，教西門慶坐在枕上，他倒插花往來自動。兩個正在美處，只見玳安兒外邊打門，騎馬來接。」然而南詞卻把這一段性交省略了，直接帶到玳安外面打門。當然，這裡的性交描寫在原書只有三句話，這場性事也好似隨興的遊戲，談不上是一個場面、橋段、甚至故事，南詞刪去看似無礙。不過，小說正是在這輕描淡寫之間，既點出李瓶兒的性癖好，也暗示了李瓶兒的性主動，南詞將其刪除，等於把李瓶兒的性吸引力降低了。

西門慶回家打發了客人，走到潘金蓮房中，被婦人逼著承認前晚留宿李瓶兒家情事。正在對話之間，潘金蓮替西門慶脫下白綾襖，不想「袖子裡滑浪一聲，吊出個物件兒來，拿在手裏沉甸甸的，彈子大，認了半日，竟不知什麼東西。」原來是勉（子）鈴。小說這裡的描寫，南詞基本上照錄了，包括摹畫勉鈴的那段韻文。接下來兩人關於此物的對話，南詞採取口白和演唱雙軌方式托出：

> 〔唱〕金蓮看了半時辰，即忙動問這西門。〔白〕拿在手中，〔唱〕半邊肐膊都麻了，到底什麼東西快說明。〔小生白〕哈哈哈，這件東西你就認不淂了。這件物兒名喚勉鈴，乃是雲南勉甸國出來的。〔花旦白〕要來何用？〔小生白〕先把此鈴入內，然然行事，妙不可言也。〔唱〕金蓮聽說便珍藏，令著春梅拿進房。

問題是，小說在西門慶說道「先把他放入爐內，然後行事，妙不可言」之後，潘金蓮曾問了西門慶一句：「你與李瓶兒也幹來？」可是南詞卻把這句問話給刪了。接下來小說交待：「西門慶于是把晚間之事，從頭告訴一遍。說得金蓮淫心頓起，兩箇白日裏掩上房門，解衣上床交歡。」不過南詞卻改成金蓮命春梅拿進房收束起來。勉鈴的功能和春宮圖相當，均是性交時催情助興之用；兩者在小說裡傳遞出的訊息也一樣，都意在凸顯李瓶兒雅好風月。南詞先後把李瓶兒和春宮圖及勉鈴的聯繫截斷了，對兩人拿春宮圖及勉鈴助興之事又同樣略而不表，客觀上等於淨化了李瓶兒的形象。

再一個例子是小說第16回尾聲，李瓶兒燒了夫靈，摘去孝髻換上一身豔服，預備一桌齊整酒餚，獨安一張交椅讓西門慶上座，自個兒斟酒爲之遞上，並磕頭行禮道：「今日靈已燒了，蒙大官人不棄，奴家得奉巾櫛之歡，以遂于飛之願。」婦人幾乎是逼西門慶娶她了，南詞也把這個橋段照錄。可是，小說接下來寫到李瓶兒「因過門日子近了，比常時益發歡喜」，因而「醉態顛狂，情眸眷戀戀，一霎的不禁胡亂」，進而「把西門慶抱在懷裡叫道：『我的親哥！你既眞心要娶我，可趂早些。』以上這段李瓶兒酒後風情，南詞又略去了，經剪接跳到小說第17回那一場性事。不論作者究竟有意無意，既然抹掉李瓶兒這裡的媚態，原本的性愛張力也就鬆弛了。

然而小說第17回寫西門慶離開周守備府壽宴，逕到李瓶兒家飲酒調笑一節，筆墨也許不很腥膻，但是意趣十分情色。兩人脫去衣裳、並肩疊股、飲酒調笑之後，「西門慶先和婦人雲雨一回，然後乘著酒興，坐于床上，令婦人橫軃于衽席之上，與他品簫。」在一段語帶雙關、用韻文處理的口交描寫之後，西門慶醉中戲問婦人：「當初花子虛在時，也和他幹此事不幹？」引來李瓶兒一段指天罵地的澄清，最終感性自訴：「誰似冤家這般可奴之意，就是醫奴的藥一般。白日黑夜，教奴只是想你。」以上這段情節，南詞第36回也刪除掉了。我們可以承認，品簫一節確實不適合在公開場合道出，何況南詞文本一再宣稱要節制情色書寫。但是平心而論，小說第17回寫李瓶兒爲西門慶口交，婦人又自陳西門慶的性力度「這般可奴之意」，甚且就是「醫奴之藥」，都有彰顯李瓶兒貪好性愛之意，南詞一旦拿掉也就減抑了婦人的風月形象。

南詞《繡像金瓶梅傳》對李瓶兒的改寫動機，同時也可說明：爲什麼南詞本子的後二十回分明緊湊，爲什麼卻以相當大的篇幅處理李瓶兒的病與死。

前面提到，南詞前八十回只消化了小說第1至38回故事，平均起來，南詞大概用兩回的篇幅來交待小說一回的故事。後二十回負責消化小說第46至87回故事，平均起來，南詞大概每一回要交待小說兩回的故事。前文已經提到，南詞作者從一開始就沒有明晰的架構概念，使得最後二十回顯得破碎，尤其予人取材隨意之感。但是，從官哥兒的死到李瓶兒的病亡，在南詞卻享有驚人的篇幅。例如小說第59回後半部，寫的是「李瓶兒睹物哭官哥」，想不到南詞用整個第90回寫瓶兒喪子。又，小說第61回後半部，寫的是「李瓶兒帶病宴重陽」，南詞也是用整個第91回來鋪寫，尤其是群醫問診李瓶兒的部分非常詳細。以上兩者，比例上已很接近前八十回的安排，但更誇張的在後面。小說第62回「潘道士法遣黃巾士　西門慶大哭李瓶兒」，南詞竟然用了整整三回（第92至94回）加以繼承，雖然因爲略有裁減以至感染力不如原著，但這裡南詞／小說的篇幅對應更甚前八十回。此後，小說關於李瓶兒的身後事頗見交待，南詞雖然省略大半，不過還是可見「韓畫士傳眞作遺愛」、「願同穴一時喪禮盛」、「李瓶兒夢訴幽情」等情節。由此可知，南詞文本中的李瓶兒不只在形象方面猶見血肉，在「作品結構上」而且有始有終，可見南詞作者對這婦人相當在乎。

小說《金瓶梅》本是一部以西門慶爲中心，旁及與潘金蓮、李瓶兒、龐春梅及其他各色女子的世情小說，到了南詞《繡像金瓶梅傳》因爲結構剪裁失衡，以至淪爲一部以西門慶、潘金蓮、李瓶兒爲核心的風情曲藝。在西門慶與潘金蓮的關係中，男子自是色中餓鬼，婦人則因被加重其淫蕩形象，最終顯得自取滅亡；但在西門慶與李瓶兒的關係中，男子不脫重欲本色，婦人卻因被減弱其淫蕩形象，病死反倒頗得同情。

箇中原因推敲起來，或許和小說的流傳及說唱藝術的傳播有關。就西門慶和潘金蓮一組關係來看，小說《水滸傳》的傳播始終較《金瓶梅》來得普及，前者的說唱或曲藝文本也遠比後者來得流行，潘金蓮的淫婦形象早已深植人心，因此更具市井性格的南詞《繡像金瓶梅傳》，便有理由把潘金蓮寫得更淫、更壞、更不值得同情。但就西門慶和李瓶兒一組關係來看，在小說《金瓶梅》並不十分流傳、說唱或曲藝文本也不特別著墨於李瓶兒情色內涵的情形下，李瓶兒於一般民眾的印象恐怕還是很模糊的。更何況，李瓶兒形象於小說中本就前後差異很大，南詞《繡像金瓶梅傳》將之變成被男人色誘、遭妻妾欺侮以致走上悲劇結局的女子，等於將其形象給統一了。

簡單地說，「西門慶—潘金蓮」在民間的一般認知即是「奸夫—淫婦」，那麼南詞《繡像金瓶梅傳》藉著加重潘金蓮的情欲主動性，便可坐實民間對「淫婦」潘金蓮的想像；另一方面，南詞《繡像金瓶梅傳》藉著減弱李瓶兒的情欲主動性，復可落實民間對「奸夫」西門慶的認知。南詞於此的調動雖屬幽微，但反映出它預期的讀者視野，果然在於市井層次。

兩部《紅樓夢傳奇》對原著小說的接受

一、《紅樓夢》的戲曲及曲藝改編

《金瓶梅》和《紅樓夢》作為明、清兩朝成績最耀眼的世情小說，問世以後均見不少續書創作，然而，據《金瓶梅》、《紅樓夢》改編而成的戲曲及曲藝也不少。這些戲曲及曲藝作品，一來是對原著的承衍，二則不免據小說續書加以發揮，所以當能視為某種意義上的續書（及續續書）。

《金瓶梅》改編戲曲中，最著名的是明末清初的《金瓶梅》傳奇；曲藝部分，除了嘉慶25年（1820）廢閑主人的《繡像金瓶梅傳》南詞，另外還有一些子弟書。至於《紅樓夢》改編戲曲，和小說續書一樣自程甲本面世後出現，目前可見者多數集中在嘉慶、道光年間，它們是收在阿英《紅樓夢戲曲集》的孔昭虔《葬花》、仲振奎《紅樓夢傳奇》、萬榮恩《瀟湘怨傳奇》、吳蘭徵《絳蘅秋》、許鴻磐《三釵夢北曲》、朱鳳森《十二釵傳奇》、吳鎬《紅樓夢散套》、石韞玉《紅樓夢》、陳鍾麟《紅樓夢傳奇》、周宜《紅樓佳話》等十部。其中孔昭虔《葬花》、許鴻磐《三釵夢北曲》、周宜《紅樓佳話》皆一至數折而已，屬於短製，其他方為長篇戲本，但也只仲振奎《紅樓夢傳奇》、陳鍾麟《紅樓夢傳奇》據整部書改編，而且篇幅浩瀚（——吳蘭徵《絳蘅秋》大約只有兩書的一半或不到）。仲著分上下卷，計五十六齣，內容結合《紅樓夢》及逍遙子續書《後紅樓夢》；陳著共八卷，每卷十齣，共計八十齣，基本根據《紅樓夢》程高本而來。

據《紅樓夢》改編的曲藝作品就多了，包括子弟書、彈詞開篇、木魚書……等各地民間曲調都有作品。關於子弟書，胡文彬

《紅樓夢子弟書》就收27篇以《紅樓夢》爲題材的子弟書[①]。不過，《紅樓夢》子弟書的數量不只於此，《清蒙古車王府藏子弟書》所載即有36篇[②]，甚至有學者認爲，散在世界各地的《紅樓夢》子弟書加總起來應有四十種左右[③]。至於南方流行的彈詞，則少見大部頭的改製之作，但是正如劉操南所說：「在南方曲藝——彈詞中，《紅樓夢》沒有形成成部大套的『書』，只是據其片段改寫：抒情、詠嘆，開篇卻是很多。」[④]由於本文重心在於清代《紅樓夢》的戲曲改編，因此數量龐大的曲藝改作且不贅述。

元明以來一直沒有眞正釐清小說與戲曲的界線，部分晚清文人甚至將戲曲歸入小說的一類，稱爲韻文體小說，藉此與文言體小說、白話體小說互爲區隔[⑤]。此舉雖有淵源可考，但畢竟奪去了戲曲的文類特性，誠屬極端。如同把南詞《繡像金瓶梅傳》視爲曲藝化的《金瓶梅》，以下擬將仲振奎、陳鍾麟兩部《紅樓夢傳奇》視爲戲曲化的《紅樓夢》，既坐實其戲曲本色，又凸顯與原著小說之間的血緣關係，同樣是呼應李漁《合錦迴文傳》「稗官爲傳奇藍本」[⑥]的說法。雖然一般認爲，紅樓戲在戲劇史上的地位不高，它最大的價值反而在於，從文學接受的視野來看當時讀者對《紅樓夢》的審美選擇[⑦]。然而，考察《紅樓夢》在清代中期（以全本

---

① 胡文彬編：《紅樓夢子弟書》（瀋陽：春風文藝出版社，1983年12月）。

② 北京市民族古籍整理出版規畫小組輯校：《清蒙古車王府藏子弟書》（北京：國際文化出版公司，1994年8月）。

③ 王曉寧：〈《紅樓夢》子弟書研究述論〉，《紅樓夢學刊》2009年第1輯，頁286-300。

④ 劉操南編著：《紅樓夢彈詞開篇集．前言》（北京：學苑出版社，2003年5月），頁3。

⑤ 管達如：〈說小說〉，收入陳平原、夏曉紅編：《二十世紀中國小說理論資料（第一卷：1897-1916）》（北京：北京大學出版社，1989年3月），頁373-374。

⑥ 清．李漁：《合錦迴文傳》（上海：上海古籍出版社，1994年「古本小說集成」影印嘉慶3年寶硯齋本），頁78。

⑦ 李根亮：〈清代紅樓戲曲：文本意義的接受與誤讀〉，《武漢大學學報》（人文科學版）第58卷第1期（2005年1月），頁64-69。

規格）被戲曲化的工程，除可判斷劇作家及讀者對原著小說的接受情形，擴大來講，更可藉此判斷這個時代對世情小說的接受意向。如此一來，紅樓戲於焉具有對照此時期世情小說生產趨勢的附加價值。

二、仲振奎《紅樓夢傳奇》

乾隆56年（1791）《紅樓夢》程甲本問世後，馬上成爲清代讀者主要的閱讀選擇，未完的手抄本幾乎很少起到什麼影響。這個事實，且不消翻查清代文人的閱《紅》筆記，單看嘉慶、道光年間的十部《紅樓夢》續書悉據程高本而續、同一時期的紅樓戲亦主要自程高本改編，即已說明一切。

清人改編《紅樓夢》爲戲曲的第一人是仲振奎。仲振奎，字春龍，號雲澗，又號花史氏，別署紅豆村樵，江蘇泰州人。他在所著《紅樓夢傳奇·自序》提到：

> 壬子秋末，臥疾都門，得《紅樓夢》於枕上讀之，哀寶玉之癡心，傷黛玉、晴雯之薄命，惡寶釵、襲人之陰險，而喜其書之纏緜悱惻，有手揮目送之妙也。同社劉君請爲歌辭，乃成〈葬花〉一折。……丙辰客揚州司馬李春舟先生幕中，更得《後紅樓夢》而讀之，大可爲黛玉、晴雯吐氣，因有合兩書度曲之意，亦未暇爲也。丁巳秋病，百餘日始能扶杖而起，珠編玉籍，概封塵網，而又孤悶無聊，遂以歌曲自娛，凡四十日而成此。成之日，挑燈漉酒，呼短童吹玉笛調之，幽怨嗚咽，客座有

潸然沾襟者。[8]

這一段序文提到許多仲氏的創作訊息。首先，這裡所謂的「壬子」，是乾隆57年（1792），也就是《紅樓夢》程甲本問世的第二年，他在這一年先據小說原著譜寫崑曲折子戲《葬花》一折，這是目前所知最早的紅樓戲。其次，「丁巳」是嘉慶2年（1797），他在這一年年底開始著手《紅樓夢傳奇》，從文意推測約在嘉慶3年初完成，這部作品也成爲第一部全本紅樓戲。再次，他於《紅樓夢》的接受，主要著眼於寶、黛愛情故事，因而既同情黛玉、晴雯，又憎惡寶釵、襲人，這使其戲曲改編必然帶有揚黛抑釵的傾向。有趣的是，雖對原書結局有如是不滿，適巧這個缺憾又從《紅樓夢》第一部續書《後紅樓夢》那裡得到補償，所以《紅樓夢傳奇》便是結合原書、續作而來。

《紅樓夢傳奇》分上下兩卷，共五十六齣，上卷主要改編自《紅樓夢》程高本，下卷則全部承襲自《後紅樓夢》[9]。上卷共原情、前夢、別兄、聚美、合鎖、私計、葬花、海陣、禪戲、釋怨、扇笑、索優、讒搆、聽雨、補裘、試情、花壽、搜園、誄花、失

---

[8] 清．仲振奎：〈紅樓夢傳奇自序〉，收入阿英編：《紅樓夢戲曲集》（北京：中華書局，1978年1月），頁113。按：一粟編《紅樓夢資料彙編》（北京：中華書局，2004年1月）亦收此序（頁56-57），並注明出自「紅豆邨樵《紅樓夢傳奇》，嘉慶四年綠雲紅雨山房刊本，卷首」。然而《傅惜華藏古典戲曲珍本叢刊》（北京：學苑出版社，2010年12月）第66冊《紅樓夢傳奇》，一樣是據嘉慶4年綠雲紅雨山房刻本影印，但卻不見這篇序文，只有春舟居士的序。又，日本東京大學東洋文化研究所藏道光9年芸香閣藏板《繡像紅樓夢傳奇》，也是只見春舟居士的序。箇中版本情況待考。

[9] 本書關於《紅樓夢》及《後紅樓夢》的版本選擇為：清．曹雪芹：《紅樓夢校注本》（北京：北京師大出版社，1987年11月據北京師大圖書館藏程甲本翻刻本為底本標點校注）。清．逍遙子：《後紅樓夢》（上海：上海古籍出版社，1994年「古本小說集成」影印浙江圖書館所藏清抄本）。以下引文悉以此版為主，茲不贅註頁碼。

玉、設謀、焚帕、鵑啼、遠嫁、哭園、通仙、歸葬、後夢、護玉、禮佛、逃禪、遣襲等三十二齣，從關目設計便可知此劇以寶、黛、釵之情愛糾葛爲主線，原書中與此無關的人或事多半略去。該書〈凡例〉第一條即云：「《紅樓夢》篇帙浩繁，事多人衆。登場演戲，既不能悉載其事，亦不能徧及其人故事……。要之此書，不過傳寶玉、黛玉、晴雯之情而已。」[10]除此之外，爲了與改編自《後紅樓夢》的下卷銜接，上卷已見不少續書才有的人物安排——例如第3齣〈別兄〉先從黛玉口中道出義兄林良玉，又如第31齣〈逃禪〉已將癩頭和尙、跛足道士描爲拐子，前者未來要助黛玉振興賈家，後者要讓寶玉出家失去正當性，俱是爲了避免過於突兀所以先在上卷交待。至於下卷廿四齣從黛玉、晴雯復活寫起，除了有情人終成眷屬，寶釵被邊緣化，襲人被惡人化，基本上和《後紅樓夢》的內容相差不多，已經和《紅樓夢》原書無關。對此，清人吳克岐就批評：「合前後夢而爲之，未免有失原書本旨。」[11]阿英的《紅樓夢戲曲集》更只錄《紅樓夢傳奇》上卷，非但刻意刪卻襲自《後紅樓夢》的下卷，而且把上卷裡出自續書的第9齣〈海陣〉也給刪了[12]。

阿英的反應頗見偏執，因爲正如張云所說：「仲氏《傳奇》從精神到軀體倚重的是《後紅樓夢》，具而言之，從立意、架構到

[10] 清．仲振奎：《紅樓夢傳奇》（北京：學苑出版社，2010年12月「傳惜華藏古典戲曲珍本叢刊」據嘉慶4年綠雲紅雨山房刻本影印），頁2。以下引用此書悉以此本為主，遇有可疑錯字、別字、異體字、簡化字，則以日本東京大學東洋文化研究所藏道光9年芸香閣藏板《繡像紅樓夢傳奇》互校確認，但凡不影響判讀，原則不進行改動。

[11] 清．吳克岐：《懺玉樓叢書提要》（北京：北京圖書館出版社，2002年2月影印南京圖書館藏清抄本），頁341。

[12] 事實上在阿英編的《紅樓夢戲曲集》，也有另一個相同的例子：萬榮恩《醒石緣》內分《瀟湘怨》與《怡紅樂》，前者改編自《紅樓夢》後者改編自《後紅樓夢》，結果阿英一樣只收《瀟湘怨》而已，很多人因此不察《瀟湘怨》乃《醒石緣》的前半部。

人物設計、思想傾向，多取自後夢。它從《紅樓夢》中擷取的是主要的人物關係和關乎寶、黛、釵婚戀並及晴、襲的相關情節。」[13]《紅樓夢傳奇》下卷幾乎全是照搬《後紅樓夢》，且將情節重心集中於寶黛和解；上卷除配合日後黛玉回生、寶玉歸家來調整人物出場和情節設計，並且加重了對黛玉和晴雯的同情、對寶釵和襲人的負評，這都說明仲振奎編《紅樓夢傳奇》的動力主要來自《後紅樓夢》的啟發。阿英把襲自《後紅樓夢》的下卷棄而不錄，就完全不是仲振奎想寫的那一部傳奇了。

《紅樓夢》一書思想複雜，情節發展一寫賈家繁華落盡的蒼涼，一寫寶、黛愛情悲劇的唏噓。然而兩線不能分開看待，劉勇強說：

> 這兩條線索並不是孤立存在的，因爲有了前者，寶黛釵的婚戀不同於一般的才子佳人小說，而在與社會問題的廣泛聯繫中，獲得了更深刻的現實意義；因爲有了後者，賈府的衰落也不同於《金瓶梅》等小說已寫過的在簡單的因果報應框架下的盛衰過程，而在與人生問題的深入聯繫中，具有了更沉重的生命內涵。[14]

仲振奎《紅樓夢傳奇》對《紅樓夢》的改編僅僅側重寶、黛愛情故事，所以這部「紅樓第一戲」因流於簡單化導致思想貧乏。此外，過分在意愛情故事、堅持有情人終成眷屬的信念，也不免讓人物性格過於黑白分明，揚黛抑釵的情況變得不可避免。這個情況可以從兩方面來理解：首先，仲氏在情節取捨上只留意寶、黛愛情故事，

[13] 張云：〈合傳前後夢　曲文演傳奇——仲振奎《紅樓夢傳奇》對《後紅樓夢》的改編〉，《中國礦業大學學報》（社會科學版）2012年第3期，頁121-128。

[14] 劉勇強：《中國古代小說史敘論》（北京：北京大學出版社，2007年10月），頁425。

其實是清代多數讀者的閱讀接受，清人野鶴所示「讀《紅樓夢》第一不可有意辨釵黛二人優劣」[15]，說明多數讀者總先留意於釵黛情事。諸多紅樓續書直言係爲「補恨」而作，所恨者，不過原書寶、黛之命運歸屬爾。作爲第一部小說續書的《後紅樓夢》，卷首〈《後紅樓夢》摘敘前《紅樓夢》簡明事略〉開篇即道：「《紅樓夢》何以作？爲賈寶玉、林黛玉夫婦作也。」既然仲氏《紅樓夢傳奇》係從《後紅樓夢》而來，當然也就順應把該劇寫成言情之作。其次，小說和戲曲是兩個不同的文類，賈家樓起樓塌的色空辯證、寶玉離經叛道的啓蒙思想，事實上很難在舞臺獲得發揮、在群眾間取得共鳴。辯證思考無法「演出」，愛情纏綿可以；情節流於單線沒有關係，只要戲劇衝突強烈懾人；角色趨向扁平化也無所謂，只要閱聽者情感得到滿足即可。

仲振奎的戲曲著作不只《紅樓夢傳奇》，據學者考證大約有十六種，可惜其中多數因未能刊行而散佚[16]。然而，《紅樓夢傳奇》確實風行一時，仲氏自己說：「成之日，挑燈漉酒，呼短童吹玉笛調之，幽怨嗚咽，客座有潸然沾襟者。」許兆奎《絳蘅秋．序》亦載：「吾友仲雲澗於衙齋暇日曾譜之，傳其奇。壬戌春，則淮陰使者，已命小部按拍於紅氍上矣。」[17]說明嘉慶年間此劇已在揚州一帶實際演出。吳克岐《懺玉樓叢書提要》雖然覺得此劇有失《紅樓夢》原旨，但也提到：「當時貴族豪門，每於燈紅酒綠之餘，令二八女郎歌舞於紅氍上，以娛賓客。而〈葬花〉一齣，尤爲人所傾倒。」[18]稍後此劇也在北方大受歡迎，蕊珠舊史《長安看花

[15] 清．野鶴：〈讀紅樓夢札記〉，收入一粟編：《紅樓夢資料匯編》（北京：中華書局，2004年1月），頁286。

[16] 錢成：〈論《紅樓夢》戲曲首編者仲振奎的戲曲創作〉，《哈爾濱學院學報》第31卷第2期（2010年2月），頁70-75。

[17] 清．許兆奎：《絳蘅秋．序》，收入阿英編：《紅樓夢戲曲集》，頁349。

[18] 清．吳克岐：《懺玉樓叢書提要》，頁341-342。

記》贊揚京中名旦陳鸞仙唱北曲時提到：「仲雲澗填《紅樓夢》傳奇，〈葬花〉合〈警曲〉為一齣。南曲抑揚抗墜，取貴諧婉，非鸞仙所宜。然聽其〔越調鬬鵪鶉〕一曲，哀感頑豔，悽惻酸楚，雖少纏綿之致，殊有悲涼之慨。」⑲另外在提到名旦錢眉仙時則說，雖然紅樓戲因人各有所好，不過「歌樓惟仲雲澗本傳習最多」⑳。因此日本學者青木正兒《中國近世戲曲史》說：「乾隆間小說《紅樓夢》出而盛傳於世也，譜之於戲曲者數家，傳於今者有三種。即仲雲澗之《紅樓夢傳奇》；荊石山民之《紅樓夢散套》；陳鍾麟之《紅樓夢傳奇》是也。……而三種中，仲雲澗之作，最膾炙於人口，後日歌場中流行者即此本也。」㉑

仲著《紅樓夢傳奇》的流行，一部分原因要歸功其顧及戲曲本色，清人梁廷枏《藤花亭曲話》曾道：

> 《紅樓夢》工於言情，為小說家之別派，近時人豔稱之。其書前夢將殘，續以後夢，卷牘浩繁，頭緒紛瑣。吳州仲雲澗取而刪汰，並前後夢而一之，作曲四卷，始於〈原情〉，終於〈勘夢〉，共得五十六折。其中穿插之妙，能以白補曲所未及，使無罅漏。且借周瓊防海事，振以金鼓，俾不終場寂寞，尤得本地風光之法。惟以副淨扮鳳姐，丑扮襲人，老扮史湘雲，腳色不甚相稱耳。㉒

---

⑲ 清・蘂珠舊史：《長安看花記》，收入張次溪編：《清代燕都梨園史料正續編》（北京：中國戲劇出版社，1988年12月），頁308。

⑳ 同前註，頁311。

㉑ 【日】青木正兒著，王吉廬譯：《中國近世戲曲史》（臺北：臺灣商務印書館，1970年8月），頁469。

㉒ 清・梁廷枏：《藤花亭曲話》，轉引自一粟編：《紅樓夢書錄（增訂本）》（上海：上海古籍出版社，1981年7月），頁322。

除了以白補曲，讓情節交待錯縱有致而無疏漏；在文戲之外適當植入了武戲，使舞臺效果保有必要的熱鬧，都說明仲振奎頗有編劇意識。至於梁氏對此劇角色扮演的批評則不盡公允，已有學者指出，紅樓戲在安排角色時考慮更多的是道德批評而非人物相貌年齡[23]，副淨扮鳳姐、丑扮襲人是爲了貶抑，老旦扮史湘雲則是看重其入道後的老成，反而都是作者的有意設計。不過，《紅樓夢傳奇》的流行，恐怕與它對前後《紅樓夢》的特殊繼承有更直接的關係。從《紅樓夢》到《後紅樓夢傳奇》，原本一部有深遽人生主題的小說被簡化爲言情故事，寶黛愛情的悲劇象徵被淡化爲有情人未成眷屬的憾恨——此即《紅樓夢傳奇．自序》所謂「哀寶玉之癡心，傷黛玉、晴雯之薄命，惡寶釵、襲人之陰險」，認爲《後紅樓夢》「大可爲黛玉、晴雯吐氣」。無論是否認同，這是《紅樓夢》程甲本初問世的乾、嘉之際，讀者群中最主流的接受選擇；而且據後出續書皆不脫此模式來看，這一直是清代大多數讀者的讀法。

仲振奎《紅樓夢傳奇》的膾炙人口，對後繼的紅樓戲必然起到影響[24]。然而在各種影響中，紅樓戲中的寶玉似乎愈來愈染上才子化和色情化的趨向——準確地講是雜揉了才子佳人小說和色情小說男主角的氣質，而《紅樓夢傳奇》可謂始作甬者。例如在第18齣〈搜園〉寫道：

> 小生坐擁羣花，放懷一醉，那知樂極悲來，接著大姐姐歸天，十分傷感，三妹妹又許了周家，行將遠嫁。姊妹們漸次分離，林妹妹這段昏姻又無定准，一腔惡抱，無

[23] 趙青：〈清代「紅樓戲」在戲曲體制上的因循與新變〉，《齊魯學刊》2012年第5期，頁124-129。

[24] 錢成：〈《紅樓夢傳奇》對後世「紅樓戲」的影響〉，《洛陽理工學院學報》（社會科學版）第25卷第2期（2010年4月），頁31-34。

以爲歡。病榻愁燈，幸有晴雯相依爲命，怎奈屢求歡好，他執意不從，看來光景是怕襲人妒忌，這也怪不得他，只是小生害殺了也。

首先，寶玉這裡所謂「坐擁羣花」，箇中觀念絕非《紅樓夢》才有的尊重和體貼，而是在才子佳人小說那裡慣見的「齊人之福」。其次，《紅樓夢》中寶玉與晴雯無論再怎麼樣，也不至於淪落到「屢求歡好」的地步，這顯然是色情小說才有的皮膚淫濫之徒。其實，寶玉與晴雯關係的猥褻化，在此之前即已出現，見第11齣〈扇笑〉：

小生今早也忒過分了些，不免去溫存他一番。〔撫貼介〕〔貼起〕〔推生介〕〔生笑拉貼坐介〕你的性子太慣嬌了，便是跌了扇子，我也不過說了幾句，你就說了那些。說我也罷了，那襲人好意勸你，又拖上他則甚？〔貼〕二爺，人來看見很不雅相，我也不配坐在這里。〔生笑介〕既不配坐，爲什麼配睡呢？〔貼笑介〕〔生〕我心頭甚熱，怎麼好？〔貼〕……

「既不配坐，爲什麼配睡呢」，這自然不是《紅樓夢》的寶玉了。而且不只賓白如此，接來的曲文內容和舞臺動作更加放肆，寶玉非但直抒胸臆甚至毛手毛腳起來：

〔玉交枝〕只見雲嬌花懈，眼迷廝多少情懷，偎人軟玉觀音賽，嫣然笑口還咍，憐卿愛卿呆打孩。〔摟貼悄介〕香心能許狂蜂採？〔貼推生介〕
二爺，喫果子去罷。〔生笑介〕縱紅冰難消渴抱來，爲

伊家情深似海。〔抱貼介〕〔貼避下〕〔生笑介〕
銷魂一笑值千金，半似無心半有心。可奈殢郎懷怉處，
晚涼庭院月初沉。〔下〕

寶玉如此這般涎臉餳眼的形象，在更早之前即已出現。第6齣〈私計〉已藉襲人之口道出：「哎呀！天那！怎麼男子家不從一而終，竟自見一箇愛一箇。尤且我家寶玉，餓眼饞喉，任是什麼人都要糾纏糾纏。」第10齣〈釋怨〉更讓寶去自己道出：「小生那日從牕隙中偷窺林妹妹，聽得他說了一句『鎮日價情思睡昏昏』，不覺心癢起來，以致言語顛倒。」和前面的例子一樣，部分《紅樓夢》讀者可以覺得寶玉事實上「坐擁群花」、「餓眼饞喉」、「心癢起來」，但是小說從來沒有明講，反而創造出一個說不清楚的「意淫」概念將其與「皮膚淫濫之蠢物」區隔開來，顯然曹雪芹爲賈寶玉的言行保留了很大的餘地，至少沒有直指他是一個眞正意義上的花花公子。《紅樓夢傳奇》裡的賈寶玉，本質上絕對不同於《紅樓夢》的賈寶玉，很明顯被植入才子佳人小說和色情小說男主角才有的特徵。

多數學者以爲，仲振奎《紅樓夢傳奇》這股趨向是受逍遙子《後紅樓夢》的影響，例如陸樹崙就說：「實則，這部傳奇以《後紅樓夢》爲主，《紅樓夢》裡一些重要情節，沒有得到表現。有關寶黛的描寫，也違悖了《紅樓夢》原著的意趣，把具有鮮明政治傾向的寶黛愛情，歪曲成才子佳人式的風月筆墨。」[25]誠然，《紅樓夢傳奇》寫寶玉兼美黛玉、晴雯之後──別忘了還有原書已娶的寶釵──第55齣〈玉圓〉還見黛玉向寶釵要了鶯兒、麝月給寶玉

[25] 陸樹侖：〈從《紅樓夢》戲曲談《紅樓夢》的改編問題〉，原載《揚州師範學院學報》（社會科學版）1984年第2期，後收入陸樹崙：《馮夢龍散論》（上海：上海古籍出版社，1993年5月），頁242-252。

收用，並且敦促紫鵑速與寶玉圓房，這都來自《後紅樓夢》本有的設計。不過必須強調，《後紅樓夢》寫寶玉的齊人之福是較爲誇大的，除了前述諸人，作者還安排死去的柳五兒（借晴雯身子）與寶玉做一夜假夫妻，並寫襲人（在丈夫蔣玉函的鼓勵下）和寶玉偷情「敘舊」，這些並沒有被《紅樓夢傳奇》全部繼承下來。就連《後紅樓夢》寫寶玉和妻妾之間的性愛啞謎，包括他對鶯兒說：「你可知道，你也有兩件好處，天下人統不如呢。第一絡子打的好，那一件不用說了。」黛玉對寶玉說：「我的祖宗，而今是憑您怎麼樣的了。晚上那麼樣鬧人家，這會子早陰涼，饒著我罷了，還要鬧。」《紅樓夢傳奇》也沒有採用。

簡單地說，仲著《紅樓夢傳奇》確實受到《後紅樓夢》影響，把賈寶玉轉變成坐享齊人之福的風流公子，但它並沒有像《後紅樓夢》一樣去挑逗讀者對此的情色想像。前面提到《紅樓夢傳奇》寫寶玉收用衆婢，目的在於凸顯黛玉之德；《後紅樓夢》寫「寶玉收過了紫鵑、鶯兒十分得意」，類似的嘴臉其實沒有真正表現在戲本裡。

不過，《後紅樓夢》之後的小說續書，確實愈來愈普遍地把寶玉（及其替身）寫成色中餓鬼，《後紅樓夢》的寶玉坐擁二妻四妾，《續紅樓夢》的寶玉變成二妻六妾，《紅樓幻夢》的寶玉則「進化」成二妻十二妾，到了《綺樓重夢》的小鈺甚且學上房中術，每晚要四個宮女丫頭值宿陪他玩樂。對此，很難說《後紅樓夢》影響了後繼小說續書的寫作，但其作爲這個風潮的始作甬者，客觀上至少是市場的風向球，爲後來的續書作者指出如此這般的讀者期待。然而仲振奎《紅樓夢傳奇》是比逍遙子《後紅樓夢》只略晚一、二年的戲曲作品，在嘉慶、道光年間紅樓續作逐步將寶玉（及其替身）染黃的潮流裡，它僅僅作爲相對安分的起點。《紅樓夢傳奇》接受了《後紅樓夢》對寶玉的性格改寫，但尚不至於往色情方面去發揮，遑論像更晚的小說續書《綺樓重夢》一樣淪爲穢褻之作。

三、陳鍾麟《紅樓夢傳奇》

仲振奎《紅樓夢傳奇》之後，有更多紅樓戲誕生，有的是企圖完整反映《紅樓夢》整體性的，例如萬榮恩《醒石緣》、吳蘭徵《絳蘅秋》、朱鳳森《十二釵傳奇》、吳鎬《紅樓夢散套》、陳鍾麟《紅樓夢傳奇》，更多的是短篇折子戲。前者之中，篇幅有長有短，然而卷帙最爲浩繁、名氣相對響亮的是陳鍾麟《紅樓夢傳奇》。

陳鍾麟（1763-？），字肇嘉，號厚甫，江蘇元和人，嘉慶4年（1799）進士，官至浙江杭嘉湖道，《同治蘇州府志》謂其「博通經史，尤工制藝」㉖。陳著《紅樓夢傳奇》於道光15年（1835）在廣州刻印出版，清人吳克岐評曰：「是卷凡八十闋，就原書之次第，寫兒女之幽情。洋洋灑灑，誠傳奇之大觀矣。」㉗的確，八卷八十齣已是衆紅樓戲中規模最大者，以此改編小說一百廿回之故事，自然較其他作品更能對應原著情節。然而這不代表改編於焉變得容易，陳鍾麟在《紅樓夢傳奇．凡例》就說：「古今曲本，皆取一時一事一線穿成。《紅樓夢》全書，頭緒較繁，且係家常瑣事，不能不每人摹寫一二闋，殊難於照應。偶於起訖處稍爲聯絡，蓋原書體例如此。」㉘顯然他已意識到日常生活內容不易搬上舞臺。清人對其有褒有貶，蘂珠舊史（楊懋建）就說：「後來陳厚甫在珠

㉖ 趙景深、張增元編：《方志著錄元明清曲家傳略》（北京：中華書局，1987年2月），頁331。

㉗ 清．吳克岐：《懺玉樓叢書提要》，頁312。

㉘ 清．陳鍾麟：《紅樓夢傳奇．凡例》，收入阿英編：《紅樓夢戲曲集》，頁804。以下引文茲不另註。

江按譜填詞，命題皆佳。而詞曲徒砌金粉，絕少性靈。」[29]姚燮亦然，一方面讚道：「構局森嚴，運詞綿麗，而能不襲三家一字，亦足樹幟詞場。」[30]另一方面又批評：「詞頗綺縟，而筆少空靈，轉覺讀之傷氣，以視仲氏所作，相去遠矣。」[31]大致上就是贊其立意可嘉，結構不壞，文字雖美但少了靈氣。

在情節方面，陳鍾麟改編的重心也和仲振奎一樣，放在寶、黛愛情上，《紅樓夢傳奇．凡例》就說：「原書以寶、黛作主，其餘皆是附傳。」而且，陳著處理寶黛故事猶有指導思想，前一條凡例即聲明：「《紅樓》曲本，時以佛法提醒世人，一歸懲勸之意云。」這樣的設計，今人多半不很買帳，陸樹崙就批評：「陳鍾麟改編《紅樓夢》，不是出於再現原著的精神實質，而是企圖通過歪曲這部名著，販賣以佛法懲勸世人的目的。」[32]然而對清人而言，在乎的倒不是它的佛教色彩，而是曲本的音律問題。陳鍾麟顯然早意識到同時代人的忌諱，也清楚這是自己的弱勢，所以在《紅樓夢傳奇．凡例》便先招認：「余素不諳協律，此本皆用四夢聲調，有《納書楹》可查。檢對引子以下，大約相仿，惟工尺頗有不諧，度曲時再行斟酌。」陳鍾麟既考上進士，授翰林院編修，又「工制藝」，音律不精其實可以理解。無奈明清以來文人論戲甚重音律及曲文，果然晚清時人普遍因此否定該劇，吳梅《中國戲曲概論》就說：「陳厚甫《紅樓夢》，曲律乖方，未能搬演。」[33]張冥飛《古今小說評林》更道：「陳鍾麟之《紅樓夢傳奇》，其剪裁原書處，

---

[29] 清．蘂珠舊史：《長安看花記》，收入張次溪編：《清代燕都梨園史料正續編》，頁311。

[30] 清．姚燮：《今樂考證》（臺北：進學書局，1968年12月），頁521。

[31] 清．姚燮：《讀紅樓夢綱領》，轉引自一粟編：《紅樓夢書錄（增訂本）》，頁329。

[32] 陸樹崙：〈從《紅樓夢》戲曲談《紅樓夢》的改編問題〉，《馮夢龍散論》，頁246。

[33] 吳梅著、陳乃乾校：《中國戲曲概論》（臺北：學海出版社，1979年10月），卷下，頁26。

往往點金成鐵。其筆墨亦不能圓轉自如，生吞活剝，又加以硬湊，以致全無是處。至音調訛舛，尤爲指不勝屈。我不知其何苦現世也。」[34]

比較仲振奎、陳鍾麟各自的《紅樓夢傳奇》，仲著著重曲辭且深諳曲律，陳著在這方面明顯要遜色許多，所以清人對仲著的贊美要勝過陳著。不過以今人的角度來看，曲辭和情節一樣重要，聽曲和看戲是不同的接受選擇，有學者說：

> 由於仲著對曲辭的重視，以致戲劇情節的衝突相應被淡化，因而不免喧賓奪主……。陳著中雖然也有這樣的問題，如〈塵影〉一齣，幾乎由黛玉一人獨唱到底，但較之仲著，陳著顯然更重視強化舞臺劇在情境營造上比之於小說的優勢。陳著中的「熱鬧戲」要比仲著多，〈鬧學〉、〈魔病〉、〈嚴撻〉等數齣，幾乎沒有什麼唱詞，主要靠人物上場下場、動作念白表現緊張生動的情節，充分利用了戲曲的舞臺表現力，易於抓住觀眾。[35]

吳梅雖然批評此劇「曲律乖方，未能搬演」，但事實上到了同治年間猶「梨園多演之」[36]，可見它還是頗受歡迎。陳鍾麟可能因爲自己不諳協律，所以轉將心力置於舞臺演出的效果，畢竟有些觀衆在乎的是曲文，有些觀衆期望的是演出效果。說到舞臺效果，陳著《紅樓夢傳奇》可能是紅樓戲中擁有最多神怪情節者，除了接續小說原著在這方面的安排，另外還新添了原著所沒有的內容。這些新

---

[34] 清・冥飛等著：《古今小說評林》（上海：民權出版部，1919年5月），頁77。

[35] 楊昇：〈清代兩種《紅樓夢傳奇》比較論〉，《明清小說研究》2001年第4期，頁111-124。

[36] 清・楊恩壽：《詞餘叢話》，轉引自一粟編：《紅樓夢書錄（增訂本）》，頁330。

添的神怪情節，很多都和淨角柳俠卿（柳湘蓮）、正旦尤倩姬（尤三姐）兩位仙人有關[37]，他們取代了原作中一僧一道的功能，並且將小說原本點到為止的情節加以鋪展：例如〈魔病〉一齣，寫趙姨娘命馬道婆做法陷害賈寶玉和王熙鳳，結果柳、尤二仙從鬼卒手中救回二人生魂等等，就是新衍的神怪情節；又如〈塵劫〉一齣，寫一夥強盜劫走櫳翠庵妙玉，結果又是柳、尤二仙殺退強盜救回女尼，並且將其度化歸天，也是新的發揮。另外有些神怪情節則無關兩位仙人，例如〈花妖〉就是藉怡紅院已萎海棠非時發花一節，帶襯出大觀園的花神；也有些是把原書夢境加以擴寫，例如〈夢別〉寫黛玉死後寶玉夢遊渾沌，結果竟遇成仙的黛玉而對出一場戲，此亦原書所無。

《紅樓夢傳奇．凡例》提到：「柳湘蓮、尤三姐俱有俠氣，與各人旖旎者不同，難以安頓，且淨腳頗少，今借柳尤二人以代一僧一道，不特避熟，而淨腳亦可登場。」說明陳鍾麟對以柳俠卿、尤倩姬取代原書一僧一道，目的正在於要讓劇本角色多元一些（添了淨角）。《紅樓夢傳奇．凡例》又說：「有原本所無曲中添出者，有原本在前曲中在後者，取其情文相生，隨手變化，無庸拘泥。」果然這些新增的神怪情節，為原本以家庭生活為主的文戲，平添不少熱鬧元素和武打場面，大大豐富了舞臺演出效果。有研究指出，陳著《紅樓夢傳奇》大量新設的神怪與夢境情節，不只是為一部八十齣的巨制搪塞劇情，仍有表演和敘事方面的雙重考量——在表演方面是用以調劑場面、豐富表演藝術及舞臺藝術；在敘事方面，則用以推展情節、提示人物命運及賦予象徵[38]。此說十分中肯。

[37] 此二角色在劇首〈仙引〉一齣即登場，其扮相為：「淨紅臉背葫蘆扮柳俠卿，正旦背劍扮尤倩姬，皆道裝上。」

[38] 黃韻如：〈論陳鍾麟《紅樓夢傳奇》之改編特色與意義〉，《東吳中文線上學術論文》第12期（2010年12月），頁45-64。

其實，從《紅樓夢》寫太虛幻境、木石前盟開始，便已埋下超現實的因子；《後紅樓夢》率先設計黛玉復生、晴雯借屍還魂以重起爐灶，等於再啓一扇神怪化的大門。此後小說續書泰半著意於此，所以陳著《紅樓夢傳奇》植入較多的神怪和夢境情節，不無可能是受到嘉慶、道光年間續書的啓發，例如《續紅樓夢》就是「神仙人鬼，混雜一堂」[39]，大半部小說處處可見人鬼混雜，無怪乎時人戲稱其爲「鬼紅樓」[40]。就連不吃黛玉復生、晴雯還魂這一套的《紅樓復夢》，同樣見到作家安排寶釵、珍珠（襲人）領受神力，於戰場上大破敵軍，英雄俠義的內容全都依傍神魔詭異的基底。再對照同時期的世情小說如《玉蟾記》，才學小說如《鏡花緣》，於現實之外亦有相當程度的神魔色彩，所以陳著《紅樓夢傳奇》的神怪內容恐不只爲了戲劇效果，也不僅爲了情節埋伏而已，而是清代中期世情小說創作的一種習慣。

前面提到，小說續書自《後紅樓夢》以降，明顯有日趨情色化的趨勢；那麼紅樓戲從仲振奎《紅樓夢傳奇》到陳鍾麟《紅樓夢傳奇》，寶玉的風流形象是不是也變本加厲？根據阿英編《紅樓夢戲曲集》來看，所錄陳著《紅樓夢傳奇》被刻意刪去〈試幻〉、〈藏髮〉、〈戲浴〉三齣戲文，難不成即因下流筆墨過多？

第7齣〈試幻〉寫寶玉、襲人偷試雲雨，原書《紅樓夢》程甲本第6回對此僅是一筆帶過：

> 說至警幻所授雲雨之情，羞的襲人掩面伏身而笑。寶玉亦素喜襲人柔媚姣俏，遂與襲人同領警幻所訓雲雨之事。襲人自知係賈母將他與了寶玉的，今便如此，亦不爲越禮，遂和寶玉偷試了一番，幸無人撞見。

[39] 清・吳克岐：《懺玉樓叢書提要》，頁80。

[40] 同前註，頁74。

小說這裡僅是說明文字，並沒有動作或對話。然而《紅樓夢傳奇》不同，加入了具體的行爲細節和言語撩潑：

> 〔寶去攜襲人手立起介〕到後來有一仙姬，與我私情繾綣，枕席綢繆，好不十分甜趣也。〔襲人掩面介〕〔寶玉〕……〔寶玉看介〕襲人姐姐，我與你將幻中景趣試演一番。〔襲人羞介〕清天白日，羞答答的，如何使得？〔寶玉〕不要作難，來嚧！〔攜手行介〕〔寶玉〕……這綺閣兒十分清靜，我與你脫了裙子，來嚧！〔同入帳介〕〔寶玉在帳內唱介〕……〔襲人〕哎喲！二爺溫存些！〔寶玉〕不怕的，這是第一遭兒。〔寶玉〕……好不有趣呀！……襲人姐姐，你可領畧這般情味呀！[41]

《紅樓夢傳奇》這一段全以對話表現，而且對話顯係因應舞臺上男女雙方的動作，表現大膽而直接。有趣的是，以上引文刪節之處全係曲文，這些曲文的情感同樣熾熱且激動。

第25齣〈藏髮〉，這裡有前、後兩段故事。前半寫賈璉央小廝媒介多姑娘，這一部分在原書第21回交待得很簡單，先只幾句提到：「那賈璉只離了鳳姐，便要尋事，獨寢了兩夜，十分難熬，只得暫將小厮內清俊的選來出火。」接著寫到賈璉垂涎多姑娘，多姑娘也有意於賈璉，於是：「賈璉似饑鼠一般，少不得和心腹的小

---

[41] 清．陳鍾麟：《紅樓夢傳奇》，臺灣大學圖書館藏清末刻本，卷1，葉36-37。由於阿英編《紅樓夢戲曲集》所收陳著《紅樓夢傳奇》頗有刪節，因而以此藏於臺灣大學圖書館、年代不詳之清刻本、同時也是島內孤本作為引文主要依據。以下引文皆據本書文字，頁碼茲不另註。

廝們計議，多以金帛相許，焉有不允之理，況都和這媳婦是舊友，一說便成。」底下便是一段床上醜態。然而到了《紅樓夢傳奇》，賈璉挑俊童出火、央心腹當牽頭兩事，由淡筆敘述轉為煽情演出，床上浪語淫話反而輕輕放過。至於後半，寫平兒替賈璉掩飾偷情證據的故事，事情過後，只見《紅樓夢》程甲本寫到：

> 賈璉見他嬌俏動情，便摟著求歡，平兒奪手跑了出來，急的賈璉彎著腰恨道：「死促狹小娼婦兒！一定浪上人的火來，他又跑了。」平兒在窗外笑道：「我浪我的，誰叫你動火？難道圖你受用，叫他知道了，又不代見我呀！」

程高本此回回目做「俏平兒軟語救賈璉」，這段文字足見平兒之「俏」！可惜的是，《紅樓夢傳奇》反而把平兒寫得賢淑了：

> 〔平兒〕……二爺，你看這種人身體腌臢，虧你如何近得他！你嫌伏侍人少，告訴二奶奶再挑幾个，省得在外遊蕩，做出病來。〔賈璉〕多虧你一片好心，我也是偶然一遭。好妹子，我到你房裏去。〔平兒〕二爺，你諢了半日，也須出去點个卯兒。〔賈璉〕我今晚到你房中來。〔平兒〕你不要說嘴。〔同笑下〕

可怪的是，這一齣戲其實沒有什麼色情文字，阿英《紅樓夢戲曲集》卻將此齣全刪，不知理由為何。頂多，原書提到賈璉「將小廝內清俊的選來出火」，但是傳奇卻虛擬了賈璉和「俊童」關於偷人滋味的對話；原書寫賈璉垂涎多姑娘、多姑娘亦有意於賈璉，不過傳奇卻虛擬了俊童扮演牽頭、而發展出與多姑娘之間的一大段戲。

第35齣〈戲浴〉寫寶玉、碧痕共浴一節，然而在原書《紅樓夢》程甲本第31回，本只是出自晴雯口中的一段故事：

> 晴雯沒的說，「嗤」的又笑了，說道：「你不來使得，你來了就不配了。起來，讓我洗澡去。襲人麝月都洗了澡，我叫了他們來。」寶玉笑道：「我才又吃了好些酒，還得洗一洗。你既沒有洗，拿了水來，咱們兩個洗。」晴雯搖手笑道：「罷，罷！我不敢惹爺。還記得碧痕打發你洗澡，足有兩三個時辰，也不知道做什麼呢；我們也不好進去的。後來洗完了，進去瞧瞧，地下的水，淹著床腿，連席子上都汪著水，也不知是怎麼洗了。……」

接下來才是晴雯「撕扇子千金一笑」。然而到了《紅樓夢傳奇》，寶玉、碧痕共浴變成晴雯撕扇前的故事——

> 〔貼扮碧痕紗衫紅褲高巧上〕我們二爺叫我舀了水在碧紗廚裏，要我替他洗澡，這羞答答的，如何是好？〔寶玉上〕水已有了麼？〔碧痕〕水有了。〔寶玉〕我和你一同洗去。〔碧痕〕你去洗罷，萬一被人看見，又成笑話了。〔寶玉〕不妨得的，你來嚜！〔攜手行介〕

接下來，作者安排晴雯成爲一名潛聽者——共浴的整個過程雖然沒有實際演出，只聽見寶玉、碧痕輪流唱著曲文。不過這些曲文內容亟寫春情放蕩，充滿情色挑逗，很明顯是要坐實兩人的風流，難怪晴雯最後說：「可笑我二爺，假裝斯文，動不動將人奚落！等他回來，我也要奚落他一番！」

平心而論，就阿英編《紅樓夢戲曲集》所刪〈試幻〉、〈藏髮〉、〈戲浴〉三齣戲文來看，陳鍾麟《紅樓夢傳奇》並沒有比仲振奎《紅樓夢傳奇》更顯色情。陳著或許有意凸顯試幻、藏髮、戲浴這幾個橋段的情色張力，但是扣除〈試幻〉描摹了寶玉和襲人間的性交對話，其他只能說作者坐實了賈璉和平兒之間、寶玉和碧痕之間的曖昧——事實上也沒有——整部劇作的描寫尺度並未比仲著超出多少。撇開這三齣不看，原書有些頗爲曖昧的情色段落，到了陳鍾麟《紅樓夢傳奇》也沒有被利用發揮。例如〈鬧學〉並不見炒作寶玉和秦鍾的龍陽癖性，〈寶鑑〉也沒有凸顯賈瑞頻作白日春夢以致精盡而死，〈夢警〉更是放掉不提秦可卿和公公賈珍的亂倫奸情，這些被認爲留下《風月寶鑑》性愛遺跡的幾個橋段，在劇作裡其實乾淨清白[42]。當然，風情不代表色情，有些在原書一筆帶過的風流情節，到了傳奇往往小題大作起來，例如〈情隱〉就具體寫出司棋和表兄潘又安之間幽會的經過，曲文、賓白、科介都頗用心烘託，和原書僅由敘事者補充說明的手法不同。

研究者習慣批評：「清代紅樓戲在表現賈寶玉這一形象時，大多忽略了反世俗的一面，津津樂道他風流公子的一面，而這種『風流』往往與色情聯繫在一起。」[43]毫無疑問，《紅樓夢》的寶玉確實有啓蒙的、本眞的、個人主義的內核；而從第一部小說續書《後紅樓夢》和第一部戲曲改編（仲著）《紅樓夢傳奇》開始，這個美善價值就鮮少得到發揮。然而問題在於，這些小說續作者和戲曲改編者固然都鍾情於寶玉的風流化，但是箇中作品有沒有眞正色情化？以及色情化的程度有多少？其實不能一概而論。從仲振奎《紅樓夢傳奇》到陳鍾麟《紅樓夢傳奇》，寶玉的風流形象大抵沒有明

[42] 〈野合〉可能是少數的例外，這裡寫秦鍾和智能通奸一段頗有蹊蹺，被阿英《紅樓夢戲曲集》刪去近一百字。

[43] 李根亮：〈清代紅樓戲曲：文本意義的接受與誤讀〉，《武漢大學學報》（人文科學版）第58卷第1期（2005年1月），頁64-69。

顯加強，會有這般印象恐怕都是受到阿英編《紅樓夢戲曲集》對陳著有所刪節才引發的誤會。小說續書從《後紅樓夢》到《綺樓重夢》再到《紅樓幻夢》，確實存在日益色情化的趨向，但是前後兩部《紅樓夢傳奇》並沒有類似的軌跡。

四、小結：有節制的庸俗化

一直以來，紅學家對《紅樓夢》人物悲劇命運的理解，都將之對應起強調完滿大團圓結局的才子佳人小說。用《紅樓夢》第54回賈母的講法，這些才子佳人書（包括小說和戲曲）「就是一套子」，存在著人物臉譜化、情節公式化的問題，作家在編派上顯得理所當然。反過來說，《紅樓夢》不但賦予人物鮮活個性，並且在結局安排上執意走向悲劇境地，可謂眞正超脫了才子佳人書而走向它們的對面。回到仲振奎的《紅樓夢傳奇》，張云的意見很值得借鏡：

> 這樣就整部戲曲而言，等於捨棄了原小說的悲劇精神。致使大故迭起的後40回只留下寶黛悲劇，他們的生離死別也只是追求美滿婚姻過程中的一個大波折，還魂再生得續前緣，流於才子佳人婚姻受挫的俗套。如果說後40回大致保持了曹作的精神，使《紅樓夢》眞正完成了由俗向雅的轉變的話，那麼仲振奎《傳奇》又從雅轉回了俗。[44]

[44] 張云：〈紅樓戲對程高本後四十回的認同——以清代《紅樓夢》戲曲對寶黛命運的設計為中心〉，《曹雪芹研究》2012年第2輯，頁204-220。

才子佳人書既是俗套，那麼即便《紅樓夢》後四十回和脂批所示結局存在不少出入，但因寶黛戀情這一情節主線還是悲劇，所以仍舊避開了才子佳人書的俗套，「完成了由俗向雅的轉變」。但是仲著《紅樓夢傳奇》、以及它的立意源頭消遙子《後紅樓夢》不肯接受這個悲劇，定要寶玉、黛玉成爲夫婦，極力爲黛玉、晴雯吐氣，所以等於「又從雅轉回了俗」。

這個說法的邏輯十分清楚明白：才子佳人書意在滿足讀者對喜劇結局的閱讀期盼，所以俗；《紅樓夢》刻意跳脫才子佳人書長久以來的公式化安排，所以由俗轉向雅；紅樓續書（包括小說和戲曲）因爲又回到對圓滿結局的審美追求，因而是轉回了俗。藉由俗／雅之別來談清代的世情敘事傳統，也許讓人覺得粗糙，不過此舉正好凸出了一個重點：紅樓續作在意識形態和審美品味上，認同的並非《紅樓夢》而是才子佳人書。認清這一事實，對於小說續書和改編戲曲普遍將賈寶玉（及其替身）風流化、作品流於才子佳人書化，也就不至太過意外。要緊的是，清初以來才子佳人小說流行的同時，色情小說也一直興盛不衰，兩者之間甚至互相滲透影響（色情小說主角尤其始終是風流才子），所以紅樓續書不免也要染上色情成分。當然，受限於小說和戲曲是不同的藝術類型，設定的是可能不同的讀者群體，所以小說續書的色情筆墨要比改編戲曲來得濃豔許多。

對照同時期的世情小說，屬於獨創的《蜃樓志》、《癡人福》、《清風閘》、《雅觀樓》、《玉蟾記》，同樣都才子佳人小說化或色情小說化，書中男子不論出身，幾乎都成風流才子甚且猥褻下作。續書類的不論《三續金瓶梅》或《後紅樓夢》、《續紅樓夢》等等，大多數也都如此，西門慶和賈寶玉身上互可見到對方的影子。所以兩部《紅樓夢傳奇》的面貌，可以說是這個世情書寫風潮的同質反映，即便陳著不像仲著那樣寫到了續書情節，但因爲它誕生於這樣的文學環境中，所以也染上了風流的習氣。就像前文提到過的，陳鍾麟《紅樓夢傳奇》大量的神怪內容固然可能是爲了戲劇效果，但在世情書寫之外植入神魔、公案、俠義等元素，已然是清代中期世情小說創作的一種慣性，作者不無可能也是反映這樣的風氣、回應這樣的閱讀期待而已。

最後要提的是兩部《紅樓夢傳奇》及其他紅樓戲的作者。前面已述，仲振奎作《紅樓夢傳奇》時任職揚州司馬李春舟的幕僚，陳鍾麟是嘉慶4年（1799）進士[45]。其他如作《葬花》的孔昭虔為嘉慶6年（1801）進士；作《紅樓夢》傳奇的石韞玉是乾隆55年（1790）進士且為狀元；作《三釵夢北曲》的許鴻磐是乾隆46年（1781）進士；作《十二釵傳奇》的朱鳳森是嘉慶6年進士……。嘉慶、道光年間大部分的世情小說作者，基本上沒有這樣的社會位階；就其小說內容普遍以暴發變泰的男性想像取悅讀者來看，世情小說的讀者恐怕是向市井傾斜的中下層文人。相較之下，這批戲曲改編者的社會位階要高出許多，有學者認為這批紅樓戲雖然可見演出記錄，但基本上是從案頭審美的原則出發，推估主要還是在熟識的文人圈傳播[46]。因此雖然他們在創作上不免受到才子佳人小說和色情小說的影響，但筆墨終是有所節制，相較於同時代的世情小說生產——不論獨創或續作——紅樓戲反映出一種有節制的庸俗化傾向。當然，相較於花部等地方戲種，崑曲本來就是流行於社會上層，這也可能限制了它在色情方面的開發。

---

[45] 關於仲振奎個人生平及家族活動，可參錢成：〈清「紅樓戲」首編者仲振奎家族文人群略考〉，《貴陽學院學報》（社會科學版）2010年第3期，頁76-79。關於陳鍾麟個人生平及家族活動，可參孔令彬：〈陳鍾麟《紅樓夢傳奇》略考〉，《寧夏大學學報》（人文社會科學版）第36卷第2期（2014年3月），頁93-98。

[46] 朱小珍：《「紅樓」戲曲演出史稿》（上海：上海戲劇學院博士論文，2010年）。

輯三・附　錄

明清「狹邪筆記」研究
——以明代後期至清代中期為範圍

一、前言

魯迅《中國小說史略》論及晚清狹邪小說時，提到這個小說類型的精神系譜是流行於明、清兩朝的「伎家故事」[①]：

> 唐人登科之後，多作冶遊，習俗相沿，以為佳話，故伎家故事，文人間亦著之篇章，今尚存者有崔令欽《教坊記》及孫棨《北里志》。自明及清，作者尤夥，明梅鼎祚之《青泥蓮花記》，清余懷之《板橋雜記》尤有名。是後則揚州、吳門、珠江、上海諸豔跡，皆有錄載；且伎人小傳，亦漸侵入志異書類中，然大率雜事瑣聞，並無條貫，不過偶弄筆墨，聊遣綺懷而已。若以狹邪中人物事故為全書主幹，且組織成長篇至數十回者，蓋始見於《品花寶鑑》，惟所記則為伶人。[②]

魯迅特別點名梅鼎祚《青泥蓮花記》、余懷《板橋雜記》兩部作

① 這一批作品，學界有諸如青樓軼事、狹邪筆記等不同命名，本書率以狹邪筆記統稱之。然則題目何以用引號特別標記，是因當代學者習慣將《板橋雜記》視為狹邪筆記，而本文正在強調此舉之不適宜，因而權用「狹邪筆記」以示保留立場。

② 魯迅：《中國小說史略》，《魯迅全集》（北京：人民文學出版社，1981年12月），第9卷，頁256。

品，認爲它們開啓清代中期江南一帶狹邪筆記的寫作風潮。不過，《青泥蓮花記》是爲歷代妓女立傳，《板橋雜記》則專爲晚明南京十里秦淮南岸長板橋一帶舊院名妓作傳，兼記從青樓產業派生出之各種軼事。所以，《板橋雜記》這種針對某一時、某一地、某一特殊妓家風尙而來的寫作風格，才是清代狹邪筆記的重要啓發。

其實在《板橋雜記》之前的明代後期，已見此類作品，光是收入陶珽《說郛續》者，即有冰華梅史《燕都妓品》，曹大章《蓮臺仙會品》、《秦淮士女表》，萍鄉花史《廣陵女士殿最》③，以及潘之恒《曲中志》、《金陵妓品》、《秦淮劇品》④等同類型的「伎家故事」。另外，尙有較不易見的《吳姬百媚》、《金陵百媚》等書。這些作品的出現，一般認爲和明代中後期盛行起來的花案、花榜有關⑤，文人將魏晉以來人物品鑒風氣延伸到青樓名妓身上，既展示江左風流，受評者也樂見其可能引發之廣告效應。不過，這些作品的形式特色、內容傾向究竟是什麼？它是否爲《板橋雜記》帶來具體影響，並且決定了《板橋雜記》的形式和內容？

另一方面，《板橋雜記》以後，此類風月書寫一度式微，直到乾隆後期才又復現，而且大多宣稱師法《板橋雜記》。例如率先登

---

③ 明末清初人姚珽，對元末陶宗儀所編《說郛》進行增補，編成一百二十卷，其後附《說郛續》四十六卷，共收著作五百餘種。然此書於《四庫全書》編纂時列入禁燬書目，因此流傳不廣，目前所存各種本子內容頗見參差，甚至所錄書名、作者亦有出入。某些《說郛續》刊本於卷44所錄《燕都妓品》、《蓮臺仙會品》、《廣陵女士殿最》、《秦淮士女表》底下皆署作者為曹大章，然而冰華梅史、萍鄉花史是否即曹大章，其實並無根據，本書對此亦採取存疑態度。

④ 根據研究，《曲中志》係從潘之恒《亘史》外紀豔部中諸姬小傳改寫而來，《金陵妓品》不見於潘之恒相關著作，《秦淮劇品》等則改自潘之恒《鸞嘯小品》。詳參張秋嬋：《潘之恒研究》（蘇州：蘇州大學博士論文，2008年），頁99-104。

⑤ 關於明清花案、花榜的研究，請參【日】合山究：《明清時代の女性と文学》（東京：汲古書院，2006年2月），第三章「花案・花榜考」，頁68-109。

場的珠泉居士《續板橋雜記》，此書既標榜爲《板橋雜記》續篇，創作緣起自是效顰曼翁。同樣寫秦淮煙花[6]的還有捧花生《秦淮畫舫錄》，自序即提到其寫作承《板橋雜記》而來；此君甚至還有同性質的《三十六春小譜》和《畫舫餘談》，藉三部書擴寫《板橋雜記》原有體例，說是傳人絕不爲過。再如琅玕詞客、惜花居士的《秦淮二十四花品》，例言提到「是編繼捧花生《秦淮畫舫錄》暨《三十六春小譜》而作」[7]，其既爲《秦淮畫舫錄》的追隨者，自然是《板橋雜記》徒孫了。其他狹邪筆記包括寫南京的《青溪風雨錄》、《秦淮聞見錄》，寫蘇州的《吳門畫舫錄》、《吳門畫舫續錄》，寫揚州的《雪鴻小記》、《揚州夢》，大抵也都深受《板橋雜記》影響。不過，這些言之鑿鑿的「傳承」是否屬實？清代中期狹邪筆記的性質，眞類同於《板橋雜記》嗎？

魯迅認爲以上這批作品「大率雜事瑣聞，並無條貫，不過偶弄筆墨，聊遣綺懷而已」，只是泛泛的觀察。本文嘗試說明：《板橋雜記》不宜視爲一般狹邪筆記看待，將其置於明亡以後遺民文學之列、甚至視爲清初憶語體散文[8]的一種，恐怕更爲合適。又，明、清兩代的狹邪筆記——至少從明代後期（萬曆）至清代中期（道光）的狹邪筆記——其實內容各有側重，不能一視同仁。學界過去雖對《板橋雜記》頗有所見，但其他作品的研究明顯不足，兩者並置起來的討論更是稀罕，這爲本研究提供了充分的理由。

---

[6] 如魯迅所說，清代這些伎家故事分別上演於南京、揚州、蘇州、珠江（以及更晚的上海），不過為了比較的方便，以下討論率以描寫南京風月的狹邪筆記為主，因為《板橋雜記》係聚焦於晚明秦淮煙花。

[7] 清・琅玕詞客、惜花居士：《秦淮二十四花品・凡例》，北京國家圖書館藏清道光15年駐春軒新鐫本，葉1。

[8] 關於憶語體散文的界定，詳參康正果：〈悼亡與回憶——論清代憶語體散文的敘事〉，《中華文史論叢》第89期（2008年1月），頁353-384。

二、花榜的藝術化：明代後期狹邪筆記

明代後期較早出現的狹邪筆記，也許是曹大章《蓮臺仙會品》，其敘曰：

> 金壇曹公家居多逸豫，恣情美豔。隆、嘉間，嘗結客秦淮，有蓮臺之會。同遊者毘陵吳伯高、玉峰梁伯龍諸先輩，俱擅才調，品藻諸姬。一時之盛，嗣後絕響。《詩》云：「維士與女，伊其相謔。」非惟佳人不再得，名士風流亦僅見之，藝相際爲猶難耳。[9]

據考，曹大章（字一呈）、吳伯高（名嶔）、梁伯龍（名辰魚）都是明代中後期（嘉靖、隆慶、萬曆朝）活躍於江蘇的戲曲名家[10]，這場「嗣後絕響」的一時盛會，共選出十三名文人心目中的名妓，包括「女學士：王賽玉，小字儒卿，名玉兒，行六；花當紫微。」「女太史：楊璆姬，小字婆喜，名新勻，行一；當蓮花。」「女狀元：蔣蘭玉，小字雙雙，名淑芳，行四；當杏花。」……等等。乍看之下，這裡只將妓女按科舉制試之名排了次第，按以花名而已。然而曹大章在《秦淮士女表》那裡，不但於敘中說明了品評標準——「今之所表，才伎獨詳」，「情興丰姿，概置不論」[11]，而且另外補充了入選妓女的居址所在，更要緊的是還加上品題。例

---

[9] 明．曹大章：《蓮臺仙會品》，收入清．姚珽：《說郛續》卷44，又收入《說郛三種》（上海：上海古籍出版社，1989年1月據明刻本《說郛續》影印），頁2037。

[10] 黎國韜：〈梁辰魚與蓮臺仙會〉，《文化遺產》2008年第1期，頁27-31。

[11] 明．曹大章：《秦淮士女表》，收入清．姚珽：《說郛續》卷44，又收入《說郛三種》，頁2043。

如：「女學士：王賽玉，小字儒卿，名玉兒，行六，舊院後門街住。品云：羸樓國色原名玉，瑤島天僊舊是王。」

如此這般品評妓女高下，各指一花並賦詩以寓品藻之意，很有可能是受宋人羅燁《醉翁談錄．煙花品藻》所啓發，其開篇道：「丘郎中守建安日，招置翁元廣於門館，凡有宴會，翁必預焉；其諸妓佐樽，翁得熟諳其姿貌妍醜，技藝高下，因各指一花以寓品藻之意，其詞輕重，各當其實，人競傳之。」底下便見每名妓女以一花寓之，後附一首詩以釋義[12]。不過，魏晉以來的人物品鑒活動早已內化爲士人慣性，南朝鍾嶸《詩品》、庾肩吾《書品》所開啓的藝術審美模式又早爲唐以後士人所繼承，所以這些花榜誠爲古來人／物品鑒傳統的繼承，只不過對象是妓女罷了。

然而，曹著所記尚缺妓女小傳，所幸《說郛續》44卷所收潘之恒《曲中志》彌補了這個遺憾，該書所載金陵27名妓女小傳，已包含大多數自蓮臺仙會脫穎而出的妓女，例如王賽玉──

> 賽玉小字玉兒，器宇溫然，故擬諸玉云。鬒髮縞衣，不事粧束，然雜群女中，自是奪目。肌豐而骨柔，服藕絲履僅三寸，纖若鉤月，輕若淩波，象爲飲器，共相傳爲鞋杯。後從蔣太學，戾而不文，竟鬱邑以死。客戲：蔣奈何不以昭君馬上琵琶解之。[13]

如前所述，《曲中志》係自潘之恒《亘史》外紀豔部改寫而來，原書妓女小傳篇幅較長且讀來動人；潘氏自陳其於蓮臺仙會頗有嚮

---

[12] 《醉翁談錄》戊集卷1〈煙花品藻〉，詳參宋．羅燁：《醉翁談錄》（臺北：世界書局，1983年3月），頁45-49

[13] 明．潘之恒：《曲中志》，收入清．姚珽：《說郛續》卷44，又收入《說郛三種》，頁2046。

往，因此提供了較《蓮臺仙會品》、《秦淮士女表》更詳盡的妓家傳記。此外，潘之恒在《金陵妓品》也列出品評妓女四大指標：一曰品，典則勝；二曰韻，丰儀盛；三曰才，調度勝；四曰色，穎秀勝[⑭]。可惜的是沒有更具體的說明，僅在各指標下方羅列幾個妓女名姓而已。這份文獻最末寫道：「以上聊紀一時之英，或前輩風高，或閉戶未見，或遠遊他徙者都不具載。辛酉十月朔識。」辛酉是天啓元年（1621），潘之恒正是卒於這一年。

相較之下，一樣被收入《說郛續》卷44的《燕都妓品》，則爲狹邪筆記提供了不一樣的風貌。《燕都妓品》書前凡例提到「萬曆庚子花朝日新都梅史識」，可知此作大約作於萬曆28年（1600）。《燕都妓品》作者或署冰華梅史、或署曹大章，然而曹氏已著《蓮臺仙會品》、《秦淮士女表》，看來熟悉的是南京一帶妓家風情，說他大費周章另跑北京寫一部《燕都妓品》，可能性並不高。冰華梅史這個署名，從書中已可判斷係浙江文士沈某的化名，清人朱彝尊《靜志居詩話》卷23「教坊」就附和之：「隆、萬以來，冶游漸盛，浙有沈水部某，託名冰華梅史，以北京東、西院妓郝筠等四十人，配作葉子牌。」[⑮]朱氏除了認同作者係浙人沈某化名之說，所謂冰華梅史以北京妓女四十人配作「葉子牌」，更點出《燕都妓品》所以特殊的關鍵。

明人所謂「葉子」，一指葉子戲，是起源於唐代的紙牌遊戲，具有賭博性質；一指葉子牌，是明人用來行酒令的工具，另有鑒賞性質。葉子戲和葉子牌的規格容或有些不同，但其中不少都是賭徒和酒徒通用的，例如明人陳洪綬創作的「博古葉子」即是[⑯]。

---

⑭ 明．潘之恒：《金陵妓品》，收入清．姚珽：《說郛續》卷44，又收入《說郛三種》，頁2050-2051。

⑮ 清．朱竹垞著，清．姚柳依編：《靜志居詩話》，收入周駿富輯：《明代傳記叢刊》（臺北：明文書局，1991年1月），頁469。

⑯ 欒保群：〈博古葉子出版說明〉，收入明．陳洪綬、任熊等編繪，欒保群解說：《酒牌》（濟南：山東畫報出版社，2005年9月），頁3-5。

明清流傳下來的葉子，牌面上都有人物版畫、題銘和酒令，潘之恒《葉子譜》提到：「葉子始於崑山，初用《水滸傳》中名色爲角抵戲耳，後爲馬掉……至酒牌出而古意逾失，用之逾淺。禪爵花妓，既已不倫，甚至淫媟欲嘔，徒敗人興。」[17]如果朱彝尊所指即《燕都妓品》，那與其說此是具酒牌功能的葉子牌，不如視爲仿酒牌規格的花榜類狹邪筆記，一則因爲不見妓女圖像，二則因爲其中品評頗見文人蘊藉。例如開篇第一名妓女——

> 十字元，一名狀元：郝筠。字林宗，東院人。
> 韋應物詩：「能使萬家春意闌」。評云：不知秋思在誰家？《世說》：「王司州在謝公坐，詠『入不言兮出不辭，乘回風兮載雲旗』，語人云：『當爾時，覺一坐無人。』」
> 執此，坐美少年，合席奉酒，仍合席飲。
> 方德甫云：「筠大有丰姿，豔驚人目。」新都王伯約娶歸。沈郎云：「奪我燕支山，使我婦女無顏色。」[18]

《燕都妓品》最特別之處，在於藉唐詩和《世說》發揮巧思。韋應物〈聽鶯曲〉：「不及流鶯日日啼花間，能使萬家春意閑。」被作者改「閑」爲「闌」，一字便將郝筠無可取代的魅力點撥出來，評語「不知秋思在誰家」也對得十分趣味。接著引《世說新語．豪爽》「一坐無人」典故，再次凸顯郝筠妓中翹楚的地位。結尾交待郝筠脫離紅塵嫁爲人婦，沈郎所謂「奪我燕支山，使我婦女無顏

[17] 明．潘之恒：《葉子譜》，收入清．姚珽：《說郛續》卷39，又收入《說郛三種》，頁1834。

[18] 明．冰華梅史：《燕都妓品》，收入清．姚珽：《說郛續》卷44，又收入《說郛三種》，頁2029。

色」，更是自《史記》、《漢書》以來雜史、筆記常用之趣典。這一切的一切，都說明《燕都妓品》別有一種典雅、雋永的文化意趣，這是它超出《蓮臺仙會品》、《曲中志》的地方。

不過，《燕都妓品》終究缺乏妓女圖像（即便它原本可能有），這使它又略遜於《吳姬百媚》和《金陵百媚》。

《吳姬百媚》署宛楡子撰，今有北京國家圖書館藏萬曆貯花齋刻本[19]，由於本書序文〈百媚小引〉末署「丁巳夏日吳下宛瑜子醉筆戲題」，故推測此書係明萬曆45年（1617）出版。《吳姬百媚》可謂一部極其精緻的花榜類狹邪筆記，序文〈百媚小引〉之後便是具目次功能的〈吳姬名次〉，開篇一甲3名包括——

> 狀元：王賽。品：水僊花。又品：碧桃花。像：凭闌圖。
>
> 榜眼：馮喜。品：紅梅花。又品：西府海棠。像：彈棋圖。
>
> 探花：蔣五。品：桂花。又品：玉疊梅。像：弄球圖。

接下來是元魁八名（有像）、副榜二名（有像）、二甲十五名（有像）、三甲廿二名（無像）、新榜一名（有像）、附載老鼎甲三名（無像），共五十四人（其中廿九人有像），一樣是用科舉考試榜單排列次第。目次之後是妓女圖像，共廿五幅（今闕二甲第4、第5、第8、第9），繡像精緻而風雅，有些畫面僅有妓女，描摹青樓女子不同的生命形態，例如凭闌圖、彈棋圖、撫琴圖、寫蘭圖、攀花圖、納涼圖……；有些畫面加入了尋芳之士，仿擬文人冶遊時各種況味，例如弄球圖、醉春圖、望月圖、春睡圖、豪飲圖、談心

[19] 明．宛楡子：《吳姬百媚》（北京：北京圖書館出版社，2002年10月「中華再造善本」據北京國家圖書館藏萬曆貯花齋刻本重製）。

圖、交歡圖、垂釣圖……等等。繡像展示出妓女和妓家生活的動態性，而非聊備一格的陳列或記錄而已。圖像之後，則是本書正文，每位妓女按照名次先後排序，每個人先是一段簡介，次則選花品題（唯中一甲者及元魁之會元，可得到以兩種花品題的待遇），接下來則見不同文類的妓女歌詠，最後才是宛榆子的總評。

例如以探花蔣五爲例[20]——簡介是：「諱守貞，字雲襄，係金陵舊院，新從武林，移居姑蘇北濠。」品：「桂花：一種秋香不向春，風鬪豔品高韻勝。」之後有七言律詩一首、七言絕句一首、詞一首、歌一首、賦一首，以及一部標榜「代友人追思作」並附上介和白的曲子，全部用來歌詠妓女。最後則是總評：「宛榆子曰：嬌媚二字，可定雲襄。若論雙睛，無論當今罕儷，即古來恐亦無兩也。其種種之妙處，題詠中已得八九，無煩再贅。與吾吳一友人最善，余不惜借我之手代友之心，友人見之何如？」有趣的是，此後還有附錄，除了再以玉疊梅品題之，還補上民歌〈掛枝兒〉一首，末了再添上一段短評。

《金陵百媚》作於萬曆46年（1618），僅有孤本藏於日本內閣文庫，中國學界知此書者不多[21]，反倒日本學者合山究《明清時代の女性と文学》、大木康《風月秦淮——中國遊里空間》對此書頗多紹介。根據兩位日本學者的轉述指出，《金陵百媚》二卷、圖一卷，書前題到「廣陵爲霖子著品，吳中龍子猶批閱，萃奇館藏版，閶門錢益吾梓行」，得知作者即揚州文人李雲翔，批閱者是蘇州文人馮夢龍。又根據〈序〉中透露，此書係因李雲翔困愁於金陵旅中，好友馮夢龍因此陪他冶遊諸院、遍閱麗人，並且鼓勵李雲翔

---

[20] 北京國家圖書館藏萬曆貯花齋刻本《吳姬百媚》有部分缺頁，最可惜的是狀元王賽的部分幾全不見，然而合山究《明清時代の女性と文学》卻能載錄這一部分，顯然其所據之日本蓬左文庫藏本可供對照。

[21] 學界大概只有研究馮夢龍者會注意此書，例如高洪鈞：〈《金陵百媚》與馮夢龍跋〉，《文教資料》1994年第6期，頁110-113。

寫下品妓心得，自己也爲之批閱點評，甚至寫了一個跋語。

《金陵百媚》同樣以科舉名次分別妓女高下，包括鼎甲三名、元魁十八名、二甲十名、三甲十五名、閑散五名，以及附錄的小鼎甲三名、小副榜二名，一共列有五十六位金陵名妓。大約半數女子附有圖像，至於品評形式則是先有妓女簡介，次則選花品配，再則有各式各樣對於妓女的詠詩，最後則是詳盡的總評。以狀元董年爲例──簡介是：「諱白雁，字雙成，行四，小字年兒，住琵琶巷。」品：「丹桂花：此天上之葩，非人間之種。芳韻依人，清標可挹。花中之最貴者。衆卉雖豔，誰得似之。但貴人攀折固宜，凡輩盈頭可厭。置之亞匹不忍，品之最上。亦取其質，而不責其瑕乎。」之後有七律二首、詞二首，並吳歌一首、掛枝兒一首、南曲一支，藉由不同文類從各個側面歌詠妓女的才、貌、神、態。最後的總評，除了說明自己與董年的邂逅，並且解釋選丹桂花以品配之的理由，甚至記錄自己和友人爭辯妓女優劣的經過。

大木康認爲：「《金陵百媚》是由多種領域的韻文來評論妓女，其中還蘊含一種詩文集的風格。可以遙想當時以爲霖子、馮夢龍爲核心的文人們在品評妓女時，競相創作這些詩歌的光景。」㉒此說恐不盡確，因爲《吳姬百媚》已見用詩、詞、歌、賦、甚至民歌等不同文類歌詠妓女，非獨《金陵百媚》而已。又，眞正意義上的文人群體合詠妓女，事實要到清代中期狹邪筆記才臻成熟；不過相較於此前《蓮臺仙會品》、《燕都妓品》諸書，《金陵百媚》確實已略見兩三文人合詠妓女的局面。

從曹大章《蓮臺仙會品》到冰華梅史《燕都妓品》，乃至於宛榆子《吳姬百媚》、爲霖子《金陵百媚》，花榜類狹邪筆記不但內容增加，功能設計也日趨變化。內容從最基本的分較妓女次第，

㉒ 【日】大木康著，辛如意譯：《風月秦淮──中國遊里空間》（臺北：聯經出版公司，2007年6月），頁223。

到藉花寄寓、附詩釋義，再到擴寫妓女小傳、加入妓女繡像，這是由簡而繁、由粗略而精美的進展。功能從最純粹的紙上記錄，或轉換為兼具娛樂性及賞玩性的酒牌，或升格為專供收藏珍視的書籍善本，原本的「實用」性格被藝術消費性格取代。花榜進化、藝術化的力量，來自文人對妓女的追捧，朱彝尊說：

> 金沙曹編修大章，立蓮臺新會，以南曲妓王賽玉等一十四人，比諸進士榜。一時詞客，各狎所知，假手作詩詞曲子，以長其聲價。於是北里鮮有不作韻語者，其偽眞無由而辨識矣。[23]

按照朱彝尊的理解，《蓮臺仙會品》既開風氣之先，爾後文人騷客便各捧紅粉知己——用其最擅長的文學創作方式。雖然這裡是說，文人對心愛粉頭的詩文題贈，客觀上擡高了妓女的身價；然而不可否認，一旦這些詩文創作匯入某部花榜類的狹邪筆記，這些筆記也就因此衍生出廣告效果。既然創作目的是長妓女身價，既然花榜更多的是廣告效果，因此文字也就沒有意在言外的寄託。何況，朱彝尊也說這些詩詞曲子的眞偽無由辨識——無論是作者無從辨識，或者作品所述事跡之眞假無從辨識，都說明這批作品缺乏個性，沒有個性的作品當然斷無可能有任何寄寓了。

三、敘事治療：余懷《板橋雜記》

或許因為魯迅的關係，明清「狹邪筆記」最富盛名者，是余懷的《板橋雜記》，不過，它完全不同於前述花榜類作品。余懷固

[23] 清．朱竹垞著，清．姚柳依編：《靜志居詩話》，收入周駿富輯：《明代傳記叢刊》，頁469。

和花榜作者一樣，浸淫於魏晉以降人物品鑒傳統，自覺或不自覺地闡衍《詩品》、《書品》式的談文論藝風流，但其風月書寫誠有療癒明清鼎革精神創傷之目的（至少很有這種可能），而且「追憶似水年華」式的回顧寫作也斷無廣告意圖，所以絕對不是《燕都妓品》、《吳姬百媚》一類的純粹花榜，甚至根本不宜視爲狹邪筆記（至少不該混爲一談）。

余懷，字澹心，號曼翁，生於明萬曆44年（1616），卒於清康熙35年（1696），享年八十一歲。原籍福建莆田，生長活動於南京，是明末清初著名江南名士。余懷雖以《板橋雜記》留名於後世，但他精於史學，且擅詩文，而且還是戲曲家和評論家，除了留下大量著述，同時代的王士禛、吳偉業、侯方域、龔鼎孳、尤侗等人對他的創作評價也很高㉔。

余懷小時了了，吳偉業曾經寫下一闋〈滿江紅．贈南中余澹心〉，送給這位文學少年——「綠草郊原，此少俊、風流如畫。盡行樂、溪山佳處，舞亭歌榭。石子岡頭聞奏伎，瓦官閣外看盤馬。問後生、領袖復誰人，如卿者？　雞籠館，青溪社，西園飲，東堂社。捉松枝麈尾，做些聲價。賭墅好尋王武子，論書不減蕭思話。聽清談、亹亹逼人來，從天下。」㉕果然他在廿五歲的時候，便以一介布衣身分，被曾任南京兵部尚書的范景文延攬入幕。崇禎15年（1642），鄭元勛、李雯密謀重振復社，選定虎丘舉行集會，余懷與龔鼎孳、冒襄、方以智、杜濬等名流一起參與了盛會。甲申變後，福王繼位南京，馬士英、阮大鋮大肆迫害東林黨人與復社人士，余懷也因此被捲入這場政治鬥爭。明亡之後，面對異族統治，

㉔ 關於余懷其人以及著述，詳參方寶川、陳旭東：〈余懷及其著述〉，收入明．余懷著，方寶川編：《余懷集》（揚州：廣陵書社，2005年12月），頁1-23。

㉕ 清．吳偉業著，李學穎集評標校：《吳梅村全集》（上海：上海古籍出版社，1990年12月），卷22，「詩後集十四」，頁567。

余懷選擇作一名遺民，長期流離於南京、蘇州一帶，既是遊覽，或也徐圖再起。之後專心著作，不論詩文、史述皆流露出強烈的心緒，不過在友人眼中，隱遁且落寞的余懷，顯然和當年吳偉業筆下那個意氣風發的少年相去甚遠，所以尤侗作了一闋〈余淡心初度和梅村韻〉——「對酒當歌，君休說、麒麟圖畫。行樂耳、柳枝竹葉，風亭月榭。滿目山川汾水雁，半頭霜雪燕臺馬。問何如、變姓隱吳門，吹簫者？　蘭亭禊，香山社，桐江釣，華林社。更平章花案，秤量詩價。作史漫嗤牛馬走，詠懷卻喜漁樵話。看孟光、把盞與眉齊，皐橋下。」[26]

余懷年輕得意的時候，經常出入秦淮舊院，和當時名妓頗有往來，《板橋雜記》的序反映了這樣的風流自賞：

> 余生也晚，不及見南部之煙花、宜春之子弟，而猶幸少長承平之世，偶爲北里之遊。長板橋邊，一吟一詠，顧盼自雄。所作歌詩，傳誦諸姬之口，楚、潤相看，態、娟互引，余亦自詡爲平安社書記也。[27]

明亡之後，余懷雖然遊移於江南一帶，但從其詩文看來，並沒有禁絕徵歌選妓、畫舫流連的生活，或也因此總在詩歌中回憶十里秦淮的美好，感慨往昔美人竟成今日黃土。在他的詩集裡，諸如「痛飲狂歌今日事，最銷魂處是金陵」、「一片紅雲落杯酒，六朝佳麗總傷神」[28]的心情隨處可見，《板橋雜記》的序也說明了這樣的愁緒：

---

[26] 清・尤侗：《百末詞》，北京大學圖書館藏清康熙年間刻本，卷4，頁3。

[27] 清・余懷：《板橋雜記》，收入《筆記七編秦淮香豔叢書》（臺北：廣文書局，1991年7月據民國17年上海掃葉山房《秦淮香豔叢書》石印本影印），頁1。

[28] 清・余懷：《味外軒集》，收入李裳編著：《金陵五記》（南京：江蘇古籍出版社，2000年1月），頁177、181。

> 鼎革以來，時移物換。十年舊夢，依約揚州；一片歡場，鞠爲茂草。紅牙碧串，妙舞輕歌，不可得而聞也。洞房綺疏，湘簾繡幕，不可得而見也。名花瑤草，錦瑟犀毗，不可得而賞也。間亦過之，蒿藜滿眼，樓館劫灰，美人塵土。盛衰感慨，豈復有過此者乎！鬱志未伸，俄逢喪亂，靜思陳事，追念無因。聊記見聞，用編汗簡，效《東京夢華》之錄，標崖公蜆斗之名。豈徒狹邪之是述，豔冶之是傳也哉！[29]

尤侗〈題板橋雜記〉道：「余子曼翁，以所著《板橋雜記》示余爲序。予閒閱之，大抵《北里志》、《平康記》之流，南部烟花，宛然在目，見者靡不豔之。然未及百年，美人黃土矣。回首夢華，可勝慨哉。」[30]說明尤侗一樣感慨於美人黃土。然而，余懷寫《板橋雜記》不只爲妓女作傳而已，還爲了治療一己之精神創傷，他要藉此療明亡之痛、悼氣節之喪。學者多以爲，此係《板橋雜記》之精神內核：「捨棄了這一點，《雜記》也就淪爲《北里志》一類的作品，不過是供人茶餘酒後以助談資，用以醒疲驅睡罷了。」[31]因此尤侗把《板橋雜記》視爲「《北里志》、《平康記》之流」，似乎有意忽略余懷「鬱志未伸，俄逢喪亂，靜思陳事，追念無因」的複雜心理，冷落余懷在序裡的義正詞嚴——「此即一代之興衰，千秋之感慨所繫，而非徒狹邪之是述，豔冶之是傳也！」

---

[29] 清．余懷：《板橋雜記》，收入《筆記七編秦淮香豔叢書》，頁1。

[30] 清．尤侗：《百末詞》，北京大學圖書館藏清康熙年間刻本，卷4，頁3。

[31] 李金堂：〈前言〉，收入清．余懷著，李金堂校注：《板橋雜記》（上海：上海古籍出版社，2009年9月）。有趣的是，李金堂校注本未收尤侗〈板橋雜記序〉（也不錄張潮〈板橋雜記小引〉），不知是否存有不滿？

《板橋雜記》成書於康熙32年（1693），其時余懷已七十八歲，此書既如其所述是「有為而作也」，所以它的形式，自要不同於此前屬花榜性質之狹邪筆記。該書分上、中、下三卷，並附錄二則。上卷「雅遊」，先以一句「慾界之仙都，昇平之樂國」點睛，接著介紹金陵舊院地理環境，秦淮燈船、兩岸河房也有精細說明，至於青樓產業的環節構成、妓家風俗習慣更見巧妙點撥。文字精簡省力，結尾則藉錢謙益〈金陵雜題絕句〉數首、王士禛〈秦淮雜詩〉二首，引出歷代文人冶遊及紀麗傳統。中卷「麗品」則是妓女小傳，「或品藻其色藝，或僅記其姓名」，一共包括尹春、李十娘（字宛君）、葛嫩、李大娘、顧媚、董白（字小宛）、卞賽、卞敏、范珏、頓文、沙才、馬嬌、顧喜、朱小大、王小大、張元、劉元、崔科、董年、李香，以及珠市名妓王月、王節、寇湄等人。每篇小傳短者少於百字，長亦不過千字，各家殊態皆能躍然紙上。下卷「軼事」，既有江南文士「費千金定花案」一類風流故事，也見青樓玩家「群姬雨散，一身孑然，與傭丐為伍，乃為人代杖」的教訓，更有數則晚明南京藝人的寶貴事跡，最後則引雲間才子夏靈首〈青樓篇〉代訴曲中之變。附錄一係記三名「群芳之萎道旁者」，都是被擄入軍之青樓妓女的辛酸文字；附錄二則是介紹舊院姊妹主要遊憩活動「盒子會」。

上卷「雅遊」篇幅雖少，但開篇即先強調，金陵冶遊已形成一條悠久的歷史長廊；接著再用導覽的方式，點出只屬於當地的風土與人情；末尾的名人詩作，既是見證、也有「凍結」這一切美好的意圖。該卷結合人文地理和方志風土，文人的傷今吊古、唏噓感慨似也另有所指，此皆前述花榜類狹邪筆記所無，讀罷讓人聯想到《洛陽伽藍記》的深雋與低迴。至於中卷「麗品」，屬性也非花榜，卷首自陳其涉足青樓較晚，故名妓如朱斗兒、徐翩翩、馬湘蘭等皆不得而見之，是以只能「據余所見而編次之」，目的在於「徵江左之風流，存六朝之金粉」。該卷所載佳麗，或許個別都曾進入某個文人（群體）所選出的花榜，但余懷的妓女小傳並非競賽下的產物，而是基於「蓋恐佳人之湮滅不傳」，這樣一股微妙的焦慮罷了㉜。然而，《板橋雜記》的妓女小傳，絕對不是單純爲妓女作傳而已，余懷固然憂心佳人事跡不傳，但在明清變革中粹煉出來的特殊生命特質，顯然是他更加在意的。

《板橋雜記》之妓女小傳，有不少作者本人、或同時代名人所作之詩詞題詠，然和此前狹邪筆記比較起來，事後感嘆憑弔者多，時下添花湊趣者少。讀罷全卷，歌詠妓女才藝或美貌者甚罕，僅見者如余懷贈詩李香：「生小傾城是李香，懷中婀娜袖中藏。何緣十二巫峯女，夢裏偏來見楚王。」至於其他多屬慷慨之作，例如尹春於遲暮之年被余懷邀至家中演《荊釵記》，連老梨園聽罷都自嘆弗如，余懷因而贈詩：「紅紅記曲采春歌，我亦聞歌喚奈何。誰唱江南斷腸句，青衫白髮影婆娑。」藝雖猶精，人終已老。又如，余懷曾中意於李十娘姪女李媚，媚亦有意余懷，然懷終因科舉落第而遠走，直至鼎革之後偶遇，知曉人事全非乃贈以詩曰：「流落江湖已十年，雲鬟猶卜舊金錢。雪衣飛去仙哥老，休抱琵琶過別船。」李十娘從良、李媚色衰，遙祝她們莫淪爲擁抱寂寞的悲情女，也有英雄窮途末路的自況。有些時候，余懷會引用古人或同時代詩人的作品，例如見到半老的李大娘，引用唐朝詩人杜牧的〈張好好詩〉；爲卞賽作傳，提及她後爲女道士，則引吳梅村的〈聽女道士卞玉京彈琴歌〉。妓女命運多舛、乃至於香消玉殞更令人不勝唏噓，因此董小宛死，余懷把吳梅村〈題冒辟彊名姬董白小像〉八首

㉜ 《板橋雜記》雖非花榜，但於明代花案傳統也有反映。除了前面提到，卷三「軼事」曾載「嘉興沈興若費千金定花案，江南豔稱之」，卷二「麗品」附述珠市名姬時，也提及崇禎12年七夕夜晚，明末四公子方以智住處也有一場花案選拔：「四方賢豪，車騎盈閭巷。梨園子弟，三班駢演。閣外環列舟航如堵牆。品藻花案，設立層臺，以坐狀元。二十餘人中，考微波第一，登臺奏樂，進金屈卮。」中狀元的微波，就是珠市名妓王月，亦即余懷詩中「月中仙子花中王，第一姮娥第一香」者是也。

引了其中四首出來哀悼之；寇湄因所愛之人負心，病勢加劇，醫藥罔效而死，余懷也引用了錢謙益的〈金陵雜題〉之十：「叢殘紅粉念君恩，女俠誰知寇白門？黃土蓋棺心未死，香丸一縷是芳魂。」對古代文人來說，總是藉美人黃土的感慨，抒物換星移之幽思，而江山易代又是各種世變中最令人惆悵者。余懷親歷明清鼎革之變，體會分外深刻，此書又是晚年追憶往事，感情自然深邃，所以詩詞題詠明顯意在言外，和此前的《燕都妓品》、《吳姬百媚》、《金陵百媚》大不相同。

必須補充的是，歌詠秦淮名妓的詩詞創作，其實在王士禛、錢謙益、吳梅村、尤侗……等江南名流的詩集裡到處可見，尤其像董小宛、顧媚這些名氣特大者，關於她們的詩詞題詠更不可數，因此余懷作《板橋雜記》也毋需大錄特錄，好比冒襄既為小妾董小宛作了《影梅庵憶語》，余懷也就沒有事後蛇足的必要。反過來講，這些名妓中也有詩藝出衆者，清人徐乃昌《閨秀詞鈔》就收了一些名妓的詞作，例如顧媚即有三闋，姑引〈虞美人．答遠山李夫人寄夢〉如下：「春明一別魚書悄，紅淚沾襟小。卻憐好夢渡江來，正是離人無那倚粧臺。朱闌碧樹江南路，心事都如霧。幾時載月向秦淮，收拾詩囊畫軸稱心懷。」[33]但是在《板橋雜記》並不特別引錄她們的詩詞，例如顧媚就只記道：「通文史，善畫蘭，追步馬守真，而姿容勝之，時人推為南曲第一。」

詩詞題詠有言外之意，妓女小傳又何只「徵江左之風流，存六朝之金粉」，麗品中最醒目者，是那些明彰妓女氣節、暗諷貳臣無恥的文字。其中最著名的是寫葛嫩，余懷在其小傳後段，提及至交孫克咸對其一夕定情，月餘即納為側室，結果──

甲申之變，移家雲間。間道入閩，授監中丞楊文驄軍

---

[33] 清．徐乃昌選：《閨秀詞鈔》，清宣統元年小檀欒室刻本，卷9，頁3。

事。兵敗被執，並縛嫩。主將欲犯之。嫩大罵，嚼舌碎，含血噀其面。將手刃之。克咸見嫩抗節死，乃大笑曰：「孫三今日登仙矣！」亦被殺。中丞父子三人同日殉難。

關於葛嫩之死，孫克咸的玄孫孫顏有不同說法，其於〈讀板橋雜記有感〉下自注：「姬姓葛氏，名嫩，字蕊芳，先節愍公納爲側室，及舉義雲間，以餉乏登岸。葛在舟中，適有盜登舟，欲犯之，遂赴水死。《板橋雜記》所載與家乘不合，故附識之。」[34]即使孫顏所述爲眞，余懷把葛嫩的死給英雄化、傳奇化，並且賦予巾幗氣節的典型，已可看出他的批判目的。如果對照余懷寫珠市名妓王月的小傳，更能證實他的安排有其深意，其中寫到，貴陽蔡香君（字如蘅）把王月娶了回家——

香君後爲安廬兵備道，攜月赴任，寵專房。崇禎十五年五月，大盜張獻忠破廬州府，知府鄭履祥死節，香君被擒。搜其家，得月，留營中寵壓一寨。偶以事忤獻忠，斷其頭，蒸寘於盤，以享群賊。嗟乎！等死也，月不及嫩矣。悲夫！

據《明史》所載，張獻忠攻破廬州城，監司蔡如蘅、知府鄭履祥根本是趁夜「並縋城走」[35]，因此沒有《板橋雜記》所謂王月屈迎張獻忠、後因忤而遭斷頭蒸食之說。如果這又是余懷的小說家言，那

---

[34] 錢仲聯編：《清詩紀事》（南京：江蘇古籍出版社，1989年4月），乾隆卷，頁5927。

[35] 清．張廷玉等撰：《明史》（北京：中華書局，1987年11月），卷293，列傳第181，「忠義五」，頁7522-7523。

麼他的設計，不外乎是藉由對比以凸出葛嫩的氣節。

另外一個例子和名妓顧媚有關。顧媚堪稱是「麗品」所載諸妓中，獲得余懷最多文字篇幅者，從傳文來看，余懷與顧媚的往來也很不凡。然而書中寫到，顧媚後來歸龔鼎孳，甚得龔氏寵愛，竟以顧媚為亞妻。接著余懷筆峰一轉——

> 元配童氏，明兩封孺人。龔入仕本朝，歷官大宗伯。童夫人高尚，居合肥，不肯隨宦京師，且曰：「我經兩受明封，以後本朝恩典，讓顧太太可也。」顧遂專寵受封。嗚呼！童夫人賢節過鬚眉男子多矣。

龔鼎孳、錢謙益、吳偉業是著名的「江左三大家」，三人都是先後仕清的江南名士。然而相較起吳偉業短暫仕清後的終生悔恨，原本即在明朝出任兵科給事中的龔鼎孳，先降李自成並授直指使，入清後以原官任用，接著升太常寺少卿、左都御史，官至刑部尚書、兵部尚書、禮部尚書，連在三朝任官委實風光，然而時人對其評價可想而知。余懷雖與龔鼎孳交好，與顧媚更有深誼，但在這篇贊揚顧媚魅力、兼及龔氏豪情的小傳結尾，突然植入龔氏元配夫人一段大義之談，末評「童夫人賢節過鬚眉男子多矣」又所指甚明，足見余懷對明亡以後士人氣節的淪喪感慨極深。

又，《板橋雜記》對於它的描寫對象，並不和此前狹邪筆記一樣採取賞玩的態度，因而名妓不但少有被物化的嫌疑，甚至和余懷本人還有真誠的互動。李十娘刻一印章「李十貞美之印」，余懷戲曰「美則有之，貞則未也」，惹來十娘泣駁，余懷最後「斂容謝之」，並承認「吾失言，吾過矣」，這個故事最可以看出文人和妓女之間的懇切往來。至於有一傖父欲以冤枉官司誣陷顧媚，惹得余懷「義憤填膺，作檄討罪」，事後顧媚粉墨登場為其祝壽，這也超出嫖客妓女的一般性互動了。當然，余懷有些妓女小傳寫得既短且不深刻，箇中原因多半和他未親見之有關。例如董年，這位在《金陵妓品》被選爲狀元的名妓，到了《板橋雜記》只有區區不到百字：「董年，秦淮絕色，與小宛姊妹行。豔冶之名，亦相頡頏。鍾山張紫淀作〈悼小宛〉詩，中一首云：『美人在南國，余見兩雙成。春與年同豔，花推白主盟。蛾眉無後輩，蝶夢是前生。寂寂皆黃土，香風付管城。』」不過，《金陵妓品》寫董年也流於物化的品鑒而已。

明代狹邪筆記的寫作，是花案選拔的直接產物，文人風流則賦與它凸出的藝術色彩。合理的推測是，余懷如果活在太平時期，大概也只能交出同類型的作品來——風流被雅趣包裝，而不是如《板橋雜記》一般，理念藉妓女代言。問題是：余懷爲什麼在明亡半個世紀後，才寫下親身經歷的秦淮風月？當然，我們可以說是避開清初政治氛圍。也可以說，時移物換之嘆需要時間，才能累積出更大的創作能量。然而用時髦一點的講法，《板橋雜記》的寫作無疑是一種「敘事治療」（narrative therapy）。

敘事心理學中的敘事治療，藉由臨床實驗指出：創傷使個體生命的連續性遭到破壞，並因此陷入迷混的生存情境，然而藉由將經驗敘述成故事，可以恢復連續性並重建自我的意義[36]。文學創作也可以視爲作家（程度不一）的敘事治療，從余懷和同時代人的例子來看，明清之際的創作都有敘事治療的色彩。余懷在明亡之後流連遷徙，看似有所抱負，卻又成績不顯，除了時不我予或個性使然，也有可能是陷入一種盲然無措、進退失據、混亂迷惘的生命狀態；到了晚年，政治上的反清運動大抵停歇，個人身心能量又大不如前，這時他或許才意識到，話語權力的搶奪才是更實際的工作，何

[36] 關於敘事治療的理論，請參【澳】麥克．懷特（Michael White）、【紐】大衛．艾普斯頓（David Epston）著，廖世德譯：《故事、知識、權力——敘事治療的力量》（臺北：心靈工坊文化公司，2001年4月），第一章「故事，知識和權力」，頁1-42。

況這還是一種明確又有效的療癒。當然，誠如敘事治療理論所述，敘事不能涵蓋作者（患者）生活經驗的全部，《板橋雜記》所述也和主流敘事不同甚至存在矛盾，然而余懷「獨特的敘述」（unique account）卻是他整理生命意義的重要方式，即便那和主流敘述、和客觀事實互相牴觸，但他唯有透過這個方式才能重新經驗、重新生活。重要的是，用一己敘事來對抗主流解釋，是余懷療癒精神創傷的方法：表面上是爭奪晚明秦淮風月的話語權，實際卻意在對明清鼎革進行反省。作爲一個既不曾在明朝任官，入清之後也沒有實際作爲的平民，余懷老人不便冠冕堂皇，只能藉風月書寫以偷渡正經嚴肅，而且仍需是小心翼翼的。

這時期經常被學者拿來和《板橋雜記》對比的作品，分別是冒襄《影梅庵憶語》和孔尚任《桃花扇》。康正果的研究指出，《影梅庵憶語》是情和文的雙重救贖，它召喚了人與人之間（即便是嫖客和妓女之間）最本眞的情意交流，也一掃此前狹邪筆記那種毫無節制的品題賣弄，對清代「憶語體散文」起到重要的示範作用[37]。從各個方面來看，《板橋雜記》大致也具備相同的特質，冒襄筆下的自己和董小宛從來不是嫖客和妓女的關係，余懷筆下的妓女個個也是有血有肉、可歌可泣之輩，他要召喚半個世紀前、只見於這幾名婦女的情貞與氣節。從來沒有人把《影梅庵憶語》劃入狹邪筆記，那麼《板橋雜記》爲什麼不能是憶語體散文另一個源頭[38]？另外，李孝悌的研究指出，《桃花扇》意在反映明清之際文人「斷裂的逸樂」，明末舊院的歌舞昇平，因爲明亡而戲劇性地轉頭成空，

---

[37] 康正果：〈悼亡與回憶——論清代憶語體散文的敘事〉，《中華文史論叢》第89期（2008年1月），頁353-384。

[38] 劉勇強把清初憶語體散文視為《紅樓夢》的影響來源之一，除了將其定義為「清初以來頗為流行的回憶性散文」，並且把《板橋雜記》和《影梅庵憶語》都歸類在一起，是學界少數的例子。詳參劉勇強：《中國古代小說史敘論》（北京：北京大學出版社，2007年10月），頁421。

這在文人心中起到難以言說的苦痛，因而只能藉書寫來遠送、並悼念明季（包括南明）的美好[39]。既然《桃花扇》和《板橋雜記》同樣是一種敘事治療——這點在李孝悌的研究亦見呼應——爲什麼《板橋雜記》不能也被歸爲遺民文學？

最可能的原因是，魯迅把《板橋雜記》視爲清代狹邪筆記、乃至於小說《品花寶鑑》的源頭，造成後代學人多把此等作品混爲一談。如果可以證明《板橋雜記》和其效顰之作並不相類，或許更有理由把《板橋雜記》從狹邪筆記群中剔出。

四、花榜與文人題贈：清代中期的狹邪筆記

《板橋雜記》之後，狹邪筆記一時無以爲繼，直到乾隆49年（1776），才又出現珠泉居士[40]《續板橋雜記》。作者在〈續板橋雜記緣起〉提到：「余囊時讀曼翁《板橋雜記》，流連神往，惜不獲睹前輩風流。」後多次赴金陵，或洽公或冶遊，漸有心得。然而一日驚悟：「因思當日，不乏素心，曾幾何時，風流雲散，安知目前之依依聚首者，不一二年間，行又蓬飄梗泛乎？」於是續成是記。至於體例則仿《板橋雜記》，「類分雅遊、麗品、軼事三卷，非敢效顰曼翁，聊使師師、簡簡之名，得偕江水以俱長爾。」[41]從這段文字看來，珠泉居士毫不掩飾追步《板橋雜記》的初衷。而且，他顯然讀出原書出於物換星移、美人黃土之慨，因此自道寫書

[39] 李孝悌：〈桃花扇底送南朝：斷裂的逸樂〉，《昨日到城市：近世中國的逸樂與宗教》（臺北：聯經出版公司，2008年9月），頁25-79。

[40] 珠泉居士姓名生平不詳，然該書之乾隆酉酉山房刻本題曰「苕南珠泉居士著」，苕南即浙江湖州；又書中引吳偉業詩時稱呼「家梅村」，故知作者與吳偉業同姓。那麼珠泉居士即浙江湖州吳姓文人。

[41] 清・珠泉居士：《續板橋雜記》，收入《叢書集成續編》（臺北：新文豐出版社，1989年7月據《香豔叢書》本影印），第215冊，卷1，頁5。

也源於相同動力。不過，他以爲余懷只滿足於紀麗而已，所以道出「聊使師師、簡簡之名，得偕江水以俱長爾」這般平凡期望。

《續板橋雜記》卷上「雅遊」，大抵只是和《板橋雜記》上卷「雅遊」互爲今昔對照，然於地理位置的微幅變改、畫舫河船的美景盛況、妓女裝扮的時尚花樣，有著比較細緻的交待。卷中「麗品」，爲近三十名妓女之小傳，每篇先記該姝籍貫，接著特別留意於妓女的容貌、神態、特徵，而後或交待自己與妓女淵源，或陳述友人對妓女事蹟之補充，末則多半交待各妓晚景或歸所。這其中猶見不少來自文人的詩詞題詠，其中有作者自己的，例如給徐二的詩句：「一泓秋水雙鈎月，洗盡秦淮爛漫春。」又如給郭三的詩句：「醉聞嬌喘聲猶媚，暖熨豐肌汗亦香。漫道司空渾見慣，溫柔只合喚仙鄉。」也有好友孫楚儂的，例如給王秀瑛的詩句：「我本飄萍卿斷梗，白門同是月殘時。」偶爾也見轉引前人詩詞的，例如爲徐二就借了吳梅村名句：「青山憔悴卿憐我，紅粉飄零我憶卿。」至於卷下「軼事」，也是仿自《板橋雜記》，前半多是對比今昔秦淮兩岸地理及人文風景，眞正的軼事，一是揶揄名姬市井口語，一是轉述友人所述故事，另有一關於賣花馬嫗的大段情節，結尾則引某人竹枝詞十首以附和王士禛十四首〈秦淮雜詩〉。

既然作爲《板橋雜記》續作，很難不拿它與原書對照。平心而論，《續板橋雜記》雖在體例上完全複製原書，但成就從一開始就受作者的格局給限制。所謂格局，一指階級高低，二指抱負大小。首先，《板橋雜記》作者及與之交遊同往者，幾乎全是江南名流，反觀《續板橋雜記》作者及書中提到的孫楚儂、沈潔夫等，恐是乾隆時期名不見經傳的中下層文人，相較之下，單單書中所錄詩歌題詠的文學性格已見高下。遑論《續板橋雜記》末尾，竟以「吾郡徐雨亭先生溥」的「竹枝詞」附和大詩人王士禛的名篇〈秦淮雜詩〉，不更是鮮明的反差？再看這則軼事——

> 同鄉沈子潔夫語余云：「長州詹孝廉湘亭，於今春應試白門，暱梁四養女磬兒，有《扇底新詩》六十首志其事。其友王鐵夫，賦《志夢詩》五十章和焉。磬故吳人，謀歸吳以事詹，志未諧而卒。詹哀之，以三百金市其柩，歸葬于虎阜再來亭之西隅。祁昌司鐸沈蕢漁爲譜《千金笑》傳奇，付樂部。」詹、王兩君詩冊，暨蕢漁傳奇，潔夫皆親見之，能誦其畧，惜余後至，未獲一覩爲憾。

詹湘亭、王鐵夫、沈蕢漁幾個名字，當然比不上龔鼎孳、錢謙益、吳偉業、方以智、王士禛……等一時俊彥，珠泉居士未能一睹他們著作的遺憾，對讀者來說並非什麼憾事，因爲它們不是《牧齋有學集》、《吳梅村詩集》或《桃花扇》。其次，《板橋雜記》強調：「此即一代之興衰，千秋之感慨所繫，而非徒狹邪之是述，豔冶之是傳也！」紀麗的同時更寄託了國破家亡之痛、氣節沉淪之悲。然而《續板橋雜記》全然沒有這層背景支撐，從其〈續板橋雜記緣起〉所謂：「今秋于役省垣，僑居王氏水閣者十日，赤欄橋畔，迴首舊歡，無復存者，惟雲陽校書，猶共晨夕。」可知他不過想追思昔日熟識的粉頭而已。再看他在書中只和好友孫楚儂、沈潔夫等人對話，反映出這僅是一部個人色彩強烈、只在一群友人間口耳傳播、而無涉大時代意識的狹邪筆記。

另一寫秦淮風流的筆記是捧花生《秦淮畫舫錄》。根據學者的考證，捧花生即袁枚孫婿、金陵寒士車持謙，《秦淮畫舫錄》約末作於嘉慶22年丁丑（1817），大概隔年即另作出《三十六春小譜》和《畫舫餘譚》，此時約是作者不惑之年[42]。捧花生在《秦淮

---

[42] 關於捧花生生平及著述的考證，詳參李匯群：《閨閣與畫舫——清代嘉慶道光年間的江南文人和女性研究》（北京：中國傳媒大學出版社，2009年7月），第四章第一節，頁169-173。

畫舫錄‧自序》提到：「余曼翁《板橋雜記》備載前朝之盛，分雅遊、麗品、軼事爲三則，而於麗品尤爲屬意。」[43]因此他把重心放在妓女身上。《秦淮畫舫錄》的編排十分特殊，首先有好幾篇作於嘉慶丁丑年左右的序跋，開卷則有二、三十位文友作的詩文題辭；正文體例分爲「紀麗」、「徵題」上下兩卷，紀麗有一百二十篇妓女小傳（部分小傳另及相關妓女），徵題則收錄大量同時代冶遊文人的妓女題詠。至於《三十六春小譜》，大抵是《秦淮畫舫錄》的續編，因爲其序提到：「捧花生名著三中，書逾十上，往輯《秦淮畫舫錄》，以離騷芳美之懷，寫壹鬱依韋之緒。此編嗣出，何殊於前？……」[44]此書在一序一跋之後，也是先有同人題辭，然正文部分不同於《秦淮畫舫錄》將紀麗、徵題分陳，而是在每位妓女的小傳後直接附錄文人題詠（部分闕如）。再如《畫舫餘譚》，也是續編，且更無體例可言，捧花生開卷自陳：「輯《秦淮畫舫錄》竟，偶有見聞，補綴於後，凡數十則，即題曰《畫舫餘譚》，亦足新讀者之目。信手編入，無所謂體例，他日更有所得，當仿《容齋五筆》」之例，再續成之。」[45]《板橋雜記》分雅遊、麗品、軼事，如果說《秦淮畫舫錄》和《三十六春小譜》係以紀麗爲主（另外輔以大量文人徵題），那麼《畫舫餘譚》就多是雅遊和軼事，金陵秦淮的文人妓女、風土人情被以更大的熱情、更多的篇幅記錄下來。

如果把《秦淮畫舫錄》、《三十六春小譜》和《畫舫餘譚》等「畫舫」系列視爲一個整體，或會讓人相信捧花生即《板橋雜記》傳人。不過，既然捧花生判斷余懷「於麗品尤爲屬意」，那就表示

---

[43] 清‧捧花生：《秦淮畫舫錄》，收入《中國風土志叢刊》（揚州：廣陵書社，2003年5月據清奉華樓原本影印），第31冊，頁1。

[44] 清‧捧花生：《三十六春小譜》，收入《筆記七編秦淮香豔叢書》（臺北：廣文書局，1991年7月據民國17年上海掃葉山房《秦淮香豔叢書》石印本影印）。

[45] 清‧捧花生：《畫舫餘譚》，收入《筆記七編秦淮香豔叢書》（臺北：廣文書局，1991年7月據民國17年上海掃葉山房《秦淮香豔叢書》石印本影印）。

他個人最在乎的還是紀麗爲主的《秦淮畫舫錄》，和作爲續編、寫法也近似的《三十六春小譜》。問題在於，兩書除了妓女小傳，另有一半的篇幅是文人題詠。雖然《板橋雜記》寫麗品時也見一些詩詞，但畢竟是點睛之用，不像《秦淮畫舫錄》於紀麗之外另立徵題，可知捧花生對文人題詠的重視遠遠超過余懷。事實上，更早出的西溪山人《吳門畫舫錄》[46]，可能才是這個趨勢的始作俑者，該書分上下二卷，上卷是妓女小傳和青樓軼事，下卷則是文人投贈——除了吟詠妓女，也有針對妓女小影、或者妓家周圍物件而爲的詩詞投贈。《吳門畫舫錄》下卷開篇提到：

> 夫吳姬有甲乙之譜，名士聯香奩之社，緣情綺麗，對酒當歌，前輩風流，瓣香未墜。余自己未遊吳，猶及見隨園、西莊、夢樓諸先生投贈之什，惜一再過焉，俱經散失。今就所記憶徵諸同好，隨得隨書，無拘次序，得雜體詩文辭一卷。[47]

此後不久，爲了補《吳門畫舫錄》之闕，箇中生作了《吳門畫舫續錄》、《畫舫續錄投贈》各三卷[48]，前者以紀麗和軼事爲主，後者則全是文人投贈。《畫舫續錄投贈》開篇亦道：

---

[46] 西溪山人即董竺雲，考證詳參李匯群：《閨閣與畫舫——清代嘉慶道光年間的江南文人和女性研究》，頁62。《吳門畫舫錄》書前有多篇嘉慶11年丙寅的序，故知此書約作於嘉慶11年（1806）。

[47] 清．西溪山人：《吳門畫舫錄》，收入《中國風土志叢刊》（揚州：廣陵書社，2003年5月據民國4年有正書局刊本影印），第38冊，頁53。

[48] 箇中生即程韻篁，考證詳參李匯群：《閨閣與畫舫——清代嘉慶道光年間的江南文人和女性研究》，頁62。《吳門畫舫續錄》書前有嘉慶17年壬申宋翔鳳、嘉慶18年癸酉趙函的序，故知此書約作於嘉慶17、18年（1812-1813）。《畫舫續錄投贈》三卷乃依附於《吳門畫舫續錄》之後。

> 《板橋雜記》偶錄投贈詩辭，皆散見於軼事一卷。西溪山人《畫舫錄》，則另錄諸名士投贈詩辭爲一卷。余既仿余澹心記軼事，凡詩辭因事題詠者，皆附記於投贈諸作，亦仿西溪，另錄爲此卷。誠以一人之枯管，不足爲羣芳寫生，而假手於巧匠也。[49]

箇中生說得很清楚，文人投贈詩詞，在《板橋雜記》那裡只是隨興收錄，但從《吳門畫舫錄》開始，這些詩詞題贈單獨另立一卷，並且得到續作者箇中生的認同，因而獨立出《畫舫續錄投贈》附在《吳門畫舫續錄》之後。

如此看來，又晚於《吳門畫舫續錄》、《畫舫續錄投贈》的《秦淮畫舫錄》，更有可能是受到西溪山人、箇中生的影響，而不能視爲余懷《板橋雜記》眞正傳人。因爲擺在眼前的事實是，從《續板橋雜記》開始，尤其到了嘉慶年間蘇州、南京的狹邪筆記，形式上均在麗品之外另立投贈，且在內容上麗品的比例甚至要少一些，反映出狹邪筆記作者除了妓女小傳，還更醉心於文人題贈。風月書寫的重心明顯變化，文人對群己詩作的興趣高過名妓，這個心態說明妓女被異化爲物，她們的價値（另外）建立在做爲文人題詠的對象，《秦淮畫舫錄》、《三十六春小譜》的眞正主體是文人而非妓女，捧花生和這些詩詞作者在精神上更接近於南朝宮體詩的作者[50]，而不是余懷。

道光年間另有一部寫秦淮風光的筆記，即琅玕詞客、惜花居士

---

[49] 清．箇中生：《畫舫續錄投贈》，收入《中國風土志叢刊》，第38冊，頁161。

[50] 侯忠義、劉世林：《中國文言小說史稿（下冊）》（北京：北京大學出版社，1993年2月），頁355-358。

的《秦淮二十四花品》[51]。楊得春爲之作序時，提到「近與琅玕詞客共登選色之場，同入采香之徑」，看來又是一部金陵文人的選美之作。該書在題詞之後，有例言八條，其中反映了幾個重大訊息。首先，第一條道：「唐司空表聖有《詩品》，國朝黃左田宗伯有《畫品》，六安楊召林有《書品》，吳門郭頻伽有《詞品》，茲則仿其製爲《廿四花品》。」說明作者充分自覺此係妓女品鑒工夫。其次，第二條道：「是編繼捧花生《秦淮畫舫錄》暨《三十六春小譜》而作，凡前集所載之人，茲不重贅。」既說明此書係捧花生的續補之作，也揭示《秦淮畫舫錄》（及《三十六春小譜》）已取代《板橋雜記》成爲南京狹邪筆記的新經典。再者，第七條道：「捧花生所輯二種，均載詩篇，以供披覽。茲既花品代爲寫照，各種詩詞，似可從略。且有雛姬數輩，投贈尙稀，一時難以備錄，非憚于採訪也。」觀之該書體例，果然先記花品，首載的是——

> 娟秀：范月英。芙蓉。
> 自然姿態，弗御鉛華。羣松交錯，叢篠夭斜。應節舞軟，療饑色嘉。奇石千古，遠水一涯。如雪滃岫，如春在花。仙人姑射，是耶非耶？

每位妓女分別被統攝以娟秀、淡雅、溫柔、嬌憨、流麗……等不同概念，並分別冠以芙蓉、梨花、晚香玉、芍葯、蓮花……等不同屬性，然後則是以花品題。花品之後則有小傳，每位妓女的小傳皆頗詳實，要緊的是，其間果眞沒有《秦淮畫舫錄》、《三十六春小譜》大量收錄的文人題贈。

---

[51] 此書作者據考是秦遠亭、凌竹泉，考證詳參李匯群：《閨閣與畫舫——清代嘉慶道光年間的江南文人和女性研究》，頁61。《秦淮二十四花品》書前有道光15年的序跋各一篇，故知此書約作於道光15年（1835）。

《秦淮二十四花品》例言提到，花品本身即具備文人題贈的功能，所以略去各種詩詞不錄。此說非但可以成立，而且反面證明文人題贈已有喧賓奪主之嫌，畢竟徵題實在沒有理由取代紀麗。不過，文人投贈詩詞既多，且又被此前狹邪筆記過度收錄，必然予人重覆之想。《紅樓夢》第64回寫黛玉悲題五美吟，寶釵的一番話很有道理：「做詩不論何題，只要善翻古人之意。若要隨人腳蹤走去，縱使字句精工，已落第二藝，究竟算不得好詩。」[52]琅玕詞客、惜花居士或也有類似的自知之明？然而一旦略去文人徵題，《秦淮二十四花品》便更像明代後期那些具花榜屬性的狹邪筆記，其凡例雖云「第就素所熟習與友人賞識者彙而登載，未免挂一漏萬」，但接著又說「所載二十四人係從千紅萬紫中擇其尤者」，可見它終究還是有一個（不見得公開的）徵選過程。妓女對於此類著作的理解，顯然也是將其視爲花榜，捧花生在《畫舫餘譚》就提到一個有趣的故事：

> 《畫舫錄》成，一時紙貴。諸姬羣相詰問，以列名其間爲幸。不知余以子京紈縵之遊，展平子幽憂之疾，抒寫信手軒輊何心。諸姬皆斤斤若是，寧獨非余命筆之初意，抑將陷余爲薄倖人矣。聞某姬展轉購一部去，徧檢其名不得，迺至泣下，姬亦騃也夫。

嘉慶、道光距離《板橋雜記》的時代已遠，清代中葉雖然不能說是四海無事，然而文人已難想像國破家亡之痛。如前所述，《板橋雜記》的寄託往往在於另有所指的文人詩句及妓女事跡，一旦時移事往之後，後代讀者不見得能夠辨識箇中寄託，即便可以恐

[52] 清．曹雪芹：《紅樓夢校注本》（北京：北京師大出版社，1987年11月據北京師大圖書館藏程甲本翻刻本為底本標點校注），頁1037。

怕也難感同身受，因此很容易只見風流不見反省。《板橋雜記》隱含的寄託一旦不被理解，那它就只留下表面的青樓文化，這就是爲什麼陶慕寧說：其後來者雖「十九仿《板橋雜記》體例」，但「已不復有《板橋雜記》」那樣的興亡之感、反省之味了。」[53]對此，汪榮祖舉了一個非常有意思的例子，此是針對日本學者大木康《風月秦淮——中國遊里空間》而來的觀察。他認爲由於「歷史文化」的不同，缺少同民族的同情心理，大木康面對明清狹邪筆記時印象最深的是風月而非興亡——「東京帝國大學教授大木康斷爲『風月秦淮』，秦淮既被風月所界定，也就成爲大木所說的『遊里空間』，日文意思就是『妓女世界』；余懷的『記憶場所』（milieu of memory）在日本人的記憶裡只剩下『色情場所』。」[54]此說也許會被大木康教授否認，但是平心而論，該書確實沒有特別凸出《板橋雜記》的興亡反省。不論是清代中期的中國文人，還是三百年後的日本學者，其「誤讀」還是可以被找出理由的。

明代後期狹邪筆記是一種藝術化的花榜，清代中期狹邪筆記固有花榜屬性，但充斥更多文人的詩文題贈，等於是花榜和文人詩文集的合體。明人的重心在於妓女，清人的重心更多偏向文人，這是兩者同中有異的地方。至於魯迅當年以爲此系列翹楚的《板橋雜記》，除了書中主角同爲妓女之外，其他各個方面其實都和前後作品甚不相同，實在不宜繼續混爲一談，都視爲寫伎家故事的狹邪筆記。透過和明清狹邪筆記的比較，從小範圍講，《板橋雜記》應該和《影梅庵憶語》一同成爲清初憶語體散文的先驅；從大範圍講，《板橋雜記》更應置於明亡以後遺民文學之列。

---

[53] 陶慕寧：《青樓文學與中國文化》（北京：東方出版社，1996年5月），頁207。

[54] 汪榮祖：〈文筆與史筆——論秦淮風月與南明興亡的書寫與記憶〉，《漢學研究》第29卷第1期（2011年3月），頁189-224。

《紅樓夢》續書中的風月描寫

一、前言

自從程偉元、高鶚於乾隆56年（1791）推出《紅樓夢》程甲本後，僞託曹雪芹原作的第一部續書《後紅樓夢》，大約就在乾、嘉之交（1796年）問世，並開啓一股續寫風潮。《紅樓夢》續書雖多，但主要集中於嘉慶、道光年間出版，依其大致成書先後分別是《後紅樓夢》、《續紅樓夢》、《紅樓復夢》、《續紅樓夢新編》、《綺樓重夢》、《紅樓圓夢》、《紅樓夢補》、《補紅樓夢》、《增補紅樓夢》、《紅樓幻夢》。此後續書頓減，較爲知名的僅有《紅樓夢影》、《夢紅樓夢》、《新石頭記》而已。

《紅樓夢》續書的寫作，動機上多半因爲對結局不滿，第一部續書《後紅樓夢》率先安排黛玉死而復生、有個當上大官重振門楣的兄弟、使其更能堂而皇之地入主賈家，就是出於一種補償心理；後繼的續書紛紛延用這個模式，更可看出這種心理具有相當的普遍性。續書序跋文字也說明了這個事實，例如六如裔孫《紅樓圓夢·序》：「茲得長白臨鶴山人所作《圓夢》一書，令黛玉復生，寶玉還家，成爲夫婦，使天下有情人卒成眷屬，不亦快哉！且《前傳》之所不平者，無不大快人心。」[①]犀脊山樵《紅樓夢補·序》

[①] 引自高玉海：《古代小說續書序跋釋論》（北京：中國社會科學出版社，2007年5月），頁178。據是書考證：「此序文載清光緒二十三年（1897）上海書局石印本《紅樓圓夢》卷首，《序跋集》漏收。《紅樓夢續書研究》收錄。」《紅樓圓夢》較早刊本為嘉慶19年（1814）紅薔閣寫刻本，唯該本首〈楔子〉，無其他序跋文字；光緒23年（1897）上海書局石印本，增六如裔孫序，題「長白臨鶴山人著」。以上據魏童賢〈前言〉，收入清·夢夢先生：《紅樓圓夢》（上海：上海古籍出版社，1994年「古本小說集成」影印嘉慶19年紅薔閣寫刻本）。

亦然：「前書事事缺陷，此書事事圓滿，快心悅目，孰有過於此乎？」[②]更甚的莫如《紅樓幻夢》作者花月痴人在〈敘〉裡一段問答：

> 默庵曰：「子可知是書乃紅樓中一夢耳？」余曰：「然。」彼則曰：「子曷不易其夢，而使世人破涕爲懽開顏作咲耶？」余曰：「可。」於是幻作寶玉貴，黛玉華，晴雯生，妙玉存，湘蓮回，三姐復，鴛鴦尚在，襲人未去。諸般樂事，暢快人心，使讀者解頤噴飯，無少欷歔。[③]

續書作者決定何人可以回生、可以富貴、可以團圓，某某必須亡逝、必須病殘、必須報應，說明續書藉重新褒貶人物以補前書憾恨的寫作原則。然而，不管續書人物、時空究竟與原書存在多少差異，一個個異於原書結局的人物故事，必然呈現出作者或期望、或反思的人生觀。這樣或那樣的意圖，都得在寫作（及閱讀）的「夢」中進行，誰教人生（紅樓）即一大夢，夢中自有榮枯歡悲好壞。問題是，對於人生與夢持反思者少，寄非常之妄想者多，畢竟常人對現實的不足早能領會，故對《紅樓夢》的遺憾特別敏感。所以《綺樓重夢》開篇作書旨意即道：「蓋原書由盛而衰，所欲多不

---

② 清．歸鋤子：《紅樓夢補》（上海：上海古籍出版社，1994年「古本小說集成」影印遼寧省圖書館藏道光13年藤花榭重刊本）。

③ 清．花月痴人：《紅樓幻夢》（上海：上海古籍出版社，1994年「古本小說集成」影印首都圖書館藏道光23年疏景齋刊巾箱本）。以下引文悉以此版為主，茲不贅註頁碼。如遇闕頁或字跡難辨，則參考清．花月痴人著，楊愛群校點：《紅樓幻夢》（瀋陽：春風文藝出版社，1988年10月）。

遂，夢之妖者也；此則由衰而盛，所造無不適，夢之祥者也。」[4]《紅樓幻夢》也說：「（《紅樓夢》）其情之中，歡洽之情太少，愁緒之情苦多。……今摭其奇夢之未及者，幻而出之，綜托之於夢幻，故名之曰『幻夢』云。」

飲食男女，俱爲人之大欲，然而在道德倫理、經濟條件等的制約下，情愛欲望之委屈往往是普遍的事實。情欲的追求與滿足固不易躬身實踐，也很難化爲文字紙上談兵，從《金瓶梅》的「誨淫」到《紅樓夢》的「意淫」，中間有山高水深的落差，讀者對《紅樓夢》結局感到不滿的同時，不免要對《紅樓夢》處理男女風月時那一種「不寫之寫」的筆法、對那一種文有限而意無窮的詩性節制覺得扼腕。所以在衆家續書中，我們看到《綺樓重夢》、《紅樓幻夢》特別強化了風月內容，《夢紅樓夢》甚至專寫男女之事（相較之下，其他續作對此顯得較爲自制）。作爲續書，三者的人物情節各展幻想也自有特色，寫作風格和所反映的意識形態也很不同，可惜過去學界較少進行對照比較。又，在《紅樓夢》出版以後的嘉慶、道光年間，獨創型世情小說亦多見風月描寫，同時期更有許多寫文人冶遊之狹邪筆記大爲流行，如果拿《紅樓夢》續書——特別是《綺樓重夢》、《紅樓幻夢》中的風月描寫與之互爲對照，應可充分掌握清代中期男性文人的情色想像。

二、《綺樓重夢》的風月筆墨

三部續書中最早的是《綺樓重夢》。此書共四十八回，原名《紅樓續夢》，又名《蜃樓情夢》、《新紅樓夢》，作者蘭皋居

[4] 清・蘭皋居士：《綺樓重夢》（上海：上海古籍出版社，1994年「古本小說集成」影印嘉慶10年瑞凝堂本）。以下引文悉以此版為主，茲不贅註頁碼。如遇闕頁或字跡難辨，則參考清・蘭皋居士著，蕭逸標點：《綺樓重夢》（臺北：建宏出版社，1995年7月）。

士，即王蘭沚，浙江杭州人氏，曾作宦福建、臺灣，此書爲其辭官後六十餘歲時所作，約成書於嘉慶2年（1797），目前可見最早版本爲有嘉慶4年序之某書坊刊本，及嘉慶10年瑞凝堂刊本。

《綺樓重夢》係從原書結尾續起，寫寶玉投生作了寶釵的兒子小鈺，黛玉投胎成了湘雲的女兒舜華，兩人欲完前世未了姻緣。又，晴雯借香菱女兒淡如身體還魂，秦可卿也轉世爲寶琴的女兒碧簫。四人之外，賈蘭妻子一胎產下三女，邢岫烟、李紋、李綺也分別有女兒，在賈家、薛家均已沒落的困頓環境下，小鈺與一群女孩在園中跟著邢岫烟讀書。小鈺自幼愛好武藝，六歲即曾退賊，夢中得天書後復能調動天兵、呼風喚雨；碧簫亦得神授飛刀，誠爲女中英雄。後倭寇犯境，皇上開文武二科選拔人才，賈蘭、小鈺同爲文狀元，小鈺還獲武狀元，碧簫及（薛蟠的侄女）藹如分獲武試第二、第三。於是皇上封小鈺爲平倭大元帥，碧簫、藹如爲副帥，打了勝仗之後，小鈺受封平海王，碧簫、藹如得封燕國夫人、趙國夫人。凱旋歸來皇上給假三年，允待小鈺十六歲時才入朝供職，自此小鈺日與衆姝嬉鬧淫樂，直到後來奉旨完婚，一氣娶了舜華、碧簫、靄如、纈玖、淑貞五名妻子，其他姊妹亦有良好歸宿，唯獨淡如嫁給四十多歲的痲子爲妻。

清人對《綺樓重夢》評價很低，嫏嬛山樵《補紅樓夢》罵它：「其旨宣淫，語非人類，不知那雪芹之書所謂意淫的道理，不但不能參悟，且大相背謬，此正夏蟲不可以語冰也。」[⑤]姚燮《讀紅樓夢綱領》批評：「其大旨翻前書之案，以輪迴再世圓滿之，然詞多褻狎，與原書相去遠矣。」[⑥]裕瑞《棗窗閑筆》更道：「《綺樓重夢》，一部村書而已。若非不自量，妄傍紅樓門戶，尚可從小說

⑤ 清．嫏嬛山樵：《補紅樓夢》（上海：上海古籍出版社，1994年「古本小說集成」影印北京師大圖書館藏嘉慶25年本衙藏版本），第48回，頁1407-1408。

⑥ 引自趙建忠：《紅樓夢續書研究》（天津：天津古籍出版社，1997），頁230。

中《肉蒲團》、《燈草和尚》等書之末。」[7]以上意見，主要針對《綺樓重夢》風月筆墨而來，基本不錯。然而，這部小說的風月描寫「問題」，不在於像《金瓶梅》一樣過度摹寫性交過程的種種細微，而是把小鈺及一干女子寫得猥褻下流，諸多言行舉措甚至和色情小說一樣違背常理。

小鈺情鍾舜華，對其尊重有加，甚至從無逾矩之想。但對其他姊妹，一開始或許只是憐香惜玉，但到後來愈見無恥，老見他找機會佔人皮肉便宜。例如第9回寫碧簫生病腹瀉，小鈺抱她到桶邊，替她解開下衣扶著坐在桶上，事後「也不嫌腌臢，就用草紙替他前後都揩抹乾淨了」。此後口味漸重，第15回寫文武二科考試，碧簫懇託小鈺禮讓，他竟要求對方「送給香香算謝儀」── 原來是「一把摟過來，在自己膝頭坐下，嘴接著嘴，還把舌尖吐將進去，舐了一回。」第16回靄如央求小鈺代擬試策，他開出條件「只要一顆櫻桃兩顆雞頭便夠了」── 這會兒除了親嘴還要摸乳，更要女孩在他耳邊叫聲「心肝乖兄弟」。第21回，寫碧簫初紅乍來，只見小鈺佯稱看病，卻要女子掰開雙腿讓他「看個不亦樂乎」。這種情形到小說後半段更是變本加厲，除了親嘴接吻、摩弄粉乳、掏摸裙底，更且窺人洗澡擦腳、共洗鴛鴦澡浴，講話也更不要臉──例如第42回他對友紅說：「姐姐這些圖報的空談，我耳朵裡聽陳了，不必謊我。如若果眞有心，只消把端陽那日澡盆裡浸的兩枝白玉中間界著的一條紅線，再賞給我細細瞧個明白，就是莫大恩典，何必說那些空感激的話呢？」

如果說小鈺對衆家姊妹還只是下流、不正經，他和其他婦人的性享樂就只能用荒唐來形容。27回開始，甄家的小翠、葉家的瓊蕤分別因爲避妖、逃難暫住賈家，加上原本香菱的女兒淡如，「從此一男三女，按日輪宿」，「怡紅院」被改名爲「穢墟」。後有四

---

[7] 清．愛新覺羅裕瑞：《棗窗閑筆》（北京：中國環境科學出版社，2005），頁66。

個宮女、四個丫頭加入輪值。接著強留小沙彌冷香在府，夜晚姦淫令她下身受傷，「直調養到五六天後才會走路」。北靖王府差人送來跑解馬的女孩，又是「把這二十四個女孩兒通頑遍了」才送回去。因爲小鈺又學了房中術，原本八個宮女丫頭自覺支撐不住，便央再添人手，於是小鈺又補了十六個宮女丫頭——「連舊的八個，共是二十四個人，分做六班，每夜四人值宿。」到這個地步，小鈺是功勛王爺的身分，世家公子的身體，但性格心神全是色胚淫蟲，其荒淫程度遠超過《金瓶梅》的西門慶、《肉蒲團》的未央生數十百倍了。問題在於，西門慶也好、未央生也罷，作家對於他們的性征服、性冒險心理或多或少都有交待，但是賈小鈺爲什麼生下來就是一個色中餓鬼，爲什麼才十餘歲即荒淫無度，書中從頭到尾沒有任何說明，倒像理所當然一般。

可堪玩味的是，作家把小鈺周圍的女子分成三個層級：第一級僅舜華一人，小鈺對其敬重愛護；第二級係指家中衆姊妹，小鈺時時戲謔調情，唯僅不及於亂而已；第三級指其餘各色女子，小鈺終日與其淫樂無度，一個個儼然性愛玩家。這個設計自有心機——維持小鈺、舜華和平友愛，在最低程度上顧及了前世寶玉、黛玉的木石情緣；戲寫小鈺周旋於衆家姊妹又不眞正作亂，勉強可以解釋成是一種風流情趣；至於小鈺和其他女子之間的荒唐，作家有意強調她們多是情願犯賤⑧，甚至宮女丫頭本即小鈺的私產，因此不必認眞。有學者認爲，《綺樓重夢》「這類描寫雖不乏文人惡趣，卻更多地以少男少女天眞未開的形態寫出。童趣沖淡了書中的愛慾成分，故而總體看來尙不覺褻穢。」並說作者觀念源於袁枚倡議的

⑧ 例如第14回寫小鈺、淡如及尼姑授鉢擁抱同眠，姑子把手伸入小鈺褲襠說：「莫作聲，誰叫你生這樣古怪東西，忽起忽倒的，便給我當個暖手兒弄弄何妨得？」又如第20回，宮女宮梅跟小鈺說：「怪不得元帥爺要封王的，肚子底下比咱們多了一個指頭兒呢。……我的嘴專會咬指頭兒的，王爺敢給我咬麼？」

「性靈」說[9]。穢褻與否各人判定不同，然而「童趣」、「性靈」之說若要成立，退一百步講，也只勉強限於上述第二個層級，因爲小鈺和淡如、小翠、瓊蕤、瑞香、玉卿及衆宮女丫頭尼姑之間的性愛派對，根本沒有任何童趣、性靈可言。例如第39回，襲人女兒賣來賈家後派發怡紅院，作家寫此女前竅、後竅合成一孔，原欲彰明此係襲人造孽之果報；然而此處亟寫衆丫頭攛掇小鈺將之姦淫，交待女孩如何叫痛求饒，如何「路也走不動，捱牆摸壁，掙到外房」，事後只見小鈺笑道：「我替你取個名，就叫做雙雙。派你明兒在外房該班罷。」這裡全無同情，遑論童趣性靈？

《綺樓重夢》第1回開篇提到：

> 《紅樓夢》一書不知誰氏所作，其事則瑣屑家常，其文則俚俗小說，其義則空諸一切，大略規彷吾家鳳州先生所撰《金瓶梅》而較有含蓄，不甚著跡，足饜觀者之目。丁巳夏，閒居無事，偶覽是書，因戲續之。

這段文字有兩層意思：第一，《紅樓夢》承《金瓶梅》而來；第二，續作的《綺樓重夢》又承《金瓶梅》、《紅樓夢》而來。然而《金》、《紅》二書，一個直白暴露，一個含蓄無跡，《綺樓重夢》選擇靠向天平的哪一端呢？小說第48回解釋：「是書之有淡如、瑞香、玉卿，猶《金瓶梅》之有潘金蓮、李瓶兒、林太太也。」洩漏作者表面續寫《紅樓夢》、實則規彷《金瓶梅》的意圖，作者筆下的小鈺不該是賈寶玉化身，反而有更多西門慶的性格。「原書由盛而衰，所欲多不遂，夢之妖者；此則由衰而盛，所造無不適，夢之祥者也。」說明「戲」續之由，並不像其他續書意

[9] 蕭逸：〈前言〉，收入清．蘭皋居士著，蕭逸標點：《綺樓重夢》（臺北：建宏出版社，1995年7月）。

在補讀者對原書結局之憾，而是離開原書人物運命，另外提供讀者一個新的——相反於原書、甚至相反於現實人生的歡暢美夢。換句話講，從寶玉投生小鈺開始，小說就離開《紅樓夢》而形成一部眞正意義的新著，清人吳克岐批評小鈺以十餘歲之齡即荒淫無度又封王拜相，醜淡如、美碧簫的寫法混淆原書對晴雯、可卿的褒貶[10]，都是因爲不了解續書作者的實際意圖，乃在於邀集讀者一同入夢，一同進入那個更甚於《金瓶梅》西門慶的夢中世界。

三、《紅樓幻夢》的風月筆墨

至於《紅樓幻夢》，二十四回，一名《幻夢奇緣》，作者花月痴人，約成書於道光年間，目前所見最早刊本爲道光23年（1843）疏景齋刊本。小說接原書97回而來，寫黛玉回陽，與寶釵共嫁寶玉。黛玉一則先自仙姑處領有返魂香、懷夢草得以上天入地，二則冒出一個同父異母的兄弟贈其偌大家產，是以憑著她的地位（寶二奶奶）、能力（交通鬼神）、財富（千萬銀兩），很快便爲賈家恢復起數倍於前的基業。此外，她勸寶玉奮發科場，寶玉因此從鄉試第五、殿試探花、最後被皇帝賜爲狀元，轉眼間揚名顯親；另一方面，先後替寶玉娶來晴雯、婉香、紫鵑、鴛鴦、襲人、金釧（雙釧）、玉釧、鶯兒、麝月、秋紋、碧痕、蕙香十二妾，享盡齊人之福。整部小說多是寫意追歡的場景，白天但見遊園、作詩、唱曲、宴饗，多姿多彩；晚上則多房幃風情或枕邊私語，娉婷動人。末了寫寶、黛夢遊仙境，聆聽警幻仙姑解說人生，但兩人仍決定樂足人間百歲歡娛，再回天上永世歸位。

《紅樓幻夢》承《紅樓夢》第97回而來，大致不離原書，在

---

[10] 吳克岐：《懺玉樓叢書提要》（北京：北京圖書館出版社，2002年2月影印南京圖書館藏清抄本），頁67。

合理有限的範圍內改寫人物運命性格，這方面大不同於另起爐灶的《綺樓重夢》。《綺樓重夢》無意補原書結局之憾，《紅樓幻夢》卻最在意於此，不但還給寶玉、黛玉、晴雯等人幸福，並且延長也加重了他們的幸福。至於讀者不喜歡的反面人物，除了鳳姐以外，包括王夫人、王善保家的、襲人等的報應也只點到為止，並不刻意渲染。全書主調仍是性靈雅趣。在這個情況下，小說有必要保持甚至強化原書感性的氛圍（而非智性的省思），所以一要續寫眾姝作詩填詞的藝文活動，並且把它擴大到對戲曲的鍾愛；二要再加心力於園林庭院、屋榭樓臺、房間陳設，起造出更多的大觀園，裝設一間又一間瀟湘館、怡紅院出來。吳克岐《懺玉樓叢書提要》說《綺樓重夢》「詩文均可觀，穢墟賦集、四書文尤稱佳作」[11]，然而《紅樓幻夢》無論在詩會活動的篇幅比例、詩詞創作的數量質的，都要高出甚多。至於環境描寫，也因為花園屋舍蓋的多，加上作家寫來不厭精細，所以《紅樓幻夢》幾乎是所有續書中最留意於此者。茲拈一例，第5回寫到眾人遊園，到凹晶館賞荷花：

> 只見深紅淺白，黃碧青藍，有大如盌的，紅如臙肢的，白如雪片的，碧如翡翠的，豔似夭桃的，嬌同粉杏的，全開的，半開的，含蕊的，蓮房圍圈著黃鬚，倒垂一瓣的，竝蒂的，臺閣的，四面鏡的，半開半謝的，品格奇異，有十餘種。葉有碧翠的，深綠的，蒼綠的，淡綠的，淡黃的，半黃半綠的，披如舞袖的，圓如車盍的，卷如貝的，小如錢的，眞個水國繁春，鴛行彩陣，微風過去，冉冉香來，令人神清氣爽。

---

[11] 同前註，頁68。

此處並非新起園林，這片風景可交待可不交待，然而作家依舊認眞，且類似的用心全書隨處可見。尤其，小說第11、12、13回藉寶玉、黛玉等人遊新花園全面摹繪園林景緻，14回又藉燈戲演出側面補充園林風光，其中用心可能還超越了原著。只不過，《紅樓夢》大觀園還是虛寫淡描的成分多，不像《紅樓幻夢》多是實寫濃畫。

《紅樓幻夢》的風月筆墨不少，然而它既不像《金瓶梅》放大摹寫性交過程的一切細節，也不像《綺樓重夢》把男男女女寫得猥褻下流，反而是風雅中有尊重、俏皮中見慧詰。寶玉坐擁黛玉、寶釵爲首的二妻十二妾，然而作家偏重寶玉和雙美的閨房之趣，大部分的場景、對話都很有蘊緻。先看寶、黛之間那種文人式的高雅亮潔，：

> 寶玉道：「偺們雖同眠了四夕，倒虛度了兩宵。弓馬既未熟嫻，忽又操三歇五。學而時習之，不亦悅乎？」黛玉道：「旦旦而伐之，可以爲美乎？」寶玉道：「適可而止。」兩人心暢情諧，更復興濃樂極。（第5回）

> 兩人歡洽已極。黛玉道：「月白風清，于此良夜何？」寶玉道：「子兮子兮，于此良人何？」黛玉微微一笑，兩人執手入幃。自伉儷以來，未有此夜歡娛之盛，人恍同身，氣融連理，其樂只可意會，不必言傳。（第16回）

再看情人間的會心幽默：

> 黛玉道：「前幾次是明取明裁，這次是穿壁逾墻的勾當。」寶玉道：「我且問你，穿逾是攫取人家的東西，

> 我這是送了東西到人家户底，又送東西到人家膍中，偷兒有此理乎？」黛玉扳著寶玉，在腮上擰了一下，笑問道：「好個風流貝戎。你作弄了人還説這話開心，不擰你擰誰？」（第6回）

至於寶、釵之間則略帶狎暱，但也恰到好處：

> 寶玉道：「姊姊另有一種香處。她的肌膚細嫩潔白，尚未及姊姊這般豐膩。你二人一個膚如凝脂，一個香如轉蕙，我三生緣分何幸如此？」寶釵道：「你身上將次轉蕙，還要凝脂才妙。」寶玉忽將寶釵緊緊一把箍住，不肯放鬆。寶釵道：「好兄弟，放了我，這是怎的？」寶玉道：「我貼著你，好沾你的脂。」寶釵道：「你可也是這樣纏林妹妹？」寶玉道：「她那香是虛的，須得浮貼。你這脂是實的，必須緊貼。」兩人一陣調笑，幾度春風，恬然而息。（第5回）

又，即便第19、20回寫寶玉在酒中下了春藥給寶釵吃，但是作者意在畫女子之羞澀靦腆，而不是狀男子之逞強張狂。

寶玉二妻十二妾的「齊家」規模建立之後，小説在第15回寫他們到幽香谷安歇，此時晴雯提議大家寬衣喝幾杯舒服酒。只見：「每人頭上只簪一股釵，黛玉、寶釵穿著翠綠繡花夾紗短襖，大紅繡花夾紗褲。晴雯、紫鵑等十人穿著玉色繡花夾紗短襖，桃紅繡花夾紗褲。」接著辭退了所有老媽子和丫頭，寶玉先提議吃「雙合歡」，接著玉釧、鴛鴦起哄要「吃皮杯」——於是十個小妾拈鬮排定次序，一個個口中哺著酒喂到寶玉嘴裡，有的把酒噴了寶玉滿面引來一陣浪笑，有的婉約從容地交付溫柔熱情。樂極之餘，寶釵道：「這麼不像樣的鬧法，只可一，不可再。」此話合乎她一貫的道學身分。不想黛玉說「偺們都是房幃中人，關了房門，放蕩點兒也使得，何必拘的不自在呢？……只要大節大段兒不差，嬉喝玩笑亦閨閣中常情。」確實，這些人是合法夫妻，且此係關起門來的親密嘻戲，何礙大雅？正因爲小說中的風月情節多是發乎人情、合乎禮教，加上作者有意寫得含蓄蘊藉、風雅唯美，所以絕無《綺樓重夢》或色情小說常見的變態下流。果然到了第20回，道學家寶釵也被改變了，竟對黛玉、寶玉說：「今日橫豎閑著，偺們房幃秘事從沒說過，倒也說說這些話開開心。」寶釵竟然要求寶玉品評衆妻妾的床笫性格！然而寶玉講的也很節制，明眼讀者心領神會微微一笑足已，作者無意大肆渲染搞得整書腥羶鹹濕。

然而《紅樓幻夢》還是男性中心的。首先，作者筆下的所有女人都愛寶玉，無論身分是主子奴才都想嫁他。不過這個問題可能要怪《紅樓夢》，曹雪芹筆下的女子多半已有這個傾向，續書只是再加外顯、更爲過度罷了。其次，作者偏要寶玉把女人一網打盡，所以在二妻十二妾外，另外替他安排與香菱、鳳姐、妙玉在夢裡相交。雖然這麼寫，可免去寶玉逆倫悖德的爭議，作者也交待此係了結原書可疑的風流公案，但畢竟顯得牽強勉強。第20回寶玉對釵、黛道：「我喜歡巴不得她們十人都在一炕睡，我在中間，隨便取樂，才是我的心願。」聽起來還有點傻人傻福的興味，但一想他和香菱、鳳姐、妙玉的夢中風流，又覺得有一點可鄙了。

《紅樓幻夢》寫房幃之樂還有一個特別之處。第16回，黛玉、晴雯在瀟湘共酌，晴雯敬酒黛玉不受，原來她要比照上回「吃皮杯」的模式口奉——「兩顆櫻桃小口相對，緩緩的一吐一吐，玉液生津，香甜適口，情濃極樂，吃了一杯。」結果在窗外偷窺的寶釵「涎垂心慕，不覺失聲笑道：『實在可愛。』」於是黛玉命晴雯奉了寶釵兩杯，之後寶釵也要晴雯再敬黛玉一杯。接下來——

寶釵笑道：「我有兩言：『奉贈檀口搵香腮，並蒂芙蓉雙弄色』。」寶玉忙拍手道：「妙絕，妙絕，確不可移。這裡儼然一幅絕妙的女春宮圖。」寶釵道：「這是你天開奇想，聞所未聞的新文，都被你摭出來了。」黛玉笑道：「眞正新奇，這女春宮難爲他想得入神盡情。」寶釵道：「咱們吃這酒的意趣，竟勝于張京兆畫眉。」晴雯笑道：「我執壺舉盃奉酒，亦如那磨墨抰筆描畫之煩，該比作張京兆。」黛玉向寶釵笑道：「姊姊送了便宜把她。」寶釵亦笑道：「人家利令智昏，我是色將心惑了。」四人又復喝酒談笑。是夜在瀟湘館同臥，一宿晚景不提。

有學者說這裡的黛玉和晴雯是女同性戀[12]，尤其第20回作者寫道：「此後兩人同起同坐，同食同眠，兩相愛慕，寸步不離，儼然憐香伴玉一般。」不過小說裡面的所有女性，都優先認同以男人爲中心的異性戀婚姻，這不同於西方及現代意義的女同性戀愛情，反而折現中國古代女性在一夫多妻制度下的別樣可能——除了勾心鬥角，也能互傾衷情[13]。要緊的是，這裡依然寫得婉約蘊藉，且從「女春宮圖」的情色想像，轉回張京兆爲妻畫眉的閨情典故，顯然想要告訴讀者：所有乍看的狎邪戲謔其實都是正常閨情。

---

[12] 王旭川：《中國小說續書研究》（北京：學林出版社，2004年5月），頁301。

[13] 第24回寫襲人夢中向寶玉求歡，被同睡的鴛鴦聽到，於是伏到襲人身上假戲，羞得襲人無話。接著「鴛鴦借此開心，抱著襲人親嘴，摸奶，又摸下身。」王旭川認為這段文字可與黛玉晴雯一節對看。然而，此處描寫係為鋪陳鴛鴦接著在襲人下身摸到一攤冷精，後藉碧痕口中道出襲人向有遺精毛病，意在醜其不堪，非指襲人、鴛鴦是同性戀。

四、《夢紅樓夢》的風月筆墨

《夢紅樓夢》，又稱《三妙傳》，只存蒙古文殘抄本兩回，不署作者姓名。此抄本原爲清後期蒙古族作家尹湛納希後人、祥林喇嘛希又布扎木蘇舊藏，他在1956及1957年，先後提供尹湛納希幼年的詩集、蒙譯本《中庸》、以及蒙文小說《青史演義》、《紅雲淚》、《月鳩傳》手稿、還有近似尹湛納希手跡的蒙文殘抄本《夢紅樓夢》給來訪的內蒙古人民出版社。由於這兩回書全寫寶黛風月故事，與色情小說無異，因此長期不見出版；而且大部分學者迴避了對它的討論，甚至模糊了它和尹湛納希可能的聯繫⑭。倒是研究尹湛納希最權威的扎拉嘎，低調指出此書可能是尹湛納希十八歲時的作品，但也不排除僞託譯作的可能⑮。臺灣在二十世紀尾聲率先出版這部小說，而且大方接受扎拉嘎等人的推測，認定此即尹湛納希少作⑯。近來，大陸學界也有人主張不必爲尊者諱，對尹湛納希

---

⑭ 巴·蘇和：〈蒙古族近代文學大師尹湛納希研究概述〉，《中央民族大學學報》（哲學社會科學版）2004年第1期，頁131-137。該文介紹過去許多蒙古族學者專家研究尹湛納希的成果，但相關研究均未提及《夢紅樓夢》。又，額爾敦哈達：〈20世紀尹湛納希研究概說〉，《內蒙古大學學報》（哲學社會科學版）第30卷第5期（2004年10月），頁22-24。該文也有一樣的情形，但在文末卻提到臺灣在1998年出版《夢紅樓夢》一事。

⑮ 扎拉嘎：《尹湛納希年譜》（呼和浩特：內蒙古大學出版社，1991年12月），頁79。扎拉嘎：《尹湛納希評傳》（呼和浩特：內蒙古教育出版社，1994年3月），頁23。

⑯ 金楓出版社的「世界性文學名著大系」，收錄明輝漢譯的《夢紅樓夢》（臺北：金楓出版社，1998年9月），該書〈出版說明〉聲稱作者「傳為十九世紀蒙古族最著名的文學家尹湛納希十八歲時寫的作品」（頁23）。陳益源《古典小說與情色文學》（臺北：里仁書局，2001年9月）也說作者「據信是蒙古大文豪尹湛納希少年之作」（頁251）。陳益源後來指導黃孝慈碩士論文《尹湛納希及其作品研究》（嘉義：中正大學中文系碩士論文，2003年），已經選擇直接相信此書作者即尹湛納希。

的作者權持開放態度[17]。若是，此書約作於咸豐4年（1854）。

尹湛納希著名的世情小說《一層樓》、《泣紅亭》，咸被學界視爲主要受到《紅樓夢》的啓發[18]，但如果《夢紅樓夢》眞是尹湛納希所作，這部糾舉《紅樓夢》吝於風月描寫之失的小說，足可作爲《一層樓》、《泣紅亭》的補充。《夢紅樓夢》的序提到：「逢萬代難逢的奇緣而未曾貽誤，處三春絕妙的時光而不曾虛度，這才是美人眞正的歡欣。」反對「只因爲那矯揉造作和所謂持重愼微，在美好時光中辜負了愛慕者的心願，然後嫁給一個討人厭的惡丈夫。」致使「無瑕麗質，竟致爲豬狗享有。」[19]顯然序作者主張，才子要配佳人，若有緣分切不可過於謹愼矯飾，反要珍惜光陰追歡取愛。所以在這只寫寶黛風月的兩回書裡，黛玉的形象首先要有很大的轉變，看她對著鏡子端詳自己絕世容顏，除了苦嘆父母已亡不能爲其作主，最擔心的竟是——來到世間的肉體會不會因爲知音難逢而枯萎。所以她在一出場即嘆道：

> 盛會易散，良辰難久。在這如迷似痴、晶瑩若滴的佳時，何不仿效古代弄玉公主，借鳳以駕，尋找自己的俊俏多情的簫史公子呢！若眞能令知心才子，撫愛親吻一遍冰肌玉膚，縱然夭折死去，也無所悔恨。……若永世遇不到觀賞和愛慕之人，眞是何等可惜！

---

[17] 張云：《誰能煉石補蒼天——清代《紅樓夢》續書研究》（北京：中華書局，2013年6月），頁237-253。

[18] 扎拉嘎：《《一層樓》、《泣紅亭》與《紅樓夢》》（呼和浩特：內蒙古人民出版社，1984年2月）。王平：〈論尹湛納希對《紅樓夢》的繼承〉，《紅樓夢學刊》2004年第1輯，頁277-290。

[19] 〈三妙傳序〉，收入清．無名氏著，明輝譯：《夢紅樓夢》（臺北：金楓出版社，1998年9月），頁61。以下引用小說內文，悉據此漢文譯本，恕不贅註頁碼。

既然黛玉已有思春之嘆，接下來作者只消把寶玉寫成偷香竊玉之徒，即能成事。於是我們看到，在兩人一陣言語糾纏後，寶玉緊緊抱住黛玉，「又將頭埋在黛玉懷裡，用嘴在黛玉小肚子上揉搓親吻，用下頷摩挲黛玉細細軟軟的大腿，還忍不住用嘴咬黛玉左大腿的內側。」接下來用嘴叼住小腳、隔著夾褲在牝間揉搓，寶玉並且挺出陽具夾在黛玉雙腿間、舌吻櫻桃小口、撫愛圓圓小乳。黛玉意亂情迷，又怕遭人撞破，於是求饒：「求你現在發慈悲，放開我，我今夜必定歸你，憑你廝弄到心滿意足便罷了。」兩人暫歇，作家接寫晚間衆人飲酒作樂故事，頗同原書景緻。三更時分，寶玉看大家醉酒熟睡，便又潛入黛玉被窩。兩人先是親吻摩蹭，接著寶玉吸吮黛玉陰戶，最後自然是細膩的性交過程描寫，一層一層寫來，筆觸完全無異色情小說。妙的是在這兩回裡，作者除了按步就班從兩人性交前戲寫到性具交合，更且十分留心寫黛玉的心理及生理反應，無論是言語肢體上的或拒或迎、肉身器官的微妙變化，寫作重心都落在黛玉身上，黛玉變成眞正的演出者與被觀賞者，寶玉的形象反而相對模糊得多。

《夢紅樓夢》是色情小說，它只關注性交本身，筆法直接毫不含蓄。不過因爲在原書裡寶玉、黛玉的美好形象已被定型，續書這個偷香竊玉之徒猶有原書憐香惜玉的天性，加上兩人又係初會，作者兩回寫來盡是溫柔體貼。再者，雖然小說寫寶玉、黛玉的偷試雲雨，在每個橋段上可能都與其他色情小說沒什麼差異，但一來作者極力寫寶黛的小心翼翼，二來讀者也盼望兩人是懇切款款，所以這部小說讀來並不全然令人反胃噁心。倒是陳益源注意到這部小說裡寶玉「貪吃」的形象，並且聯想到《紅樓夢》第63回「唯有寶玉還在不停地吃喝」，誠爲卓見[20]。《金瓶梅》寫風月即見飲食／男

[20] 陳益源：〈紅樓風月夢〉，《古典小說與情色文學》，頁251-266。

女互動對話的意圖[21]，爾後色情小說也多留心於此[22]，但是《夢紅樓夢》寫寶玉舌吻玉唇、吸吮胸乳、大啖陰戶時的「專注」，確也描出初嚐禁果之少男的童稚傻意。

根據《夢紅樓夢》序文及正文的提示，它理應是一部寫寶玉與黛玉、寶釵、湘雲「三妙」的風月傳奇，但目前這兩回故事，究竟是作者寫完後僅存三分之二的殘稿，或是只寫就寶黛一段即擱筆的未完稿，委實也難斷定。要緊的是，截至目前爲止，並沒有它曾經出版流傳（甚至也沒有以抄本形式流傳）的證據，萬一它只是作者少年時期隨興塗鴉的遊戲之作，《夢紅樓夢》就不能放在明清色情小說傳統、更不能放在清中後期情色書寫傳統一併討論。無論作者是否爲尹湛納希，這個人恐怕跟很多讀者一樣，對《紅樓夢》止於意淫、強調不寫之寫的安排特別感到失望遺憾。所以他沒有全面改寫原書人物的命運結局（像大部分續書那樣），也不打算仿《紅樓夢》另作一部世情書（例如《一層樓》、《泣紅亭》等），或也無意另作新的狹邪故事（例如《風月夢》、《品花寶鑒》等），只想在自己的世界裡，替所鍾愛的寶玉、黛玉、寶釵、湘雲彌補風月遺憾罷了。

一個青春期的男性讀者，不免藉自己幻想出來的寶黛風月情節，以解個人成長過程中的情欲賁張之渴，《夢紅樓夢》或也只是某一個蒙族青年如是的產物而已。如此一來，即便它的作者是蒙古族大文學家尹湛納希，也絲毫不影響他日後的偉大。

---

[21] 胡衍南：《飲食情色金瓶梅》（臺北：里仁書局，2004年4月）；《金瓶梅飲食男女》（臺北：臺灣學生書局，2014年9月）。

[22] 陳益源：〈食慾與色慾——明清豔情小說裡的飲食男女〉，《古典小說與情色文學》，頁277-304。

五、色情意識與風月品評

本書反覆論證：《紅樓夢》程甲本出版後的清代中期世情小說，一方面是體制開始朝中篇化調整，一方面是內容混入其他類型小說元素——尤其才子佳人、色情、俠義、公案等等——而降低了世情純度，顯示它們正遠離《金瓶梅》、《紅樓夢》那個洩憤著書的傳統，轉向認同才子佳人小說和色情小說那個譜系，明顯以暴發變泰的男性想像取悅市井的、非精英層的讀者。作爲續書型世情小說，這裡討論的《綺樓重夢》、《紅樓幻夢》也是一樣，形式上前者四十八回、後者更僅二十四回。至於內容上，兩書都混入兒女英雄成分，《綺樓重夢》誇大小鈺、碧簫、藹如三個十來歲的娃兒平倭剋敵，《紅樓幻夢》亟陳柳湘蓮習武、打擂臺、奇功靖寇，類型整併的趨勢確實反映在這兩部續書，遑論前面著力討論的才子佳人和色情傾向。

康正果考察《金瓶梅》以降色情小說時，特別注意到《繡榻野史》，認爲它把《金瓶梅》的片段性描寫發展成小說中唯一的內容，最終把性描寫導向了文學之外，而且至少在三個方面對爾後的色情小說起到了影響：

> 首先，敘述者完全撇開了訓誡的套話，從一開始就直接推出了描寫性交狀態的場面……。其次，書中人物幾乎完全喪失了人倫觀念，爲了不斷介入群體通淫的狂歡（orgy），夫婦之間不但不排除第三者的在場，甚至互相結淫亂的同謀……。最後，在亂交中有意插入男主角的男寵，從而構成一種雙性戀（bisexuality）的大雜燴

場景。[23]

不只他所舉例的《浪史》、《濃情快史》可以看到上述情形，晚明迄清中葉的大部分色情小說也都如此，就連作爲《紅樓夢》續書的《綺樓重夢》，其風月筆墨也有類似傾向。小鈺儼然「天分中生成一段色情」[24]，見到女性便想親吻、摸乳、翫其下體，一個晚上要四名女子值宿供他淫樂；至於女子，正經的終日盼望小鈺垂憐，不正經的主動上門自薦枕席。這裡和色情小說一樣，不對人物的行爲提出解釋，仿佛以爲生命的全部就是追歡魚水。又，小鈺和小翠、瓊蕤、淡如「一男三女，按日輪宿」，奸淫冷香、雙雙都有宮女丫頭在旁攛掇，公然覬覦妙香、友紅、淑貞等親友姐妹，均是赤裸裸的逆倫悖德，作者和小鈺正是擺明追逐「群體通淫的狂歡」[25]。《綺樓重夢》除了多寫逆倫通奸，且性交遊戲多是開放參與的，例如第40回寫到安南國王遣使入貢，隨行一名精通武藝的女子渟泥滿剌加，被寶玉帶回家賞了宴席。結果蠻女乘著酒興，抱住小鈺親嘴，又伸手往他褲襠亂捏，於是小鈺將其按倒在地板上，縛其雙手，拉下褲子，後拿小刀做勢要戳進陰門——

> 小鈺笑道：「你們瞧瞧，他卻還是個處女哩！」又拏刀向著他穀道做個勢，又在臍眼、心口、喉嚨口做勢嚇他，嚇得他宰豬似的叫喚。小鈺笑笑，待要放他，宮梅說：「慢些，慢些！」忙把一個李子塞進他的陰户去。

---

[23] 康正果：《重審風月鑑——性與中國古典文學》（臺北：麥田出版社，1996年1月），頁293。

[24] 《紅樓夢》第5回寫警幻仙子稱寶玉是「天分中生成一段痴情」。

[25] 附帶一提，《綺樓重夢》、《紅樓幻夢》均不見男子雙性戀，倒是《三續金瓶梅》可以看到。

> 正在拍手大笑，誰知他會鼓氣的，把陰户一呼一吸，這李子像彈丸離弓的一般飛將起來，恰好打著了宮梅的嘴唇，濺了滿臉漿水。眾人笑得打跌。小鈺道：「何苦來，你説我親他的嘴，就是髒的，如今你嘴上塗了許多騷漿，反不髒嗎？」宮梅氣得臉青，跑到外邊，把肥皂水洗了又洗，擦了又擦。

將婦人縛其手腳，脫掉衣服或褲子，把李子塞進陰戶——這馬上令人聯想到《金瓶梅》第27回「潘金蓮醉鬧葡萄架」的場景。然而在《金瓶梅》裡，這一橋段極有深意，潘金蓮原本以爲此係西門慶的性愛花招，不料隨著痛楚與恐懼的感受漸強，她才倏忽驚覺這是男人加之於她的家長式懲罰，當下被人擺佈的身體則說明她從屬於人的現實。即便求饒認錯後西門慶放過了她，結局也是瀕臨死亡邊緣——「婦人則目瞑氣息，微有聲嘶，舌尖冰冷，四肢不收，軃然於衽席之上矣。」[26]預示了潘金蓮最終的命運。但《綺樓重夢》這場鬧劇就不同了，雖說藹如總結一句：「僚俗好淫，即此可見。」然作者無意寫弱國女使的悲哀，摹其憨笨貪色只爲凸顯滑稽，毫無嚴肅莊重深意，遑論對男女的存在處境有任何提示反省。

作者王蘭沚雖曾爲宦福建、臺灣，但這一類下流把戲充斥全書，人物的行徑對話更凸顯小說的粗鄙猥褻，這要不因爲品味庸俗低劣，要不就是刻意討好市井。在自娛且娛人的目的下，人生不是啓示而是遊戲，男性的暴發變泰成爲最能取悅非精英讀者的題材。

《紅樓幻夢》亦見如此這般的狂想，例如寶玉和最鍾愛的黛玉、寶釵、晴雯之間，可以彼此分享床笫細節；寶玉與誰的一場性事，同時被其他人以期待、祝福、回味的方式共同參與，且樂於邀

---

[26] 明．蘭陵笑笑生著，梅節校注：《夢梅館校本金瓶梅詞話》（臺北：里仁書局，2009年2月），頁393。

請第三者一起咀嚼。不只如此，寶玉坐擁二妻十二妾，非但「我在中間，隨便取樂」，甚至連不能侵犯的女人都可以在夢中相交。這種十倍於「齊人之福」的美事，與《三續金瓶梅》裡西門慶不斷和三人、四人、五人舉行「連床大會」一樣，與《綺樓重夢》嚮往集體通奸的狂歡一樣，都是色情小說一以貫之的男性中心意識所投射的猖狂渴望。差別在於，《綺樓重夢》寫風月到底心存下流，《紅樓幻夢》寫風月終舊文雅自制，何況它大抵寫合法夫妻房幃之情（幾場夢境是例外），筆法含蓄潔淨但求烘託出感性雅趣的氛圍而已。作者花月痴人極力摹寫園林景色及屋宇陳設，逞其所能地安排人物作詩填詞聽戲唱曲，尤其下功夫從容貌服飾到性情精神一層又一層刻畫眾美，把小說經營出僅略遜於原書的文雅風流氛圍[27]。

此外，《紅樓幻夢》也有可與同時期狹邪筆記對話之處，請看第20回，這裡提到寶釵央求寶玉品評眾妾的風月特徵：

> 寶玉道：「我喜歡巴不得她們十人都在一炕睡，我在中間，隨便取樂，才是我的心願。」寶釵道：「誰問你的心愿，只問她們的月貌風情，私心密意，孰優孰劣，好評甲乙。」寶玉道：「若論風月心情，各有好處。鶯兒、麝月、秋紋月貌娗娟，風情婉好，才說過了。襲人的嫵媚淫情，當居第一，就是合她睡，捱她催得慌。……」寶釵道：「再說誰呢？」寶玉道：「玉釧狠

[27] 不少學者認為《紅樓夢》續書的藝術成就遭到低估，例如劉勇強《中國古代小說史敘論》（北京：北京大學出版社，2007年10月）：「它們對語言的運用、情節的設計等方面說，其實水平不算低，不少甚至可以說在平均線之上；如果它們不是出現在《紅樓夢》之後，而是出現在明代某個時候，很可能成為小說史上值得稱道的作品。事實上，這些續書的作者有較強的文體意識，也不乏小說創新意識。」（頁493）。本書以為《紅樓幻夢》即是續書群中可以留意的作品。

> 浪。鴛鴦的施爲，與我作文仿佛，有開闔擒縱。碧痕會品簫。蕙香種種隨和。紫鵑生成的文媚潔淨，下體妙不勝言。晴、婉兼眾人之美，且又超乎眾人之上上，所以最得我寵，幾與姊姊、妹妹並駕其驅。而姊姊、妹妹的風月，我竟不能言語形容，又當別論矣。」

寶釵的動機沒有妒意、不存惡心，寶玉的點評既不誇張、反而體貼，使得整段文字除了還原出和美的閨房情誼，甚至有股性靈妙趣。要緊的是，接下來第21回，作者費了幾乎一整回的力氣，定評全書美人甲乙高下。先是讓玉釧、平兒對照。次見兩人和湘雲、探春、襲人、香菱各自品評尤二姐、秦可卿、妙玉、喜鸞、晴雯之美，然後以妙玉、晴雯的華麗出場止住爭執。接著黛玉、喜鸞豔容麗服駕臨，其他群芳陸續聚集，作者這才安排惜春評定衆美名次：一甲一名黛玉，一甲二名晴雯（婉香），三名是妙玉、喜鸞、尤二姐、秦可卿；另外二甲取了十二名，三甲取了十八名。到了傍晚，黛玉選了十二套首曲，請十二位美女輪流演唱，至此堪稱是整回、甚至是全書的最高潮。這一回文字，若拿來和《紅樓夢》第50回群芳爭聯即景詩對看，也是不遑多讓。之後第22回，有一段品評婦人小腳的對話，也頗促狹。

前面提到，明代即有文人品評妓女的「花案」選拔，《蓮臺仙會品》、《金陵妓品》、《金陵百媚》都記錄當時文人評妓的盛況，入選者以狀元榜眼探花、一甲二甲三甲評定高低，此風到了清代乾隆以降尤盛，《三十六春小譜》、《秦淮二十四花品》從書名到內容均可見係花榜性質的狹邪筆記。值得反省的是，冶游文人精挑細選出「三十六」春、「二十四」花品，此舉豈不和《紅樓夢》列「十二」金釵並頒布「情榜」，和《紅樓幻夢》挑選一甲二甲三甲美女、品評妻妾風月優劣一樣，都是在觀看、把玩女性的同時而加以品頭論足？清代中期狹邪筆記《秦淮畫舫錄》，把同樣嗜讀《紅樓夢》以至廢寢忘食的秦淮妓女金袖珠、蘇州妓女高玉英評爲：「此二姬其皆會心人耶，抑皆箇中人。」[28]既然在冶游文人的觀念裡，紅樓佳麗和青樓名妓互爲會心人、皆乃箇中人，那麼《紅樓夢》和《紅樓幻夢》恐怕都有文人品評妓女的想頭在其中。只不過，《紅樓夢》和《紅樓幻夢》終究存在差別，曹雪芹對他的小說有太多感慨：「滿紙荒唐言，一把辛酸淚；都云作者痴，誰解其中味？」花月痴人卻只因爲不滿原書「歡洽之情太少，愁緒之情苦多」，所以「摭其奇夢之未及者，幻而出之」。因爲有寄託，《紅樓夢》寫大觀園群芳便充滿感情，其熱烈就如同《板橋雜記》寫李十娘、李大娘、葛嫩、董白、顧眉，情緒也和余懷一樣經過沉澱反芻：「間亦過之，蒿藜滿眼，樓館劫灰，美人塵土。盛衰感慨，豈復有過此者乎！」[29]。《紅樓幻夢》雖把黛玉、寶釵、晴雯、妙玉等人都提高了境界，但因作者對她們沒有明顯的寄託，所以就像同時期狹邪筆記作者一樣，乍看毫無保留地歌詠妓女，另一方面又把她們物化爲審美、賞玩、議論的對象，那是一種高姿態的、展現權力關係的鑑評。

總而言之，就風月描寫而言，《綺樓重夢》鄙俗之甚，大抵超越了同時期世情小說；《紅樓幻夢》風雅自命，但骨子裡仍是物化女性的本色，對女子之鑑賞和狹邪筆記一樣都在展現男性優越；至於《夢紅樓夢》即便可能只是塗鴉之作，倒也客觀呈現古代文人在青春期、或者受壓抑後的性幻想吧。

---

[28] 清．捧花生：《秦淮畫舫錄》，收入《中國風土志叢刊》（揚州：廣陵書社，2003年5月據清奉華樓原本影印），第31冊，頁36。

[29] 清．余懷著，李金堂校注：《板橋雜記》，頁3。

尾聲

晚清「時新小說」《花柳深情傳》研究

自從魯迅《中國小說史略》嘗試為明清白話通俗小說進行類型區分，長期以來，我們早已習慣認定《金瓶梅》、《紅樓夢》是世情小說（或人情小說）的兩大經典，並且以為《紅樓夢》就是這個小說類型的高峰。乾隆56年（1791）《紅樓夢》程甲本問世後，清代中期嘉慶、道光年間的世情小說，無論獨創或續書，至少在以下三個方面呈現新的特質：一是受到清初商業性格強烈的才子佳人小說影響，在形式上普遍有棄長篇而就中篇的傾向；二是清初以來小說市場日益明顯的類型整併潮流，使這些作品明顯混入其他類型小說元素；三是男性主角多有暴發變泰的共同特質，書中人物的口吻形象、價值觀念、審美趣味亦流於市井俗褻，反映的是向中下層文人讀者傾斜、向商品化生產機制臣服的趨勢。所以，清代中期世情小說偏離了此前「洩憤著書」的寫作動機，作品再沒有「都云作者痴，誰解其中味」那種深層意蘊。此外，誕生於道光年間、具有世情小說色彩的前期狹邪小說《風月夢》和《品花寶鑑》，和這批世情小說也有不少類似的特徵。

然而無論如何，本書討論的小說大抵均見《金瓶梅》、《紅樓夢》餘緒，都還是可和《紅樓夢》對話的作品。

中國古代小說、以及《金瓶梅》、《紅樓夢》一系的世情小說，大抵就是在清代嘉慶、道光年間走到尾聲，接下來登場的「新小說」，幾乎是作為「準現代小說」蘊釀而生的時代產物。自阿英《晚清小說史》以來，學界已習慣從庚子事變（1900）以及梁啓超發表〈譯印政治小說序〉（1898）、〈論小說與群治之關係〉

（1902）視爲「新小說」的大致起點[①]；並且把梁啓超創作的《新中國未來記》（1902），特別是1903年同時開始連載的《官場現形記》、《二十年目睹之怪現狀》、《老殘遊記》、《孽海花》視爲「新小說」的創作實踐。如果拿「新小說」對照清代中期的世情小說，自然可以看出舊文學時代、舊小說類型的終結，因爲它們連一點《金瓶梅》、《紅樓夢》的餘緒都不可見。可惜前述幾部作品大抵是政治小說、譴責小說或社會小說，如果能找到一部既有「新小說」印記、又有世情小說外貌的作品，這個比對才能更有參考價值。

一、《花柳深情傳》與「時新小說」

黃錦珠早在1991年就撰文主張，作爲晚清「新小說」起點的不應是梁啓超的論文〈論小說與群治之關係〉及小說《新中國未來記》，她說：

> 啓迪晚清小説界的第一篇文字及第一批「時新小説」，在甲午戰爭後的第一年便已出現，即傅蘭雅的〈求著時新小説啓〉及所徵得的百餘部小説。甲午戰爭是鴉片戰爭之後，整個晚清歷史、思想史、文化史以及文學史的轉捩點，梁啓超所呼籲的「小説界革命」，其實在甲午戰後便已埋下根芽。由於根芽早已孕育，所以光緒

① 姜榮剛：〈義和團事件：晚清「小說界革命」的觸發點〉，《文學遺產》2010年第4期，頁94-102。阿英：《晚清小說史》（北京：東方出版社，1996年3月）。阿英對晚清小說的上限沒有具體交待，但從全書脈脈胳判斷，他顯然認為庚子事變是國力轉折的重大標誌，而梁啓超之於新小說的提倡對時人影響甚鉅，因此討論範圍大約是1900至1911年之間的小說。

> 二十八年（1902）梁氏登高一呼，立即獲得四方響應的巨效。[②]

雖然這批「時新小說」當時疑似亡佚，但是今存一部小說《花柳深情傳》（1897），在作者自序及小說第1回皆明言係受傅文啓發而作，所以黃錦珠主張這部小說也可視爲呼應傅蘭雅主張的「時新小說」。黃文發表後引起的注意有限，但是卻被著名漢學家韓南（Patrick Hanan）看到了，並在不久後寫下〈新小說前的新小說——傅蘭雅的小說競賽〉[③]。這篇文章花了很大的篇幅，介紹傅蘭雅的生平、在中國的工作、及其所舉辦的「時新小說」徵文，但最重要的宣示也和黃錦珠一樣，主張「新小說」的討論必須在認識「時新小說」的基礎上進行——「無論以它的自身價值還是按照它對晚清小說的貢獻來說，都值得考慮」。此外，在這批作品未曾公諸於世的情況下，他也點名直接受傅蘭雅這場徵文活動刺激而生的兩部作品：一部是黃錦珠提到的《花柳深情傳》，另一部則是《熙朝快史》。

傅蘭雅（John Fryer, 1839-1928）是十九世紀來到中國的英國傳教士、翻譯家、啓蒙者，1861年由英國聖公會派至中國擔任香港聖保羅書院校長，1863年受聘出任北京京師同文館英文館教習，1865年轉任上海英華書院校長並主編中文報紙《上海新報》。最難得的是，1867年以降三十年，他受聘擔任上海江南製造局翻譯館首席翻譯，除了參與翻譯百種以上介紹西方思想和科技成果的著作，並且陸續創辦鼓吹西方現代化新知的書院、雜誌、書

② 黃錦珠：〈甲午之役與晚清小說界〉，《中國文學研究》第5期（1991年5月），頁237-254。

③ 【美】韓南：〈新小說前的新小說——傅蘭雅的小說競賽〉，收入韓南著、徐俠譯：《中國近代小說的興起》（上海：上海教育出版社，2004年5月），頁147-168。

店，且都以「格致」爲名——包括格致書院、《格致匯編》、格致書室等。1896年轉而受聘至美國柏克萊加州大學出任東方語文講座教授（後復接掌東方語文學系主任），1913年退休後仍經常往來中國持續翻譯與教育事業，至1928年方以八十九高齡辭世④。傅蘭雅和晚清新小說最深的關係在於，甲午戰爭以後，眼見整個中國要求變革的輿論日益高漲，他出資舉辦抨擊中國「三弊」——鴉片、時文、纏足——的小說徵文比賽，除了期盼凝聚改革共識，尚且希望作者可以提出改革良方。1895年5月25日的《申報》、同年6月的《萬國公報》第77卷，都有這篇徵文廣告〈求著時新小說啓〉：

> 竊以感動人心，變易風俗，莫如小說。推行廣速，傳之不久，輒能家喻户曉，氣息不難爲之一變。今中華積弊最重大者計有三端：一鴉片，一時文，一纏足。若不設法更改，終非富強之兆。茲欲請中華人士願本國興盛者，撰著新趣小說，合顯此三事之大害，並袪各弊之妙法，立案演說，結構成篇，貫傳爲部。使人閱之，心爲感動，力爲割除。辭句以簡明爲要，語意以趣雅爲宗。雖婦人幼子，皆能得而明之。述事物取近今易有，切莫抄襲舊套。立意毋尚希奇古怪，免使駭目驚心。……

黃錦珠、韓南以爲失傳的這一批得獎作品，在一個多世紀後，被人在美國柏克萊加州大學東亞圖書館的儲藏室找到了，原來

④ 關於傅蘭雅的生平事蹟，黃錦珠、韓南等人的文章均有介紹，但至今最詳盡者莫過於【美】戴吉禮（Ferdinand Dagenais）主編、弘俠譯：《傅蘭雅檔案》（桂林：廣西師大出版社，2010年3月）。

它們被傅蘭雅帶回美國、並且在退休前隨著傅氏其他藏書一起捐贈給加州大學。2011年，上海古籍出版社將這批作品翻印出版，此即周欣平主編的十四冊《清末時新小說集》。作爲研究傅蘭雅的專家、同時又率先看過這一批徵文的周欣平，針對傅蘭雅的啓事和競賽作品的影響，賦予比黃錦珠、韓南更大膽的文學史定位：

> 傅蘭雅舉辦的這次時新小說有獎徵文比賽成功地促成了一批新小說的問世。它們擺脫了舊小說的模式，從而引導了晚清時期新小說的創作取向。由於選取了新的社會題材，不少的作品除了對當時的社會弊害進行揭露和譴責外，還積極地設想改革方法，以促進國家的興盛富強，達到具體教化社會的目標。在這一點上，它們實際上是主張改良社會風氣的社會小說。由于它們激發了晚清小說變革的端緒，在很大程度上可以被看作是晚清譴責小說發展的先聲，而且它們產生的時間比梁啓超一九〇二年發起的新小說運動早了七年，比晚清的四大譴責小說早了八年。⑤

學界向來將譴責小說視爲梁啓超小說界革命的產物，不過，傅蘭雅〈求著時新小說啓〉和梁啓超〈論小說與群治之關係〉一樣有藉小說改良社會的意圖，這批徵文作品也和同在1903年開始連載的四大譴責小說一樣意在揭露和譴責，因此黃錦珠、韓南、周欣平視其爲梁啓超和「新小說」的先聲，大抵沒有問題。

「時新小說」徵文比賽一共收到一百六十二篇稿件，然而從

⑤ 周欣平：〈序〉，收入周欣平編：《晚清時新小說集》（上海：上海古籍出版社，2011年1月），頁9-10。

美國柏克萊加州大學東亞圖書館的儲藏室找到的稿件只有一百五十篇，缺了十二篇；而當初被傅蘭雅選出來的二十部獲獎作品中，已有五部亡佚，今僅見十五部作品。這些作品的整體水平並不很高，勉強成爲小說者又多近似政治小說或譴責小說，缺少家庭（或家族）生活的內容，以至於不能提供與清代中期世情小說互爲對照的類型元素。但是，受傅蘭雅〈求著時新小說啓〉影響而寫就的《花柳深情傳》，除了和參與徵文競賽的「時新小說」一樣，滿足了揭弊、譴責的要求，另外還有不少頗似於過往世情小說的內容——否則張俊《清代小說史》不會將之列入清代後期世情小說的「家庭生活類」⑥。因此，《花柳深情傳》既「新」且含「世情」的雙重色彩，便成爲對照清代中期世情小說的較佳選擇。

至於黃錦珠和韓南都提到的《熙朝快史》，由於是一部鮮明的、具改良主義色彩的政治小說，甚至不妨說它是時事小說、新聞小說，並不適合拿來和世情小說對看。韓南在沒有見到傅蘭雅所辦徵文比賽得獎作品的情況下，判斷這部作品頗有呼應傅氏徵文的意圖，誠具洞見，因爲根據後來學者考證，《熙朝快史》正是據該競賽第十二名獲獎者朱正初《新趣小說》改寫而來⑦。

二、《花柳深情傳》的改革主張

《花柳深情傳》，原名《醒世新編》，又名《海上花柳遊戲傳》、《海上花魅影》、《海上名妓爭風全傳》。四卷三十二回。今見版本有上海書局石印本，題「詹熙撰」，首有清光緒23年（1897）自序；清光緒27年（1901）上海書局石印本，題「綠意

---

⑥ 張俊：《清代小說史》（杭州：浙江古籍出版社，1997年6月），頁410-414。

⑦ 姚達兌：〈楊味西及其《時新小說》的插圖、結構與主題——傅蘭雅「時新小說」徵文參賽作者考〉，《江漢學術》第32卷第5期（2013年10月），頁99-104。

軒主人撰」，首有自序；清光緒34年（1908）上海書局石印本，藏上海圖書館；清光緒34年（1908）上海廣雅書局石印本，書末註明此書名爲《醒世新編》，藏北京師大圖書館[8]。以上各版卷首自序尾署「光緒丁酉重九日綠意軒主人衢州蕭魯甫詹熙序於上海春江書畫社」，可知作者爲蕭魯甫，字詹熙，別署綠意軒主人，光緒年間衢州人。此序雖作於光緒23年（1897），然而序中透露，此書早在光緒21年（1895）即成，其寫作經歷及意圖爲：

> 光緒乙未，余客蘇州，旋往來於申浦，秋復航海至舟山。是時倭人入寇遼東，我兵不振，旋踞臺灣。朝廷議和議戰，久而不決。以故余所至之地，人心洶懼，於是朝野士大夫莫不奮筆著書，爭爲自強之論。英國儒士傅蘭雅謂中國所以不能自強者，一時文、二鴉片、三女子纏足，欲人著爲小說，俾閱者易於解脫，廣爲勸戒。余大爲感動，於二禮拜中成此一書。[9]

小說第1回開篇先道「自古富強之道不外乎興利除弊」，綠意軒主人「思欲著一書以醒世」，可惜對改革之道「如理亂絲，苦無頭緒，思欲有下手處而不得其門」，滿腔救世苦心竟達數十年無處發洩。後來讀到傅蘭雅的〈求著時新小說啓〉，「不禁跌足嘆賞，拍案叫絕」，認爲時文、鴉片、纏足三端誠乃中國時弊，於是——

---

[8] 以上參考張兵主編：《500種明清小說博覽》（上海：上海辭書出版社，2005年7月），頁1500-1501；朱一玄、寧稼雨、陳桂聲編著：《中國古代小說總目提要》（北京：人民文學出版社，2005年12月），頁672。

[9] 清．綠意軒主人撰，白荔點校：《花柳深情傳》（北京：北京師大出版社，1992年8月）。此書係「北京師範大學圖書館館藏珍稀小說選刊」據光緒34年（1908）上海廣雅書局石印本排印，以下引用小說內文悉據此本而出，頁碼茲不贅註。

> 因思閱歷半生，有得諸耳聞者，有得諸目見者，皆未始不以此三者喪其家財，戕其性命，可以演爲小說者，指不勝屈，筆不勝書，就近説數人，述數事，亦足以資警戒，寓勸懲者看官知之。

小說寫浙東西溪村富戶魏隱仁，生子四兒一女，老父、自己、長子盡皆酷嗜鴉片，以至家運日衰。魏隱仁父親臨終前，托夢囑咐一家子孫皆誤於三件送命的東西：「頭一件是鴉片，第二件是時文，第三件是小腳。」遺憾的是，魏隱仁在父親死後旋及亡故，家運更敗。時太平軍過浙東，魏家逃難，纏足女子泰半死於途中。長子魏鏡如酷嗜鴉片，不務正業，家產悉被家人拐騙吞佔。次子魏華如考中進士，至江蘇候補知府卻苦無宦運。三子魏水如迷戀小腳成痴，所鍾情者不是死於非命，便是悍妒婦人。唯獨四子魏月如專心讀書，學習洋務，出國考察，勤勉於外文和科學，歸國後變賣家產興辦實業，魏家家道得以重振。此時，長兄鏡如戒除鴉片，家中女子放腳。次兄華如體會八股無用，作時論〈革時弊以策富強〉，皇帝大爲激賞，任其爲道臺，載譽返鄉。最後，魏鏡如請洋人來辦西學館，又請洋人來助採礦產，一村俱富，而且都接受了新式觀念。

《花柳深情傳》是一篇充分反映甲午戰爭前後民心思變現況的小說，整部小說有著非常鮮明之「除弊而後興利」的變革意識。然而如何除弊？作者既然接受了傅蘭雅的說法，答案自是鴉片、時文、纏足。

小說批評鴉片，從第1回就開始。魏家上代原係簪纓世族，其父曾在廣東任監運使，告老回籍後買房造屋。魏隱仁自己性喜詩書，不問家產，唯尤好鴉片，但卻嘗戒其子：「爾祖年老，爾父多病，特藉鴉片以驅病延年，爾等各有執業，何可吃此？」鴉片固有鎮咳、止瀉、抗毒等功效，但魏隱仁此處只是託辭。第5回寫他赴省鄉試，因癮大只能吞丸藥以代，然而烟膏總吞不慣，身體虛弱幾乎脫癮，考後急在門口擺開煙盤要燒煙，不料失手將煙缸打破於尿地——「隱仁著急，只得用指頭刮起用鼻一聞，大半皆作尿臭，於是隱仁全身倒在尿中即燒了一口，正如餓鬼搶齋，不辨香臭。」次日不能起臥，「自己悔恨好好一個人爲何要吃煙，幾乎誤了性命」，於是決定不下場考試。回家後病體日逐沉重，煙也漸漸吃不得，不久嗚呼哀哉。小說還寫了一次癮犯丑態，第12回大平軍迫使魏家上下逃難走散，這時隱仁長子鏡如犯癮了——

> 鏡如口口聲聲說：「我沒煙吃，是要死的。」……可憐鏡如因煙泡吞完斷了一日癮，便覺得求生不能，求死不得，身上一陣陣熱起來，一時又惡心，一時又腹痛。到了惡心並苦膽水盡行吐出，到了腹痛并滿地打滾。飯熟來一不能吃。一時腹痛稍好些又叫心痛，心痛未曾叫完又叫「我頭痛，如刀砍斧劈一般」，如此苦楚求他老婆將繩子勒死他，不然當不住，月娥聽了大哭起來。

清代各式文獻關於鴉片癮犯的記載很多，可謂大同小異，《花柳深情傳》於此難有發揮，但也堪稱盡力了。

小說批評時文，主要藉在魏家執教的孔先生發揮。第2回寫魏隱仁與孔先生論學，隱仁表態：「我最不服有一種中的文章，是包羅史事內中夾說洋務。」孔先生馬上附和：「此種文章我寧死不做，若做了此種文章，後人翻閱文集較諸佛經梵語尤覺污穢。」都是舊派人物。且不說這書呆子無力養家、日常花用全憑妻兒種田勉強應付，後遇大平天國之亂，他投入營盤當文案，負責主稿軍情警報，結果一封急請上級派兵增援的文書竟做了一夜，「內中之乎也者虛字行行排列無人懂得」，導致救援未來而全軍皆沒。事後孔先生往上海尋生路，受聘某一假冒斯文之闊綽富人，專門在風流場中撰聯句、題跋語，且有機會受薦至報館當主筆。誰想一篇針對妓女「秀媚天成」的跋語也是做了一夜，內中竟是「予用是滋戚矣胡爲乎？戚又予豈能文哉，予何敢許也。」連妓女都說此是時文不是跋語。孔先生因而流落至替商人管帳，混了兩三個月，才被店主發現竟連算盤都不會打。

無論實務或者消讉，孔先生只能以時文思考、下筆，小說於時文誤人的批評倒也醒目。

鴉片和時文的毒害相對明顯，婦人纏足一直是男性審美偏見，觀念不易破除，所以小說於此花的氣力最大。第4回才見魏家兄弟在妓院對腳大、腳小的好處有番論辯，作家馬上安排大腳妓女關風說道：

> 我們腳大能跑路，譬如有急難，聽得人說這兩天長毛信息緊急，江西有兩縣已失守，婦女遭難者不計其數，均係小腳，若大腳早已跑走了，我們如有長毛到來，小腳婦人跑不動均係殺頭鬼。

這一預告，把下文情節全洩了底，小腳婦人趙姨娘、春雲俱在逃難時死於非命，活下來的月娥、阿蓮全仗大腳婦人背著才躲過一劫。作家先藉村人衆口，褒揚孔先生夫人勞氏奶奶大腳能種田，「可知婦女大腳的好」；後則安排菩薩託夢，肯定魏家丫頭雪花「赤心護主，奮力拒奸，既無好色之心，並泯貪財之念」，因而免其劫數。以上係從實用層面肯定大腳，到第14回，小說轉而把大腳講成一股流行，藉一嫖客口中道出：

> 現在風氣初開，大腳最爲時髦。上海嫖客嫖小腳倒容易，嫖大腳倒難。現在闊少要娶小亦娶大腳，只要品貌生得好，標緻不標緻不在腳大小分高低。況且前輩如袁

> 子才先生亦說女子的大腳好。……若說男人喜好，在未闊眼界的只說腳小女子好，若於此道閱歷透的反說出大腳有幾種好處來：一乾淨，二天然風緻，三娶了此種女子善於管家，服侍又周到。

全書類此議論，處處可見，幾乎已到政令宣導地步。

小說安排魏隱仁長子鏡如、次子華如、三子水如分別受惑於鴉片、時文、小腳，象徵晚清因沉迷鴉片而國勢衰弱、因八股取士及女子纏足等封建陋習而停滯不前，書中對此的批判可謂不厭其煩。然而除弊之外，又該如何興利？作者的想法也很簡單，就是中學爲體、西學爲用。魏隱仁四子月如戮力吸取西方新知，自費從上海乘船走訪香港、澳門、呂宋、越南、孟加拉……最後抵達英國，觀摹列強在工業革命之後的機器文明，進而有所領悟──「洋人了不得，天地造化之機被其窺破，若要中國富強，捨此並無別法。」回鄉之後，除了開始學習洋文，並且與友人合作用機器改革農田水利，引洋人兵法擺陣抗退強盜，甚至開礦成爲中國第一代實業家，最終還興辦西學教導鄉里子弟電學、光學、重學、化學。作者有意指出，向西方取經、藉科技力量促進現代化，是中國唯一的選擇。所以，魏家由盛轉衰復又重新振作的故事，寄寓著中國現下的命運及未來的出路。

諸如禁菸、廢八股、女子放足、推行洋務，都是十九世紀末維新派人士的重要主張，與其說《花柳深情傳》附和傅蘭雅的主張，不如說《花柳深情傳》和傅蘭雅都呼應了晚清維新派、洋務派的救國理念。

三、《花柳深情傳》的世情書色彩？

前面提到，清代中期世情小說已有幾個不同於《金瓶梅》、

《紅樓夢》的傾向：一是形式上的捨長篇而就中篇；二是混入其他類型小說元素；三是男性主角多有暴發變泰的共同特質，頗見取悅中下層文人讀者、臣服商品化生產機制的趨勢。相較之下，晚清時新小說《花柳深情傳》在這三方面，倒和嘉慶、道光年間小說略有不同。

首先，它雖也有三十二回的架構，但篇幅只有《紅樓夢》的十分之一，甚至比多數清代中期世情小說還要短少，畢竟是「於二禮拜中成此一書」。在這麼有限的文字裡，敘述重心集中於魏氏一家，又旁及曾在魏府執教的孔先生、以及嫁出去的阿蓮婆家，人物線索單純而且平板，故事情節單調缺乏層次，尤其罕見家庭生活細節，社會內容也很稀薄[10]。其次，它雖不像前期世情小說，混入才子佳人、色情、公案、神魔、英雄等元素，但它有強烈的政治性格，而且是篇「命題作文」，因此世情內容只是維新主張的淡淡背景而已。再次，它的創作並不針對文學商品市場，也不爲滿足傳統的小說讀者，它在功能上等同一篇「革時弊以策富強」的時論，訴求有志於救亡圖存、特別是同情洋務派的豪傑俊士，所以完全脫離清代以來的世情小說生產軌跡。

如果說《金瓶梅》、《紅樓夢》等「世情書」的內涵是「描摹世態，見其炎涼」，清代中期世情小說於世態描摹上已有不勝之態，於人情炎涼的省思亦難見深刻，只有部分作品在日常細節仍見頗爲精細的鋪陳。反觀《花柳深情傳》，於世態人情只顧「說明」而不肯摹擬，先有答案的命題作文又讓理念跑在人物和情節前面，如此這般理念先行的小說作法，在人物命運和故事結局的安排上雖然一副理直氣壯，但是說服力非常薄弱。何況，快筆粗製使全書只有故事框架而無實質內容，更遑論在有限的篇幅裡，除了反覆出現大量禁菸、廢八股、反纏足的宣傳文字，作家得空還要賣弄才

[10] 諸如第14回寫上海嫖界風情，類似筆墨在全書並不多見。

學——例如第15回連刊八首綠意軒主人的〈野雞歌〉、第29回全文照錄魏華如的八百字時論等等。小說創作一旦看輕、甚至放棄了模擬的工夫，世情小說一旦無意於日常生活的再現，其於世態人情的宣示、主題思想的發揚都只是緣木求魚。

《金瓶梅》、《紅樓夢》都有警世之意，原名《醒世新編》的《花柳深情傳》，其勸戒意圖更是昭然若揭。然而《金瓶梅》和《紅樓夢》提出關於人生命運的抽象思考，結論是開放的；《花柳深情傳》針對禁鴉片、廢八股、女子放足表達救亡圖存的政策，方向是單一的。相較之下，《花柳深情傳》和其他稍晚現身的譴責小說一樣，以爲社會弊病具體而明白，只要揭發惡果、指引新路就算完事，因爲啓蒙者只將小說視爲一份宣言、一張說帖、一紙檄文，例如梁啓超的小說觀根本剷去了純粹的文學性。但對文學家來說，還有許多必須經營的美學形式及寄寓的思想內核，方能成就眞正意義上的文學作品。撇開細節描寫的本事不談，《金瓶梅》與《紅樓夢》關切的生存命題（不論是個人的或集體的），既不爲解決眼下某個具體困境，也不爲促成什麼實在政策，作家僅僅和緩地說好一個動人的故事，引發讀者對色／空、死／生、有／無、冷／熱進行辯證思考——而非煽動讀者挺身投入改革行列——便能形成底蘊深厚的哲理主題與文化況味，而且輕易達到文學之所以爲文學的基本門檻。

《花柳深情傳》所代表的「時新小說」，以及稍晚幾年出現的「新小說」，都已讓文學淪爲政治改革（或社會改革）的婢女。因爲缺乏基本的藝術經營，淪爲改革理念的傳聲筒，世情小說發展到晚清也就徹底畫下句點。更不必說，《金瓶梅》、《紅樓夢》都是作者花一輩子才成就的書，《花柳深情傳》卻只寫了兩個星期而已，綠意軒主人篤定、熱烈的改革信念，對映著他天眞、簡單化的文學觀。

當然，《花柳深情傳》還是具備一點點家庭小說、世情小說的形影，除有學者認爲這部小說的人物和情節，借鑒了作者個人的家族事蹟——如同曹雪芹與《紅樓夢》一般[11]，張俊《清代小說史》也將它劃入清代後期世情小說「家庭生活類」之列。不過，張俊一面強調「作品所反映的現實，對認識清末社會狀況和了解當時社會思潮，不無稗益。」但另一方面也批評「小說描寫失之張皇，其辭氣之浮露，亦如同時的譴責小說。」[12]也就是說，從類型上看，《花柳深情傳》或有世情小說的故事框架，但事實上卻是不折不扣的譴責小說；從小說史的軌跡來看，《花柳深情傳》雖然寫於1895年，猶屬於清代小說、中國古代小說的範疇，但本質上已作爲新小說、「準」中國現代小說的先鋒。這一切都因爲，《花柳深情傳》作者的著書動機不在於文學創作，而是政治或社會改良。不過，這樣一部貌似世情小說的譴責小說，這樣一部在封建社會末期提早報到的「新小說」，正因其類型歸屬上的錯亂，以及誕生於新舊小說交替的模糊時代，所以更適合拿來與清代中期世情小說對照。這種既像傳統世情小說卻又不是、出現於晚清（1900）以前的「（時）新小說」——它於世情／非世情、新／舊之間的模糊形象，除了更有利說明它不是明清世情小說的傳人，也能對照出清代中期世情小說如何作爲明清世情小說的餘緒，並且說明中國古代小說在（廣義的）「新小說」出現時即已走向終結。

附帶一提，這部小說既然原名《醒世新編》，爲什麼又改爲《花柳深情傳》？甚至有《海上花柳遊戲傳》、《海上花魅影》、《海上名妓爭風全傳》這些別名？頗值玩味。日本學者澤田瑞穗認爲此係掛羊頭賣狗肉、藉狹邪小說式的書名以招倈買家的商業手法[13]，或有可能。然而從「醒世新編」到「花柳深情傳」（及

[11] 【美】魏愛蓮著、黃飛立譯：〈家族痛史的小說化——詹熙《花柳深情傳》的個案分析〉，《中國文學研究》第14輯（2009年12月），頁247-258。

[12] 張俊：《清代小說史》，頁410-414。

[13] 【日】澤田瑞穗：《宋明清小說叢考》（東京：研文出版，1996年7月），頁329-331。

其他），反映的正是世情書向風流野史的傾斜，一部政治性格強烈的「時新小說」或「新小說」，到了出版商手裡竟然企圖用舊式的狹邪小說書名來吸引注意，甚至根本打算沾《海上花列傳》（1894）的光，也說明這部「新小說」因其早發而顯出在進退之間的爲難吧！

參考書目

一、古籍

宋・羅燁：《醉翁談錄》，臺北：世界書局，1983年3月。

元・陶宗儀：《南村輟耕錄》，北京：中華書局，1997年11月。

明・蘭陵笑笑生著，梅節校注：《夢梅館校本金瓶梅詞話》，臺北：里仁書局，2009年2月。

明・宛楡子：《吳姬百媚》，北京：北京圖書館出版社，2002年10月。

明・姚斑：《説郛三種》，上海：上海古籍出版社，1989年1月。

清・丁耀亢等著，陸合、星月校點，《金瓶梅續書三種》，濟南：齊魯書社，1988年8月。

清・余懷著，李金堂校注：《板橋雜記》，上海：上海古籍出版社，2000年12月。

清・余懷著，方寶川編：《余懷集》，揚州：廣陵書社，2005年12月。

清・吳偉業著，李學穎集評標校：《吳梅村全集》，上海：上海古籍出版社，1990年12月。

清・尤侗：《百末詞》，北京大學圖書館藏清康熙年間刻本。

清・李漁：《合錦迴文傳》，上海：上海古籍出版社，1994年。

清・張竹坡評：《第一奇書》，臺北：里仁書局，1981年1月。

清・余淡心、珠泉居士等撰，《筆記七編秦淮香豔叢書》，臺北：廣文書局，1991年7月。

清‧劉廷璣，張守謙點校：《在園雜志》，北京：中華書局，2007年5月。

清‧珠泉居士：《續板橋雜記》，收入《叢書集成續編》第215冊，臺北：新文豐出版社，1989年6月。

清‧李斗撰，汪北平、涂雨公點校：《揚州畫舫錄》，北京：中華書局，1997年12月。

清‧曹雪芹：《紅樓夢校注本》，北京：北京師大出版社，1987年11月。

清‧朱竹垞著，清‧姚柳依編：《靜志居詩話》，收入周駿富輯：《明代傳記叢刊》第8、9、10冊，臺北：明文書局，1991年10月。

清‧敦誠等著：《清代有關曹雪芹紅樓夢資料七種》，北京：中國環境科學出版社，2005年5月。

清‧李綠園著，欒星校注：《歧路燈》，鄭州：中州書畫社，1980年12月。

清‧逍遙子：《後紅樓夢》，上海：上海古籍出版社，1994年；盧守助標點：《後紅樓夢》，臺北：建宏出版社，1995年7月。

清‧仲振奎：《紅樓夢傳奇》，北京：學苑出版社，2010年12月

清‧秦子忱：《續紅樓夢》，上海：上海古籍出版社，1994年；樂天標點：《續紅樓夢》，臺北：建宏出版社，1995年7月。

清‧小和山樵：《紅樓復夢》，上海：上海古籍出版社，1994年；散人標點：《紅樓復夢》，臺北：建宏出版社，1995年7月。

清‧蘭皋居士：《綺樓重夢》，上海：上海古籍出版社，1994年；蕭逸標點：《綺樓重夢》，臺北：建宏出版

社，1995年7月。

清・庾嶺老人著，劉揚忠校：《蜃樓志》，石家庄：花山文藝出版社，1996年1月。

清・無名氏著，鍾林斌校：《痴人福》》，瀋陽：春風文藝出版社，1994年10月。

清・西溪山人：《吳門畫舫錄》，收入《中國風土志叢刊》第38冊，揚州：廣陵書社，2003年5月。

清・箇中生：《畫舫續錄投贈》，收入《中國風土志叢刊》第38冊，揚州：廣陵書社，2003年5月。

清・夢夢先生：《紅樓圓夢》，上海：上海古籍出版社，1994年。

清・捧花生：《秦淮畫舫錄》，收入張智編：《中國風土志叢刊》第31冊，揚州：廣陵書社，2003年5月。

清・浦琳著，李道英、岳寶泉校：《清風閘》，北京：北京師大出版社，1992年8月。

清・廢閑主人：《雅調秘本南詞金瓶梅》，東京大學東洋文化研究所藏道光2年漱芳軒刊本。

清・嫏嬛山樵：《補紅樓夢》，上海：上海古籍出版社，1994年。

清・納音居士：《三續金瓶梅》，上海：上海古籍出版社，1994年；陳慶浩、王秋桂主編：《思無邪匯寶：三續金瓶梅》，臺北：臺灣大英百科股份有限公司，1996年1月。

清・檀園主人：《雅觀樓全傳》，上海：上海古籍出版社，1994年；歐陽叔校：《雅觀樓》，瀋陽：春風文藝出版社，1994年10月。

清・通元子著，董文成校：《玉蟾記》，瀋陽：春風文藝出版社，1994年10月。

清・琅玕詞客、惜花居士：《秦淮二十四花品》，北京國家圖書館藏清道光15年駐春軒新鐫本。

清・陳鍾麟：《紅樓夢傳奇》，臺灣大學圖書館藏清末刻本。

清・花月痴人：《紅樓幻夢》，上海：上海古籍出版社，1994年；楊愛群校點：《紅樓幻夢》，瀋陽：春風文藝出版社，1988年10月。

清・邗上蒙人：《風月夢》，上海：上海古籍出版社，1994年；朱鑒瑨點校：《風月夢》，北京：北京師大出版社，1992年8月。

清・陳森：《品花寶鑑》，上海：上海古籍出版社，1994年；徐德明校注：《品花寶鑑》，臺北：三民書局，1998年4月。

清・焦東周生撰，朱劍芒考：《揚州夢》，臺北：世界書局，1959年。

清・姚燮：《今樂考證》，臺北：進學書局，1968年12月。

清・無名氏著，明輝譯：《夢紅樓夢》，臺北：金楓出版公司，1998年9月。

清・俞達：《青樓夢》，臺北：河洛圖書出版社，1980年6月。

清・王韜：《淞濱瑣話》，收入《筆記小說大觀》第35冊，揚州：江蘇廣陵古籍刻印社，1984年6月。

清・綠意軒主人撰，白荔點校：《花柳深情傳》，北京：北京師大出版社，1992年8月。

清・吳克岐：《懺玉樓叢書提要》，北京：北京圖書館出版社，2002年2月。

清・徐珂：《清稗類鈔》，臺北：臺灣商務印書館，1983年10月。

清・徐乃昌選：《閨秀詞鈔》，清宣統元年小檀欒室刻本。

二、近人論著

◆ 專書

一粟編：《紅樓夢書錄（增訂本）》，上海：上海古籍出版社，1981年7月。

一粟編：《紅樓夢資料彙編》，北京：中華書局，2004年1月。

么書儀：《晚清戲曲的變革》，北京：人民文學出版社，2006年3月；臺北：秀威資訊公司，2013年3月。

【日】大木康著，辛如意譯：《風月秦淮——中國遊里空間》，臺北：聯經出版公司，2007年6月。

方銘編：《金瓶梅資料匯錄》，合肥：黃山書社，1986年9月。

王汝梅：《王汝梅解讀《金瓶梅》》，長春：時代文藝出版社，2007年1月。

王旭川：《中國小說續書研究》，上海：學林出版社，2004年5月。

王俊年：《小說二卷》，福州：海峽文藝出版社，1990年3月。

王增斌：《明清世態人情小說史稿》，北京：中國文聯出版公司，1998年1月。

【美】王德威著，宋偉傑譯：《被壓抑的現代性——晚清小說新論》，北京：北京大學出版社，2005年5月。

王璦玲、胡曉真主編：《經典轉化與明清敘事文學》，臺北：聯經出版公司，2009年8月。

王瓊玲：《清代四大才學小說》，臺北：臺灣商務印書館，1997年7月。

毛文芳：《物・性別・觀看：明末清初文化書寫新探》，臺北：臺灣學生書局，2001年12月。
扎拉嘎：《《一層樓》、《泣紅亭》與《紅樓夢》》，呼和浩特：內蒙古人民出版社，1984年2月。
扎拉嘎：《尹湛納希年譜》，呼和浩特：內蒙古大學出版社，1991年12月。
扎拉嘎：《尹湛納希評傳》，呼和浩特：內蒙古教育出版社，1994年3月。
田曉菲：《秋水堂論金瓶梅》，天津：天津人民出版社，2003年1月。
北京大學中文系：《中國小說史》，北京：人民文學出版社，1978年11月。
北京市民族古籍整理出版規畫小組輯校：《清蒙古車王府藏子弟書》，北京：國際文化出版公司，1994年8月。
【澳】安東籬（Antonia Finnane）著，李霞譯，李恭忠校：《說揚州：1500-1850年的一座中國城市》，北京：中華書局，2007年8月。
朱一玄、寧稼雨、陳桂聲：《中國古代小說總目提要》，北京：人民文學出版社，2005年12月。
朱一玄編，朱天吉校：《明清小說資料選編》，天津：南開大學出版社，2006年9月。
何滿子：《何滿子學術論文集・上卷・古小說經典談叢》，福州：福建人民出版社，2002年9月。
李志宏：《明末清初才子佳人小說敘事研究》，臺北：大安出版社，2008年10月。
李志宏：《演義——明代四大奇書敘事研究》，臺北：大安出版社，2011年8月。
李志宏：《《金瓶梅》演義——儒學視野下的寓言闡釋》，臺北：臺灣學生書局，2014年9月。

李孝悌：《昨日到城市——近世中國的逸樂與宗教》，臺北：聯經出版公司，2008年9月。
李匯群：《閨閣與畫舫——清代嘉慶道光年間的江南文人和女性研究》，北京：中國傳媒大學出版社，2009年7月。
李裳編著：《金陵五記》，南京：江蘇古籍出版社，2000年1月。
吳存存：《明清社會性愛風氣》，北京：人民文學出版社，2000年6月。
吳盈靜：《清代臺灣紅學初探》，臺北：大安出版社，2004年11月。
吳梅著、陳乃乾校：《中國戲曲概論》，臺北：學海出版社，1979年10月。
吳禮權：《中國言情小說史》，臺北：臺灣商務印書館，1995年3月。
阿英：《紅樓夢戲曲集》，北京：中華書局，1978年1月。
阿英：《阿英全集》，合肥：安徽教育出版社，2003年7月。
周欣平編：《晚清時新小說集》，上海：上海古籍出版社，2011年1月。
林辰：《明末清初小說述錄》，瀋陽：春風文藝出版社，1988年3月。
林依璇：《無才可補天——《紅樓夢》續書研究》，臺北：文津出版社，1999年5月。
【日】青木正兒著，王吉廬譯：《中國近世戲曲史》，臺北：臺灣商務印書館，1970年8月。
馬積高：《清代學術思想的變遷與文學》，長沙：湖南人民出版社，2002年6月。
柳存仁：《倫敦所見中國小說書目提要》，北京：書目文獻出版社，1982年12月。

侯忠義、劉世林：《中國文言小說史稿（下冊）》，北京：北京大學出版社，1993年2月。
侯運華：《晚清狹邪小說新論》，開封：河南大學出版社，2005年12月。
胡士瑩：《話本小說概論》，北京：中華書局，1980年5月。
胡文彬編：《紅樓夢說唱集》，瀋陽：春風文藝出版社，1985年3月。
胡文彬編：《金瓶梅書錄》，瀋陽：遼寧人民出版社，1986年10月。
胡衍南：《飲食情色金瓶梅》，臺北：里仁書局，2004年4月。
胡衍南：《金瓶梅到紅樓夢——明清長篇世情小說研究》，臺北：里仁書局，2009年2月。
胡衍南：《金瓶梅飲食男女》，臺北：臺灣學生書局，2014年9月。
胡適：《胡適古典文學研究論集》，上海：上海古籍出版社，1988年8月。
段春旭：《中國古代長篇小說續書研究》，上海：上海三聯書店，2009年1月。
徐大軍：《中國古代小說與戲曲關係史》，北京：人民文學出版社，2010年11月。
高玉海：《古代小說續書序跋釋論》，北京：中國社會科學出版社，2007年5月。高桂惠：《追蹤躡跡——中國小說的文化闡釋》，臺北：大安出版社，2006年9月。
孫楷第：《中國通俗小說書目（新訂本）》，臺北：木鐸出版社，1983年7月。
袁進：《中國近代文學史》，臺北：人間出版社，2010年9月。

冥飛等著：《古今小說評林》，上海：民權出版部，1919年5月。

秦瘦鷗：《小說縱橫談》，廣州：花城出版社，1986年12月。

黃霖編：《金瓶梅資料彙編》，北京：中華書局，1987年3月。

黃霖、王國安編譯：《日本研究《金瓶梅》論文集》，濟南：齊魯書社，1989年10月。

黃霖、吳敢、趙杰編：《《金瓶梅》與清河——第七屆國際《金瓶梅》學術討論會論文集》，瀋陽：吉林大學出版社，2010年7月。

啓功：《啓功叢稿·論文卷》，北京：中華書局，1999年7月。

陳大康：《通俗小說的歷史軌跡》，長沙：湖南出版社，1993年1月。

陳平原：《小說史：理論與實踐》，北京：北京大學出版社，2005年1月。

陳平原、夏曉紅編：《二十世紀中國小說理論資料（第一卷：1897-1916）》，北京：北京大學出版社，1989年3月。

陳玉蘭：《清代嘉道時期江南寒士詩群與閨閣詩侶研究》，北京：人民文學出版社，2004年11月。

陳益源：《古典小說與情色文學》，臺北：里仁書局，2001年9月。

陳益源主編：《2012台灣金瓶梅國際學術研討會論文集》，臺北：里仁書局，2013年4月。

陳衡：《說書小史》，臺北：廣文書局，1981年12月。

張云：《誰能煉石補蒼天——清代《紅樓夢》續書研究》，北京：中華書局，2013年6月。

張次溪編：《清代燕都梨園史料正續編》，北京：中國戲劇出版社，1988年12月。

張兵：《五百種明清小說博覽》，上海：上海辭書出版社，2005年7月。

張俊：《清代小說史》，杭州：浙江古籍出版社，1997年6月。

張國星編：《中國古代小說中的性描寫》，天津：百花文藝出版社，1993年3月。

康正果：《重審風月鑑——性與中國古典文學》，臺北：麥田出版公司，1996年1月。

崔蘊華：《書齋與書坊之間——清代子弟書研究》，北京：北京大學出版社，2005年8月。

陸樹崙：《馮夢龍散論》，上海：上海古籍出版社，1993年5月。

莊淑珺：《王蘭沚及《無稽讕語》研究》，臺北：花木蘭出版社，2009年9月。

陶慕寧：《青樓文學與中國文化》，北京：東方出版社，1993年7月。

【美】梅爾清（Tobie Meyer-Fong）著，朱修春譯：《清初揚州文化》，上海：復旦大學出版社，2004年12月。

【澳】麥克·懷特（Michael White）、【紐】大衛·艾普斯頓（David Epston）著，廖世德譯：《故事、知識、權力——敘事治療的力量》，臺北：心靈工坊文化公司，2001年4月。

葉德均：《戲曲小說叢考》，北京：中華書局，2004年12月。

程宇昂：《明清士人與男旦》，上海：上海古籍出版社，2012年8月。

盛志梅：《清代彈詞研究》，濟南：齊魯書社，2008年3月。
葛永海：《古代小說與城市文化研究》，上海：復旦大學出版社，2005年8月。
楊義：《中國古典小說史論》，北京：中國社會科學出版社，1995年12月。
董國炎：《明清小說思潮》，太原：山西人民出版社，2004年3月。
鄭天挺：《清史簡述》，北京：中華書局，1980年5月。
鄭淑梅：《後設現象：《金瓶梅》續書書寫研究》，臺北：臺灣學生書局，2014年9月。
熊秉真、呂妙芬編：《禮教與情慾：前近代中國文化中的後／現代性》，臺北：中央研究院近代史研究所，1999年6月。
熊秉真、余安邦編：《情欲明清——遂欲篇》，臺北：麥田出版社，2004年3月。趙建忠：《紅樓夢續書研究》，天津，天津古籍出版社，1997年9月。
趙景深、張增元編：《方志著錄元明清曲家傳略》，北京：中華書局，1987年2月。
趙興勤：《中國古典小說戲曲考論》，長春：吉林教育出版社，2004年11月。
趙興勤：《理學思潮與世情小說》，北京：文物出版社，2010年6月。
歐麗娟：《大觀紅樓（綜論卷）》，臺北：臺灣大學出版中心，2014年12月。
蔣瑞藻編，江竹虛標校：《小說考證》，上海：上海古籍出版社，1984年7月。
劉勇強：《中國古代小說史敘論》，北京：北京大學出版社，2007年10月。
劉操南編：《紅樓夢彈詞開篇集》，北京：學苑出版社，

2003年5月。

翦伯贊：《中國史綱要．中冊》，北京：人民文學出版社，1963年1月。

魯迅：《中國小說史略》，《魯迅全集》第9卷，北京：人民文學出版社，1981年12月。

錢仲聯編：《清詩紀事》，南京：江蘇古籍出版社，1989年4月。

【美】戴吉禮（Ferdinand Dagenais）主編、弘俠譯：《傅蘭雅檔案》，桂林：廣西師大出版社，2010年3月。

【美】韓南（Patrick Hanan）著，徐俠譯：《中國近代小說的興起》，上海：上海教育出版社，2004年5月，頁39-67。

顏湘君：《中國古代小說服飾描寫研究》，上海：上海世紀出版集團，2007年8月。

關德棟、周中明編：《子弟書叢鈔》，上海：上海古籍出版社，1984年12月。

龔鵬程：《中國文人階層史論》，宜蘭：佛光人文社會學院，2002年12月。

◆ 外文著作

【日】大塚秀高：《中國通俗小說書目改訂稿（初稿）》，東京：汲古書院，1984年8月。

【日】合山究：《明清時代の女性と文学》，東京：汲古書院，2006年2月。

【日】澤田瑞穗：《宋明清小說叢考》，東京：研文出版，1996年7月。

【美】Martin W. Huang , ed., *Snakes' legs: sequels, continuations, rewritings, and Chinese fiction*. Honolulu: University of Hawaii Press, 2004.

◆ 期刊論文

王平：〈論尹湛納希對《紅樓夢》的繼承〉，《紅樓夢學刊》2004年第1輯，頁277-290。

王冉冉：〈從「文」到「學」——清中葉傳統小說觀念的回歸與歧變〉，《明清小說研究》2005年第1期，頁24-33。

王進駒：〈清代小說的分期問題〉，《學術研究》2004年第10期，頁129-135。

王溢嘉：〈從心理分析觀點看潘金蓮的性問題〉，《台北評論》第3期（1988年1月），頁158-166。

王曉寧：〈《紅樓夢》子弟書研究述論〉，《紅樓夢學刊》2009年第1輯，頁286-300。

孔令彬：〈陳鍾麟《紅樓夢傳奇》略考〉，《寧夏大學學報》（人文社會科學版）第36卷第2期（2014年3月），頁93-98。

巴・蘇和：〈蒙古族近代文學大師尹湛納希研究概述〉，《中央民族大學學報》（哲學社會科學版）2004年第1期，頁131-137。

李明軍：〈立言不朽——清中葉通俗小說的文人化與小說觀念的變化〉，《山西師大學報》（社會科學版）第34卷第4期（2007年8月），頁65-68。

李根亮：〈清代紅樓戲曲：文本意義的接受與誤讀〉，《武漢大學學報》（人文科學版）第58卷第1期（2005年1月），頁64-69。

李惠儀：〈性別與清初歷史記憶——從揚州女子談起〉，《臺灣東亞文明研究學刊》第7卷第2期（2010年12月），頁289-344。

李新燦：〈論《痴人福》非才子佳人小說——兼議其思想傾

向〉，《江漢論壇》2005年第4期，頁119-121。
朱崇志：〈論清代中期戲曲選本的轉型〉，《東莞理工學院學報》第13卷第5期（2006年10月），頁58-61。
朱萍：〈悲涼之霧　遍被華林——明清家庭興衰題材章回小說的文化意蘊〉，《學術研究》2000年第8期，頁122-126。
吳存存：〈清代梨園花譜流行狀況考略〉，《漢學研究》第26卷第2期（2008年6月），頁163-184。
吳春彥、陸林：〈「焦東周生」即丹徒周伯義——清代文言小說《揚州夢》作者考〉，《明清小說研究》2004年第1期，頁84-94。
汪榮祖：〈文筆與史筆——論秦淮風月與南明興亡的書寫與記憶〉，《漢學研究》第29卷第1期（2011年3月），頁189-224。
杜志軍：〈《紅樓夢》與狹邪小說的興起〉，《紅樓夢學刊》1999年第2期，頁242-261。
林辰：〈小說的混類現象和小說發展的軌跡〉，《社會科學輯刊》1990年第4期，頁120-124。
姜榮剛：〈義和團事件：晚清「小說界革命」的觸發點〉，《文學遺產》2010年第4期，頁94-102。
姚達兑：〈楊味西及其《時新小說》的插圖、結構與主題——傅蘭雅「時新小說」徵文參賽作者考〉，《江漢學術》第32卷第5期（2013年10月），頁99-104。
施曄：〈晚清小說城市書寫的現代新變——以《風月夢》、《海上花列傳》為中心〉，《文藝研究》2009年第4期，頁41-49。
侯忠義、王建椿：〈近代俠義、公案小說「合流」說質疑〉，《明清小說研究》2006年第4期，頁4-9。
徐愛梅：〈漆園之曠——李漁《奈何天》的文化解讀〉，《社會科學家》第117期（2006年1月），頁28-30。
高洪鈞：〈《金陵百媚》與馮夢龍跋〉，《文教資料》1994年第6期，頁110-113。
黃錦珠：〈甲午之役與晚清小說界〉，《中國文學研究》第5期（1991年5月），頁237-254。
黃韻如：〈論陳鍾麟《紅樓夢傳奇》之改編特色與意義〉，《東吳中文線上學術論文》第12期（2010年12月），頁45-64。
陳浮：〈《蜃樓志》的寫作背景及其新探索〉，《惠州大學學報》（社會科學版）1996年第1期，頁71-74、99。
陳維昭：〈南詞《繡像金瓶梅傳》考論〉，《戲曲藝術》2011年06期，頁22-33。
張云：〈紅樓戲對程高本後四十回的認同——以清代《紅樓夢》戲曲對寶黛命運的設計為中心〉，《曹雪芹研究》2012年第2輯，頁204-220。
張云：〈合傳前後夢　曲文演傳奇——仲振奎《紅樓夢傳奇》對《後紅樓夢》的改編〉，《中國礦業大學學報（社會科學版）》2012年第3期，頁121-128。
張春山：〈《小奇酸志》是否「上乘」之作？〉，《運城高等專科學校學報》第17卷第2期（1999年4月），頁50、58-60。
康正果：〈悼亡與回憶——論清代憶語體散文的敘事〉，《中華文史論叢》第89期（2008年1月），頁353-384。
馮爾康：〈簡述清史的研究及史料〉，《臺大歷史學報》第31期（2003年6月），頁325-336。
許曾重：〈論清史分期問題〉，《中國社會科學院研究生院學報》1985年第2期，頁69-76。
崔蘊華：〈從說唱到小說：俠義公案文學的流變研究〉，《明清小說研究》2008年第3期，頁43-53。

陸杰：〈科舉、文人與青樓：晚清狹邪小說的類型變遷〉，《江西師範大學學報》（哲學社會科學版）第42卷第4期（2009年8月），頁87-91。

葉美蘭：〈近代揚州城市現代化緩慢原因分析〉，《揚州大學學報》（人文社會科學版）第8卷第4期（2004年7月），頁91-96。

楊昇：〈清代兩種《紅樓夢傳奇》比較論〉，《明清小說研究》2001年第4期，頁111-124。

董國炎：〈論市井小說的深化發展——從《清風閘》到《皮五辣子》〉，《明清小說研究》2006年第3期，頁91-102。

董國炎：〈論《清風閘》的演變及其意義〉，《黑龍江社會科學》2008年第1期，頁105-109。

雷勇：〈狹邪小說的演變及其創作心態〉，《漢中師範學院學報》1996年第3期，頁60-65。

雷勇：〈清中葉小說創作中的炫學之風〉，《漢中師範學院學報》（社會科學版）2003年第3期，頁17-22。

蔣瑞藻編，江竹虛標校：《小說考證》，上海：上海古籍出版社，1984年7月。

蔣寅：〈清代文學的特徵、分期及歷史地位——《清代文學通論》引言〉，《煙臺師範學院學報》（哲學社會科學版）第21卷第4期（2004年12月），頁1-9。

鄭淑梅：〈後設遊戲：《三續金瓶梅》的續衍與解構〉，《中國文學研究》第29期（2010年1月），頁253-289。

趙青：〈清代「紅樓戲」在戲曲體制上的因循與新變〉，《齊魯學刊》2012年第5期，頁124-129。

歐麗娟：〈薛寶釵論——對《紅樓夢》人物論述中幾個核心問題的省思〉，《成大中文學報》第13期（2005年12

月），頁143-194。

黎國韜：〈梁辰魚與蓮臺仙會〉，《文化遺產》2008年第1期，頁27-31。

談啓志：〈風月原來是夢——試論《風月夢》的敘事策略〉，《思辨集》第13期（2010年3月），頁21-43。

錢成：〈論《紅樓夢》戲曲首編者仲振奎的戲曲創作〉，《哈爾濱學院學報》第31卷第2期（2010年2月），頁70-75。

錢成：〈《紅樓夢傳奇》對後世「紅樓戲」的影響〉，《洛陽理工學院學報（社會科學版）》第25卷第2期（2010年4月），頁31-34。

錢成：〈清「紅樓戲」首編者仲振奎家族文人群略考〉，《貴陽學院學報（社會科學版）》2010年第3期，頁76-79。

【美】魏愛蓮著、黃飛立譯：〈家族痛史的小說化——詹熙《花柳深情傳》的個案分析〉，《中國文學研究》第14輯（2009年12月），頁247-258。

額爾敦哈達：〈20世紀尹湛納希研究概說〉，《內蒙古大學學報》（哲學社會科學版）第30卷第5期（2004年10月），頁22-24。

◆ 學位論文

黃孝慈：《尹湛納希及其作品研究》，嘉義：中正大學中文系碩士論文，2003年。

張秋嬋：《潘之恒研究》，蘇州：蘇州大學博士論文，2008年。

朱小珍：《「紅樓」戲曲演出史稿》，上海：上海戲劇學院博士論文，2010年。

劉柏正：《才學與情懷：清中葉（1791-1849）才子佳人小說承衍之文化考察》，臺北：政治大學中文系碩士論文，

2011年。

劉士義：《明代青樓文化與文學》，天津：南開大學博士論文，2013年。

後 記

升等教授前後幾年，陸續聽到好幾位與我同輩的學界友人說：一旦升上了教授，就要做自己想做的事、讀自己想讀的書、寫自已想寫的小說，總之不要再依循學術規範去發表論文了。前幾天，我檢視一下這些同好或朋友的近況，發現他們多半沒有去做原本以爲想做的事、讀以爲想讀的書、寫以爲想寫的小說，依然埋首投稿學術論文或出版學術專著，似乎全忘了當初有多渴望叛逃出學術生產機制。

於我，也是如此。

2009年，我以《金瓶梅到紅樓夢——明清世情小說研究》升等教授，大約就在那前後，不知不覺踏進了清代中期世情小說的研究，直到今日累積出這本小書。回首過往，我想起了《世紀末的華麗》：「米亞願意這樣，選擇了這樣的生活方式。開始也不是要這樣的，但是到後來就變成唯一的選擇。」究竟是缺乏改變的勇氣，或者發現學術其實迷人？如今也說不上來。總之在既非情願也無反對的情況下，就這麼一步一步走到今天。

這本書的內容，係以連貫的十篇論文組合而成，結集成書前復經過比較嚴密的匯整工程。它們幾乎都先以會議論文的形式公開發表，而後才投稿至期刊或選入專書，平均下來每篇大概要經過三到四位專家批評賜教。感謝每一位曾經釜正拙文的學界先進，也感謝在投稿《國文學報》、《淡江中文學報》、《成大中文學報》、《中國語言文學研究》、《東亞漢學研究》、《金瓶梅研究》及其他論文集過程中提供審查意見的學者專家，不管當初在領受這些建言時多麼感動或委屈，他們終究是我在那條不知所以的路上唯一驅逼前進的力道。

胡衍南

二零一七年早春

再版後記

這本小書當初印量本就有限，所以今天有機會再版。利用這個機會得以將原先已知的錯字別字更正過來，也算亡羊補牢。

慚愧的是，經過再一次校對，才發現前版的錯植誤植實在太多，遠遠超過原先預期。對此，我要特別感謝目前任教於師大附中、替我通讀全書的蔡佩均老師，她在幾年前完成碩士論文《《紅樓夢》庚辰本笑態研究》，謝謝她以同樣的嚴謹對待這部書稿。當然，再版恐怕仍有文字上的過失，箇中責任悉由我負。

另外一提，本書涉及清代中期多部小說、戲曲及曲藝作品，在引文版本選擇上，我對清刊本的偏好更勝於當代校注本。這些坊刻本通常會有比較多的俗字訛字，此乃當時通俗文藝出版品之常態，由於不算非常影響正常閱讀，所以本書大部分都沒有改正過來。對於我這一點偏執，還請讀者包容。

胡衍南

國家圖書館出版品預行編目資料

紅樓夢後——清代中期世情小說研究／胡衍南著. --二版. --臺北市：五南圖書出版股份有限公司, 2022.04
面； 公分
ISBN 978-626-317-715-4（平裝）

1.CST：清代小說 2.CST：言情小說
3.CST：文學評論

820.9707 111003533

1XBC

紅樓夢後——清代中期世情小說研究

作　　者 — 胡衍南（169.7）
發 行 人 — 楊榮川
總 經 理 — 楊士清
總 編 輯 — 楊秀麗
副總編輯 — 黃文瓊
責任編輯 — 吳雨潔
封面設計 — 姚孝慈
出 版 者 — 五南圖書出版股份有限公司
地　　址：106台北市大安區和平東路二段339號4樓
電　　話：(02)2705-5066　　傳　　真：(02)2706-6100
網　　址：https://www.wunan.com.tw
電子郵件：wunan@wunan.com.tw
劃撥帳號：01068953
戶　　名：五南圖書出版股份有限公司

法律顧問　林勝安律師事務所　林勝安律師

出版日期　2017年4月初版一刷
　　　　　2022年4月二版一刷

定　　價　新臺幣520元